# М. ГОРЬКИЙ

## 高尔基文集

### *5*

短篇小说

散文

童话

1901
|
1912

人民文学出版社

М. Горький

马克西姆·高尔基

目　　次

春天的旋律（幻想曲） ……………………………… 1
海燕之歌 ……………………………………………… 6
屠犹暴行 ……………………………………………… 8
凶犯 …………………………………………………… 15
人 ……………………………………………………… 44
监狱 …………………………………………………… 52
菲利普·瓦西里耶维奇讲的故事 …………………… 86
小女孩 ………………………………………………… 102
三谈魔鬼 ……………………………………………… 105
旁观者 ………………………………………………… 113
狗 ……………………………………………………… 117
同志！（童话） ……………………………………… 119
智者 …………………………………………………… 126
俄国沙皇 ……………………………………………… 130
老人（缩影） ………………………………………… 144
查理·曼 ……………………………………………… 149
士兵 …………………………………………………… 161
一月九日 ……………………………………………… 198
浪漫派 ………………………………………………… 225

费多尔·佳金（速写） …………………………………… 246
早晨 ……………………………………………………… 258
莫尔德瓦姑娘 …………………………………………… 262
抱怨 ……………………………………………………… 291
马卡尔生平一事 ………………………………………… 352
末日（一个故事） ………………………………………… 388
童话 ……………………………………………………… 409
小麻雀 …………………………………………………… 417
小叶夫塞的奇遇 ………………………………………… 420

# 春天的旋律*

## 幻想曲

在我房间窗外面的花园里，一群麻雀在洋槐和白桦的光秃的树枝上跳来跳去和热烈地交谈着，而在邻家房顶的马头形木雕上，蹲着一只令人尊敬的乌鸦，她一面倾听这些灰涂涂的小鸟儿的谈话，一面妄自尊大地摇晃着头。充满阳光的和暖的空气，把每一种声音都送进我的房间：我听见溪水急急的潺潺的奔流声，我听见树枝轻轻的簌簌声，我能听懂，那对鸽子在我的窗檐上正在咕咕地絮语着什么，于是随着空气的振荡，春天的音乐就流进我的心房。

"叽—叽叽！"一只老麻雀在对他的同伴们说，"我们终于又等到了春天的来临……难道不是吗？叽叽—叽叽！"

"乌哇—是事实①，乌哇—是事实！"乌鸦优雅地伸长脖子，表示了意见。

我很熟悉这个持重的鸟儿：她讲话一向简短扼要，而且都不外是肯定的意思。她像大多数乌鸦一样，天生愚蠢，而又胆小得很。然而，她在社会上占有一个美好的地位，每年冬天她都要为那些可怜的寒鸦和老鸽子举行某些"慈善"活动。

我也熟悉麻雀，——虽然就外表来说，他好像是轻浮的，甚至是个

---

\* 本篇写于一九〇一年三月，由于遭到沙皇审查当局的否决，未能在刊物上正式发表，仅以胶印本或油印本在读者中秘密流传。译自《高尔基全集》第六卷。

① 俄文为"Фа－акт"，既表示乌鸦的叫声，又有"是事实"的含义。

自由主义者，但在本质上，他却是种颇为精明的鸟儿。他在乌鸦旁边跳来跳去，装出尊敬的样子，但在内心的深处，他很知道乌鸦的身价，并且在任何时候都免不了要讲上两三段关于她的不大体面的历史。

这时，窗檐上的一只年轻的爱打扮的公鸽，正热情地说服那只腼腆的母鸽：

"假如你不和我分享我的爱情，那我就要因为绝望而苦苦地死—死掉①，苦苦地死—死掉……"

"您知道吗，夫人，金翅雀们飞来啦！"麻雀禀报说。

"乌哇—是事实！"乌鸦回答道。

"他们飞来啦，吵吵嚷嚷，飞来飞去，叽叽喳喳……这是一群怎样也不能安静下来的鸟儿！山雀们也跟着他们一齐来啦……正像往常一样……嘿—嘿—嘿！昨天，您晓得，我开玩笑地问过其中一只金翅雀：'怎么，亲爱的，你们飞出来啦？'他毫无礼貌地作了回答……这些鸟儿，对交谈者完全不尊敬他的官衔、称号和社会地位……我呢，不过是一只七品文官麻雀②……"

就在这时候，从房顶的烟囱后面，突然出现了一只年轻的大公鸦，他压低嗓门报告说：

"我本着职分所在，细听栖息于空中、水里和地下的一切生物的谈话，并且严密注意他们的行动，我荣幸地报告诸位，即上述金翅雀们，正在大声地谈论春天，而且他们胆敢希望整个大自然似乎很快就要苏醒。"

"叽—叽叽！"麻雀叫了一声，忐忑不安地望着这个告密者。而乌鸦善意地摇了摇头。

"春天已经来过，而且来过不止一次……"老麻雀说，"至于讲到整个大自然的苏醒，这……当然，是件令人高兴的事……假如这能得

---

① 俄文为"Умр－ру"是"我要死——死掉"，现加上"苦苦地"表示鸽子的咕咕的叫声。
② 俄文"Надворный"一词有两种含意，既是"家里的"、"院里的"（如"家雀"），又是"七品文官"。

到那些负责主管部门的许可的话……"

"乌哇—是事实!"乌鸦说道,用赏识的眼光瞟了对方一眼。

"对于以上所述,必须补充的是,"大公鸡又继续说,"上述那些金翅雀,对他们要饮水止渴的溪流,据说——有些混浊,因而表示不满,其中有几个甚至胆敢梦想自由……"

"啊,他们一向如此!"老麻雀叫喊道,"这是由于他们年轻无知,这一点也不危险!我也有过年轻的时代,也曾经梦想过……它……"

"梦想过——什么?"

"梦想过宪……宪—宪—宪—宪……"

"宪法?"

"只是梦想过!只不过是梦想而已,先生!不用说,曾经有所梦想过……但是后来,这一切都过去了,出现了另外一个'它',更为现实的'它'……嘿—嘿—嘿!您知道,对不起,对麻雀说来,这是更合适的、更为必要的……嘿—嘿……"

"哼!"突然响起了一阵有威力的哼叫声。在菩提树的树枝上,出现了一只四品文官灰雀,他体谅下情地向鸟儿们点头行了个礼,就吱吱呱呱地叫道:

"哎,先生们,你们没—没有注—注意到,空气里有股气味吗,哎……?"

"是春天的空气,大人阁下!"麻雀说。乌鸦却郁闷不乐地把头一歪,用温柔的声音嘎地叫了一声,好像绵羊在咩叫:

"乌哇—是事实!"

"嗯,是的……昨天在打牌的时候,一只世袭的可敬的鸥鹎也对我讲过同样的话……他说:'哎,好像有股什么气味……'我就回答说:'让我们看一看,闻一闻,弄个明白!'有道理吧,啊?"

"对,大人阁下!完全有道理!"老麻雀毕恭毕敬地表示同意,"大人阁下,任何时候都必须等一等……持重的鸟儿都是在等待……"

这时,一只云雀从天空飞下来,落在花园里溶雪的地面上,他忧心

忡忡地在地上跑来跑去,喃喃地说道:

"曙光用温柔的微笑,把夜空的星星熄掉……黑夜发白了,黑夜颤抖了,于是沉重的夜幕,如同阳光下的冰块,渐渐消失。充满希望的心儿,跳动得多么轻快,多么甜美,迎着朝阳,迎着清晨,迎着光明和自由!……"

"这—这是一只什么鸟儿?"灰雀眯缝起眼睛问道。

"是云雀,大人阁下!"大公鸦从烟囱后面严峻地说。

"是诗人,大人阁下!"麻雀又宽容地补充道。

灰雀斜眼看了看这位诗人,吱吱吧吧地叫道:

"嗨……是一只多么灰色的……下流货!他在那儿好像胡讲了一通什么太阳、自由吧?啊?"

"对,大人阁下!"大公鸦肯定了一句,"他是想在年轻的小鸟儿们的心中唤起那些毫无根据的希望,大人阁下!"

"既可耻,复又……愚蠢!"

"完全对,大人阁下,"老麻雀应和着,"愚蠢之极!自由,大人阁下,是某种不明确的,应该说,是种不可捉摸的东西……"

"可是,假如我没有记错的话,好像,你自己也曾经……号召大家向往过它?"

"乌哇—是事实!"乌鸦突然叫道。

麻雀感到有些狼狈不堪。

"是的,大人阁下,我确实有一次号召过……但那是在可以使罪名减轻的情况之下……"

"啊……那是怎么回事?"

"那是在吃了中饭以后,大人阁下!那是在葡萄酒热气的影响……也就是说,在它的压力之下……而且是有限制地号召的,大人阁下!"

"那是怎么说的?"

"轻轻地说的:'自由万岁!'然后立即大声地补充了一句:'在法

律限制的范围以内！'"

灰雀看了乌鸦一眼。

"对，大人阁下！"乌鸦回答道。

"我，大人阁下，作为一只七品文官老麻雀，决不能允许自己对自由的问题采取认真的态度，因为这个问题，并没有列入我荣幸任职的那个部门的研究范围之内。"

"乌哇—是事实！"乌鸦又叫了一声。

要知道，不管肯定什么，对她反正都是一样。

这时，一条条溪水正沿着街道在滚流，它们轻声唱着关于大河的歌曲，说它们在不远的将来，在旅程的终点，将合流到大河里去：

"浩瀚的、奔腾的波浪会迎接我们，拥抱我们，把我们带进大海里去，也许，太阳的炎热的光线，又会把我们重新送上天空，而从天空里，我们又会重新在夜里化成寒冷的露水，变成片片的雪花或者是倾盆大雨落到地上……"

太阳啊，春天灿烂的、温暖的太阳，在明亮的天空里，用充满爱的和炽燃着创造热情的上帝的微笑，在微笑着。

在花园的角落里，在老菩提树的树枝上，坐着一群金翅雀，其中有一只带有鼓舞力地，正向同伴们唱着他从什么地方听来的一首关于海燕的歌。

戈宝权　译

# 海燕之歌*

在苍茫的大海上,狂风卷集着乌云。在乌云和大海之间,海燕①像黑色的闪电,在高傲地飞翔。

一会儿翅膀碰着波浪,一会儿箭一般地直冲向乌云,它叫喊着,——就在这鸟儿勇敢的叫喊声里,乌云听出了欢乐。

在这叫喊声里——充满着对暴风雨的渴望!在这叫喊声里,乌云听出了愤怒的力量、热情的火焰和胜利的信心。

海鸥②在暴风雨来临之前呻吟着,——呻吟着,它们在大海上飞窜,想把自己对暴风雨的恐惧,掩藏到大海深处。

海鸭③也在呻吟着,——它们这些海鸭啊,享受不了生活的战斗的欢乐:轰隆隆的雷声就把它们吓坏了。

蠢笨的企鹅④,胆怯地把肥胖的身体躲藏在悬崖底下……只有那高傲的海燕,勇敢地,自由自在地,在泛起白沫的大海上飞翔!

乌云越来越暗,越来越低,向海面直压下来,而波浪一边歌唱,一

---

\* 本篇写于一九〇一年三月,作为独立作品最初发表于一九〇一年《生活》杂志四月号。《海燕之歌》又简称《海燕》,原是《春天的旋律》的结尾部分,因"漏审的疏忽"而被允许在当时发表。译自《高尔基全集》第六卷。

① 海燕——暴风雨来临之前,海燕就在海面上飞翔,因此俄文的"海燕",就有"暴风雨的报信者"或"暴风雨来临前的预告者"的意思。

②③④ 海鸥、海鸭、企鹅,是三种海鸟,这里分别象征资产阶级自由派、机会主义者和立宪民主党等各种人物,他们在革命的暴风雨来临之前,呻吟,恐惧,畏缩,被暴风雨吓坏了。

边冲向高空,去迎接那雷声。

雷声轰隆。波浪在愤怒的飞沫中呼叫,跟狂风争吼。看吧,狂风紧紧抱起一层层巨浪,恶狠狠地将它们甩到悬崖上,把这些大块的翡翠摔成尘雾和碎末。

海燕在叫喊着,飞翔着,像黑色的闪电,箭一般地穿过乌云,翅膀掠起波浪的飞沫。

看吧,它飞舞着,像个精灵,——高傲的、黑色的暴风雨的精灵——它在大笑,它又在号叫……它笑那些乌云,它因为欢乐而号叫!

从雷声的震怒里,——这个敏感的精灵——它早就听出了困乏,它深信,乌云遮不住太阳,——是的,遮不住的!

狂风吼叫……雷声轰隆……

一堆堆乌云,像青色的火焰,在无底的大海上燃烧。大海抓住闪电的箭光,把它们熄灭在自己的深渊里。这些闪电的影子,活像一条条火蛇,在大海里蜿蜒游动,一晃就消失了。

"暴风雨!暴风雨就要来啦!"

这是勇敢的海燕,在怒吼的大海上,在闪电中间,高傲地飞翔;这是胜利的预言家在叫喊:

"让暴风雨来得更猛烈些吧!……"

戈宝权　译

## 屠犹暴行[*]

一个炎热的六月天。从清早我就在河边干活,往平底小木船上涂树脂。现在已经快吃午饭了,从身后的镇子上传来了一阵阵低沉的怒吼声,像一群饿急了的公牛在嗥叫。起初我没大注意远处传来的这喧声,心里想着快点把活儿干完好去填填我的饥肠。可是,那声音霎时间响成一片,像大火初起时的黑烟一样越来越浓。

我往镇子那边望了望,只见半空中热流滚滚,尘雾弥漫,我觉得,好像看见那杂乱的声音挟持着尘土拔地而起,充溢在天地之间。尘雾越滚越浓,声音越来越响、越嘈杂,连空气都在颤抖,我的心也预感到大难临头而随之颤抖起来……

扔下工作,我登上沙岸抬头一望,看见人们从大门里跳出来,沿街奔跑,向镇子尽里边跑去,狗和孩子们跟在后头,受惊的鸽子在他们头顶上乱飞,鸡群在脚下东窜西跑。这种混乱也感染了我,我也跟着奔跑起来。

"伊丽莎白大街[①]上打架啦!"有人喊道。

车夫用缰绳狠命地抽打着马,迎着奔跑的人群沿土路飞驰,扯开喉咙高喊:

"码头上的弟兄们!打咱们的人呢!"

---

[*] 本篇写于一九〇〇年,最初发表于一九〇一年出版的《援助受灾犹太人文艺作品集》。译自《高尔基三十卷集》第五卷。
[①] 伊丽莎白大街是下诺夫戈罗德城附近的库纳维诺镇的一条街道。

我拐进一条狭窄的小巷,停了下来。小巷里挤满了人,活像一条装满粮食的口袋。从前面很远的地方传来了人群的狂呼和尖叫声,玻璃的碎裂声,砰砰砰猛烈的敲击声,有什么东西断裂了,落了下来。各种声音像秋天的云团,一层盖过一层,最后,变成一大片阴沉沉的乌云,在空中滚动。

"正在打犹太鬼子呢!"一个衣着整洁、文质彬彬的小老头带着满意的腔调说。他用力搓了搓枯干的小手,补充了一句:

"就该狠狠地揍他们!"

剧烈的喧闹声有一种诱惑力,使我不由得挤过人群,向人声嘈杂的方向奔去。这可怕的喧闹声不仅吸引了我一个人,而且像沼泽地一样,把人们一个个吸了进去。一张张激动的面孔在我眼前闪过,一个个带着急切的、莫名其妙的凶狠表情,眼里闪着贪婪的目光。密密麻麻的人群前挤后拥着向前移动,想把所有挡路的墙壁和篱笆推倒,每个人都想把前边的人踩在脚下,从别人身上踏过去,把别人踩死。

我冲进小巷的一个院落,越过篱笆,又跳进另一个院落,又跳了一次,又一次,我又落到了密集的人群之中。石砌楼房的院子里挤满了人,楼房周围尽是些低矮的小屋。人群挤在这狭窄的院落里,像是水在翻腾,像是大地在颤抖。他们扬着头,发疯似的大嚷大叫,脸涨得通红,大张着嘴巴,牙齿闪闪发光,挥舞着手臂,互相推来推去。一些人爬上耳房的屋顶,摔下来,再爬上去。尽管每个人的动作各不相同,但是,目标是一致的,每个人都好像被一个巨大的躯体支配着,他们都是这一巨大躯体的组成部分。

在这密密层层、被狂怒连结在一起的人群上面,在楼房高高的屋顶上,在烟囱旁边,站着一个又瘦又高的犹太人。他用手拆掉烟囱的砖,一块块往下扔,他边扔边像海鸥似的尖叫着。长长的花白胡须在他的胸前摆动,他的白裤子上血迹斑斑。

狂怒的喊声从下面飞到他的身旁:

"开枪打他!"

"别用枪打,用石头砸!"

"爬上去抓活的!"

楼房的窗口闪动着模糊的人影。他们把窗框打掉,把东西扔到院子里。玻璃刺耳地叮叮作响。一个宽肩膀的鬈发小伙子把一面镜子搬到窗前,把它从窗口伸出去,喊道:

"喂,当心!"

镜子反射着阳光,飞落在地上。小伙子随着从窗口探出头来。他宽宽的脸上只有忧虑和严肃的表情,却没有狂暴的怒气。另一扇窗口出现了一个黑胡子庄稼汉,手里抱个枕头。他一下子把枕头扯破,枕芯中那密密的、雪白的鹅毛就满天飞舞起来。

"下雪啦,小伙子们,别把鼻子冻掉呀!"庄稼汉望着雪白的绒毛落到人们的头上,这样喊道。

院子里有人大叫:

"到这边来!在大木桶里找到了犹太崽子!"

"打他们!"

"揪住他们的脑袋往桶帮上撞!"

"喂,老犹太鬼!快爬下来吧,我们抓到你的孙子啦!"

"快从屋顶上爬下来,要不,我们就叫你断子绝孙⋯⋯"

一个孩子的刺耳的尖叫声划破长空,这声音令人毛骨悚然,它像乌云中的闪电,在人群慌乱的吼叫声中一闪而过。尖叫声过后,喧闹声似乎变得轻了一些。

"别动!"有人吼叫起来。

"别动小孩子!"

"揍大人!"

又传出了孩子的号叫,那叫声又细又尖,比一切声音都高,刺痛人心。

"咳,魔鬼!"有人疯狂地大喊,这喊声比一切声音都响。

"打脑袋瓜儿啦?"

"腿打断了……"

"真有你的,老鬼!"

"安季普!咱们爬上去把那个犹太鬼打下来!"

两个膀大腰圆的装卸工从人群中开出一条路,走到耳房旁边,爬上了屋顶。

严肃的、红脸膛的小伙子又出现在楼房的一扇窗口。他正把一个碗橱或是木柜用力从窗口往外塞,冲着下边喊:

"小伙子们,接住碗碟……"

可是,柜橱大,窗口小,怎么也塞不出去,小伙子又把它拉回屋里,他也退了回去。一会儿他又站到窗前,像狼一样拉长声音嗥叫起来:

"当—当—心!"

一大堆盘子从窗口洒落下来,随后一只茶炊闪闪发光地飞落下去。下面的人群抱头四散,哈哈大笑着。一个胖胖的红发青年从地下抓起茶炊,高高地举过头顶,又把它摔到地上,然后用两只脚在上面践踏。

屋顶上传来了非人的惨叫。人们都抬头张望。铁皮房顶上轰隆隆地一阵响……突然,屋檐上垂挂下来一块很大的东西,在屋檐上挂了几秒钟,凌空荡悠了几下,然后,尖叫着,凄惨地呼号着从屋檐上跌落下来。一团软绵绵的东西扑哧一声落了地,那响声十分难听。我飞快地从院子里跑了出去,身后飞来了幸灾乐祸的、粗野的吼叫:

"哈—哈……"

"啊哈—哈?"

"推下—来—了!"

街上,人们把桌椅敲碎,砸开箱子,哈哈笑着,把一件件衣服撕成碎片。空中,羽毛飞扬。从两座楼房的一扇扇窗口飞下枕头、篮子、家具、破布头,落到人们的脚边。要毁坏一切而失去理智的人群,抓住这些东西就乱撕,乱扯,乱砸,乱敲。两个头发蓬乱、汗流满面、红脸庞、长相丑陋的女人紧紧抓住一口箱子,互相争夺。她们张大嘴巴,向对方喊叫。羽毛在她们的头上飞旋。木头的断裂声、人群的吼声和楼房窗口传来的可怕的尖叫声淹没了两个女人的叫骂声。

一个高大粗壮的庄稼汉从我面前走过。他没戴帽子,身上的衬衫全被扯破了,蓬头垢面,黏稠的,几乎是黑色的血从肮脏的脸颊上流下来。他挥舞着一只手,笑着,滞呆呆的,像一头吃饱了的野兽在得意扬扬地笑着。他走近灯柱,抱住它,用宽阔的胸脯抵住木柱摇撼起来。路灯晃了一下,飞落在地上。

"折—断—它!"另一个庄稼汉跑到灯柱旁边,喊了一声。他也抱住灯柱,摇撼起来。

一个少女衣裙全被撕破,披头散发,像一只鸽子冲入烟雾似的闯进了人群。她向后扬着头,跑着,苍白的脸上一双眼睛显得格外大。

"揍这个犹太娘儿们!"有人大叫。少女像落入苍蝇群中的糖渣儿,消失在茫茫的人海之中。沸腾的人群像一锅黑乎乎的稀粥,在她身边翻滚着,拳头在空中挥舞,发出一阵阵淫荡的呼哧声、轻轻的拍打声。下流的玩笑、骂人话和蛇一样的咝咝叫声汇成一股凶狠恶毒、幸灾乐祸的音流。

"闪开点,看热闹的!泽利曼来了!"

这是一群人在叫喊,他们在马路上拖着一件东西走过来。啊!原来拖的是一个人,或是一具死尸,半裸着,干瘪的身躯被糟蹋得不像样子了,衣服已被撕成碎片,浑身上下全是鲜血和泥土。人们用绳子拴住泽利曼的脚,在路上拖着他走。走过的路面上留下了宽宽的一溜血水。他那双枯干、瘦长的手臂在血泊中拖来拖去,在手臂中间,在胳膊与肩膀连接的地方,被撕掉的、形状模糊的一块血肉撞击着石板……

一个少年跑到尸体旁边,跳到肚子上面去,两只脚像踩在面团上似的陷了下去,他摇了摇手臂,摔倒了,引起一阵哄笑。泽利曼是一个富有的包工头。他活着的时候我常常见到他,可现在我看到的这具尸体,不仅不像泽利曼,而且完全看不出人的模样了。

我被周围发生的一切弄得晕头转向,灰尘呛得我喘不过气来。我像漂在小溪里的一块小木片似的在人流里漂来荡去,望着这一切,如同在做一场噩梦。离地面很高的排水管上挂着一条白裙子。一个老太婆踮着脚尖,伸出一只瘦骨嶙峋的黑手在抓那条裙子。在她旁边,一个大胡子装卸工正费力地把一顶天鹅绒便帽硬往自己那头发蓬乱的脑袋上套。男孩子们在大人的脚腿之间跑来跑去,捡拾着碎镜片。一个小男孩往上蹿跳着,去抓空中飞舞的一根羽毛。

警察挥舞着没有出鞘的军刀跑过去,人们在笑他,在他背后喊叫:

"拦住他!"

"抓住这法老①!"

有人把一个破木箱扔到奔跑着的警察脚下,他绊了一个筋斗摔倒在地上。四周响起了雷鸣般的笑声。

我望了一眼脚下,看见一块带着汗毛的血淋淋的皮肤……

"看热闹的!到这边来!"

喊声是从院子里传出来的,于是,人群像一股狂涛涌进了大门。不知怎么的,人们像猪一样叫着,像狗一样吠着,像猛兽一样吼着。

"打!打!"传来了喊打声。

二层楼上有人在房子里用铁棍敲打两扇窗子之间的间壁墙。砖块和石灰洒落在街上,白烟滚滚,满天灰尘。一个托盘从窗口飞了出来,犹豫不决地在空中盘旋了一会儿,砸在一个胖胖的村妇头上。她尖叫一声,跌坐在地上。

一堆砖头落到人行道上。间壁墙被捣毁了。一个大柜子当即从楼房墙壁上那个不成形的窟窿里被人费力地慢慢推了出来,它抖动着,好像不乐意似的,顺着墙壁滑了下来,碰在屋檐板上,翻了个筋斗,轰隆隆地撞碎在石头便道上。四周响声震天,持续不断,在这强烈的声浪之中,好像有一条奔腾的大河,它正喷吐着愤怒的泡沫,野蛮而狂暴地把前进道路上的田野洗劫一空……

---

① 法老,原是古代埃及国王的称呼;沙皇俄国的警察被人们称为法老,言其对老百姓拥有极大权力。

那天晚上,我从镇子的广场上走过,听见哥萨克巡逻队的一个士兵对伙伴说:

"唉,十四个犹太人被撕成了碎块……"

另一个抽着烟斗,一句话也没有回答。

这件事发生在一八八五年六月①,发生在下诺夫戈罗德城对面奥卡河边的库纳维诺镇。

孙静云　译

---

① 应为一八八四年六月,作者记错了。屠犹暴行是俄国内务大臣 Н·П·伊格纳季耶夫于一八八一年挑起的。本文揭露的蹂躏犹太人的暴行,是其中的一次,是根据一八八四年六月七日至八日发生在库纳维诺镇的真实事件写的,当时年仅十六岁的高尔基是这一事件的目击者。

# 凶　犯*

## 一

一天,吃中饭的时候,母亲对万纽什卡·库津说:

"万尼亚,你还是到城里去混混吧!"

万纽什卡没有吱声。他拿着滚热的马铃薯在剥皮,嘴巴努成管口状,大声地吹着手指,眉毛生气地抖动着。

母亲看了看他那圆圆的稚嫩的脸蛋,叹了一口气,小声地重复说:

"真的,你去吧……"

"为什么?"万纽什卡问道,两只手倒换着一个马铃薯。

"带上一把斧子去吧……"

"那边咱们这号带斧子的人多着呢!"

"那就带把铁锹去……现在,人们快要往地窖里装东西了。给这家劈劈柴,帮那家干点别的活儿……兴许能混口饭吃。去吗,万尼亚?"

万尼亚也想进城,但他却一句话也没有回答老太婆。父亲死后两个星期来,万尼亚觉得自己是一个完全独立的人了。在父亲殡葬后举

---

\* 本篇写于一九〇一年十月,最初发表在同年十一月十三、十五、十八和二十日《尼日戈罗德报》,以及同年一月十三日和十一月十五日《信使报》上,标题为《一件罪行的故事(短篇小说)》。译自《高尔基三十卷集》第五卷。

行酬谢宴会上,他第一次不受管束地喝了烧酒;现在,他在乡里走路昂首挺胸,心事重重地皱起眉头;同母亲说话时话很少,也不连贯,他这是在模仿父亲……

午饭后,老太婆忙着缝补自己的破皮袄,万尼亚爬到炕上;躺了半小时后问母亲:

"你有多少钱?"

"一卢布六十戈比……"

"六十戈比给我。"

"你要干什么用?"

"做盘缠。"

"你要去?!"

"只好——去……"

"是啊!去吧,孩子!……你打算什么时候走呢?"

"明天。"

拂晓,母亲拿着圣徒尼古拉①的铜像为他祝福。万纽什卡束紧腰带,斧子插在腰带上,把帽子拉到耳朵边,戴着手套的手在大腿上拍打一下,说道:

"我走了,再见!"

"上帝保佑你,万尼亚!要提防城里人,和他们来往要谨慎,他们是很狡猾的!别喝酒,要当心!"

"得啦。"万纽什卡说道,像个好汉似的故意把帽子一歪,走出去了。

天还很黑。在离开自己的住处不到十步远的地方,当他朝站在门口说话的母亲回过头去时,在黑暗里已经看不见她了,只听到她在沉寂中不安的说话声:

"城里的女人……有脏病……"

---

① 圣徒尼古拉是基督教传说中的人物(公元三世纪下半叶至公元四世纪上半叶),曾任意大利米拉城大主教;公元七八七年被尊为"圣徒"。

"再见!"万纽什卡高声喊道。

他突然觉得舍不得离开母亲、农村和自己的旧居。他停下来,倾听着……但已经没有声音,母亲走了。他叹了一口气,朝着还没有破晓的、死一般静寂的黑暗走去……

在野外,他边走边想:也许他能在城里挣点钱,到春天回家,就把瓦西丽莎娶过来。他想象着瓦西丽莎的模样:丰满,结实,干净。也许,能在有钱的好心的商人那里找到一个管院子的差事,那时候,娶的就不是瓦西丽莎,而是个城市姑娘了。他走着,在他的后面,黎明悄悄地到来了,黑夜的影子无形中在四周消失。冬天的太阳的浅黄色的光辉落到雪地上。脚下的雪发出更欢快、更响亮的窸窣声。万纽什卡唱起歌来。三枚二十戈比的钱币在他的裤兜里叮当作响。在歌声伴随下,他脑子里慢慢地浮动着对未来的遐想和猜度。

他走得愉快,轻松,脚没有被道上压平了的雪粘住,寒冷的空气深深地渗入肺腑,他感到精神抖擞;蔚蓝色的远方美丽可爱,令人神往。霜落在万纽什卡隐约可见的胡髭上,小伙子噘起上嘴唇,满意地看看胡髭;他觉得这小胡子又长又漂亮。……一只黑得像焦木炭一样的大乌鸦笨拙地在路旁雪地上走动。万纽什卡吹了一声口哨,但这只黑鸟用一只眼睛瞅着他,晃晃悠悠地更加走近了道路。于是,伊凡①用手套拍打了一下,像一声枪响似的,然而,这也没有把鸟吓飞……

"呜,魔鬼。"库津小声嘟哝着,朝前走得更快了。

中午时分,他已经走了一大半路程,离城不远了。田野里刮起了暴风雪。时而这边、时而那边从小丘上刮起轻飘、透明的雪雾,朝一个地方飘去,白色的冰凉的尘埃洒落在他脸上。有时直接从伊凡的脚前掀起一簇簇雪花,好像要阻止他走路,而风却从背后冲击着他,又好像是催促他前进。远方在浓浊的乌云中隐没了,风咆哮着从地面上掠过,扫平了足迹,发出愁人的长号。对面走来的人们和马匹在眼前一

---

① 前面万尼亚、万纽什卡都是伊凡的别称。

17

闪即逝,宛如水下的石子。万纽什卡不时闭上眼睛,在暴风雪的沙沙声和悲戚的歌声里摇摇晃晃地走着。他两腿发酸了,脚掌也沉重起来。他生气地想到母亲:

"她坐在家里,我——却要长途奔波!"

后来他累得什么也不想了,只有一个愿望,就是快点到达城里,在一个暖和的地方休息一下,喝杯茶。他弓着腰,垂下头走着,对周围的一切都不去注意;直到在暴风雪的喧嚣声中听见了工厂汽笛的忧郁吼声,他才停下来,直直腰,深深地喘一口气。后来他从兜里取出三个二十戈比的钱币,放进嘴里,藏在颊下,为的是不致因为这些钱币的响声而引起城里人的注意。

透过灰色的雪幕,城市像一簇垂到地上的浓浊的乌云。万纽什卡摘下帽子,画了一个十字,自言自语地说:

"总算到了!"

## 二

当他走进一个小饭馆时,一股浓郁、潮湿的空气朝他迎面扑来,就像一块湿漉漉的热抹布从他的脸颊上把刺人的寒冷的感觉抹掉了。蓝灰色的刺鼻的烟雾在低矮的拱形天花板下徐徐飘荡,使眼睛感到灼痛。烧酒的气味、烟草及烧焦的油脂味刺激着鼻子。酒馆里的喧嚣声和嘈杂声有点混浊和含糊不清,这一来,万纽什卡的脑袋便有点飘飘然了。他慢慢地从桌子中间挤过去,想找个位子,却没有找着:到处都坐着红脸的马车夫,喝醉了的半裸着身体的工人;衣衫褴褛的流浪汉用他们的贼眼好奇地、阴郁地瞅着伊凡,其中一个留着棕黄色胡子的瘦高个给伊凡递了个眼色,并伸出手来说道:

"你好,笨汉!到这边来!"

万纽什卡转身离开了他,肩膀碰着了一个矮小的、圆鼓鼓的姑娘。这姑娘满面红光,黑眉毛很长,像胡子一样。

"你轻一点,骨头都要断了!"她用干哑的嗓子高声喊道。

饭馆前厅一个角落里,在圣像的油灯下面的桌边只坐着一个人。万纽什卡走到他的跟前。

"可以坐吗?"

"坐吧!"

库津在凳子上坐下,解开了长大衣的领子,说道:

"啊,人真多!"

"这种地方是不会空着的。从农村来吗?"

"是的……"

"做工?"

"要做工。"

"这里的光景不好!"

"是吗?"

"真的,我已经住了三个星期了……"

"没有活干?"

"是啊,——死也找不着工作!"

一个跑堂的匆匆地从桌子旁边走过。

"给我一杯茶好吗?"万纽什卡对他喊道,然后仔细地打量着交谈的对方。

这是一个二十五岁上下的小伙子,穿着一件粘满油污的破烂的女棉上衣,又高又瘦,低低地俯首在桌子上,好像怕人看见他的脸似的。他脸上的麻瘢很深,坑坑洼洼,没有胡子,也没有眉毛。有时他用颈部的迅速而强烈的动作扬起剪过发的头,并且不安地,好像是猜到了什么似的用灰色的大眼睛看着库津,而当他发现,万纽什卡也固执地端详着他时,他的薄薄的嘴微笑一下,小声说道:

"本来有件大衣,吃掉了;帽子,——也吃掉了,现在就剩下一双皮鞋了……"

他在桌子下面伸出了穿着结实的皮鞋的一只长脚,补充道:

19

"很快也要卖了,——去换东西!"

万纽什卡可怜他,也为自己伤心。

"也许,对付对付能……"他说道。

"哪能呢!在这里,我们这号人像秋天的落叶一般。瞧,有多少人啊!大家都要吃饭。"

"我们一块喝杯茶吧?"万纽什卡建议道。

"谢谢!太谢谢啦……我喝够了!要是来一杯酒呢?"

他深深地叹了一口气。

万纽什卡用舌头探了一下嘴里的钱,想了想,然后用手指招呼跑堂的过来,一本正经地吩咐道:

"来半瓶酒,两个人喝!"

麻子高兴地微笑一下,但什么也没有说。

"你在哪里过夜呢?"万纽什卡问道。

"离这里不远,三个戈比一宿。你呢?"

"我刚来。"

"好办,我们在一起住吧!"

"好吧!"

"那就这样。你叫什么名字?"

"伊凡……库津。"

"我叫萨拉金·叶列梅……"

他们沉默了一会儿,彼此微笑地看了看对方。跑堂的把酒拿来了,万纽什卡给萨拉金倒了一杯,萨拉金欠身起来,接过酒杯,把它伸到库津面前,说道:

"来,我们干杯,表示我们友谊的开始!"

万纽什卡很喜欢听这些话,好汉似的把酒倒进嘴里,咕嘟一声喝了下去,愉快地说:

"两人在一块互相有个照顾!"

"尽可能照顾吧!"

"我是第一次进城找工作,以前来办过事情,住在城里可还是头一回。"万纽什卡一边说,一边斟第二杯。

"我也是。这之前我在地主大庄园里干活。同管家吵了一架,他把我赶出来了。那条红毛狗!"

"我父亲前不久死了。现在,我自己当家了!……"

旁边一张桌子坐着两个马车夫,两人都弄得满身白。他们大声地争吵,其中那个个子大、年岁也大的人用拳头捶着桌子喊道:

"是的,就是说,他活该!"

"为什么?"另一个额上有伤疤的黑胡子问道:

"因为,你知道!他是一个什么样的工人吗?工人们,——他们,可以说是和好的面,给上帝的面包!而其他的人,就是说那些不会干事的人,他们就好比糠秕、麸子!他们只有一个用途:作牲口的饲料……"

"所有的人都是同样值得怜悯的。"黑胡子说道。

萨拉金细心地听了他们的争论,说道:

"不对。"

"什么不对?"

"怜悯不对。就拿我来说吧:管家马特维·伊凡内奇可是我的敌人!他凭什么把我解雇了呢?我干了两年的活,一点差错也没有。突然他责怪起我来,好像我把厨娘玛丽娅……如此这般。好像缰绳也是我……缰绳丢了,就找找吧!可他突然对我说:滚吧!这是怎么一回事?他不需要我,我还非常珍爱自己呢!我要生活!像这样,我能怜悯他这个管家吗?"

萨拉金停了片刻,又深信不疑地说:

"我只能怜悯我自己,任何人我都不怜悯!"

"有道理。"万纽什卡说道。

第三杯之后,他们两人都把臂肘支在桌上,面对面坐着。酒和喧闹声使他们兴奋起来。萨拉金开始长久地、不连贯地、热烈地对万纽什卡讲述自己的经历。

"我是一个弃儿!"他说道,"由于母亲的罪孽,我忍受着自己的苦日子……"

万纽什卡看着朋友的激越的麻脸,肯定地对他点点头。这一来,他的头也晕得很厉害。

"万尼亚,再要半瓶酒来吧!反正都一样了!"萨拉金高声喊道,绝望地挥挥手。

万纽什卡回答道:

"行——行……"

## 三

万纽什卡醒来时,发现自己躺在一间昏暗的带拱形天花板的地下室的铺板上,天花板好像萨拉金的脸一样,到处是坑。他的舌头在嘴里转了转,——钱没有了,有的只是一种带强烈苦味的唾液。万纽什卡深深地叹了一口气,朝四周看了看。

整个地下室排满了低矮的铺板,铺板上躺着衣衫褴褛、又脏又黑的人们,活像一堆堆垃圾。有一些人已经醒了,动作艰难,费劲地从床上爬到砖砌的地上;另一些人仍在睡觉。轻微而沉郁的谈话声同睡觉的人的鼾声溶合在一起。什么地方发出了水的拍溅声。在朦胧灰暗的早晨,衣衫褴褛的人们好似一片片秋天的乌云。

"你睡醒啦?"

萨拉金站在万纽什卡的身旁。他的脸通红,大概刚用凉水洗了脸。他手里拿着一个铜盒子,里面有许多小齿轮,不知为什么,他一只眼注视着这些小齿轮,另一只眼却微笑地瞅着万纽什卡。

"我们昨晚喝得真够厉害的!"库津说道,责备地望着朋友。

"灌得真痛快!"朋友满意地回答道。

"我的钱全花光了!"

"不要紧,我们可以活下去的!"

"是啊,你可好……"

"你不用担心!我有十七个戈比,再说,我还可以把皮鞋卖掉。我们可以活下去的!"

"真这样吗?"万纽什卡不信地望着朋友的脸说道。他看见萨拉金不作声,便补充道:"你现在该帮我的忙了,我跟你把自己的钱喝光了;大概,你该……"

"算了吧,那有什么呢?有苦同当,有福共享。我们不是有钱人,没有什么可争的,可分的东西并不多!"

他的眼神和声音使万纽什卡放下心来,便问道:

"你手里拿的是什么?"

"你猜一猜!"

库津向四周仔细看了看,低声问道:

"造假钱的,是吗?"

"怪物!"萨拉金笑着提高声音说,"你胡想些什么啦,你从哪里知道造假钱的事呢?"

"我知道。离我们村子七俄里远的地方,有一个农民就是干这个的……"

"是吗?"

"被流放到西伯利亚去了。"

萨拉金思索着,沉默了一会儿,手里转动着盒子,叹道:

"是的,干这个是要被流放的……"

"就是说,我猜对了?"万纽什卡小声问道,低下头来看盒子。

"不,这不过是——时钟的机心……起来吧,我们喝茶去……"

万纽什卡从床板上爬下来,用手理了理头发,说道:

"我们走。"

但是,小铜盒引起了他的好奇心,并且使他产生了某种恐惧的心情。当他看到萨拉金把盒子藏到怀里时,便问道:

"你这是从哪里弄来的?"

"我卖大衣时在市场上买的,花了七十个戈比……"

"你要它干啥用呢?"万纽什卡问道。

"你知道吗,"萨拉金俯身到他的耳边,神秘地说,"我早就想知道,钟为什么会知道时间呢? 中午——现在就要敲十二点了! 怎么会这样的呢? 普通的铜,把它这样装配起来,它就知道什么时候是什么时间? 人可以根据太阳来猜测时间,因为人是活的畜生。可这是一些齿轮,是铜呀!"

万纽什卡头痛。他同朋友并排走着,听着朋友莫名其妙的话,吃力地思索着:萨拉金卖皮鞋后会做些什么呢? 他会不会还给他哪怕是喝酒花去的一半的钱呢? 他看了萨拉金一眼,问他:

"你什么时候去卖皮鞋呢?"

"我们现在去喝茶,完了就去。老弟,我早就想要一个钟了。我问过许多聪明人,——这个人这样说,另一个人又那样说,无法理解。"

"你要知道这个干吗呢?"万纽什卡好奇地问。

"很有意思! 怎么会这样的呢? 人会走,因为人是活的,这很简单!"

萨拉金对钟的秘密谈得如此多和如此热烈,使万纽什卡也不由地为伙伴的激奋心情所感染,他也开始思索起来:为什么钟会知道时间? 喝茶的时候,两个朋友都顽强地、固执地讨论着钟的问题。

后来他们去卖皮鞋。皮鞋卖了两卢布四十戈比。萨拉金为皮鞋的卖价低而心里不痛快。他当即在市场上的小酒馆里请万纽什卡吃饭,恼恨之下,一下子就花了整整一个卢布。到深夜,当他们高声说着话、摇摇晃晃地回到小客栈时,萨拉金衣兜里只剩下四枚五戈比的铜币了。万纽什卡搀扶着他,肩碰着肩,高兴地说道:

"老兄,我爱你,就像亲人一样! 真的! 你是好人……就是说,我全归你了! 是这样! 真的! 不信你骑到我身上,我就驮着你……"

"傻子,"萨拉金小声说,"没有什么,我们能活下去! 明天,我们去把机心卖了……整袋的钱。那么,就去它的吧!好吗?"

"再没有可说的了!"万纽什卡一挥手,大声喊道,并用尖嗓子唱起来:

我长得难看,我贫穷……

萨拉金停下了步子,和上一句:

我衣衫褴褛……

他们互相紧偎在一起,一齐用怪嗓子唱道:

谁也不会娶这样的姑娘

做老婆①……

"马特维卡,红毛鬼——早晚要让他知道我是什么人!"萨拉金最后突然说道,并高高地举起一只手,用拳头在空中威胁似的挥动着。

## 四

一星期之后。

一天夜里,两个朋友饿着肚子,生气地并排躺在小客栈的铺板上。万纽什卡小声地责备萨拉金:

"都怪你不是!要不是你,我现在已经有地方工作了……"

"见你的鬼去。"萨拉金简短地忠告朋友。

---

① 这是一首流行的民歌。这首民歌是从俄国诗人 и·苏里科夫(1841—1880)的《我生来是个孤儿……》一诗演变而来的。这首诗的四句是:"哎嗨,我不幸,我贫穷,我衣衫褴褛——由于我贫穷,谁也不娶我做老婆!"

"你别汪汪叫了！我说的是真话,现在该怎么办？会饿死的……"

"去吧,同女商人结婚去,那你就不会饿肚皮了,软骨头！"

"麻子脸,疤癞鼻子……"

他们不是第一次这样谈话了。

白天,他们衣不蔽体,身上冻得发紫,在街头踯躅,但却很少能找点什么事情做。他们替人劈柴,替人清除院子里的污水冰块,这样挣得二十戈比,立即就吃掉了。有时,市场上的某个太太把装满肉或蔬菜的筐子交给万纽什卡,让他提着跟在她后面在市场上转上一个钟头,然后给五个戈比。在这种情况下,饿得肚子痛的万纽什卡常常心里憎恨这个太太,但又害怕这种情感有所表露,仍要装着对她很尊敬,装着对于筐子里那些加剧他的饥饿感的东西一概漠不关心的样子。

有时,万纽什卡避开警察偷偷地向行人乞讨施舍。萨拉金却有本事偷到一块肉、小团黄油、一棵白菜、一个秤砣。在这种情况下,万纽什卡便害怕得发抖,对伙伴说：

"你要害死我了！会把我们赶到牢房里去的……"

"在牢房里有吃有穿,"萨拉金不无道理地反驳道,"偷比找工作更容易一些,难道这是我的罪过吗？"

这一天,他们好容易凑了六个戈比去寄宿。萨拉金不知从哪里偷来一块法国面包和几个胡萝卜。除此之外,这一天他们再没有吃到别的东西。肚子饿得像火烧一样难受,没法入睡,人也因此变得容易发火了。

"我为你花了多少钱？"萨拉金用责备的口吻问万纽什卡,"你的全部财产就是一件长衣加上一把斧子……"

"那六十戈比呢？你忘了！"

他们互相埋怨着,就像两条恶狗。有一次,万纽什卡(好像不是故意的)还用胳膊肘捅了萨拉金的腰一家伙,不过万纽什卡并不愿意公开同伙伴闹翻,因为在这段时间里,他已同萨拉金混熟了,他心里明白,要没有萨拉金,他的日子会更难过。

一人住在城里,是可怕的,而衣衫褴褛、半裸着身体回农村去,不论在母亲面前,还是在姑娘面前,在所有人面前都是丢脸的。而且,万纽什卡每次提到回农村时,萨拉金便嘲笑他。

"去吧,去吧!"他龇牙咧嘴地说,"叫你的母亲高兴高兴:挣了不少钱,穿得像个老爷!"

此外,有一种模糊的成功希望使万纽什卡没有回农村去:他时而觉得有个有钱人会可怜他,招他去做工;时而觉得,萨拉金能找到一条出路,脱离这种难堪的饥饿的生活。萨拉金本人的机灵也使万纽什卡增添了期望,因为萨拉金常常说:

"不要紧!我们能活下去,你等着瞧吧,我们会有出头之日的!⋯⋯"

他说这话时表现得很有信心,并且似乎特别锐敏地看了万纽什卡一眼。于是万纽什卡觉得,他的伙伴已经知道如何摆脱困境的办法了。

这个晚上,他虽然与自己的伙伴肩并肩躺着,却仍旧在想:假如从他们上面,天花板上掉下一块砖砸在萨拉金的头上,这该有多好啊。他回想起,不久前夜间传来一种使大家吃惊的粗野的叫喊声,又想起了那个被小客栈拱顶上掉下来的砖砸烂的人的满是血污的面孔。

"你的六十戈比,真是了不起的一大笔钱,"萨拉金嘟哝着,"假如你⋯⋯"

"我怎么样?"

"假如你胆子大一些的话⋯⋯"

"那又怎么样?"

"那么,也没有什么⋯⋯"

万纽什卡想了想,说:

"你什么也不行,只会说空话,白费口舌⋯⋯"

"我?"

"你。"

"啊哈！我要是说出来……"

"说什么？比方，要是我胆子大了……然后又做什么呢？"

"然后？"

"是呀！"

"我说！"

"你说吧。"

"我说，可是……"

"你没有什么可说的。"万纽什卡断然地说。

萨拉金不安地在铺板上翻动，万纽什卡却转身用背朝着他，绝望地、懊丧地叹了一口气，小声说：

"啊，上帝，哪怕是来点面包皮也好……"

他们默默地躺了几分钟，后来萨拉金欠起身来，头倾俯在万纽什卡上面，嘴唇差不多碰到了他的耳朵，勉强可以听见地说：

"伊凡！你听着，跟我走！"

"上哪儿去？"万纽什卡也用极轻的声音问道。

"到博里索沃去……"

"去干什么？"

"路上我告诉你！"

"你现在就说……"

"好吧，我们走！我告诉你……我们去……偷马特维·伊凡诺夫的东西，——真的！"

"你见鬼去吧！"万纽什卡又害怕又懊丧地说。

但萨拉金重重地靠在他的身上，低声在他的耳边说：

"你听着，其实，很简单！到了后，干完我们要干的，再回到这里来！谁会想到我们呢？那边我什么都知道，所有的通道，什么地方放着钱，我都知道，而且还有银器：银勺子、银杯子，就在玻璃后面的架子上……"萨拉金的热乎乎的气息使万纽什卡的面颊发热。恐惧消失了，但他仍旧小声重复说：

"你去吧,我说了,滚你的吧,鬼东西!"

"不,你等着吧……要知道,我们的生活就要好起来了,——想想吧!马上——有吃也有穿了……是吗?"

万纽什卡躺着,不吱声,萨拉金却继续往他的耳朵里、脑子里倾吐着热烈的、深信不疑的话语。

最后万纽什卡问他:

"有许多钱吗?"

## 五

两天以后,一个清晨,他们肩并肩地走在大路上。萨拉金瞧了瞧自己的同伴,精神振奋地说:

"你明白吗,首先我们要点火烧棚子!就是说,火起来了,大家都要跑去救火,马特维也会去的!他一跑开,我们就到他那里去!剥蛋壳一样,偷他个精光……"

"要是逮住我们呢?"万纽什卡沉思地问道。

"无论如何不会的!"萨拉金说,"谁来逮呢?"

他以严肃的声音补充说:

"人们要去灭火,而不是去捉贼!懂吗?"

万纽什卡赞同地点点头。

这事发生在三月初。柔软、松散的雪像沉甸甸的棉絮似的从不透亮的天空中懒洋洋地落下来,很快地盖住了两排被折断了树枝的老桦树之间的道路上的行人足迹。

"唉,能成功就好了!"万纽什卡沉重地叹着气说。

"瞧着吧,会成功的!"萨拉金有把握地说。

"上帝保佑!就是说,如果成功了的话,上帝啊!再也不干这种事了……"

两个伙伴走得很快,因为他们穿得很坏:萨拉金穿着自己千疮百孔的女式短上衣,污秽的棉花露了出来,脚上穿着已走了样的毡套鞋,头上顶着一顶旧得发灰的帽子;万纽什卡把长衣换了一件咖啡色厚呢子上衣,但是右衣袖却不知为什么是黑色的,他穿着树皮鞋,戴一顶帽檐已经坏了的便帽,腰间系一条绳子。万纽什卡变得像一个喝酒喝穷了的手艺人,而不像农民。

在他们决定去偷盗的前夜,萨拉金不知从什么地方偷到一口铜锅和一把熨斗,八十戈比卖给了收废铁的商人,现在他衣兜里装着半个卢布。

"要是我们在路上碰到一个骑马的人把我们带到那里就好了,"萨拉金说道,"否则我们在天黑前是走不到那里的,还有四十多俄里呢!谁要是把我们带到那里,我们每人出五戈比都行……"

雪落在他们的头上,落在面颊上,粘住眼睛,像白色肩章一样铺在肩上,紧贴在脚上。在他们周围和上空无声地翻腾着白粥似的雪花,前面他们什么也看不见。万纽什卡垂着头默默地走着,像一匹被拉到剥皮场去的老病马,而爱动和爱说话的萨拉金却东张西望,不停地唠叨着。

"我们走了多少路了!前面是什么地方,——无法辨清!好大的雪啊……即使是这样,雪对我们是有利的:不会留下足迹……但愿它就这样一直下吧!只是在这种情况下放火不大方便!没有什么,人生在世,万事如意的事大概是不会有的……"

雪花逐渐变小了,干燥一点了,降落的速度也放慢了,它已经不是径直落在地上,而是在空中不安地、忙乱地打着转转,变得更加稠密了。突然,从雪花中出现了一堆黑压压的、歪斜的建筑物,好像屋顶上的沉重的雪堆把这些建筑物压到地里去了。

"这是福金的院子,"萨拉金说道,"让我们先到酒馆去喝一杯吧……"

"得先喝一点。"万纽什卡同意道,他浑身直打哆嗦。

酒馆旁边一动不动地停着两匹套在雪橇上的马,瘦小,长毛蓬松,温驯的眼睛闪着忧郁的目光,它们正在抖落着睫毛上的雪。没有油漆的轭上盖着一层黑色的灰尘。

"啊哈,卖炭的!"萨拉金说道,"我们要是同路就好了……"

果真,在酒店里,靠近窗子的一张桌子旁边坐着一个年轻小伙子,他在喝啤酒。万纽什卡立即注意到,他的瘦削的脸上有一个很长的、可笑的鼻子,满脸黑斑。卖炭人很傲慢地坐在凳子上,两脚宽宽地叉开,慢条斯理地、一口一口地喝着杯子里的酒,喝完后,便咳嗽起来,全身抖动,这时候他的全部傲慢的姿态就都消失了。

万纽什卡走到柜台前,喝了一杯芳香而又带有苦味的烧酒,并给萨拉金递了一个眼色,要他注意那个卖炭的。

"你是进城去吗,好小伙子?"萨拉金走到卖炭人跟前,问道。

卖炭人看了他一眼,用喑哑的声音回答说:

"我们不会空着车子进城去的。"

"这么说,是从城里回来的!"

"你要干吗?"

"我吗?我和我的伙伴要到博里索沃去,榨油坊雇了我们。既然我们是同路,你就捎带我们一程吧!"

小伙子看看萨拉金,然后又看看万纽什卡,给自己斟了一杯啤酒,用手指从杯子里捞起一块瓶塞子的碎屑,简短地回答说:"不方便。"

"带带我们吧,交个朋友!我们每人给你五戈比……"

"我们不稀罕这几个钱。"小伙子说,看也不看萨拉金一眼。

"看在基督的分上,你就带带我们吧!"万纽什卡小声胆怯地央求说。

小伙子瞅了他一眼,皱皱眉头,摇着头表示不同意。

"你这人怎么这样呀!"萨拉金扬声道,"你不反正都是一样吗?可我们却要走很远,已经很累了,你看我们穿的是什么衣服啊……"

"你该穿得暖和一些。"卖炭人嘲讽地说。

"可是没有什么好穿了!"万纽什卡恳切地说,"你看,我们都是穷人……"

"你们为什么穷呢?"卖炭人冷漠地问了一句,又开始喝啤酒。

万纽什卡同伙伴交换了一下眼色,两人都不吱声了,他们站在卖炭人的面前,没有戴帽子。

这时开酒店的老太太说话了:

"尼古拉,你别固执了,就带带他们吧。那有什么呢?反正马是白跑的,他们能给你五戈比,听见没有,他们给!你先要钱,然后再让他们上去。"

卖炭人重又轮番地看看这两个伙伴,然后缓一口气说:

"每人十戈比。"

"好吧!"萨拉金挥手喊道,"拿去,——用吧!"

"你看看钱。"老太太忠告说。

卖炭人把二十戈比的钱币掷在桌上,听听它的声音,然后再用牙齿咬一咬,走到柜台前,又把它掷了一下,对老太太说:

"你收下作啤酒费。"

"咳,真是一条狗。"萨拉金小声对万纽什卡说道。

"你坐在空车上,"卖炭人一面接过老太太找给他的钱,一面对万纽什卡说,"你,跟我来……"

"好吧!"萨拉金同意道,"我们为什么不在一起呢?"

"你们干吗要在一起呢?"卖炭人不信任地问道。

"我们可以暖和一些……"

"想得真不错,"卖炭人冷笑一下,"不,你照我说的做。因为,如果你的伙伴想从我这里把马赶走的话,我就用秤砣对准你的脑袋打昏你,并且把你捆起来……"

他没有说完话便笑了起来,然后又费劲地咳了很久……

## 六

在离开酒馆五俄里的时候,卖炭人终于又同自己的乘客聊起来:

"你是什么人?"

"是人。"萨拉金故意含糊其词地说。

路上很冷。萨拉金全身都在微微打战。暴风雪差不多停止了,但却刮着凛冽的寒风。萨拉金已经两次跳下雪橇,同雪橇一起在路上跑,希望能使自己暖和起来。但是,在积雪很深的松软的雪地上跑步很困难。他很快就累了,重又跳上雪橇。这样跑过两次之后,身上觉得更冷了。每当他跳下雪橇时,穿着厚实的短皮袄和农民上衣的卖炭人便从上衣袖子里掏出一根短粗的木棍,木棍末端有一条链子,链子尽头系着一个大秤砣。萨拉金知道,这种武器叫作短锤①,他感到极大的愤怒,就像寒冷一样,攥住了他的心。

"大家都是人!"卖炭人说,"可我问的是:你是哪家的?"

"我哪家的也不是。我是无亲无故的人。"萨拉金答道,并朝前面喊一声:"万尼亚,你怎么样了?"

"没事!"万纽什卡小声回答道。

"冻坏了吧!"

"是啊……"

"我估量你们,"卖炭人唠叨着,"都是倒霉的人,两个都穿得破破烂烂……因此,你们显然都是懒汉……"

萨拉金蜷缩身子坐着,沉默着,注意不让牙齿打战而发出声来。

他朝后看看,在那边,透过现在已经稀疏了的鹅毛大雪,看见了荒凉的、蓝色的平原。这平原迎面向他吹送着寒气和烦恼。平原上没有任何可以让他注目的东西。

"我们谢马金一家,兄弟三人。我们烧炭,就是说,我们把炭运到城里,卖给酒厂。是的……我们生活得很和睦,有饭吃,有衣穿,有鞋……事事如意,谢天谢地!谁会干活,谁不偷懒,不游手好闲,他就总能生活得好……我的两个哥哥已结了婚,我过节以后也要结婚……

---

① 短锤,古代的一种兵器,这里是卖炭人用来防身的武器。

就是这样！谁能干活,他生活就不困难……"

马套着很重的轭,费力地跑着。雪橇在抖动。萨拉金在雪橇上摇晃着,就像手掌上的一粒胡桃。

卖炭人的一席枯燥、不快和难听的话,落到他的心里,就像是许多冰冷的砖块挤压着他的心。听这个人的暗哑的声音,他感到痛苦、难受。

"万纽什卡!"他喊了一声。

"什么?"

"你最好下来跑跑……"

"为什么?"库津有气无力地问道。

"别冻坏了!"

"不要紧……"

卖炭人叹了一口气,然后冷笑一下,用袖子擦了擦鼻子,重又说起话来：

"瞧你们这些人,这些人啊！你们干吗要活着呢？受冻,挨饿……真奇怪！人们难道应当这样生活吗？生活要过得好……"

"你要是把钱分一点给我,我也会生活得好。"萨拉金气愤地说。

"什么?"

"我说,你分一点……"

"分我的！看到这东西了吗?"

链子上的秤砣在萨拉金的面前晃动。他看到了卖炭人那张龇牙咧嘴的、狞笑的、像恶魔一样的黑脸。突然之间,萨拉金仿佛全身着了火,仿佛心脏在胸中碎裂了,喷出一股火焰,直冲头顶,并且把眼前的一切都染成了血红的颜色。他用最大的力气挥起右手打过去,并用胳膊肘在他脸上猛地一击,把卖炭人仰面打翻在地,与此同时,秤砣也落在他两个肩胛骨之间。一阵剧痛透过身体,使他呼吸都感到困难。

"救命呀,杀人啦!"卖炭人断断续续地喊叫。

但是萨拉金用自己全身的重量压在他身上,用手指拢住卖炭人的

脖子,使劲地掐他,两个膝盖狠狠顶着卖炭人的肚子:

"好,你叫,你喊,你叫吧……"

卖炭人发出嘶哑的叫声,牙齿咬住萨拉金肩上的衣服,在萨拉金身子底下蜷曲着身子挣扎着,像刀底下的鱼一样;他也用手寻找着对方的脖子。短锤从他的手指里落下来,但却吊在手腕的皮带上。短锤有时碰到萨拉金的身体,每次碰着时虽然不痛,但也产生一种恐怖感。

"万纽什卡!帮帮忙!"萨拉金怪叫了一声。

被冻得缩成一团的万纽什卡躺在雪橇里,钻在装木炭的大袋子底下。当他听到卖炭人的喊叫声时,被恐怖愣住了。他立即本能地猜到了发生的事情,从而更深地把脑袋埋在大袋子下面……

"我就说:我睡了,我没听见。"他迅速地思考着对策。

但是当他听到同伴要求帮助的呼唤后,他全身哆嗦一下,像马蹄下的一团雪那样,跳出了雪橇。他脑子里像火花一样闪出一个思想:如果卖炭人战胜了萨拉金,那么,他,万纽什卡,也将被杀死。当他来到扭在一起的两个人的身旁时,他看到了卖炭人那张鲜血淋漓却仍旧是污黑的脸,以及吊在他右手上的短锤,右手的黑色手指仍在痉挛地搜索着。万纽什卡抓住这只手,折它,扭它,把它旋过来……

瘦小的毛茸茸的马带着悲哀的眼神摇摇头,静静地在路上走着,把嘶哑地叫喊着、咬牙切齿地不可理解地扭打在雪橇上的三个人拖向寒冷的死寂的远方。另一匹马害怕这些人的脚会打着它的脸,悄悄地落在后面了。

## 七

当疲惫的、满身大汗的万纽什卡从这场争斗中清醒过来时,眼睛里充满着恐怖感,他小声地对萨拉金说:

"瞧,马哪里去了?跑了!"

"它不会说话的。"萨拉金低声含糊地说,擦了擦被撕破的脸上的血。

同伴的镇静的声音减轻了万纽什卡的恐惧。

"好吧,不愉快的事情已经造成了!"他向卖炭人斜视了一眼,说道。

"与其他把我们打死,不如我们把他干掉。"萨拉金仍旧平静地说,并立即一本正经地补充道,"来,我们把他的衣服扒下来吧!短皮袄——给你,上衣归我。要快一点,否则被人碰见了,要不有人追上来……"

万纽什卡默默地开始翻动卖炭人的身体,把衣服脱下来,并不时瞧瞧同伴,想道:

"难道他不害怕吗?"

同伴的这种对死者的平静得像办公事的态度使万纽什卡感到惊讶和畏葸。更使他吃惊的是萨拉金的被抓破了的麻脸:这脸老是在打战,被扭歪了,好像在无声地发笑;眼睛闪烁着一种特殊的光芒,好像是喝了适量的酒或者是什么东西使他十分高兴。在争斗中万纽什卡丢了帽子,萨拉金摘下卖炭人的帽子塞给他,说道:

"戴上吧,要冻坏你了!这样也不好……一个人,突然不戴帽子。为什么这样?"

他开始翻死人的裤兜,干得如此迅速而又利落,好像他一生就专干这种杀人越货的勾当似的。

"要一切都考虑到,"他一边解开卖炭人的小荷包,一边说道,"谁也不能不戴帽子走路。真有你的,金的,五卢布,不,是七个半卢布……"

"你。"万纽什卡目光炯炯地瞧着钱币,胆怯地说。

"什么?"萨拉金问道,迅速地扫了他一眼,便轻蔑地唠叨说,"我们有这些财产已经足够了!喂,小家伙,走吧!雪橇赶快一点……"

于是,萨拉金用手掌拍打一下马的臀部。

"我不是说钱的事,"万纽什卡说,"我想问你……"

"问什么?"

"你是头一回干这种事吗?"万纽什卡用眼睛指了一下被扒光了的卖炭人的尸体。

"傻瓜!"萨拉金冷笑一下,扬声说,"怎么,我是强盗吗?"

"因为,我觉得,你把他的衣服扒得太快了……"

"活人的衣服都扒了,扒死人的——算什么。"

突然,跪着的萨拉金摇晃了一下,沉重地倒在万纽什卡的脚下。万纽什卡打了一个寒战,好像整个身体都突然浸入了冷水中。他喊叫起来,把自己的同伴推开。他的叫喊使得马开始疾驰起来。

"不要紧,不要紧!"萨拉金抓住万纽什卡,喃喃地说。他的脸变得更青了,两眼无神,混浊。

"在肩胛骨之间他打了我一拳,心里难受……会过去的……"

"叶列梅,"万纽什卡声音发颤地说,"看在基督面上,我们转回去吧!"

"去哪里?"

"进城去!我害怕……"

"进城,不行!不,我们去把马卖了,然后到马特维那里去……"

"我害怕。"万纽什卡沮丧地说。

"怕什么?"

"我们要完蛋了,老兄!现在会发生什么事情呢?难道我跟你走是为了干这种事吗?"

"见你的鬼去吧!"萨拉金大声喊道。他的眼睛闪现出凶狠的目光。"'我们完蛋'——完蛋是什么意思呢?就我同你杀人吗?世界上是第一次发生这种事情吗?"

"你别生气。"万纽什卡用哭泣的声调请求道。他看见同伴的脸上又现出一种绝望的神态,好像喝醉了似的。

"这怎么能不生气呢!"萨拉金愤懑地感叹说,"这样的结局……"

"你别急,我们怎么办呢?"万纽什卡恳切地说,全身哆嗦,胆怯地环顾着周围。"我们把他拉到哪里去呢？要知道，现在该是维宪基村了，我们拉的是什么呢？"

"吁，魔鬼！"萨拉金向马吆喝一声，并像皮球一样，轻快地从雪橇里跳到路上。

"对，老弟！"他一面小声地嘟哝，一面抓住卖炭人的手，"动手，把他拖下来，抓住他的脚，来，拖吧！"

万纽什卡尽量不看死尸的脸，抬起了他的脚，却仍旧看到了卖炭人脸上的一块发青的、圆圆的、可怕的东西。

"刨个坑！"萨拉金吩咐着，并跳进松软的雪地里，使劲地匆忙用脚把雪向两边扒开。他的动作是如此奇怪，以至万纽什卡把卖炭人的尸体搁在松软的雪地上，站在那里直瞅着同伴，没有去帮他的忙。

"埋进去，埋进去。"萨拉金说，尽快地把雪掩在死人的胸部和头上。两个伙伴就在离雪橇两步远的地方忙碌着。马歪着脖子，用一只眼睛望着他们，一动不动地站着，好像冻僵了似的。

"好了，我们走吧。"萨拉金说道。

"太少！"万纽什卡不同意地说。

"什么太少？"

"可以看出来，一个小丘……"

"反正都一样！"

他们坐上雪橇继续往前走，彼此紧偎着。万纽什卡一路上老是朝后看。他觉得，他们走得太慢了，因为死尸上的小雪丘老没有从眼前消失。

"催马。"他对萨拉金央求道，紧紧闭上眼睛，许久都没有睁开。而当他张开眼睛时，仍然看见远处在路左边平坦的雪地上有一个小小的凸起来的地方。

"唉，我们要完蛋了，叶列梅。"万纽什卡几乎是耳语似的说。

"没有什么，"萨拉金暗哑地答道，"我们把马卖掉，然后再回城里去……让他们寻找我们去吧！瞧，维宪基村到了……"

道路顺山而下,进入不大深的、盖满积雪的山谷。黑色的光秃的树木从道路两旁匆匆掠过。寒鸦大叫一声,两个伙伴战栗一下,彼此默默地看看对方……

"你,小心点。"万纽什卡低声对萨拉金说。

## 八

他们像没事人似的,说说笑笑走进了酒馆。

"喂,好人,"萨拉金对酒馆老板说,"给我们来一杯!"

"行。"一个又高又黑的秃头男人从柜台后面站起来答道。他如此殷勤和自然地看了一下万纽什卡,使得库津在酒馆中间停住了,愧悔地微笑一下。

"我们这地方有这样一个规矩,"酒馆老板把酒放在萨拉金面前时说道,"当人们走进什么地方的时候,就说:'好啊!'或者说:'你好!'从远处来的吗?"

"我们?不,我们离这儿不太远……三十俄里。"萨拉金说。

"往哪个方向去呢?"

"往那边。"萨拉金指了一下酒馆的门。

"就是说,从城里来的?"酒馆老板问道。

"对……去吧。万尼亚,喝茶!"

"万尼亚,是兄弟吗?"

"不是,"万尼亚迅速地回答说,"我们是什么兄弟呢?"

在酒馆的一个角落里,靠门边坐着一个小个子乡下人:长着尖尖的鸟鼻子,灰色的敏锐的眼睛;他从座位上站起来,慢慢地走到柜台跟前,毫无礼貌地打量着两个伙伴。

"你要什么?"酒馆老板问他。

"不要什么,"乡下人说道,发出吱吱呀呀的嗓音,"我想,可能,我们是相识……"

39

"我们坐一会儿,暖和一下。"萨拉金说着离开了柜台,拉了一下万纽什卡的袖子。

他们走到一边去,坐在一张桌子旁边。鸟鼻子乡下人仍站在柜台跟前,小声地对酒馆老板说些什么。

"我们走吧。"万纽什卡小声对萨拉金说。

"等一会儿。"萨拉金大声答道。

万纽什卡用责备的眼光瞧了一下同伴,摇摇头。他觉得,现在高声地在人们面前说话是危险的、不好的、不恰当的。

"给我们再来一杯。"萨拉金招呼道。

酒馆的门吱呀一声开了,又走进来两个人:一个是留着灰色大胡子的老头,另一个是矮壮的大脑袋的人,穿着齐膝盖长的短皮袄。

"身体好。"老头说道。

"欢迎。"酒馆老板答道,并看了萨拉金一眼。

"谁的马?"矮壮的人用头指着门口问道。

"就是这些人的。"尖鼻子乡下人指着萨拉金慢吞吞地说。

"是我们的。"萨拉金肯定道。

万纽什卡听到声音,吓得心都要停止跳动了。他觉得,这里所有的人说话都有点特别,过于简单,好像他们一切都知道,对什么都不奇怪,而且好像在等待着什么。

"我们走吧。"他低声地对同伴说。

"你们是什么人?"矮壮的人问萨拉金。

"我们?卖肉的。"萨拉金突然回答说,并微微一笑。

"那么,你想干什么?"万纽什卡不安地小声喊叫了一声。

但是,四个乡下人全都听到了他的喊声,大家都慢慢地回过头来,用好奇的眼光盯着他。萨拉金镇定地看了看他们,只是他那紧闭的嘴唇在打哆嗦。万纽什卡却低下头,等待着,觉得难于呼吸。不祥的、难堪的沉默并没有持续很久……

"就是,我看见,"矮壮的乡下人说道,"在雪橇的前部有血……"

"什么?"萨拉金声音粗鲁地说。

"可是我,"老头说道,"却没有看到血。难道是血吗?我看了看雪橇,全都是黑的,就是说,是卖炭人!伊凡·彼得罗维奇,给我斟酒……"

酒馆老板斟了一杯酒,并像一条吃饱了的猫,慢条斯理地向门口走去。鸟鼻子乡下人等到老板走到他跟前时,也走出了酒店。

"好吧,"萨拉金站起来说道,"喂,万尼亚,该走了!老板哪儿去了?钱……"

"他就回来。"矮壮的乡下人说道,把视线从萨拉金身上移开,卷起纸烟来。万纽什卡也站起来,但立即又瘫在凳子上,他的两腿发软,支持不住身体。他呆呆地望着同伙,当他看见萨拉金的嘴唇打战时,忧愁和恐怖得轻轻地吼叫了起来。

酒馆老板一个人回来了。他像出去时那样平静地慢慢走回柜台里,臂肘支在柜台上,对老头说:

"天气又暖和起来了……"

"季节到了,到暖和的时候了……"

"喂,我们走吧!"萨拉金大声说道,走到柜台前,"给你钱……"

"你等一等。"酒馆老板懒洋洋地笑着说。

"我们没有工夫。"萨拉金小声说道,低下眼睛。

"喂,你等一等。"酒馆老板重复一句。

"等什么?"

"我已经派人去请村长了……"

万纽什卡很快站起来,重又坐下了。

"我跟村长没有关系。"萨拉金申明说,两肩抽搐着,不知为什么戴上了帽子。

"村长找你有事。"酒馆老板懒洋洋地说,离开了萨拉金。

老头和矮壮的乡下人对他们的莫名其妙的谈话发生了兴趣,都走到柜台前面来。

"他想问你,这是怎么一回事:你卖肉,却载着装煤炭的大袋子?"

"啊—啊—啊?"老头拖长声音说,离开了萨拉金。

"原来这样!"矮壮的人感叹道,"偷了马?"

"不是!"万纽什卡尖声喊道。

萨拉金挥一下手,转向他,似笑非笑地说:

"他们来了,完了!"

酒馆门口响起一片嘈杂声,匆匆地又进来五个乡下人,其中一个是高个子,红黄色的头发,手里拿一根长拐杖。万纽什卡张大眼睛看着他们,他觉得,他们都喝醉了,走起路来摇摇晃晃,酒馆也被摇撼得震动起来。

"好哇,骗子们!"带手杖的乡下人说道,"好吧,你们告诉我们,你们是什么人?从哪里来?比方说,拿我来说,我是村长,你们呢?"

萨拉金看了村长一眼,笑起来,笑声像犬吠一样,可是他的脸却发白了。

"你笑?"其中一个乡下人严厉地说,开始卷袖子。

"等一等,柯尔涅尔,"村长制止了他,"一切都有个顺序,他们也是这样……你们,青年人,那个……你们就照直地全说了吧:马是从哪里弄来的?啊!"

万纽什卡困难而缓慢地,像房顶上融化的雪那样,从凳子上滑下地来,跪着,开始结结巴巴地嘟哝:

"乡亲们,不是我!是他!我们没有偷马,我们打死了卖炭人……他就在那边,不远的地方,埋在雪里。我们没有偷马,我们只是坐着雪橇来,真的!这一切不是我!马,它自己掉在后面了,它会来的!我们没想杀人,是他自己先使用短锤!我们是到博里索沃去的,我们想去抢管家,先放火。我们没有动!这一切都是他,就是这个人叫我……"

"你都推在我身上吧!"萨拉金大声喊道。他从头上摘下帽子,把它扔在乡下人的脚下。这些乡下人像一堵无声的坚实的黑墙立在他

42

面前。

"你都倒出来吧,万尼亚,抛弃我吧!"

万纽什卡沉默了,脑袋垂到胸口,两只手耷拉在身上。

乡下人阴郁地、默默地看了他们很久。最后,有一个人,就是鸟鼻子,用吱吱响的嗓音叹息一声,高声地、懊丧地说:

"原来是两个凶犯,混蛋,啊!"

李辉凡　译

# 人<sup>*</sup>

## 一

……在精神疲乏的时刻,往事的印痕就在我的记忆中苏生,使我心中有一种凄凉的感觉,而我的思想,就像秋天冷漠的太阳,照亮了混乱可怕的现实,不祥地在这混沌世界的上空盘旋,无力升得更高,飞得更远。每当遇到这种精神疲乏的艰苦时刻,我总要把人①的雄伟形象召唤到我的面前。

人!仿佛有一轮红日在我的胸中升起,悲剧般完美的人就在这灿烂的阳光中向着前方、向着高处缓缓地迈进!

---

\* 本篇最初发表于一九○四年出版的《"知识"社一九○三年文集》第一辑。译自《高尔基三十卷集》第五卷。这篇散文长诗是对"大写的人"(Человек)的礼赞。它歌颂人是生活的创造者,是现实的改造者。高尔基认为这篇散文长诗比其他的作品更能反映他的世界观和信念。他在一九二八年说过的一段话可以作为"大写的人"的注解:"当我最初使用'大写的人'时,我还不知道'大写的人'是什么样的。他的形象我还不清楚。一九〇三年,我明白,大写的人就体现在以列宁为首的布尔什维克们身上,到一九〇七年,我在伦敦党代会上亲眼见到了列宁。"《人》发表后,引起各种各样的反应。具有革命思想的读者热烈欢迎这个作品。例如,老布尔什维克杜拉索夫后来回忆道:"我们把这个作品理解为对社会主义的人、革命者、无产者的颂歌,他们正在同剥削者社会作坚决的搏斗。"

① 本文中用楷体字下加圆点排印的词,在原文里头一个字母都是大写的。如人,原文是 Человек,又如拟人化的思想,原文是 Мысль,等等。

我看见他高傲的前额和勇敢、深邃的眼睛，眼睛里闪耀着无畏的思想的光辉，一种雄伟的力量的光辉，这力量能够在疲惫的时刻创造神祇，又能在精神奋发的时代把神祇推翻。

他迷失在荒凉的宇宙中间，独自站在一小块以无法觉察的速度向无垠的空间深处飞奔的土地上，被"他为什么存在？"这个恼人的问题折磨着，沿着通往战胜天上人间一切奥秘的道路，向着前方，向着高处，勇敢地迈进！

他一面前进，一面用心血洒遍他的艰难、孤独而又光荣的道路，用这热血创造出永不凋谢的诗歌的花朵；他巧妙地把发自他不肯安静的灵魂的哀号变成乐曲，把经验变成科学，每走一步都要把生活装点得更加美好，就像太阳用它的光华普照大地那样。他不断前进，向着高处，勇往直前！他是大地上指路的明星……

自由、高傲的人只是以时而像闪电、时而像宝剑那样冷静的思想的力量为武装，远远地走在众人前面，超越生活之上，独自置身于生活之谜当中，置身在他自己的种种错误之间……这些错误像沉重的石头那样压在他高傲的心上，使他的心灵受到创伤，折磨他的大脑，使他因为犯错误而羞愧万分，号召他把它们消灭干净。

他在前进！种种本能在他胸中嚎叫；自尊的声音像厚颜无耻的叫花子乞讨时那样令人嫌恶地诉苦；种种值得留恋的事物千丝万缕，像常青藤那样缠绕着他的心，吸吮他的热血，大声要求对它们的力量让步……七情六欲都想控制他；一切都渴望能够统治他的灵魂。

形形色色的生活琐事，就像路上的污泥和丑恶的癞蛤蟆，拦住他的去路。

就像行星环绕着太阳，人的创造精神的各种产物也紧紧地包围着他：他那永远得不到满足的爱情；友谊一瘸一拐地走着，远远跟在他后面；希望疲倦地在他前面走着；还有充满愤怒的憎恨，她手上那副忍耐的镣铐在叮当作响；而信仰则用忧郁的眼睛望着他不安的面孔，等着他投入自己安宁的怀抱……

他熟悉他所有这些可悲的侍从；他的创造精神的各种产物都是畸形的、不完善的、软弱的！

她们穿着陈旧真理的破衣，受过种种偏见的毒害，怀着敌意跟在思想后面，但赶不上思想的飞翔，就像乌鸦赶不上老鹰一样。她们同"思想"争论着谁该领先，却难得同思想融成一股强大的、富有创造力的火焰。

这里还有人的永恒的旅伴，那缄口不言、神秘莫测的死亡，她时刻准备亲吻他那颗热烈地渴望生活的心。

他熟悉他所有这些不朽的侍从，最后，他还熟悉一个叫疯狂的……

疯狂长着翅膀，像旋风一样强大猛烈，她用怀有敌意的目光监视着他，竭力鼓励思想，要拉思想去参加她野蛮的舞蹈……

只有思想——人的女友，只有同她才永不分离。只有思想的火焰才能照亮他前进道路上的障碍，打开人生之谜，揭示朦胧的大自然的奥秘，解开他心中漆黑一团的乱麻。

作为人的自由的女友，思想到处用炯炯的、锐利的目光观察一切，毫不徇情地揭露一切：

"爱情的狡猾庸俗的手段，她要占有情人的愿望，伤害别人的尊严和自轻自贱的想法，以及她背后的肉欲的肮脏的面孔；

"胆怯无力的希望，她背后的谎言，她的亲姐妹，花枝招展，浓妆艳抹，准备时刻用花言巧语去安慰也就是欺骗所有的人的谎言。"

思想在友谊的脆弱的心里揭示出她的谨小慎微，她的残酷、无聊的好奇心，以及嫉妒心的腐朽的斑点和斑点上生出来的诽谤的幼芽。

思想看到了凶恶的憎恨的力量，并且知道：如果取掉她的镣铐，她就会破坏人世间的一切，甚至连正义的幼芽也不宽恕！

思想还发现不好动的信仰，企图奴役一切感情的无边的权力欲，发现她隐藏起来的残暴的利爪，她的沉重而无力的翅膀，以及她没有眼珠的盲眼。

思想还要同死亡作斗争:自由的、不朽的思想,把动物造成人,创造出无数神祇、哲学体系以及能够打开世界之谜的钥匙——科学,她反对和敌视死亡这种毫无益处的、往往是凶狠得愚蠢的力量。

对思想来说,死亡就像是一个捡破烂的女人,她在后院走来走去,把破旧、腐烂、无用的废物收进她的肮脏的口袋,但有时也厚着脸皮偷窃完好、坚固的东西。

满身腐烂的气味、裹着使人恐怖的盖尸布,冷漠无情、没有个性、不露声色的死亡,永远像一个严峻的、难解的谜语一样站在人的面前;而像太阳一样灿烂夺目,能创造万物,充满疯狂的勇气,骄傲地意识到自己的不朽的思想,则锲而不舍地研究着死亡……

不肯安静的人就这样穿过人生之谜的可怕的黑暗,向着前方,向着高处迈进!不断向前,不断向上!

## 二

他走累了,蹒跚着,呻吟着;惊慌的心寻求着信仰,大声恳求爱情的温存的爱抚。

三只由软弱产生的鸟儿——沮丧、绝望、忧愁,这三只不怀好意的、丑陋的鸟儿,在他灵魂上空不祥地翱翔着,老是阴沉地对他唱着一支歌,说他是一只渺小的甲虫,他的认识是有限的,思想是软弱无力的,神圣的骄傲是令人可笑的,不管他做什么,他总难免一死!

他的破碎的心在这支虚伪、恶毒的歌声下颤抖着;怀疑像针一样刺着他的头脑,眼睛里闪耀着委屈的泪珠……

如果人心中的骄傲并不气愤,死亡的恐惧就会威风凛凛地把他赶进信仰的监牢,爱情就会胜利地微笑着,引诱他投入自己的怀抱,响亮地向他许诺幸福,以此来掩盖自己无力获得自由的悲哀和专横的贪欲本能……

胆怯的希望和谎言结成同盟,对他歌唱安宁的乐趣,歌唱妥协顺从所能得到的宁静的幸福,用温柔动听的话替渴睡的灵魂催眠,把他推进甜蜜的懒惰的泥潭,落入懒惰的女儿——烦闷的魔爪。

由于缺乏远见的感情的暗示,他匆匆忙忙地把无耻的谎言的好吃的毒药塞满自己的心和大脑。谎言公然教训说,除了像牲口一样在窝里安安逸逸地过着自我满足的生活以外,人没有别的出路。

但思想是高傲的,人对她是宝贵的。她挺身而出,同谎言展开一场恶战,而战场——就是人的心。

思想像仇人一样追逐着人;像虫子一样不知疲倦地蛀着大脑;像干旱一样使心灵荒废;像刽子手一样拷打他,毫不怜悯地用怀念真理——严峻明哲的真理——这一使人振奋的冷气挤压他的心。真理虽然成长缓慢,却像思想所培育出来的一朵火红的小花,隔着谬误构成的朦胧的纱幕,清晰可见。

但是,如果人已经被谎言的毒药弄得无法医治,并且忧郁地相信,世上没有比脑满肠肥和满足私欲更高的幸福,没有比温饱、悠闲和生活上小小的舒适更高的享受,那么思想就会被欣喜若狂的感情所俘虏,悲哀地垂下双翅,打着瞌睡,听任人受他自己的心的摆布。

于是,腐朽的庸俗,卑鄙的烦闷的女儿,就像传染病菌的云朵一样从四面八方向人爬来,用刺鼻的灰色尘土蒙住他的头脑、心和眼睛。

于是人就会丧失自己的本性,由于自己的弱点而退化为没有骄傲和思想的动物……

但是,如果人心中的怒火一旦炽燃,唤醒了思想,他就会独自穿过自己的错误的荆棘,迎着自己的怀疑的灼人的火星,在陈旧真理的废墟中间,重新前进!

他雄伟,高傲,自由,勇敢地正视着真理,对自己的怀疑说道:

"你说我软弱无力,认识有限,这是胡扯!我的认识在提高!我知道、看到并且感觉到这一点——我的认识在提高!我根据痛苦的加剧理解到我的认识在提高;我知道,如果认识没有提高,我就不会比以前更痛苦……

"但是我每前进一步,我需要的就愈多,感受到的也愈多,看到的也就愈深愈广,我的愿望的这种迅速增长说明了我的认识在大大提高!虽然现在我的认识只像一颗火星,那有什么关系呢?要知道,星星之火,可以燎原啊!将来,我就是照亮黑暗的宇宙的燎原大火!我的使命就是照亮整个世界,熔化世上神秘之谜的黑暗,找到自己和世界之间的和谐,建立自己内心的和谐。而在这苦难深重,像患皮肤病那样覆盖着一层不幸、灾难、痛苦和怨恨的痂壳的大地上照亮全部阴暗混乱的生活之后,就把它上面的一切罪恶的垃圾扫进历史的坟墓!

"我的使命是要解开各种迷误和过错的绳结,它们把吓破了胆的众人捆成一团,把他们变成一群互相吞食、鲜血淋漓、令人厌恶的动物!

"我被思想创造出来,是为了推翻、破坏、踏碎一切旧的东西,一切狭隘、肮脏的东西,一切丑恶的东西,在思想锻造出来的自由、美丽和尊重人的坚固基础上创造新的东西!

"我坚决反对那种无所企求的可耻的精神状态,我要每一个人都成为人!

"一部分人的异常艰苦的奴隶劳动白白地全部奉献给另一部分人,让他们因为过度享用面包和精神财富而感到腻味。这种生活是毫无意义的、可耻而又可恶的!

"让一切偏见、成见和旧习都去见鬼吧。它们像有黏性的蜘蛛网一样缠住人们的头脑和生活,它们妨碍生活,强奸人们的意志,我要毁掉它们!

"我的武器是思想,而坚信思想自由、坚信思想不朽和思想创造力的不断增长,则是我的力量取之不竭的泉源!

"对我来说,思想是黑暗生活中的永恒的、惟一可靠的灯塔,是生活中可耻的谬误的黑暗中的火光;我看到,火光愈来愈亮,把各种秘密的深渊愈来愈深地照亮,于是我就在不朽的思想的光照下,跟着她不断向上,不断前进!

"对思想说来,不论在地上还是在天上,都没有不可摧毁的堡垒,没有不可动摇的圣物!一切都由她创造,这就赋予她神圣不可剥夺的权利去摧毁一切妨碍她自由生长的事物。

"我平心静气地认识到,偏见是陈旧真理的残骸①,如今在生活上空盘旋的种种谬误是产自陈旧真理的灰烬,而这些真理又是被过去创造它们的那个思想的火焰烧毁的。

"我认识到,胜利者并非摘取胜利果实的人,而是留在战场上的人……

"我认为生活的意义在于创造,而创造是独立自在的,没有止境的!

"我迈步前进,为的是尽可能燃烧得更辉煌,把黑暗的生活照得更透彻。牺牲就是对我的褒奖。

"我不需要别的褒奖,我看到:权力是可耻而乏味的,财富是沉重而愚蠢的,而荣誉则是一种偏见,其原因是人们不善于珍惜自己,习惯于奴隶般卑躬屈节。

"怀疑!你们不过是思想的火花而已。她在自我考验的时候,由于精力过剩而生育了你们,并且就用自己的力量哺育你们!

"总有一天,我的感情世界同我那不朽的思想将在我胸中汇合成一股伟大的创造性的火焰,我要用这股火焰烧掉灵魂中一切黑暗、残暴和邪恶的东西,我将同我的思想所创造出来和正在创造的那些神祇并驾齐驱!

"一切在于人,一切为了人!"

于是,雄伟自由的人,高高地昂起骄傲的头,重又迈开坚定的步伐,踏着陈旧偏见的灰烬,独自在迷误的灰雾中缓缓地前进。他后面

---

① "偏见是陈旧真理的残骸"句,是套用俄国诗人耶·阿·巴拉丁斯基(1800—1844)一首诗的头二行。

是沉重的乌云一样的往日的灰尘,而前面则是一堆冷淡地等待着他的谜。

谜像高空的星星那样难以计数,人的道路也就没有尽头!

不肯安静的人就这样向着前方,向着高处迈进!不断向前!不断向上!

水夫　译

# 监　狱<sup>*</sup>

## 一

阴暗的乌云凝聚在城市的上空,蒙蒙的细雨懒洋洋地降落在污秽的土地上,雨幕像一幅色泽灰暗的、抖动着的布帷把街道遮盖住。

一群密集的男人和妇女,由一队警察严密地包围着,在湿漉漉的人行道上,紧贴着房屋潮湿的墙根,缓慢地移动着。一阵低沉的、分辨不清的嘈杂声在人群的上空回荡着。

一副副阴沉、忧郁的面孔,一张张紧闭的双唇,一双双愁眉不展的眼睛。偶尔有人惘然微微笑着,放肆地说句笑话,尽量想把使人难堪的、沉痛的无力感掩饰一下。有时发出一声沮丧的、愤慨的呼叫,然而,它给人的感觉是没有生气和信心不足,似乎喊叫的人还没有想好:现在是该表示愤怒呢,抑或已经表示迟了?

警察个个都面带倦容,心事重重,气势汹汹。落在帽子和胡须上的雨点闪着微弱的亮光。雨点夹着黏滞的大片雪花徐缓地落在这群不战而败的人们的身上,苦恼的愁思也随着降到人们心里。

"把他们赶进院子里去!"有人嘶哑地喊了一声。

---

＊ 本篇写于一九〇四年十一月末和十二月初,最初发表于一九〇五年出版的《"知识"社一九〇四年文集》第四辑。译自《高尔基三十卷集》第五卷。作品反映了俄国一九〇五年革命前夜的政治气氛。

人们推撞拥挤起来,他们像一群绵羊,彼此紧紧地靠在一起,有如一股黑色的水流涌进院子里。他们的愤愤不满的叫声越来越高,越来越暴躁,从人群里发出一阵阵怒气冲冲的吵闹,女人们的尖叫声中夹杂着眼泪……

活泼、善良的壮实小伙子,一年级大学生米沙·马利宁走在人群里面,他用天真的碧蓝色的眼睛同情地端详着自己周围那些苍白、愤怒、惘然若失的面孔。女人们的叫嚷、神经质的笑声、嘟嘟哝哝的怨言使他不安起来;他感到奇耻大辱,愤慨得要哭出来;他在拥挤的人群中气喘吁吁地把身边的人们拨开,想赶快进到院子里去,在那儿找个地方躲起来,离开所有的人,独自待一会儿。

……一双有力的小手紧紧地拉住了他的大衣袖子,他看到自己面前是一张苍白的脸,一双湿润的大眼。这张由于眼泪或者雨水而变得水淋淋的脸仰望着他,抽搐得歪斜的绯红的嘴唇哆哆嗦嗦不住口地说:

"我——不去!……我不能去,也不想去!他推了我……不许他……告诉他……"

一个姑娘急促地喘着气,摇晃着脑袋,乌黑的鬈发零乱地披散在湿淋淋的面颊和白皙的高高前额上。

"不许这样!"她突然大叫起来,喊声盖过了嘈杂声,她一挥手,挺直了身子,双眼射出愤怒的光芒。

这时,米沙的胸中也燃起了怒火,一股股热流沿着血管通往全身,烧掉了羞怯,使他胸中充满了青年人的勇气。米沙向前冲过去,忧郁的人群在他的冲撞下纷纷向两边闪开,就像石块落到泥坑后溅起的泥浆……他走到一个高身材,穿着灰大衣的人面前,声音洪亮地对他喊道:

"不许你打人!"

"啊—啊!谁打人啦?"那个灰溜溜的人气急败坏地挥动着手反驳说。他那疲惫的、生着棕色胡须的脸,由于做出轻蔑的怪相而变得难看了。他把手搭在米沙的肩上说道：

"喂，我请您也去！"

米沙看到他那一脸怪相，屈辱感像根尖利的针在他的心上刺了一下。

"我——不去！"他狂怒地喊道。"我们都不去……我们不是畜生！反对暴力！"

米沙听到过的那些关于自由、关于人的尊严的铿锵有力的美好字眼，像一股灼热的暖流从他的胸中倾泻了出来。这些话在人群的头上闪烁着光芒，它们在一些人的心中燃起怒火，在另一些人的心中引起恐惧。米沙被自己的话声所陶醉，被旋风般的嘈杂的吼叫声吵得头晕脑涨，他像乌黑的浓烟中的一颗火星，在人群中转来转去，甚至没觉察出来，自己是怎样被捕并从人群中被拖了出来的；只是坐上马车以后，他才清醒过来。

他睁大眼睛，贪婪地深深吸着气，冷得打了几个寒战。他一直处在强烈、愉快、极其激昂的情绪之中，还没有弄清楚发生了什么事情。区警察局局长坐在他的身旁，抱住他的腰。年轻的局长生着黑胡须，右边的面颊上有一条伤疤。他的脸上显出闷闷不乐的神色；他紧闭着双唇，眯缝着眼睛向前看，不住地用左手去抚摸面颊。

"你们要把我……拉到哪儿去？"米沙和善地问。

"拉到——区警察局去……"局长从牙缝里挤出一句答话，他的脸病态地抽搐了一下。

"您——也挨了打？"米沙同情地询问说。

"牙—牙痛……见鬼！"局长哼唧了一句，在马车夫的背上捶了一拳，并用恶狠狠的、暴躁的腔调埋怨说，"赶快点……该死的东西！"

车夫是一个头发斑白的小老头，他回过头来，和蔼地眨了眨发红的充满泪水的眼睛，宽慰他说：

"来得及，大人，……进监牢不比上教堂，什么时候都不晚……"

"你敢给我再啰唆！"局长嘶哑地说了一句。

车夫胆怯地拉拉缰绳,又对马唠叨说:

"哎,你呀……快点……"

在浓厚的、黏滞的雾中,行人的黑乎乎的身影在街上忙忙碌碌地闪来闪去——似乎是,他们在这灰色的、潮湿的黑暗中迷了路,不作声地、烦恼地直打转,不知往哪里走才好。有轨电车发出沉闷的噪声,轰鸣着疾驰而过,从车轮下面迸发出愤懑的蓝色火花,车厢里坐着愁眉苦脸的人们。钉了铁掌的马蹄踏在石砌的路面上,接连不断地发出令人疲倦的响声,一些黄色的车灯慌乱地跳动着,什么都没有照清楚就消失了,被雾气吞没了。马车的橡胶轮子在坎坷的路面上急促地颠簸着,在米沙的胸中有个东西也在跟着起伏,这是一种使人不快的细碎的颤动。

在区警察局的门口,有个又矮又胖,像雾一样阴沉的人用嘶哑的漫不经心的口气说:

"嗨!又拉来一个吗?已经没有地方收啦!……上面吩咐,让直接往监狱送……"

"真他妈见鬼……"局长呻吟了一声,忽然又把被痛苦折磨得皱纹纵横的脸孔转向米沙,责怪他说:

"看见了吧,大学生先生!……你们说什么'我们是为人民讲话!'……可是……可是有病的人倒应该拉着你们来回跑……不管死活!"

说完这话,他又猛然转过身去,朝着马车夫喊道:

"你听着!马上……去省立监狱!……"

米沙简直要笑出来,可是,他不想为难这位病人,便忍住了,沉默了一会儿,然后和气地告诉他:

"您该用杂酚油治治……"

局长没有答话。走到监狱的墙根前,下车的时候,他才无精打采地说了一句:

"杂酚油也试过了……不管事!……请进!"

## 二

　　监狱也没有空地方了,米沙被关进刑事犯的一间小牢房里。看守是个高个子,花白头发,细长脸,一把山羊胡子,两眼无神,表情呆板。他在一阵轰隆的响声中锁上了又厚又脏的牢门,然后弯下身来对着门上的圆洞口,就像对着喊话筒似的,用低沉平淡的音调说:

　　"有什么事就喊我……"

　　年轻人把牢房环视了一遍。房门的左侧凸出来一座笨重的三角形的炉子。紧挨着炉子是一排睡四个人的稍稍有些倾斜的肮脏铺板;铺板一张挨一张地顺着墙摆到窗口,窗子装上了粗铁条。铺板与右面的墙之间有一块一俄尺半的空间。在这间肮脏、阴暗的小牢房里,除开铺板之外,什么也没有。布满裂纹的石拱弯成一座沉重的拱顶,左侧墙上的石拱几乎一直弯到与铺板相平的地方。在石拱的最高处亮着一盏落满灰尘的电灯,照射着那布满了被捻死的臭虫的污迹和一题词的墙壁。

　　在铺板的上方,靠近炉子的地方,有一排排数字,看来是用钉子划的,准是有人为了消磨待在这里的空虚时光,演算过加法、除法、乘法。在发霉后干燥了的一片黑斑上,用大字写着:

　　　　我们是维亚兹玛的两名窃盗,
　　　　一块儿结伙沿街乞讨,
　　　　乘人不防偷来一戈比,
　　　　用它买块面包,
　　　　就喷巴喷巴吃个饱。

　　米沙想了想,"喷巴喷巴"是什么意思?不禁微微一笑。

　　"大概是狼吞虎咽的意思吧!"他一边观看随意画在墙上的歪歪扭

扭的字母，一边琢磨着。他想象着，"两名窃盗"一定是两个天不怕地不怕的快乐小伙子。米沙把这首诗又读了一遍，竟笑出声来……

牢房门外响起了脚步声，一个闷声闷气的声音气呼呼地问道：

"您——怎么啦？"

米沙哆嗦了一下就回过头来。一只冷冰冰的、呆滞的眼睛通过门上的圆洞盯着他……

"是您叫我吗？"

"没有叫您。我——笑啦。"

那道目光好像一下跳到上面去了，接着便传进来一种毫无生气的、抱怨似的声音：

"这里是没有人笑的……"

看守的瘦长的脸，圆滚滚的、无精打采的眼睛，在眼皮上直竖起来的花白、蓬松的眉毛，皮肤蜡黄、皱纹纵横的宽阔的前额……似乎一闪又浮现在米沙的眼前。

大学生深深吸口气，又看起题词来。躺在铺板上一伸手，不费事就够得着棚顶。在棚顶上有人工整地用印刷体字母写着："此处关过亚科夫·伊格纳季夫·乌索夫。因为他杀了干下流勾当的老婆和萨什卡·格雷兹洛夫。这事出在一九〇〇年一月。他宰了他们。"

米沙又颤抖了一下。题词的内容把他吓了一跳，可是，更让他吃惊的是工整的字迹。因为从字的工整上可以看出来，乌索夫确信自己杀人是正当的。

他想要想象出乌索夫是个什么样的人，但是他怎么也不能为乌索夫勾画出一幅人的面貌来。在他的想象中呈现出来的这个心安理得的杀人犯，是一个模糊不清的可怕的污点，在污点的中心平稳地燃烧着一团幽暗的、血迹斑斑的鲜红的火焰。

从门外传来一阵沉重的脚步声和一声响亮的喊叫：

"立——定！"

然后，铁锁稀里哗啦地响起来，门也跟着打开了，走进牢房来的是两名看守和年轻的副典狱长。他身材矮小,生着一副黝黑的瓜子脸和一双惊恐的耗子眼。他向大学生斜扫了一眼就默默转过身去。一个棕发、肥胖、挺着大肚子的看守走到铁窗跟前,用手扳了扳铁条;另一名看守,就是米沙熟悉的那个高个子老头,他一动也不动地站在门框旁边,用木然无神的眼睛盯着这个青年人的脸。一个刑事犯的灰溜溜的身影,好像是一团冬季的寒冷空气,在看守的脚边一闪就钻进了牢房;看守把一个涂了厚厚一层焦油的小木盆很快地往铺板下面一塞,人就不见了。长官也大声地迈着步走出去。笨重的门闩发出一股刺耳的尖响,他们乱轰轰地锁上了门,又顺着走廊往前走去,他们身上那串冷冰冰硬邦邦的钥匙的哗啦哗啦响声也随着离开了。

"立——定!"一声压低了的号令传进米沙的牢房里。

又一个牢房发出了一股刺耳的尖响,门也砰的一声关上了,这个像枪响似的声音把空气都震得颤抖起来,又是一阵铁的沉重的咯咯吱吱声,一阵清晰的、匀整的、坚定的脚步声,米沙又听到一声威严的口令:

"立——定!……"

一切都沉寂下来了,像是有块柔软的、不透声音的黑布一下子就把整个监狱都覆盖住了……

马利宁感到,他的牙好像有些痛,但他立刻就为留意这种轻微的酸痛感到害羞。他用力把头抖了一下,双手深深插进裤兜里,大声吹着口哨,在牢房里走动起来。

窗口上出现了看守的呆板的眼睛,他以干巴巴的、苍老的声音平静地说:

"不准吹口哨!"

"不准?"米沙停下来重复了一句。

"是的,不准……"

"好吧……我不吹啦!"米沙冷笑着说,同时耸耸肩膀。

看守的那只眼睛毫无生气地看了片刻,然后就缓慢地向上移去。

门外软绵绵的脚步声渐渐离远了。从隔壁牢房的犯人那里传出来一阵听不清楚的、单调的、乱糟糟的声音……大概是有人在祈祷,或者是讲故事……米沙走到窗前,登上窗台,前额贴到冰冷的铁框上,朝着漆黑的夜色张望起来……夜黑得是那么深厚,竟使人觉得假如把手往外一伸,手立刻就会染上一层潮湿的、黑得像烟炱那样的东西……

## 三

寂静好像正在警觉地伺机捕捉声响,并且已经准备好,一发现声音立刻就把它暴露出来。在这片寂静中,米沙觉得自己心中的自豪感又重新抬起头来。

……在几百个人里面,只有他一个人有敢于抗争、反对暴力的胆量!……他想起了那个姑娘的湿润的双眼。可能,现在她正坐在自己小屋子里向女友们讲述高个子大学生发表演说号召同暴力进行斗争的情景。

在高高的漆黑的夜空,极其遥远的点点繁星在战战兢兢地闪烁着,隔着污浊的玻璃窗很难看清它们。

米沙不眨眼地凝视着高空,他的思绪连绵不断,犹如缓慢的环舞在头脑中回旋着……

"等到获得自由以后再谈论谈论监狱的事,那将是很愉快的!……"他想道。他紧闭着双眼,沉思着,片刻之后,他深有感怀地小声背诵起诗来:

  穿过钢铁的窗栏
  群星从高空向窗内探望……
  啊!在俄罗斯即使星星朝下看
  也得透过铁窗……

他觉得这首小四行诗是优美的,也满俏皮。他一高兴就从窗台跳下来,在牢房里走动起来,兴奋地微笑着念出声来:

啊!在俄罗斯即使星星朝下看
也得透过铁窗!

"不准说话!"传来一句惊慌的、大声的耳语。

米沙停了下来,对着在门缝中闪着亮光的看守的眼睛默默地望了一会儿。

"为什么不准说话?"他终于问道,不知不觉地压低了声音。

"禁止说话!"

米沙感觉到,看守的那只眼睛好像添了点生气,因为它露出了恐惧的神色。

"可是,为什么禁止呢?"米沙走近门口轻声地问,"其实,除了您以外,谁也听不见……难道我打扰了您吗?"

他俯身到门上,迎面而来的是一股温暖的气息和一句奇怪的严厉问话:

"大学生先生,您笑什么?难道把您关进这里,为的是让您笑吗?"

"可是,请您说说……"米沙刚开口。

但是,看守的眼睛却移开了,门外沉寂下来。

"立定!"窗外响起一个低沉、沙哑的声音。

靠脚边放下的枪哗啦响了一声,哨兵在黑暗中急急忙忙地低声嘟哝了几句:

"十二个窗子……良(两)个岗哨……"

"你这个楚瓦什人[①]!你要是看见有人从窗口往外探头,你也不要动手,不要开枪!……"

---

① 楚瓦什是俄国境内一个少数民族。

"是!"

"这就对啦!不然的话——像前几天那样,砰的一声……贝科夫,你跟他仔细说说!……"

在寂静中每一句话都像黑暗中的火花那样闪烁着。

"你要是看见谁趴在窗口上往外看,不要开枪!听明白了吗?"

"听明北(白)啦……"

这些讲得似通不通的俄语里渗透着恐惧和忧虑。

"要是有人从窗口爬出来,再不就是从那里逃跑,或者在那里——看见了吗?"

"似(是)的,看见啦……"

"你得赶快喊:谁?喊一遍,喊两遍,到第三遍,就开枪,可是,只能向上放,为的是警告……然后才向那个逃跑的人开枪……要不就用枪托打,用刺刀也行……看你怎么顺手,明白了吗?"

"明北(白)啦……"

"好啦,现在你就从这儿到那儿来回走吧……要看着窗子……还有,不准睡觉!"

"保证不睡……"

"这样就好,笨蛋!那么你说一说,你应该在什么时候开枪?"

"往墙上爬的时候……"

"要是他翻过了墙头呢?"

听得出来,两只脚在潮湿的地面上焦急不安地踏着。

"说呀,鬼东西!……"

"那就——打……"一个胆怯的、低微的声音说。

"要是脑袋伸到窗子上,那怎么办?"

一阵沉默。枪碰得叮当响了几声。一个人恶狠狠地啐了几口唾沫。

"快点说呀,木头疙瘩脑袋!……"

有人大声地骂了一句粗野的话,接着是一个令人厌恶的声音,就像手掌拍在面团上似的……

"那——没关系……"回答的声音轻得像叹息一样,几乎听不出来。

"胡说!"低沉的声音怒叱道,"那你就说:把脑袋缩回去……明白了吗?呸,看你这副癞蛤蟆像……去吧!……"

……米沙把脸紧贴到铁窗上,他很想看看那个说话腔调忧郁、胆怯的哨兵。在牢房的墙壁和高高的石头围墙之间的狭小空间里一片漆黑,一个身材不高的灰色人影扬着头,在黑暗中慢腾腾地移动着,几乎没有一点声音。细长的刺刀在黝黑中闪着光,如同水中游动的鱼。

"把脑袋缩回去!"响起一声急促的、惊慌的喊叫。

米沙悄悄从窗台上溜下来,向四周环视了一遍。室内很窒闷……他看到,在灰色的墙壁上用铅笔画得很大的一句淫秽的骂人话……他念了一遍,沉默了一会儿,突然又大声重复了一次……然后朝门望了一眼,就躺到铺板上,闭上眼睛……

一只迟钝的眼睛立刻在门上无精打采地闪了一下……

## 四

米沙全身舒展地躺在铺板上,睡得很实着,他梦见,他沿着一条狭窄黑暗的街道奔跑着,有个看不清楚的人在后面追赶他,抓住他的肩膀,不住地喊着一句米沙听不懂的、严厉的话:

"查号子啦!……"

他睁开眼,抬起头来,看到棕发的、胖胖的看守站在他的铺板旁边,扯住他的制服衣襟往起拉他,那个高个子驼背的副典狱长却用黯淡无神的眼睛带着嘲讽的目光望着他,一边说:

"请按时起床,这儿不是妈妈的家里!"

"马上就起来……"米沙毫不介意地笑了笑,说着立刻就从铺上跳下来。

副典狱长向他脸上看了一眼,便转身朝门走去,态度和气了一点,告诉他:

　　"您可以要一张纸给家里写个字条……要铺盖……和别的东西……"

　　随后,米沙到走廊尽头去洗脸,那里有一条又宽又长的铁水槽,从墙上伸出一排铜水笼头,从里面流出一股股又圆又粗的冷水……一些灰溜溜的犯人提着铁水壶,在走廊里跑来跑去,嘴里不住嚷嚷:

　　"喂!打开水……"

　　随着一阵哗啦哗啦的镣铐声,从米沙的对面走过来一个身材高大、体态匀称、面无血色、生着浓密的褐色胡须的囚犯;他看了看米沙,对他挤挤眼,笑着说道:

　　"怎么样,少爷,落网啦?"

　　棕发的看守给米沙送来一杯热热的浓茶和一大块黑面包。

　　牢房像黄蜂窠一样嗡嗡地乱起来。笑声、骂声、零落的歌声和看守们恶声恶气的吆喝声一齐爆发出来。在走廊里还有拖把的柔软的沙沙声、撩水的哗啦声。米沙对这些被关在用石块泥灰砌造的旧建筑物里面的人和他们的生活充满了强烈的兴趣,他全神贯注地倾听着这阵乱哄哄的声音……

　　他读的书很少,见到的事情更少;进大学以前,他住在姐姐和姐夫的家规谨严的家庭中,日子过得枯燥乏味;在那群以难懂的书面语言自由地、热烈地议论各种社会问题的大学生中间,他感到自己的处境很尴尬。对生活普遍不满的浪潮已经触及他的心灵,在他的心灵中唤起了朦胧的,然而是强烈的反抗要求,但他还没有来得及弄明白,这种反抗应该对准什么、反抗什么。现在,他感到自己是一个英雄了,怀着青年人的贪求心情摄取一个个新的印象,用它们来充填那包罗万象的年轻心灵……

　　他吃过茶就爬上窗台。在围绕着牢房的高墙下面的小路上,一个宽肩膀,黑皮肤,戴便帽,穿着短肥上衣的人,倒背着手,迈着快步走着。他有时用一个有力的动作把头扬起来,不停留地把窗子很快地挨个看一眼。米沙好几次都感到,这对亮晶晶的眼睛射出的审视目光从他脸上扫过去。米沙很想同这个人说话,告诉他自己的姓名,问问他,为什么被关在这里。当那个人走近窗子的时候,米沙用不高的声音喊道:

"请您听我说!……"

不知从哪儿来的哨兵出现在窗子下面,他用手指威胁着,严厉地说:

"喂……不准这样!"

戴便帽的人耸耸肩膀,向米沙微微一笑,又往前走去。米沙跳回到地上。

大约在中午,一个身材纤细得像木杆,面孔因为生过天花变得很难看的年轻看守走进牢房。他站在门口,对犯人连看也不看就轻声说:

"放风……"

在监狱的院子里,石块与石块之间的小坑里,积水闪闪发亮;三名犯人拿着扫把在院中走动着,懒洋洋地把水往门口扫过去,但是,混浊的、掺和了许多污秽的水又慢慢地顺着石头缝向四处流去……

看守把米沙带到监狱的一个墙拐角的地方,小声对他说:

"就在这里走走吧,从这个角到墙那边,禁止和别的犯人说话!"

在这里,在蔚蓝的、无边无际的高高天空下,"不准"这个字眼好像是头一次触动了米沙的心,现在,他感到在这个字眼里含有一种使人屈辱的意味。他皱皱眉头,朝看守的脸看了一眼,这张脸呆滞无情,好像一副面具;颧骨和下巴上长着一撮撮浓密的浅色须毛,他感到,这张脸上那双眼睛似乎是多余的,好像是别人的;隐藏在长长的睫毛下面那对乌黑的杏仁眼显得和颜悦色,流露出一种怯懦的困惑神情……

"活动活动吧!"看守说,"不准停下来……"

米沙慢慢地走着,看守左顾右盼地在后面不远的地方跟着他。

"您老是闹事干什么?"他两眼盯着地下,小声问道,"该老老实实念书……以后当检察官——还要什么!可是,您——要闹事……这么个年轻漂亮的小伙子……我说,有妈妈吗?……"

米沙被看守的话感动了,他停下来,笑了笑,把手捂在胸上,也想说几句朴实的、亲切的话……可是看守却惊慌地往旁边闪开,向四外张望了一下,急忙小声说道:

"您走吧,走吧!让人看见了——我说话是要受处罚的……"

看守拐过监狱的墙角就不见了,而这个满怀悲伤与好奇的双重感情的青年沿着监狱的高耸的围墙慢慢走动起来……

淡蓝的天空像是被一阵阵秋雨冲洗得褪了颜色……它在四个墙角都修筑了岗楼的肮脏、阴暗的监狱的上空无声地伸展开。

"我在这里还要蹲多久呢?"米沙一边向四周张望,一边想道。他觉得,要是把他放出去的话,就是现在,他也能说出许多关于监狱的有趣的事。

在不知不觉中,放风的时间很快就过完了,麻脸看守走到他面前,对他说"请回牢房吧……"的时候,他惊讶地问道:

"已经到时候啦?"

看守肯定地点了点头。在走廊里,他悄悄告诉米沙说:

"我妈妈在残废收容所……"

于是他负疚地低下了头。

"啊!……没什么!"米沙微笑着说道,他没有找出更恰当的话来。牢房的沉重的门又关上了,锁和铁门闩响得刺耳难听。

他的生活就是这样一天一天地过去了,按照规定丝毫不差的、枯燥乏味的生活……

## 五

……查号早就结束了,整个监狱都进入了深沉的梦境。透过门上的小圆洞,从走廊上不断传来各种奇怪的声音……有人在梦中喃喃轻语,还有的人大概是在来回走动。看守的脚步在门外发出轻微的声音,今天是那个眼睛无神的老头值班。他一边在走廊里慢慢腾腾地走动着,一边嘟嘟哝哝。米沙躺在铺板上,留意地倾听着这一切,同时在心中思索着。

今天放风的时候,麻脸看守对他讲了自己的身世。他是一个军官的儿子,那个军官诱骗了他的做裁缝的母亲,随后又抛弃了她,留给她一张自己的照片和一个幼儿当作纪念。年轻的女人抚养了十四年儿子,她不分白天黑夜不停地干活,因为她除了儿子以外,什么都没有。她把儿子送进教会小学去念书,后来又送进本城的职业学校,但是教师有一次扯了孩子的头发,从来连一句粗暴的话都没有对儿子说过的母亲便把儿子领回了家。后来她为他找到了法院侦查员的录事工作,她自己却总是在缝衣、做花、织袜子,不停地工作。儿子被征去当了兵,他这个深受母爱教育,并且热爱自己母亲的人,在军队里不堪忍受军士对他母亲的嘲笑,在训练时动手打了长官。他为这件事被送交军事惩戒营服役三年,不计入服兵役的期限,他的母亲一直在劳动,并为自己儿子的命运哭泣。服满七年兵役后,他被折磨得精疲力竭,被吓得胆战心惊,回到家里的时候,母亲已经几乎双目失明,不能工作,只得到教堂门前去乞求施舍……但即使这样,她还织了一条围巾送给儿子,这是她那衰老的手指和半瞎的双目最后的一件活计,是她不声不响地献给儿子的力量的一个最后结晶。他一连几个月找不到事情做,靠母亲乞讨来的施舍物过活。母亲终于完全失明;他总算在监狱里得到这个位置;有人把瞎眼的老婆子安置在残废收容所,现在她还在那里给自己的儿子织袜子……

"多么好的女人!"米沙在心中想道,"有多少爱……有多少质朴的、动人心弦的美!"

他记起了麻脸看守战战兢兢的、困惑的双眼和他那轻微的声音……

"她的劳动有什么意义呢？如果她的儿子终归……"

"马利宁先生！"他听到一声清晰的耳语。

米沙从铺板上跳下来，在牢门的小圆洞上，看守的那只眼睛不安地闪动着。

"您在说什么？"老头子问道。

"我吗？我没说什么……"米沙吃惊地回答说。

"我明明听见了！"

"这也许是随便……"

"就是嘛……您还是要克制一下自己……"

看守的眼睛离开了牢门的小圆洞，过了一会儿又出现了，老头子低声警告他说：

"这儿有过一个人……实说吧，就是我的外甥……他就是这样老是自言自语……"

"怎么啦？"米沙急忙问道。

"哼，把他送到疯人院去啦……"

"把您的外甥？"

眼睛奇怪地晃动了几次，大概是因为看守在点头表示肯定。

"也是——关在这里的吗？"米沙小声问。

"在九号……"

"也是您把他……您也在这里吗？"米沙没有立刻说出来。

"我在这里待了十七年啦。"老头子平静地说。

米沙看着老头子的昏暗的眼睛和他那个又大又长的软骨鼻子，想要问他：

"难道您也像监视我一样，监视自己的外甥吗？"

但是他怕侮辱了老头子，便没有问，只说了一句：

"您在这里时间很长了……"

"请等一等，我拿把椅子来，"老头子眨眨眼悄悄说道，"我弯腰困难啦……背疼。"

67

他走开了。米沙站在门前面,听着他的脚步声,同时在想:

"如果说人有灵魂的话,那么这个人的灵魂大概同他的脸一样,也是那么黑,也有那么多皱纹,那么干枯……"

老头子回来了,轻轻地把椅子放在门前,他那只眼睛和高竖在眼上的蓬松的花白眉毛又出现在牢门的小圆洞上。

"现在这样好一些,"他先开口说,"我不能睡,骨节疼……您也不睡……咱们就一块聊聊吧……夜里是可以的……白天不成,夜里谁看得见?白天我是装的样子,对您好像很凶……不这样不行,这是长官的要求!在夜间是可以和您说话的……说实在的,您算什么罪犯?嘿—嘿!我看您怪可怜的……您又笑又高兴,好像是封了您官似的……这就是年轻啊!您该向长官认个错……"

米沙越听越感到不愉快。他不耐烦地向着门弯下腰去,向老头问道:

"您的外甥是干什么的?"

在牢房里又响起了干巴巴的、毫无感情的沙哑嗓音。

"是钳工……他用枪打死了一个工程师……他的事报纸上还登过……没错!他自己把报纸念给我听的……报纸是无意得到的,上面正好登了他的事……他一边念,一边笑……就像您这样……是个脾气暴躁的小伙子……他的母亲是我的姐姐,她嚎啊,嚎啊,没完没了……可是,血用眼泪是洗不净的……我有时候问他:费多尔,怎么样,监狱的滋味好受吗?他老是抱怨……开头,他在这里总是不吭声,气呼呼的。到后来就开始说话了……以至说个没完……"

"他说了些什么?"米沙小声地问道。

"说过各种各样的事……谁知道是些什么?您是不是卡卢加人?"

"是……"

"这就对啦……您的姓听起来很熟。在卡卢加有个邮政局长,姓马利宁……"

"那是我父亲……"

"是这样……我也是卡卢加人……是啊！您父亲是不是死了？"

"死了……"

"不错……我们早晚都要死的！"

他们两人低声细语着，在一片寂静中他们喊喊喳喳的声音，听上去像是秋季干枯的树叶发出的簌簌声。在窗外，哨兵均匀的脚步闷声闷气地踏在地上，好像在测量逝去的时光。

"您在这里寂寞吗？"米沙问。

"老头子们在哪儿都是寂寞的……"老头低声在门外回答他。

"您的外甥关在这里的时候，您觉得他可怜吗？……"

"他既然杀死了人，有什么可怜的……我的姐姐怪可怜的……可是，谁要是杀了人……"

老头子忽然不作声了，他的脸也不见了，似乎是掉到下面去了。米沙盯着圆洞，等待着。

老头子的脸又抬到和他的脸相平的地方，他那长着一圈花白胡须的大嘴巴的薄嘴唇慢慢地张开着，他点着头，好像在冷笑似的说道：

"我说的是假话……我可怜费季卡……怪年轻的……是个好小伙子……"

突然间，一声疯狂的、吓人的喊叫划破了寂静，就像一阵狂风搅动了沉睡的池塘里黑乎乎的水面一样，顺着走廊疾驰过去：

"别打呀……好人们……饶了我吧！"

"什么事？什么事？"米沙打了个寒战，大声问道。

"嘘—嘘！"老头子轻轻嘘了一声，"没事……这是他在说梦话……他们常常喊叫……什么人都有个良心……好啦，睡觉去吧……放心躺下睡吧……打过十二点啦……"

他站起来就走了，他的脚步发出嚓嚓的声音，好像是在地上拖着一件非常沉重的又大又软的东西。

米沙走到铺板前，躺到床上，他那充满忧愁的双眼凝然不动地盯着默默悬在头上的污秽的石拱顶。

## 六

米沙似乎是从自己的渺小的过去中挣脱出来了,他已经不是那么频频去回味自己过去的最光辉的一页历史——"英勇行为"了。在监狱的奇异生活中,他感觉到一种影影绰绰的暗示,暗示什么,他还没有意识到。

监狱当局以宽厚和嘲讽的态度对待他,这也许是米沙的明朗的面孔、红晕的脸颊、天真的蓝眼睛、健康的红润嘴唇上流露出来的善良微笑,从胸腔发出的悦耳嗓音,强壮而又略带笨拙的体形使他们对他产生了好感。

"喂,马利宁先生,您喜欢我们这个地方吗?"有一次查监后副典狱长问他。

"您看,真有意思!"米沙说着,轻轻一笑。

副典狱长苦笑了一下,紧接着,他额头上布满一条条深深皱纹的肉皮就耷拉下来,坠到眼皮上,然后说道:

"哎,您啊,可怜的观察家!您的放风时间延长到半个钟头……"

"谢谢!"米沙说。

"没有什么值得谢的!"副典狱长不知为什么冷冰冰地说了一句就离开了牢房。

麻脸看守奥菲采罗夫把副典狱长的一段故事告诉了米沙:有一次,他怀疑自己的女用人偷了自己妻子的戒指,为了逼迫这个姑娘招供,便把她折磨了整整一天一夜。他把两名惹恼了他的犯人叫来,命令他们扒光女用人的衣服,强迫犯人把她绑在桌子上,然后胳肢她。姑娘昏厥过去后,就命令给她水喝,又接着折磨她。结局是,一个犯人经受不住这种折磨,神经错乱了,饥饿的性欲野蛮发作,当着长官和同伴的面就要强奸这个姑娘。他被痛打一顿,关进了单身牢房,痛打的伤痕消失之后,就把他送进了精神病医院。

"就是这么一回事!"奥菲采罗夫讲完这件事之后,悄悄加了这句话,他把自己胆怯的眼光藏到睫毛下面,慌张地向周围扫了一眼。

米沙一面听,一面觉得这个折磨人的人可憎,但是,就在这同一天,他在自己的牢房里看到这个人的时候,他觉得很奇怪,对这个人,他除了强烈的好奇心和轻微的厌恶之外……在他的心中没有别的感受。

米沙从窗口看见,除了一个穿着肥大上衣的普通犯人之外,出来放风的还有六个政治犯。一眼就看得出,他们都是工人——肩膀宽阔,体格健壮,穿着寒酸,——他们总是皱着眉头,用严峻的目光观察一切。他们的目光落到米沙的脸上时,米沙不知为什么在这种目光下产生了一种不自然的感觉,他很想从窗台上跳下来。在他们那一副副瘦削的、面带饥色的脸孔上,似乎都用刻刀雕刻出一种倔强的、刚毅不屈的表情。他们中间有的人向他微笑,做出一些姿势。米沙也用微笑和手势回答他们。对这些人他产生了兴趣和敬意,他还觉察到,刑事罪犯对这些人也怀有同样的兴趣。有的时候,趁哨兵不注意的当儿,一些刑事犯人拖着灰色的身躯跑到政治犯那里,向他们要卷烟或者是很快地、小声同他们说几句话。

……有时在午饭后,刑事犯人坐在米沙的牢房下面那间饭厅里唱起歌来,低沉、阴郁的歌声穿过地板缭绕在米沙的牢房里。米沙无法在他们混浊的音浪中辨别歌词,只有一次他清楚地听到,一个人以洪亮的、忧郁的男高音如泣如诉地唱道:

> 碧蓝的海,
> 汹涌的海……
> 怒吼的风,
> 无情的……

但是,犯人们经常唱的是一些夹杂着口哨声和呼喊声的欢快、豪放的歌子;那表达强大力量的豪迈歌声充满了整个监狱。这时,米沙觉得,监狱愤怒得发抖了,监狱围墙的石块上出现了一条条新的裂缝,深仇大恨又从那些缝隙中惊恐不安地、悄悄地向人们奔泻过来……看守们从四面八方跑过来,很快就把这场由于苦闷而爆发的欢乐扑灭下去……米沙看出来,看守们对待刑事犯人的态度是不尽相同的:对那些轻易屈服于奴役的无足轻重的人们,他们是蔑视的,而且要欺凌的,而对那种勇敢的、善于捍卫自己的人的尊严的人,几乎所有的长官都是小心翼翼地对待的;有时,甚至是友好相待,只有很少的人才以露骨的敌视态度在这种人的身上显示自己的权力。米沙感到,看守们对"政治家"都抱有一种暗中窥测的、不露声色的兴趣,可以感觉出来,在这种兴趣里面,有不信任的成分,有对某种特殊的、异乎寻常的事情的已经疲惫了的期待……

有一次,奥菲采罗夫带领米沙出去放风,悄悄告诉他:

"夜里又送来了三个你们这样的人……"

"是大学生吗?"

"是手艺人……"

"奥菲采罗夫,请您说说,您知道不知道,为什么把他们关进监狱来?"米沙问道。

看守稍微想了想,回头看了看,睁大眼,沮丧地叹口气,说:

"谁都要照自己的想法生活……这就发生了纠纷!"

但是,他停顿了片刻,又神秘地补充了一句:

"他们不赞成……"

"不赞成什么?"

"都不赞成……什么都不赞成!……"

## 七

差不多每天夜里,那个年老的看守(他叫科尔内·达尼洛维奇)在自己值班的时候，都要走到牢房门前，把自己黝黑的脸贴到小圆洞上，以老年人爱唠叨的脾气对米沙讲一些零零碎碎的故事。科尔内见到过许多事，亲身经历过许多事，但是，在他的记忆里，这一大堆生活印象都杂乱无章交织成一团，一个由许多不幸、没用的劳动、忍辱含垢、不假思索的行为组成的一个巨大的纽结。有的时候，米沙觉得这些行为是善良的，使他受到感动，但这些行为更多的是荒谬、愚蠢的，而且一向是无法解释的、偶然的。人所做的这一切似乎并非出于自己的意志，只不过是俯首贴耳地、不经思考地在完成一个神秘的、人自己不理解的意志的指令，这个意志从外部操纵着人……

"这大约是十五年以前的事了，"他嘟哝着说，他那只死气沉沉的眼睛一动不动地盯在米沙的脸上，"我看得出来，他在琢磨什么事……这是说我的儿子阿列克谢……不上教堂，也不进酒馆……我就留意看着他……原来他和洗礼教派①混到一块了……是这么回事……我把他骂了一通，我跟他说，头一点，你要当心，我饶不了你！可他还是没跟他们断绝来往……我就到神甫那里告发了他……后来，他从神甫那里回来了……我看出来，他气呼呼的……我嘲笑他说：怎么样，神甫收拾了你一顿吧？于是他，真是罪过，就破口大骂他，就是骂神甫……我就说：你这个没出息的东西！怎么敢骂神甫？可是他连我也骂起来了……这当儿，我的火也压不住了，就把盛着粥的瓦盆朝他的脸摔过去……打破了他的脸……他就走掉了……从那时候起一点消息都没有……一直没消息……看吧，你们这些年轻人多么固执任性……是啊！"

"现在您怜悯他吗？"米沙轻声地问他。

老头子没有立即回话。他沉默了一会儿，咳了一声，自言自语地嘟哝了一阵子，然后才慢条斯理地说：

"有时也怜惜……所有的人都怪可怜的……就连杀人的凶手也常

---

① 洗礼教派（шгунда），十九世纪六十至九十年代在俄罗斯盛行的某些宗教派别的总称。

常让人可怜……再说,也不是每一个人都是平白无故地去杀人的……有的是有原因的……也许,还要感谢有些杀人的人呢……比方说……刽子手。他并不是无缘无故地,而是为公众的利益杀人的……杀掉作恶的人,不是罪过,您以为当刽子手痛快吗?"

米沙立刻就伏到牢门的小圆洞上,他想看一看,这个莫名其妙地抛弃了自己的亲生儿子,却又能够怜悯刽子手的老头子的脸上,现在有什么表情。但是,这张脸孔如同往常一样,好像是一块布满裂纹的石头,两只眼睛就像两块混浊的玻璃在闪光……

"您在看什么?"老头子问道。

"随便看看……没什么……"米沙小声回答说,"您说一说,您为什么不喜欢您儿子和洗礼派教徒来往?"

"说到洗礼教派,人们都说它是害人的……洗礼教派!可是三年前,这里关过四个洗礼派教徒……还不错,都是规规矩矩的庄稼人!全识字,都挺温顺……我向他们打听过阿列克谢,都说不知道。他们说,我们的人很多。大概这是实话。这里常关他们……"

他稍停了片刻,又继续说:

"现在犯罪的人越来越多了……从前,罪犯尽是小偷、强盗、杀人犯……可是如今大学生、工人、政治家、洗礼教派,还有各种各样的人都犯起罪来了……世道变坏啦!"

"您这么说是不对的!"米沙热烈地、急忙地说,"人们想要改变生活,让大家都生活得好些……"

牢门外发出了一声轻微的冷笑,然后,老头子边咳嗽,边说:"这些话我听到过……听过啦!很多人都这样说过……"

他站起身来走开了,似乎不满意,而且生气了。

有一天,他讲了这样一件事情。

"我也是个软心肠的人……我能够理解人!在我这排牢房关过一个逃跑的苦役犯,一个很结实的小伙子,长得俊俏,和善……是个庄稼人,一笑起来,就像善良的老爷……有时候,他一笑,你就什么也不能拒绝他。只要他说'达尼雷奇！弄点烟来！'，我就给他弄来……就是这样的，不知他从哪儿偷来一把刀子，用它做了一个锯，又弄到了猪油，于是就锯起窗子上的铁条来……我很快发觉了这件事……我怜悯起他来！唉，我想，伙计，这事你办不到！可是，我没有妨碍他，我想，让他开开心吧，小伙子的生活终归不那么寂寞了……他忙活了很长一段时间，也许有三个礼拜……我一直在监视着……你解解闷吧……"

科尔内·达尼雷奇和蔼地笑了笑。

"就这样，在他的工作快完成的时候，我立刻就报告了长官……"

"为什么啊？"米沙吃惊地叫出声来。

"要不怎么办？"老头子反问道。

"您该跟这个苦役犯说，告诉他！"

"您真是个呆子，"科尔内讥笑说，"那么窗框该怎样办？既然铁条已经锯开了。"

"在他刚开始锯的时候，难道不是就可以告诉他！"

"是啊……难道该那样办吗？也可以那么办……这是对的……不过，像我这么办，更好些，总还算让人干了点事散散心……"

"可是他岂不要为这个受到惩罚吗？"

"那又有什么办法呢？没有惩罚是不行的……"

"惩罚很重吗？"

"记不清楚了……在单人牢房关了一个月，不过……后来，好像是在法庭上还判了什么……我已经记不清了……"

"多么荒谬！"米沙愤怒得喊了起来。

老头子黝黑的脸在小圆洞前奇怪地摇晃了几下，他吸了口气，也许是打了几个呵欠之后，就慢吞吞地叽咕说：

"是啊……没法改变的生活呀！"

……老头子和年轻人就在这种谈话中消磨着时光。一个——无动于衷，冷漠无情；另一个——满腹无力的愤慨和困惑。在他们中间牢固地隔着一道被锈铁皮包裹着的厚实的门，监牢里这个絮叨的失眠者就通过这扇门上的小圆洞用自己回忆中的忧郁的垃圾去填塞年轻人的心灵。米沙开始感觉到,在自己的内心产生了一种沉重的和黑暗的东西。

有一次,他问奥菲采罗夫说:

"喂,难道您喜欢这里吗?"

"要是不打架的话,还过得去……"麻脸看守以平静柔和的声音回答说。

"您——挨打吗?谁打您?"

"我——不常挨打……我是一般地说说,说的是所有的人!……犯人们是互相斗殴的……可怕极了。看守也打他们……不是打所有的人……不是随便哪一个人都可以打的!可是,对那些可以打的人,那就不留情地打!"

他胆怯地耸耸肩膀,回头看了一眼,把美丽的眼睛睁得大大的,又接着说下去:

"可是我看不惯这些……"

他们站立在监狱塔楼的墙角下,旁边是一堆垃圾、碎砖石和一些破木板。黑压压的乌云在他们的头上缓慢地、庄重地移动着,刮着风,从城里的什么地方传来断断续续的声音……

"请原谅我,"奥菲采罗夫不安地小声说,他不住地眨眼,似乎在面前看到了什么光彩夺目的东西,"请原谅,也许,这是我的一堆蠢话……"

"什么事?"年轻人压低了声音,立刻焦急地问道。

奥菲采罗夫向他靠近一些,嗓音颤抖着说:

"这是——关于上帝的事……您信上帝吗?"

米沙低下了头,停顿一会儿,轻轻回答说:

"我不—知道……"

"我也不知道!"监狱看守急忙把话接过去,"关于上帝我想了很多……假如他,真的有……怎么会到处都是这么可怕?……还有残忍？您是有学问的人……这些恐怖和残忍是为了什么？"

在他的眼里出现了几大颗混浊的泪珠,他摇头把它们抖落下去,然后,急急忙忙地连头也没有回就走开了。

## 八

米沙心情激动地在牢房中踱来踱去,他的周围笼罩着一片昏暗,低沉、悲戚的歌声像一股细长的气流从窗子的通气口流进屋来,歌声并不优美,听上去像是饥饿的狼在远方嚎叫:

"啊—啊—啊!噢—噢—噢咿!哎—噢……"

单调的呻吟似乎使这个年轻人在最近一个时期所感受的一切都重新呈现出来,这些感受片刻不离地、坚决地、执拗地占据了他的头脑,好像是在要求他做出解释。

这时,在他看来,他的"英勇行为"已经失去光泽,而且难以理解,就像一幅落满尘埃和烟灰的古画,米沙看到自己是一个可笑的大学生,他正在一群由于自己的懦弱而感到惭愧,由于自己很容易就被一种愚蠢的、机械的,然而是组织起来的力量所战胜而感到耻辱的人群里面,胡乱地挥舞着手。警察们的疲倦、凶狠、冷漠无情的面孔,对米沙喊的话报以轻蔑的怪相的军官,正在牙疼的区警察局局长——这一切都像一场压抑米沙的头脑的噩梦……浮现在他的记忆中。

"可能,我们的懦弱会使他们感到羞愧……"米沙想道。但他立刻就明白过来了,这些阴沉的、留着小胡子的士兵受到的训练是像对待牲畜一样对待人,他们已经习惯了,干什么都不会感到惭愧,他们除开肉体的疼痛和对奴役他们、任意驱使他们的力量的恐惧外,是什么都感觉不到的。他记起了那个车夫,当区警察局局长向他叫喊的时候,他是怎样吓得抖了一下缰绳……又响起了区警察局门口那个冷漠的人的声音,他谈论人就像谈论木材和砖头一样……他回忆起奥菲采罗夫的母亲来,她没有反对人们把父亲的职业当作她儿子的姓①,其实她应该知道,这个姓将要成为她儿子遭受恶意的、侮辱性的嘲弄的原因……大概,奥菲采罗夫就只是为了这件事在惩戒营服了三年苦役……他还想到那个为了十个卢布就饶恕了侮辱自己的副典狱长的女用人……一辈子都被人们的残忍吓得战战兢兢的奥菲采罗夫,……科尔内老头子的毫无意义的怜悯,他一声不吭地顺从别人的意志,他在十八个年头里始终一字不易地向人们反复地讲"不准!"这句呆板的话……可从来也没有向自己发问过:为什么不准?

人们甚至在睡梦中都看见、都感觉到有人在打他们,他们在睡梦中都惊吓得狂呼乱喊:

"别打呀!饶了我吧……"

米沙在牢房中间停住脚步,一种无法摆脱的苦闷的极坏心情郁结在他的胸中。窗外的歌声忧郁地颤动着:

"啊—啊—噢—咿……"

米沙开始感到,这是烦恼、痛楚和为人们而感到的痛苦的羞耻在他的身上、胸中颤抖着,呻吟着……

"请听……"在牢房里听到一个轻轻的声音。米沙几乎是高兴地走到门前,奥菲采罗夫漂亮的眼睛在圆洞的正中间温柔地闪动着。

"什么事?"米沙问。

"您没有睡觉吗?"

"没有……"

"在牢里很多人都睡不着……您要是有兴趣的话……请您听一首诗……"

"请念吧!"

"可是,我想,这是些禁诗……这是写在二层楼里的……在塔楼里,用铅笔写在墙上的……"

---

① 奥菲采罗夫(Офицеров)这个姓,来自军官(Офичер)一词,故云。

奥菲采罗夫的眼睛从门的圆洞上挪开了一会儿,后来他把自己的嘴唇凑近圆洞,接着,一阵平静的、神秘的、浸透着温柔的愁思和恐惧的耳语便充满了牢房:

  曾经有过一个人……
  他惟一的朋友是真理,
  为了他与真理的友谊
  没有人再喜爱他……
    无论谁在谈到他
    都怀着憎恨和恐惧。
    他到处飘零,
    也没有找到栖身之地……
  这个孤独、异己的人
  静悄悄地死在监狱里,
  没有一个人送葬,
  把他的棺材送到墓地……
    没人知道他埋在哪里,
    被迫害的真理的这个忠实友人,
    只有我的心才知道
    这个秘密……它却沉默不语……

在用铁皮紧紧包住的旧牢门上的圆洞前,一个黝黑的、柔软的、活的东西动来动去,发出轻轻的、愁肠满怀的颤抖的话音。米沙睁大着眼睛,向圆洞探着头,站在那里听他念诗。他似乎感到,就是这扇木门浸透了人们沉痛的叹息,吞下了许许多多的忧虑和许许多多的孤独的思绪,它把人们的痛苦变作了悲伤的传说后,现在又神秘地叙述这个传说。没有休止的宛如呻吟一般的歌声,在窗外的黑暗中轻微地叹息着,复述着这个传说。

圆洞前有个东西晃动了一下,然后,奥菲采罗夫的眼睛微笑着,发出温暖的火花。

"您喜欢吗?"他低声问。

米沙感到喉咙干渴,胸中憋闷。他凝神注视着看守的漂亮眼睛,蓦地想到,这首诗该是监狱看守自己编的,准是他自己的!他略停了一下,小声回答说:

"喜欢……您为什么认为这是禁诗?"

"那还用说,因为是写真理的!"

"您自己……不写诗吗?"

"我?"奥菲采罗夫惊奇地反问说,"不写……我哪会写?只不过还是在当兵的时候,为自己编了一个祷告词……"

"什么样的?请念一遍!"

沉寂了片刻,一阵朴实的、从内心倾吐出来的低声耳语又重新传到室内来:

"上帝啊,我的天呀!人间的残忍和仇恨怎么这样多啊?上帝啊,这是为什么?"

这个问题温和地却强烈地触动了米沙的心,占有了他,折磨着他。他一声不响地向后倒退一步,坐在铺板边上,后背紧贴在壁炉的角上,目不转睛地望着门,仍在期待着什么……

奥菲采罗夫又平心静气地说下去:

"这个祷告词原本是很长的……现在我已经忘记了……您还不知道,我非常爱好诗……诗和人们说的话完全不同……"

米沙发现,看守的眼睛正在注意地望着他;他听到了门外簌簌的响声和窗外单调沮丧的歌声……炉子烘暖了他的背,但胸中却郁闷,冰冷。

"您觉得不舒服吗?"看守问道,"多么令人难受的天气……"

"不,没什么……"米沙用低沉的声音回答说。

他感到,房里窒闷,连里面的空气都是异常稠密的,掺和着沉重、温柔的低语，呼吸起来极其困难。

"您躺下吧，"奥菲采罗夫劝他说，"该睡觉啦。"

忽然他又补充一句说：

"在您的旁边又关进了一个人……"

米沙没有作声。奥菲采罗夫的眼睛闪了一下就消失了。

现在，那个地方只剩下了门中间的圆洞，透过它可以看到平稳不动的灯光在墙上照出的一个死气沉沉的、灰色的圆圈。米沙病态地皱皱额头，看看那个圆圈，自言自语地念道：

　　他到处飘零
　　也没找到栖身之地……

窗外的歌声隐隐约约地回荡着，颤抖着，似乎在黑暗中徘徊……开始唱歌的那个人似乎已经停止不住了，不由自主地受着歌声的摆布，并被这单调的抱怨声撕裂了胸膛……

接着，一阵分辨不清的、零落的滴答声传进米沙的耳中……好像什么地方落了几滴雨点……

## 九

马利宁跳上窗台，头靠在铁窗上，一边用手指轻轻地叩打墙壁，一边怀着强烈不安的情绪思索着。

夜的浓密的黑暗从外面紧紧贴到玻璃窗上，默默地端详年轻人苍白、消瘦的脸庞。稀疏、干燥的雪粒瞬息之间从黑暗中挣脱出来，撞到玻璃上，发出一阵凄凉的簌簌声就消逝了，被黑暗吞噬了……

在米沙的记忆中，又清晰地响起了胆怯的怨言：

"上帝啊，我的天呀！人间的残忍和仇恨怎么这样多啊？上帝啊，这是为什么？"

维亚兹玛的那"两名窃盗"欢欢喜喜地站在他的面前,他记起了那个确信自己有权杀人的雅科夫·乌索夫……

严峻的、坚强的人们,不知从什么地方,孤独地、勇敢地出现了,就像在漆黑的夜里出现的火花。他们沿着监狱的墙来回走动着,他们这些"什么都不赞成的人"全神贯注地在考虑重大的、囊括全部生活的思想。

米沙笨重地从窗台上跳下来,沿着牢房跑起来。

在门外,在寂静无声的走廊上,一种奇怪的、近似开水沸腾的响声缓慢地游动着。米沙停下脚步倾听起来……在他对面的牢房里,有人在说梦话,有人慌慌张张地、断断续续地说了一串听不清的话,就连这些梦话也是诉苦的……看守们在走廊的尽头悄悄地谈话。

"就是这么一回事!"米沙似乎又听到奥菲采罗夫那声深沉的感叹。

在牢房里又听到一阵奇怪的响声——急促的间隔不匀的叩击声。米沙懊丧地回过头去看了看,一只老鼠在地板上一声不响地跑过去,好像一小团毛线滚了过去,消失在铺板下面。这种不均匀的叩击声又执拗地响了一阵。米沙猜到了,他猛然哆嗦了一下,接着就把手掌紧紧按到墙上,在粗糙的墙面上抚摸起来,似乎要把这个声音捕捉住。

他觉得,声音就是从墙的这一点上发出来的,于是他跪下来,不知为什么皱皱眉头,把手举上去……又烦恼地放下,又重新举起,并且用手指甲在墙上胡乱敲打……然后倾听一会儿——寂静无声。

他忽然跳起来,向着门奔过去,把嘴唇贴在圆洞上,慌张地,恳切地小声呼叫道:

"奥菲采罗夫!看守!"

奥菲采罗夫来到门前时,米沙急忙地、心情不安地悄悄说:

"您听……亲爱的!他在敲墙呢……"

"是邻居敲的吗?"

"请对他说……偷偷告诉他:我不会!"

"我害怕……"

"没事！我们会加小心的……"

"要是上头知道了……就会把我……"

"不会的！告诉他传字母……我不知道……"

奥菲采罗夫一晃就离开了门，从走廊上传过来他轻轻的驯服的话声：

"好……我去告诉他。"

他走开了……过一会儿又转回来，他那惆怅的眼睛闪闪发亮，他小声地说：

"喂,您听吧……"

米沙一句话没说就向墙跑过去,神情紧张地在墙前停下来,微笑着屏住呼吸,要谈话,谈话——这个焦急的愿望支配了他!

他半张着嘴站在灰色的厚实的墙前,以热烈的目光贪恋地望着墙壁,正预备走开……

响声不大却沉着的叩击,执拗的干脆的石头声一下一下清晰地接连不断地从墙上传来。米沙的右手手指也不知不觉地抖动着,顺从地跟着敲起来……

……几天之后,米沙身上裹着毛毯,站在窗台上,肩膀紧靠着窗框,皱着眉观察严寒在玻璃窗上留下的花纹。

监狱的围墙外,不引人注目的太阳正在寒冷的冬季的天空中升起,灰蒙蒙的、令人烦闷的乌云渐渐散去,天空变得明亮了。刚落过一场雪;雪在地面上铺了薄薄一层,黑乎乎的冰冻的污秽拨开洁白的雪,阴沉地仰望着天空……

米沙冷得战栗着,但他还在想着这个夜里牢房中那面缝隙纵横的旧墙传给他的清脆、坚毅的声音,一边想,一边把这些声音变成语言和思想……

"生活是残酷无情的。……生活就是奴隶争取自由与老爷维护权力的斗争。因此,生活不可能是温存静谧的,只要还存在着老爷和奴隶之分,生活就不会是善和美的!……"

"他的声音是什么样的呢?"米沙揣度着自己那个邻居。他记起一个瘦削、纤细的身材,于是断定,他的声音准是又尖又细,很难听,绝不会像善良、和蔼的人们的嗓音中常有的那种嘹亮、浑厚的音调。米沙冷漠地向墙瞟了一眼,大概,这个很像在肮脏的灯笼里面炽烈燃烧着的一支蜡烛的人现在已经入睡了。

果敢、坚毅、冷若冰霜的词汇在这个年轻人的记忆中排成了匀整、肃穆的行列,变成了坚实、严整的思想:

"只要生活的统治者还沉溺于自己的权势,奴隶们还沦于无权……生活就不会公正、美好。做奴隶和做老爷都同样是有害的和可耻的……在人想通这个道理之前,生活必将是充满恐怖和残忍的。"

清晨的寒冷凌厉地从四周袭击着米沙的全身,他不断地眨着由于彻夜不眠而发红的眼睛,他观察着窗上冰霜的花纹,不时地带着反感回头看看墙壁,他本来不愿在自己的身上看到这种感情,但它却在不知不觉中出现了。几个夜间以来,这堵墙壁使他的心灵充满了许许多多快速、不安、坚定的叩击声,现在把这些声响变成思想的时候,他才感觉出来,他的心被一幅像冰霜在玻璃窗上绘制的花纹那样的冷冰冰的图画覆盖住了。

但在这同时,在他的内心深处一个温暖的、令人欣慰的思想也在悄悄地燃烧起来:

"这一切都是武断的、不公正的……难道能够把人只分成两个营垒吗?……譬如说吧,我是什么人?其实,我——不是老爷,也不是奴隶!"

这个渺小的、狡猾的想法,如同火花,在他的心中闪现了一下,立刻就让位给一个巨大、严峻、坚定的思想。这些思想向年轻人提出了铁一样的坚决要求,这就是要做长期、艰巨、默默无闻的工作——一件伟大的工作,它既要充满坚定不移的勇气,又要甘心于一个普通工人的平凡朴素的角色,这个工人要以自己的智慧和心灵的火焰去清理生活,把生活从陈规、成见、权威和陋习……这些腐朽、衰败、丑恶的污秽中解救出来。

"我能够做到这一切吗?"米沙在向自己提出这个问题时,内心中猛然一颤。

不过他马上就明白过来,并对此感到羞愧。他是出于某种恐惧,故意没有像应该问的那样问自己。

于是他把问题提得更真切:

"我想不想这样做?"

……冬季寒冷、阴森的一天开始了。监狱苏醒了:走廊上铁锁哗啦哗啦地大声响起来,生锈的铁门轴咯吱咯吱地尖叫、抱怨,长官严厉地喊叫着,犯人的声音一会儿是低沉的、胆怯的,一会儿又是勇敢的、愤怒的。

邻居透过监狱墙上的旧石块传来的那些豪迈的语言在米沙的记忆中重新呈现出来:

"谁使自己的智慧从偏见的监牢中解放出来,监牢对他就是不存在的,因为我们强迫石头说话,石头就为我们说话!……"

……在窗外,哨兵心事重重地沿着监狱的围墙一步一步走着,在冻僵的土地上使劲跺着脚,墙头上落着一只乌鸦,它歪着头,用圆圆的黑眼好奇地注视着哨兵……

张 羽 译

## 菲利普·瓦西里耶维奇讲的故事*

……我坐在市公园树荫下的长凳上。秋风凄厉,摇曳着我头顶上湿漉漉的黑树枝,刮下最后残存的树叶,把它们卷进山麓下那条宽阔、混浊的河里。河流向空中散发着冰冷的潮气。

对岸的小湖,在黄色天鹅绒般枯草的衬托下,闪闪发光。秋季灰暗的天空倒映在湖水里,显得格外凄凉。月色朦胧。太阳早已落到远方森林后边黑沉沉的深渊里去了。一抹火红的晚霞,映衬在红中透青的密云之间,宛如峡谷中的火流。

"请听我说……"一个穿得很寒碜的高个子青年低声对我说。树木的喧嚣淹没了他的脚步声,因而我没有听见,他是什么时候走近我的。"给我几个钱买面包吧!"

他低下头,后退了一步,但没有摘下帽子。我默默地把手伸进衣袋里。

"不用多给!"他急忙抢先说,自尊地抬起头来,"您以为我是乞丐吧?不,我只不过没有工作……饿得慌……您相信吗?"

"我相信。"我说。

他长着一张颧骨突出的面庞,一双浅灰色的大眼睛深深地埋在高耸的前额下。

---

\* 本篇写于一九〇四年十一至十二月间,最初发表于一九〇五年出版的《"知识"社一九〇四年文集》第五辑。译自《高尔基三十卷集》第五卷。

"多谢!"他脸色阴郁,嘟哝了一句,伸出一只很长的手来接钱。不知是由于寒冷,还是由于羞怯,他的手颤抖着。

我站起身来,和他并肩走着。他引起了我的好奇心,于是我问他:

"我还能更多地为您效劳吗?"

"请您帮我找个工作吧!"他很快地提高声音说,"行吗?"

"我试试看吧……"

"求人施舍使我痛苦而又羞愧……我希望有个工作!"

"您叫什么名字?"

"普拉顿·巴格罗夫……您知道,我是个农民,念完了农村小学,我学得不错,女教师很喜欢我……她说服了一个年老的女地主,资助我进了中学。"

他的两眼下面有两块很大的黑晕,肥大隆起的鼻梁冻得通红。这位青年把一双手插在裤袋里,弯着背,由于寒冷,他紧缩着宽阔的双肩。他那一直扣到喉咙的单薄的上衣,穿坏了的高筒皮靴和又皱又破的帽子,使他很像一位流浪的乐师。他心平气和地讲着,声音中既不带着悲伤,也没有抱怨,仿佛在侧耳倾听自己的讲话,检查这些话是否正确。

"我在中学读了四年书。当我上二年级的时候,我的母亲死了,她是在田野里迷了路冻死的。我的父亲死得更早。我刚上四年级,那个女地主也死了……她的继承人不愿意再为我付学费,我只好辍学……我受的教育也就到此为止……"

一位太太赶上了他,碰了他一下,他迅速抬起头来,看了她一眼,把手举到帽边,低声说道:

"对不起!"

那位太太连看也没看他一眼,就走过去了。他紧闭嘴唇,过了一会儿,笑着说:

"为什么人们习惯于互相推挤……好像推一下算不了什么似的……"

87

我们走进一家饭馆的小房间,在墙角的一张桌子旁坐下;房子被烟草熏得乌黑。我给自己要了啤酒,他一面等着给他端食物,一面环顾四周,小声对我说:

"起初,我住在中学一个门房的家里,后来他介绍我去一家杂货店当学徒,可是主人是个爱打架的人,我就离开了他……"侍者端来一碟面包,放在桌上。普拉顿立即拿了一块,但他的手古怪地颤抖着,他迅速地看了我一眼,又把面包放回原处,低着头继续说:

"那时我十四岁,现在十九岁了,再过两年我就该去当兵了。在这五年中,我见识了许多事,去过许多不同的城市,帮自来水工人和园丁干过活,在南方一家报社的编辑部当投递员,去亚速海捕鱼,还到过里海——经历了很多的事情!我观察,我思索……您知道吗,我觉得生活安排得不能令人满意!"

侍者端来了一大钵混浊而气味浓烈的菜汤。普拉顿用鼻子贪婪地、深深地吸着空气,双手把汤钵挪到自己面前,一面把汤盛到盘子里,一面继续说话。

"我很喜欢读书,就为自己规定:收入的三分之一用来买书……当然,读完之后,就把书卖掉……这当然很可惜,但是我总不能随身带着它们呀……我不喜欢在一个地方待得太久……我总想尽量多看看,我希望做一个有学问的人……"

"做一个有学问的人,这是良好的愿望,可是我觉得,要做到这一点,就得长期待在一个地方。"不过,我看到他闻着食物的香味,鼻孔鼓了起来,就说:"您吃吧。"他微笑着,开始吃起来,想尽量不让我看见他那狼吞虎咽的饿相,然而这是徒劳的。

听着他那朴实的谈吐,我感到有些奇怪。他的话似乎有些难以捉摸,并且极为严肃认真,与这青年的年龄颇不相称。他侃侃而谈,像是有点卖弄自己的口才,而且很明显,他在尽力使我相信他很有文化教养……现在,我看到他在贪馋地吃着东西,便环顾四周,竭力不去看他,以免他难为情。

房间的另一个角落坐着一位报务员,他将制帽推向后脑勺,把胸脯吃力地靠在桌子上,闷闷不乐地看着摆在自己面前的半瓶伏特加酒。几只又黑又大的苍蝇,在他头顶上盘旋,发出不满的、扰人的嗡嗡声,苍蝇似乎在窗台上那些积满灰尘的花草叶子间迷了路,飞起来又迟钝地撞到窗玻璃上。屋子里弥漫着烟草、酸白菜、天竺葵和伏特加酒的令人窒息的气味……

一个身材高大、满脸痤疮的汉子走了进来,坐在报务员桌子的对面,他一声不吭地斟了一杯酒,一饮而尽,仔细地捋着他那红色的唇髭,用深沉的男低音问道:

"日子过得怎么样?"

报务员靠在椅子背上,用手掌嘭的一声拍了一下桌子,答道:

"我恨不得把玻璃全都打碎!"

"你发牢骚吧!"红胡髭的汉子说,又斟了一杯酒。

"见鬼!大伙儿都在发牢骚……可是谁来听呢?"

普拉顿笑了一下,看了我一眼,小声说道:

"我虽然不喝酒,可是非常喜欢进饭馆。这里怪有趣的!常常可以听到一些有趣的话……"

"这里的一切既丑陋又龌龊。"我说,"如果您喜欢读书,还是多读些书吧,您在书中会比在饭馆里找到更有价值的东西!"

"啊,那当然!"不知为什么他没有立即表示同意,而是沉默了一下,才又补充道:"可是,您知道吗,有时想一想,就会在丑恶的言语中发现和书上同样的思想……那时,你就会更加信任书籍,人们也显得更加美好……更加聪明……"

"您认识一些知识分子吗?"我问。

"我在编辑部工作时,曾经认识一些……编辑们对我都很好……给我书看……另外,在罗斯托夫我有一个熟人,他虽然是一个木匠,却很有教养,他有整整一间图书室。"普拉顿慢吞吞地说。

他饭饱酒醉,显然有了睡意。他的眼睛变得模糊起来。我站起身

89

来,把我的地址给了他,告诉他明天就可以来找我,于是我向他握手告别。他紧紧地握住我的手,点了点头,简单地说:

"多谢!"

我认为,他并没有因为我对他的态度而有所感动,当然我也没有要他感谢我的意思,可是他的这种冷漠的态度——或者什么别的东西——却使我不大高兴。我们都应该尊重彼此间的相互帮助,这在社会生活中是必不可少的。

当我走到街上时,天已经黑了。长长的一串街灯伸延着,在夜色中放射着光芒,秋风吹来,灯火闪烁不定……

"他穿着单薄的上衣,一定很冷吧。"我想起了普拉顿·巴格罗夫……


我在一位熟悉的教授家里为普拉顿找到了看管院子的工作。教授是一位极其和善的老人。几年前,他辞去了大学的职务,现在正从事一种小麦寄生虫的研究,过着平静的生活。

教授的房子小巧玲珑,雅致可爱,坐落在城边。夏季里,房子四周被古老的椴树环绕着,掩映在茂密的金合欢花和丁香花丛中,宛如绿色海洋中一座恬静的岛屿,在等待着客人。

教授有个女儿,她长着一双蓝莹莹的小眼睛,快活,娇媚,是个天真无邪、笑声爽朗的小姑娘。她能娴熟地弹钢琴,也会画画,还爱读文艺作品。她常常穿着一身洁白的裙衫,这同她非常相称,正如桦树皮同桦树相称一样。她的周围总是有许多和她一样娴雅的女友,另外还有一些大学生。这座房子几乎每个晚上都是热闹的,有时大家很开心;他们玩游戏,辩论,朗诵诗,跳舞,老教授坐在一个角落里,一面抚摸着银白的胡须,一面笑着观看青年们的嬉戏。

我常去教授家,也常见到普拉顿。现在他的脸丰满一些了,眼下的黑圈已经消失。他穿着厚实的黑绒衣、黑色灯笼裤和高筒皮靴。他的这身非同寻常的打扮大概是想引起人们的注目吧。他身材高大,瘦骨嶙峋,动作不太灵活。黑色短发略微有些鬈曲,眼神沉思而宁静。颧骨突出的脸上,流露出一种含有深情的神态。

他默默向我点头致意。他是颇有分寸的,从来不当着主人的面同我谈话,也许是觉得这样做会使我和他自己都陷于难堪的境地。但如果我在院子里同他单独相遇,他就和我握手,于是我们便攀谈起来。

"怎么样?普拉顿,您喜欢这儿吗?"

"还不错!"他温和地答道,"空余时间虽然不多,但我还能读书……观察、感受、工作、思索——这就是生活!对吗?"

"对,对!"我赞同地说,欣赏着他兴奋的神情,"主要的是,尽量多读些好书……怎么样,您喜欢东家吗?"

"显然是些很好的人……对待仆人很文明。这是少有的……小姐很有趣!整天跑呀叫的,扮着鬼脸,——总是干干净净,像只娇养的小猪!"

我不喜欢他对莉季娅·阿列克谢耶芙娜的这种评价,仆人对主人的否定态度是完全可以理解的,但是普拉顿可说是半个知识分子。他应该懂得,如果他用这种态度看待女主人,那他就把自己降到厨娘的水平了。但关于这点,我什么也没有对他说,他却笑着继续说:

"她好极了!心地善良,虽然有点任性,但待人很好……有时也叱责女仆,但并不使人难堪,而是带孩子气……"

"她只比您小一岁呢。"我说。

"那并不说明什么!"他心平气和地反驳道,"年岁可能有大有小,但衡量年龄应该看有多少见识,有什么样的见识……她见识过什么,又懂得多少?"

他爱夸耀自己的实际经验,这使我有点讨厌。而且我是有理由不信任他的,因为我曾经好几次看到,当莉季娅·阿列克谢耶芙娜从他身边走过时,他的手不自然地很快地举到了帽边,恭顺地低头向她鞠躬,全身可笑地、笨拙地弯曲着,仿佛害怕自己瘦长的身子会把姑娘吓坏了似的。因为同他的女主人比起来,他显然是个庞然大物,而且笨手笨脚。我不懂得他这样鞠躬是什么意思,可是莉多奇卡[1]却注意到了他过分恭顺的态度。这也是很自然的:因为仇人的眼睛往往更为敏锐,女人的眼睛更容易看出男人身上的可笑之处。

这愉快的少女亲切地向他微笑,有时对他寒暄几句,而且有一次,在他劈柴的时候,她甚至问他:是否太累了?这是不应该说的。

我曾警告过莉达[2]:

"他过于自信……自命不凡,天晓得他这样固执是为了什么!"

她并不注意听我的话……

"他是个怪人,"她若有所思地笑着说,"那么滑稽,那么高的个子……老在厨房里发议论……为这大伙儿全都笑他……"

她对我说,家里的女仆认为普拉顿是个笨伯,因为他不向女仆献殷勤,也不坐在门口嗑葵瓜子,而老是读书。在厨娘和女仆看来,他的举动与一个管院子的人是不相称的,他说的很多,叫人听不明白,——这一切都使厨房的人讨厌。

"还是劝他去考教师,让他到农村去要好一些。"我说。

"对,"莉季娅·阿列克谢耶芙娜表示同意,"这样对他要好一些……"

也许,以后她就更加注意起普拉顿来了。当然,并非由于想从他身上找到一个经过乔装打扮的童话里的王子,她只不过出于好奇,想要知道,给她家打扫庭院的人有些什么感觉,他又是怎样考虑问题的……

春天来临。飞来了一群白嘴鸦。屋顶上的老椴树上,整天都可以听到飞来跳去的鸟儿一刻不停的清脆的啼声。

我注意到,普拉顿的眼睛有些古怪,他凝望远方,似乎固执地在寻找某种他所需要却又找不到的东西,因而惊异地睁大了眼睛,露出忧郁的微笑。他变得更沉默寡言了,行动上流露出惊慌失措……有一

---

[1] 莉多奇卡是莉季娅的别称。
[2] 莉达是莉季娅的小名。

次,在一个恬静的四月的夜晚,他在我身后关门时,低声问道:

"明天我可以拜访您吗?"

"请吧,"我说,"可以在晚上五点到六点之间……再见吧!五点到六点之间……"

他准时来了,像往常一样,穿着绒衣,难为情地对我一笑,沉重地坐在桌旁。

我开始谈到他所读的那些书,但这显然不能引起他的兴趣;他漫不经心地、不乐意地答着我的话,并用凄楚的目光越过我的头望着什么地方。忧愁与他颧骨突出的面容是不相称的。

他突然声称:

"我……开始写诗了!"

他不好意思地看了我一眼,小声问道:

"您觉得这很可笑吧?"

"不,一点也不!"我安慰他,"把诗读给我听听,行吗?"

他的那双忧郁的眼睛露出笑意,臂肘撑在桌子上,双手捧着头发蓬乱的脑袋,用喑哑的声音断断续续地读道:

> 夜已来临。我坐在窗前,
> 花园在沉睡,浸没在寂静和黑暗里。
> 我凝视着默默无言的黑夜,
> 心灵不觉发出了呼唤:
> 为什么我感到沉重和痛苦?
> 　　为什么啊为什么?

他的诗稿散发出马合烟的气味,靴子上有松焦油的臭味,绒衣的肘部已经磨破,领口的扣子也脱落了,因而我看到普拉顿脖颈上的青筋有力而激烈地跳动着。他眼睛盯着桌子,继续读道:

>　　无论在哪里,我的心都找不到答案……
>　　周围的一切沉浸在窒息的黑暗中……
>　　大地在沉睡,湿润的空气无声无息……
>　　惟有我的心儿在剧烈地跳动——
>　　啊,为什么她老是在笑?
>　　　　啊,这是为什么?

他沉默了,抬起头来,他的眉梢现出疑惑的神情。
"嗯,怎么样?"
我想对他的抒情诗开点玩笑。
"不行!"我笑着说,"应该做到使两个人都笑,或者两个人都哭……您还有别的诗吗?"
"还有。"他小声说,又低下头来,慢慢地读道:

>　　别了!我满腔忧伤……
>　　我如同往昔,又是孤身一人,
>　　我的生活仍是一片黑暗。
>　　别了,我的明灯!……
>　　　　别了!
>
>　　别了。我扬起风帆,
>　　站在舵旁,长叹一声。
>　　快活的海鸥声声呼唤,
>　　雪白的泡沫连成一线——
>　　一切啊,大地委托你们……
>　　　　送别我……别了![①]

---

①　这段诗参用卢永同志的译文(见本《文集》第二卷《别了》一诗)。

他的声音单调而喑哑,令人想起对死者诵读圣诗时的情景。他沉默片刻,看了我一眼,叹口气,继续念道:

> 坎坷的前程等待着我,
> 郁闷的蛆虫咬着我的心,
> 白浪滔天,急起急落……
> 可是啊——倾大海洪波
> 也冲不走我心上你的倩影!……
> 　　别了!①

他沉默了,一动不动地坐着。我觉得很不自在,不知道怎样才能帮助他。我沉思片刻,决心像外科医生那样,立即割去不必要的东西。我问他:

"您在闹恋爱吧?"

"嗯,是的。"他轻声地说。

"女方是谁呢? 是侍女费克卢莎吗?"

他吃惊地扬起眉毛答道:

"是莉季娅·阿列克谢耶芙娜……"

当然,我是知道这件事的,但没有料到他会这么坦率地说出来,我不想从他的口里听到这个消息。我觉得有些不快,也感到很可笑。

"请听我说,亲爱的,"我尽量严肃而又亲切地对他说,"您要明白,这是很可笑的!"

"可笑?"他低声叫道,吃惊地把眼睛睁得大大的。

"是呀!"我说,"我简直很难认真地跟您谈一谈。"

"为什么呢?"他用压低了的声音重复问道。

"嗯,您想一想吧:您十九岁……好吧,就算您见过一些世面,明白

---

① 这段诗借用卢永同志的译文(见本《文集》第二卷《别了》一诗),但结尾一句由于原作不尽相同,译文也略有区别。

一些事理,可是难道您配得上她吗?她是个有教养的姑娘,有精细的鉴赏力……她对一切粗鲁的东西天生就是格格不入的,——归根到底,问题还不在这儿!而在于她同您结合是完全不可能的……您并不蠢,您自己应该感到这是不可能的……"

"可是,我并没有感到……"他执拗地低声说,又用同样的口吻问道,"难道我跟大家不一样,不是一个人吗?"

我耸耸肩,又向他解释起来,但他用灰色的眼睛望着我,我看到,我的话对他不起作用。

"还有最后一点,"我离开普拉顿时说道,"莉季娅·阿列克谢耶芙娜是爱我的……"

他慢慢地从桌旁站起来,紧闭嘴唇,弓着背,也忘了同我握手告别,便径自走了……

我看着他的背影,感到我必须认真地干预这件滑稽可笑、令人不快的事……

第二天晚上,我来到莉季娅·阿列克谢耶芙娜家里,我谨慎地,竭力不过分使她觉得可笑,同时又相当严肃地对她说,她最好不要再注意她家管院子的人。

"为什么呢?"她诧异地问,"跟他谈话是很有趣的……他的语言尽管很粗鲁,有时却非常感人……他鲜明地描述一些普通人的生活……您可真霸道,究竟为什么我不应该同他谈话呢?"

于是我坦率地告诉她,普拉顿爱上她了。而且初恋,无论是怎样的初恋,对于一个男人的心,一生一世都有影响……她厌恶地哆嗦了一下,一双小眼睛因惊讶而睁得滚圆,脸颊通红,她激动地在房间里跑来跑去,感到既委屈又难为情。

"他好大的胆子!"姑娘不知所措地高声说,"他吗?一双手总是汗涔涔的……通红的……耳朵也是通红的……可是,我自己怎么没有看出来呢?真是……可笑!我可怜他……这多不好……您说他写诗了吗？"

"我觉得，写得还不坏呢。"我说。

"不，我怎么会没注意到呢？真的，这很有趣……一位钟情的民主主义者，简直是一部罗曼史！啊，我的天哪！菲利普·瓦西里耶维奇，现在该把他怎么办呢？非把他解雇不可，是不是？"

"决不能——现在不能！"我劝道，"只要能避开，为什么要使一个人受委屈呢？当然，要解雇他，可是应该慎重行事……不要突如其来……"

"可我还是很想看看他的诗。"她若有所思地说……

不久我就真诚而痛苦地感到后悔，我不该出这样的主意，我忽视了莉多奇卡那种孩子气的轻率举动。

第二天我离开了这座城市，可是过了两三天，家里的人都已经知道，管院子的人在垂涎小姐。后来我才知道，发生了一些可笑的，老实说，十分恶劣的事。

"普拉顿！"莉多奇卡叫道。

普拉顿出现了。

"您爱我吗？"她亲切地问。

"是的！"管院子的人坚定地说。

"非常爱吗？"

"是的。"他重复道。

"那么，假如我求您干什么事，"莉多奇卡用沉入幻想的目光注视着他颧骨突出的面庞，神秘而又低声地说，"普拉顿，您什么都会为我干吧？"

"什么都干！"管院子的坚定不移地回答。

"嗯，既然如此，"她兴奋地笑着，继续说，"既然如此，我亲爱的普拉顿……"

她的脸色变得忧郁起来，深深地叹了一口气，结束道：

"请生上茶炊……"

他走去生茶炊,他的颧骨显得更为突出,眼睛也更深地陷入额角下面了。

有时莉多奇卡询问普拉顿的爱情有多么强烈,之后就叫他为自己洗净沾满污泥的胶皮套鞋,或者派他去给女友送信,无论她要他干什么,她总要提到他的爱情。

晚上,当客人们聚在一起的时候,她经常把普拉顿叫来,要他朗诵诗。他呢,谁也不看,低着头朗诵。大家称赞他,他点头致谢,脸上却毫无表情,像石头一般。莉多奇卡当着他的面对客人们说:

"写得不坏吧,是吗?有些发表的诗还不如它呢。诗写得有些粗糙,但是感情真挚……我知道这位诗人确实在恋爱,但是不会有成功的希望!在他通往幸福的道路上,既有阶级偏见,又有他所倾慕的人那颗冷酷的心在从中作梗……"

我发现,她对待这位青年是轻率的,带着不该有的恶意……我觉得,他的爱情伤害了姑娘的自尊心,为此她对这个可怜的人进行报复……不过,别人对他也并不好。老教授是一个好心肠的人,他以理智的爱来爱一切昆虫,但他却乐意挪揄这位年轻人。

"请听我说,诗人!"他说,"我恳切地请求您,在种龙须菜的小畦里,不要施过多的肥料!我不止一次地对您说过这一点,可您总记不住……这样下去,弄得不好,我就没有龙须菜了……话又说回来,我并不生您的气,我懂得您的处境……您向往亚加狄亚①……那有什么?这是自然法则:人在童年时期容易得麻疹和猩红热,到了青年时期就要恋爱,写诗,幻想建立功勋……浪费时间对人生是不大有利的……可是这终究比老年的理智要好得多!"

教授的话是冗长的,他的辞令也枯燥乏味,可是教授却颇感得意。

连女仆也取笑普拉顿,她的玩笑自然比较简单,也比较粗野。显然,任何人的玩笑都能准确地命中目标,因为目标相当大。可是莉多

---

① 原为希腊地名,古希腊诗歌中用来喻世外桃源。

奇卡比所有的人都更有独创性,——我不能掩饰这一点,自然,我也并不赞同。

每当有月亮的夜晚,她优雅地、带着若有所思的神情坐在敞开的窗前,大声对她的女友说,爱情没有任何障碍,对她来说,既没有贵族,也没有农民,有的只是男人,即她所爱的人。普拉顿听到了这些话。

然后,她把普拉顿叫来,冷漠无情地看着他的面孔,强迫他为她干点什么。

她弹奏着忧伤的曲子,这些曲子柔和缠绵,紧扣恋人的心弦,她温柔地低声唱着,歌中流露出她渴望抚爱和对恋人的思念,她之所以这样做,都是为了使普拉顿能看到、听见并感觉到……

有一次在花园里,他走到她的身边,对她说:

"您为什么要嘲笑我呢?我爱上了您,这有什么可笑呢?我很快就要离开这座城市……我希望您在我的记忆中是个亲切、善良的人……别再折磨我了吧!"

他的声音很低,他一动也不动地站着,可是莉多奇卡害怕他身上的什么东西,一句话也没有说,就跑了。

第二天,她还是不愿放弃稍稍捉弄一下普拉顿的乐趣,又把他叫到房间里,强迫他当着两位女友的面朗诵诗。诗中写到一棵幼小结实的橡树,它的一根树枝触到了一位王后的脸庞,于是王后吩咐把那棵橡树砍掉。诗写得很拙劣,小姐们听了都笑了起来……

这件事的结局是:有一天早晨,我收到了莉多奇卡写的一张字条:"请速来,普拉顿遭到了不幸,莉达。"

她迎接我的时候,心慌意乱,面色苍白,像一个病人。

"您知道吗,他自杀了!"

"真的吗?"我大惊失色,喊了起来。

"真的,是真的!真没想到!"她神经质地在屋子里跑来跑去说,"这都是您的罪过,您的!"

"我的?"

"当然啰！应该在那时候就马上把他解雇，可是您说：不行！可现在……真可怜！我可怜他……"

她热泪盈眶，显然昨夜没有睡好，哭了很久……

"如果我知道他那么认真……我就不会跟他开玩笑了。"她说着，用手绢捂着脸，浑身颤抖着，"别人说，他还活着……您上他那儿去吧！我现在不能……我以后……爸爸很难过……大家都可怜他……他是个与众不同的人！"

真是个孩子！即使现在她谈到他，也像是在谈一件损坏了的玩具……

我立即赶到医院去，一路上伤心地想着普拉顿。他看上去结实坚强，可是在同生活的初次冲突中就被击败、被摧毁了。对于一个过着充满忧虑、紧张的生活而又有文化教养的人来说，这种软弱是完全可以理解的，但对普拉顿来说，我却无法解释……

普拉顿仰面躺着，脸色蜡黄，毫无血色，脸上满是皱纹。他的眼睛黯淡无光，变得很大，眼睛里凝聚着悲哀和痛苦。他的一只青筋暴露的长手无力地垂在床边，手指几乎碰到了地板。他用沉痛的目光久久凝视着我，一声不吭……最后，他透过牙缝，衰弱地叹着气，用嘶哑的声音勉强对我说：

"请去问问他们……为了使他们生活得干净舒适……我干了多少活……为什么他们要把我毁掉呢？"

他闭上了眼。我抬起他的手，把它放在床上，亲切地对他说：

"我的朋友，不要这么严厉地谴责别人……等您恢复健康了，一切都会解释清楚的……您知道，他们全是好人……"

他没有张开眼睛，只是说：

"在我那儿……剩下一些书……请把它们寄到罗斯托夫去……寄给木匠叶夫谢伊·斯克里亚宾……请别忘了！"

"好的，我会寄的！"

我取出记事本，在上面写下那个木匠的地址，可他仍然一动不动地躺着。从他的胸中发出沉闷的嘶哑声。眼睛周围有几块很大的黑晕,使他的脸像死人的脸一样。

我默默地看着他,走也不是,留也不是。

最后,他睁开眼睛小声说:

"您走吧!"

"再见!"我说。

他用手向我示意。

我怀着闷闷不乐的内疚的心情,慢慢地走出病房。我刚到了走廊,便听见普拉顿用嘶哑的声音说:

"护士……别放人上我这儿来……谁也别让……"

显然,他想到莉多奇卡可能会来。

夜里,他死了。

……我完成了他嘱托我的事,把他留下的那些书寄往罗斯托夫。女仆告诉我,他已经把写着诗的笔记本扔在炉子里烧掉了。可是在那些书中,我找到了一张整个被涂改了的信纸,上面潦草地写着几行字:

> 我慢慢地、经过很长时间从生活的底层上升到了你们这里,达到了人生的顶点。我以一个走向极乐世界的暗中窥探者的目光,贪婪地观察着旅途中的一切……

我留下了这张纸条,作为对普拉顿的纪念。不久之前,我在清理桌子时,又发现了它,使我回忆起这位青年……于是,我讲述了关于他的故事。

谭得伶　译

## 小 女 孩[*]

有一天傍晚,我干活干累了,躺在一座很大的石头房子——一座外观凄凉的古老建筑物墙边的地上;落日的红光照出了墙上深深的裂缝和泥垢。

房子里边,饥饿、肮脏的人们好像黑暗的地窖里的老鼠一样,日日夜夜奔忙着,他们因为衣衫褴褛,总是半裸着身子,他们的忧郁的灵魂是袒露的,也像他们的身体一样肮脏。

从房子的窗口飘出了在房子里活动的人们的单调、嘈杂的声音,就像火灾的灰色烟雾那样缓慢、浓密。我听着这种我早已熟悉的惊惶、忧郁的喧闹声,打起盹来,不指望会听到哪怕是短促的、新鲜的音响。

但是在离我很近的地方,从一堆空木桶和破木箱那边,突然传来了轻轻的、温柔的声音:

睡吧,亲爱的! 睡吧,好孩子! ……
睡吧,好好地睡吧,
睡吧,我的好姑娘……

---

[*] 本篇最初发表于"知识社"一九〇五年出版的《尼日戈罗德文集》。译自《高尔基三十卷集》第五卷。

以前我没有听到过这座房子里有做妈妈的用这样充满爱怜的声音来哄孩子睡觉。我悄悄地站起来,朝木桶后面一望,只见一只木箱上坐着一个小女孩。她低低地垂下长着鬈曲的淡褐色头发的头,微微摇晃着身子,若有所思地哼着:

睡吧,睡吧,
安安静静地睡吧……

她的肮脏的小手握着一只裹着红布条的木勺的柄,一双忧郁的大眼睛望着它。

她的美丽的眼睛又明亮,又温柔,不像孩子应有的那样忧郁。发现了她眼睛的表情以后,我就不觉得她的脸和手是肮脏的了。

在她头顶上,在半空中,叫喊声、咒骂声、醉醺醺的笑声和哭声,好像一团团的油烟和灰烬似的盘旋着;在她周围的肮脏的地上,一切都失去常态,一切都变了形状,夕阳的光辉把破木箱和木桶染成红色,使它们具有一种不祥的、怪异的样子,很像一个被贫困的沉重而严厉的手所破坏的庞大的机体的残骸。

我无意中动了一下,那小女孩吃了一惊,看见了我,她的眼睛怀疑地眯缝起来,全身都害怕得缩成一团,好像是一只小老鼠面对着一只猫。

我含笑望着她的肮脏、忧愁、胆怯的脸;她的嘴唇紧闭着,纤细的眉毛抖动着。

她站了起来,熟练地抖了抖她的破烂的,原来是粉红色的衣服,把她的布娃娃塞进口袋里,用清晰响亮的声音问我:

"你瞧什么?"

她大约有十一岁光景,面貌清秀,身材瘦小;她注意地审视着我,她的眉毛不住地抖动着。

"怎么啦?"她沉默了一会儿,继续问道,"你要什么?"

"不要什么,你玩你的吧,我这就走了……"我说。

这时她向我走近一步,扮了个表示嫌恶的鬼脸,高声地、清晰地说道:

"跟我来吧,十五戈比……"

我一时没有听懂她的话,我记得,我只是哆嗦了一下,预感到要发生某种可怕的事情。

可是她却径直走到我跟前,肩膀贴着我的腰,扭过脸去避开我的目光,用呆板、枯燥的声音继续说道:

"喂,我们走吧……我不愿意在街上拉客……再说,出去也没有衣服穿,妈妈的姘头连我的衣服也拿去卖了喝酒了……唔,走吧……"

我默默地、轻轻地把她推开,她用怀疑的、困惑莫解的目光瞅了我一眼,她的嘴唇异样地撇了一下,抬起头,张得大大的、明亮而忧郁的眼睛望着上面的什么地方,声音不高地、枯燥无味地说道:

"你固执什么呀?你以为我小,会叫喊?别担心,我以前叫喊过……现在可……"

她没有说完她的话,冷漠地吐了口痰……

我离开了她,心里想着这令人难受的惨事和这双明亮、稚气的眼睛里的忧郁的目光。

水 夫 译

## 三谈魔鬼<sup>*</sup>

伊凡·伊凡诺维奇·伊凡诺夫对自己在党的会议上看到、听到和说到的一切感到疲倦,可是很高兴。他回到家里,就躺到书房的长沙发上,微笑着,愉快地伸了个懒腰,在懒洋洋的休息中发愣。

窗外响着四轮马车的辚辚声,他的脑海里还回荡着流畅的演说的回声,他想起生动的双关语、漂亮的辞藻、巧妙的短语,演说家们的激动的脸孔——忽然他感到他不是独个儿在房里。

他不由己地皱皱眉头,抬起了头——在书房角落里的炉子的白色瓷砖上,黯淡地闪现出一个人的黄色的、正方形的、冷冰冰的脸孔。伊凡·伊凡诺维奇立即全身移动一下,起身坐在沙发上,双手支在膝盖上,并且伸长脖子,眯起眼睛。

"不认识啦?"传来了细微清脆的尖叫声。

"哟……是您?"伊凡·伊凡诺维奇说,感到不好意思,"是呀,我一下认不出您来了……现在必须做的事情太多,不知不觉就把您都忘了,真对不起呀!再说,您也有点变了……"

"变了,可我没变节呀……"魔鬼冷笑着说。

---

\* 本篇最初发表于一九○五年十一月二十七日《斗争报》,与《谈魔鬼》和《再谈魔鬼》(载本《文集》第四卷)是一脉相承的。它们都是抨击当时越来越公开地和反革命分子勾结在一起的俄国自由主义者。本文中伊凡·伊凡诺维奇是自由主义知识分子的典型形象。作者在本篇里揭露俄国解放运动时期的背叛者,嘲讽立宪民主党人和害怕革命的自由主义知识分子。译自《高尔基三十卷集》第五卷。

"嗯……"伊凡·伊凡诺维奇说,"我只是说您的面孔变……"

"噢!现在大家的面孔都不是昨天的面孔了。"魔鬼漠然不在意地说。

"他话里似乎暗示什么,狡猾的家伙!"伊凡·伊凡诺维奇想,不安地用小指头在秃顶上搔了一阵,问道:

"您怎么样……找我有事吗?"

"唉,伊凡·伊凡诺维奇!"魔鬼悲叹道,"在制造卑鄙龌龊的事情方面,人们已经赛过魔鬼了,如今魔鬼在人间还能干什么呢?我现在成了一个多余的生物了……我观察,学习挑拨……"

"是呀,"伊凡诺夫庄重地说,"偏见消失了……"

"可不是,可不是!"魔鬼同意说,"我出席过你们的代表大会①,看见你们怎样滔滔不绝地把对祖国的爱、劳动者阶级的利益、真理、荣誉统统用语言给埋葬了……"

"对不起!"伊凡·伊凡诺夫冷淡地打断他的话,"我讲的是偏见……"

"我也是呀!"魔鬼说,笑了起来。

"原来是个恶棍!"伊凡诺夫想。

"那么,伊凡·伊凡诺维奇,您对您长期顽强的活动结果满意吗?"魔鬼友善地问道。

"当然满意!……就是……对不起!您认为我的活动结果是什么呢?"伊凡诺夫严厉地凝视着魔鬼的黄脸,那脸上堆满笑容,宛如一块熔化了的铜。

"那还用说吗?"魔鬼提高了嗓门说,"不就是全国的觉醒吗?就是您努力开展的人类自尊心的这种强大浪潮,就是人民正神速地提高对自己应有权利的认识,这种认识就是您长时期激发起来的,这种追求自由的火一样热烈的浪潮……"

---

① 影射一九〇五年十月十二日至十八日举行的立宪民主党成立大会。大会上确立了立宪民主党的纲领。

"对不起！"伊凡·伊凡诺维奇喊道，跳了起来，"首先您是魔鬼，您就不应该用高雅的文体，嗯！您责备我……就是说把这一切……这些'火一样热烈的浪潮'统统强加在我身上……太谢谢啦！"

伊凡诺夫手指哆嗦，秃顶满是细小的汗珠。他站在魔鬼面前，用手在空中来回摆动，而魔鬼却无声地大笑起来。

"觉醒及其他……这我当然不反对……不！但是，您不是知道他们把我的庄园烧了吗？他们宰杀了我的绵羊，扯掉了我的马尾巴吗？您把这都当作人民对自己的权利的认识吗？……火一样热潮……我？假如您知道，我就不会燃起什么火焰来了……"

"伊凡·伊凡诺维奇！"魔鬼响亮地尖声喊道，"您不会否定自己吧？您想一想吧，是谁出版了杂志和报纸，在上面谈论饥饿的、无权的人民的灾难的？难道不是您为自由思想服务了一辈子吗？难道您没说过许多次，说只有革命才能够实现这种思想吗？因为您同情革命者，而且有时使这种同情具有真实的形式。难道您为了政治的利益从未捐献过三个卢布？捐献卢布来帮助秘密印刷品吗？"

"够了！"伊凡·伊凡诺维奇嚷道，"我知道，先生，我在报纸上写过文章，我讲演过，而且根本……但是我总是要证明一点：必须用秩序代替没有法纪啊。再也没别的了……我没教过农民焚烧我的房子……我没教过工人使我一连几个星期没有火和水，没有药品和铁路，没有邮政和电报……我没教过他们搞无政府主义呀[①]！整整十六年中，我对革命总共出了七卢布四十五戈比，——这我记得！我捐献这些钱不是出于怜悯！"

"可是，伊凡·伊凡诺维奇，您的确出过一点力……您在工人和农民的思想里灌进过一点东西……"魔鬼恳切地说，脸上显出有点近似羞愧的样子。

---

[①] "我没教过他们搞无政府主义呀！"指一九〇五年的十月总罢工。

"如果让他们损害了我的家畜,那没有什么! 我在工人和农民中间并未进行过宣传……这是撒谎! 不,真对不起,我宁愿使国家不要过分地觉醒,宁愿我的庄园完整无缺……"

伊凡·伊凡诺维奇说出了这句话,忽然觉得自己是赤身露体的。他那宽大而合适的衣服像一缕缕轻烟那样消散了,他难为情地用双手掩盖着在一般雕像上都用无花果叶遮盖的那个地方,他腼腆地左右脚替换站着,轻轻摆动着肚子……

"伊凡·伊凡诺维奇!"魔鬼扬声说道,"您怎么啦? 自己这样赤身裸体……这是过早了!"

伊凡诺夫忧郁地看了看自己的身体,沉默了。

"当然,正如常言所说的,我做得过分了。"他开始用沮丧、愁苦的语调说。

"可这是真诚的吧?"魔鬼悄悄提示他一下。

"完全不是!"伊凡诺夫又愤怒起来,大声喊道,"你说话的姿态令人非常不舒服。因为您知道得很清楚,所有这些罢工、无秩序和其他种种可怕的现象都与我完全无关……如果有的时候……我说了一些事情……稍为尖锐一点……也许……这是在自己人当中说的,而且是在暴躁和气愤的情况下说的呀! 可您把挑拨者这个角色硬加在我头上……"

"不!"魔鬼说,"但是我认为,所谓诚实人……"

"是呀! 诚实人是有理性的人!"伊凡诺夫庄严地说,举起右手,"您……在政治上简直很幼稚,不懂我的纲领……然而我的纲领是清楚的、十分明确的:我承认平等思想,但是兵士就是兵士,邮差就是邮差,别的什么也不是! 您明白了吗?"

"噢,明白了!"魔鬼说,"说得很俏皮……"

"人们要平等,但不应否定秩序,要维持秩序,就必须有军队……以及别的许多东西……理智必须控制自由,而理智的代表人物是谁呢?"

"是您?"魔鬼问。

伊凡·伊凡诺维奇谦虚地低下眼睛,继续说:

"妇女和男子平等,但是如果过早地承认妇女有这样的……"①

"说的是!"魔鬼说。

"如果我有时候谈到革命,那么我总是加上一句:革命必须采用和平方法……就是这样!我从来不是个革命家……"②

"可您在代表大会上自称革命家呢!"魔鬼说。

"但那不是就农业中的骚动方面说的!"伊凡诺夫伤心地反驳说,"我是个革命家,但只是……不是现在……就是说不是在这儿……我是'法律方面的革命家'……可我不能反对财产法!"③

伊凡诺夫深深叹了一口气,用双手揉一揉大腿。

"那么,"魔鬼说,"革命不是您搞出来的了?"

"请您了解我吧,"伊凡诺夫用痛苦的声音说,"在革命中的一切都是理智的、自觉的——这是我的工作;一切自发的、无意识的行动——这是极端派的工作……这很简单!"

"就是说,"魔鬼说,"无产者真的为自己争得了自由,是吗?"

"您简直没有逻辑,我亲爱的!"伊凡·伊凡诺维奇懊丧地说,"无产者怎能搞成功呢?当他稍微提到自由时,人们就向他开枪,他就消失了。可我……关于允许自由的必要性,难道在各级法院,从地段到枢密院,提出请求还少吗?我为此写了文章,我讲了话,我指导青年去争取自由……可是我总是对他们说——和和平平地战斗吧!最后,我举行了宴会——您记得吧?——公开的宴会,在宴会上我十分坦白地说,已经是时候了……等等!然而从来没人向我开枪,就是说,我在政府的心目中享有了声誉。因此很显然,就是说,我的意见使这事情全

---

① 作者讽刺地模拟立宪民主党首领米留科夫(1859—1943)在一九○五年十月十三日的成立大会上的发言。
② 引自自由派政治家科瓦列夫斯基(1851—1916)、海登·古契柯夫(1862—1936)等人一九○五年十一月在省、县地方自治会上的发言。
③ 影射科瓦列夫斯基一九○五年十一月九日在省、县地方自治会上的发言。

办成了。我对待别人的意见总是很有分寸和十分尊重的。那时候,为宪法干杯是不允许的,我简单地举杯'为它'祝贺!①——大家都明白我所说的是什么。但是假如说,无产者也……支援国家的解放事业……假定说吧!从这儿得出什么结论呢?他能不能利用自由的礼物呢?这就是问题所在!"

"您把它解决了吗?"魔鬼问。

"早就解决了!"伊凡诺夫说,耸耸肩。

"在胜利之前?……"

伊凡诺夫看了看魔鬼,没回答问题。他打量了自己漂亮的身体,用手把它爱护地抚摸了一下,继续说:

"无产者……当然也是人,但他没受到政府信任,因为他粗野,不文明,而且不善于尊重别人的意见。人们照旧要向他开枪,而且一般都不愿意跟他说话。他在社会上……没有名声……就是说他的坏名声很大。他行动很不得体;当我和我的党只要求权力的时候,天晓得他要求什么,他甚至叫喊——打倒……这个那个,等等!他组织了一次罢工②,产生了相当大的结果,好极了!利用这些结果是有利于国家全民文化的发展……他还希望什么呢?干什么还要这些使国家经济濒于崩溃的罢工和这一切无政府状态呢?为什么要造成革命的多余部分呢③?我的先生呀,革命常常不过是'把政权从专制制度之手转到社会上各自由派——文化的真正代表者之手里罢了。'"

"您这是从《语言报》④上引来的话吧?"魔鬼问。

"说实话的是淡黄色头发的男子还是黑发男子,对我并不重要!"伊凡诺夫冷冷地答道。

---

① 这几句话是高尔基对立宪民主党活动家们关于宪法问题的大话的嘲讽。
② 指一九〇五年的十月总罢工。
③ 在十月份的《语言报》上发表的许多论文里都说到所谓"革命的多余部分"。
④ 《语言报》是彼得堡温和的自由派报纸,于一九〇四年创刊。

"就是说,您表演到四八年,就算了吗?"

"我不能在八九年①呀,您承认吧！或者……担更大的风险……我不是小孩子了！您议论起来,像个社会民主党人,就是说,很不庄重。无产者应该明白——如果他是个有理性的人的话——'我们大家都是同一个俄罗斯的儿子。''大家必须爱同一件东西。'②这是我的一个朋友不久以前在《俄罗斯新闻报》③上说过的金玉良言。'大家必须爱同一件东西',这就是时代的口号！"

"多迷人的未来啊！"魔鬼感叹道,"我看见它了:资本家和工人、农民和地主、兵士和将军——大家'都爱同一件东西'！"

"别挖苦人！"伊凡·伊凡诺维奇愤怒地说,"您要明白——讲的是关于祖国的利益,关于拯救文化……我们处在崩溃的边沿:工业被毁灭了,工厂主在关闭工厂,把资本转移到国外。您明白吗？这就是这些无产者干的！他们把国家毁了！"④

"伊凡·伊凡诺维奇！"魔鬼阴险地丢了个眼色,打断了他的话,"如果无产者为了拯救国家,用自己的方法把工业复兴起来,那怎么样？"

"他有什么样的方法呀！"伊凡·伊凡诺维奇说,蔑视地耸耸肩。

"那您就设想一下:无产者看到资本家先生们在国家将要亡于饥荒的时候,他们却使人民失业,把自己的金钱转移到国外,无产者就把资本家们看作是反对民意的坏蛋,然后将他们的工厂没收,宣布这些工厂是国家的财产……"

---

① 指一八四八年和一七八九年的法国资产阶级革命。这两个革命阶段的不同在于:一七八九年的法国资产阶级片刻也不抛开自己的同盟者——农民；一八四八年小资产阶级民主派出卖了无产阶级。
② 这两句话是立宪民主党人李沃夫写给《俄罗斯新闻报》编辑部的信中说的；该信发表时,标题是"为了和平"。
③ 《俄罗斯新闻报》是莫斯科大学的自由派教授和地方自治活动家从一八六三年起在莫斯科出版的日报,代表自由派地主和资产阶级的利益。
④ 影射立宪民主党人司徒卢威、彼特伦凯维奇等人在《俄罗斯新闻报》上发表的类似言论。

"什么?"伊凡·伊凡诺维奇狂叫道,"这是不可能的,先生！这是从来没有过的……这是不准的……您到底是什么人呢？您怎么敢？"

伊凡·伊凡诺维奇紧握拳头,向前扑过去,于是他醒来了。

书房里是宁静舒适的。他摸摸自己的身子,擦去脸上的汗珠,严肃地看了看书房的一角。在那儿,在火炉的白色瓷砖上,一只铜制的通风器在黯淡地闪光。

孟昌　译

# 旁 观 者*

  一支英雄的队伍,为了祖国的自由,在大街上和数百名愚昧的敌人展开了激烈的战斗。和平的居民们在窗口里观战。赤红色的烈焰黯淡地反映在他们睁大了的、惊恐万状的眼睛里,闪烁的红光映在他们苍白的面容上……

  钢炮轰鸣,震撼着空气,成百发子弹凶猛地呼啸着,无形地划空而过。得意扬扬的死神贪婪地翕动着干枯的颚骨,发出咔嚓咔嚓的响声。殷红的鲜血从年轻战士们的胸膛里涌了出来,流到地上。冰冷的、灰蒙蒙的大地无声地、津津有味地吮吸着沸腾的、醉人的血浆。……子弹滚烫的铅片无情地射入年轻人纯洁的头脑里,弹片射到房屋肮脏的墙壁和被暴力践踏过的土地上,冒着一团团硝烟。长长的刺刀尖无声地捅进英雄的胸膛,一个人倒在自己脚下混合着泥浆的血泊里,临死前长叹道:

"自由!……"

"自由万岁!"数十个声音在呐喊。

数百个声音回答他们:

"揍他们!"

---

\* 本篇写于一九〇五年十二月下半月或一九〇六年初,最初发表于一九五七年印行的《高尔基文献资料》第六辑,是高尔基第一篇反映一九〇五年莫斯科十二月武装起义的作品。在进行街垒战期间,指挥所就设在高尔基住宅里,高尔基自己也参加了为起义者供应武器的工作。译自《高尔基全集》第六卷。

善良、和平的城市居民隔着玻璃窗观看着这场战斗……

"是的!"一位唯美主义者慷慨激昂地对自己的女友说,"是的,他们可真是英雄!他们对这一仗没有胜利的把握,但是他们心中有殊死战斗的巨大勇气!……"

他冒着生命危险,从窗口俯下身来,对战士们赞许地喊叫着,他的女友给战士们掷下一朵鲜花……

"那儿他们的人还多吗?"一个渴望安宁的人忧郁地问,可是当无人回答他时,他急不可耐地怒喊道:

"快点胜利吧!"

"都是些疯子!"一位闭门不出的哲人微笑着说,"既然要打仗,就应该先把军队吸引到自己这边来……而且一般说来,有武力从来不等于有力量……离窗口远一点,"他嘱咐自己的妻子,"为了观看疯狂的生活景象而去冒生命危险是不值得的。"

枪声惊慌地噼啪响着,铁器发出低沉的铿锵声,街垒上的木头发出轧轧的折裂声,敌人愚蠢的、穷凶极恶的、乱哄哄的喊叫声铺天盖地,此起彼伏。突然爆发了极其勇敢的召唤声,于是一个骄傲的字眼,像雄鹰一样,越飞越高,翱翔在一片战斗声的旋涡之上:

"自由!"

"他们正在牺牲!他们将要牺牲!"一位母亲悲伤地说,"年轻、勇敢……噢,不幸的人们!每人都有无限前程,每人都有母亲……他们为什么不可怜母亲?噢,上帝,感谢你,我的儿子不在他们之中!"

"人们像导线一样,传播理想,实现理想,把理想化为精神力量。"一位理想家说,"他们牺牲时,用自己的鲜血灌溉理想。从来都是这样的……不过,子弹是不长眼睛的。"他急忙从窗口跳开后说。

"很快就要胜利了吗?"那个盼望安宁的人又问。

"对,对!很快就会把他们消灭掉!"旧事物的崇拜者得意扬扬地喊道,"现在他们都从洞穴里爬到大街上了,这事好办。引他们出洞真不错,啊?妙不妙?"

英雄们喜悦的叫喊声越来越响亮,越传越远,代表那得意扬扬的黑暗的、野兽们幸灾乐祸的嚎叫声越来越模糊,越来越低沉。大地在贪婪地吮吸着血流,用鲜血的热气和饱含生命力的血浆取暖。房屋在燃烧,烈火快乐地拥抱着肮脏的旧木头、生锈的铁和沉重而又乏味的石头。烈火狂喜地嬉戏着,唱着明快、灼热的革新生活的歌曲。死神得意地哈哈大笑着,在城市上空疯狂地手舞足蹈,来回旋转着。它的两颗发出干巴的咔咔声,就像枪声似的。

"瞧,只剩下一个人了!"唯美主义者说,"有几十个人向他扑了过去……看呀!……看呀!……一切都结束了!英雄万岁!"

当他将自己的女友拖离窗口时,他对她说:

"我们真幸福,我们看见了悲剧,不是每个人都有这种眼福的!"

"嗯,和平终将来临了!"渴望安宁的那个人深深地舒了一口气说。

"应该去包扎伤员,"一位富有怜悯心的人思忖着,"不过我好像感冒了……"

"全都牺牲了!"闭门不出的哲人大声喊道,"这是必然的结果,因为他们在开创自己的事业时,还没有能力将正确思想变为现实。他们必然会牺牲,我早已有言在先了!"

"我们胜利了!你们看,这是多么轻而易举!"旧事物的崇拜者说。

"妈妈,现在轮到杀我们了吧?"孩子询问自己的母亲。

"也许不会。"做奴隶的母亲悄悄回答,吓得合不上睁大了的双眼。

"噢,人们,和平属于你们!"一位基督徒虔诚地说,但是这句话是当他在自己的房间里,悲伤地望着窗外洒满鲜血的街道时说的,因此无人听见。而在大街上,在烈火浓烟里,在废墟中躺着年轻的胜利者的尸体。一群面色苍白的失败者居高临下地望着他们。这些失败者龇牙咧嘴,他们没有意识到被打死的人是他们的骨肉兄弟,是反对暴力的战士。优秀人士殷红的血迹在地上和房屋的墙壁上明亮地闪耀着,深红色的烟云在城市上空晃动、嬉戏、飘浮着。这是火——旧事物的毁灭者、太阳的骄子、美的君主,这是火在熊熊地燃烧着……

生活的旁观者们胆怯的身影在房内玻璃窗里移动,兵士们从下面大街上虎视眈眈地、贪婪地望着他们。这群灰色的野兽不知道他们是否已将所有的敌人斩尽杀绝,因此正在恭候着上司的命令,他们望着窗口,觉得窗户里头还有活着的人。

然而,这个城市里已经没有人了,剩下来的只有当权者以及他们疯狂、卑下的意志的驯服工具——奴隶……

孙新世　译

# 狗[*]

暗蓝色的暮霭透明地笼罩着田野,被太阳整天烤得滚烫的土地上,蒸腾出令人窒息的闷热的气味。红色的、阴沉的月亮慢慢地升起,一团浓浓的乌云,像条大鱼纹丝不动地横在地平线上,遮断了半个月亮,剩下的半个月亮好像一只装满了鲜血的茶碗一样。

我取道田野到一个沉睡的小城去,看见教堂上十字架的光辉渐渐熄灭;一种奇异的、像影子一样难以捉摸的声音,柔和地向我迎面飘来,一条狗在黑暗的满是尘土的路上跑着。它垂着尾巴,伸出舌头,摇摆着脑袋,不慌不忙地径直朝我走来;我看见,它有时抖动那蓬乱成团的毛。从它不急不忙的步态中,显现出它有什么沉重的心事,它整个模样是可怜的、饥饿的,我觉得,它已经坚定而永远地决定要办一件什么事情了。我轻轻地对它吹了声口哨,呼唤它。它颤抖了一下,坐在地上,仰起头,眼睛里闪出敌意的光芒,露出牙齿,向我狂吠起来。但当我走近它面前的时候,它吃力地站起来,眼睛冷冷地闪亮着,嘶哑地吠叫着,急速地拐到田野里,又走了,它不时回头看看我,摇摆着那沾满刺实植物的尾巴。我目送着它,它正对着那冷淡的、不祥的、红色的圆月,孤独地从田间走向那薄暮时分沉寂的远方去了。

两三天后,我又看见它了。它躺在山谷边的灌木丛底下,一些大

---

[*] 本篇最初发表于一九〇六年一月出版的讽刺杂志《怪物》上。译自《高尔基三十卷集》第五卷。

黑苍蝇贪婪地在它头上盘旋着,它们在它死气沉沉的眼睛上爬来爬去,还爬进它张开的嘴巴里,在它的皮毛上嗡嗡叫喊和扑腾着。它伸长脖子,露出黄牙,而它暗淡的死气沉沉的眼睛一动也不动地望着城市那边。团团白云在天空上散漫地浮动着,在太阳的光辉中闪耀着,地上掠过一些细小的云彩,这好像是天和地在默默细语。有时,阴影遮盖了那条狗的尸体,于是它那望着远方人们居住的城市的死气沉沉的眼睛,就显得更加暗淡了……

我对那死去的狗说:

"赞美你!你和人们一起生活,而为了孤独地死去又离开了他们。你不愿以你在世时惨遭残害的情景使人们感到极大的委屈;你是高傲的,你不容许他们把你这乐观的、善良的狗,看成衰老、有病、懦弱的寄生虫——靠着回忆往事和人们的带侮辱性的怜悯来过日子的寄生虫。赞美你,因为你不以嘶哑的、虚伪的、倚老卖老的吠声,不以动物行将老死时无可奈何的、愚蠢的怨艾声来玷污生活!赞美你!

"真正聪明的人会适时而死……赞美你,狗,因为你知道自己死期已到,就默默地离开了生活。赞美你!

"我多么想把这赞美告诉许多以自己无耻的腐败气味来毒害我们生活的半死的人,我多么希望他们以你为榜样,可爱的狗!

"他们的心早已死去,而他们还在呻吟,还在说话,并且把死去的心灵的恶臭的脓毒喷吐到我们的头上……

"赞美你,狗!"

章 其 译

# 同　志！*

## 童　话

### 一

在这个城市里，一切都是奇怪的，一切都使人感到莫名其妙。许多教堂将它们色彩斑斓的圆顶托入天空，可是工厂的墙壁和烟囱比教堂的钟楼还高；而那些礼拜堂被鳞次栉比的商行密实的店面遮挡，隐没在死气沉沉、密如织网的石墙里，恰似栽在尘土和废墟上的奇花异卉。当教堂的钟声召唤人们去做祈祷的时候，那铜钟声便飘落在铁皮房顶上，无力地渐渐消逝在房屋之间的狭窄的陋巷中。

房屋高大而且往往是华丽的，人们却显得丑陋而且总是卑微的。他们从早忙到晚，在弯弯曲曲的小街小巷里东奔西窜，睁大贪婪的眼睛，有的是为了寻食糊口，有的是为了消闲解闷，还有的站在十字路口，带着敌意的目光锐利地监视着，好使弱者乖乖地屈从于强者。强者是指财主。人人都相信，只有金钱才能给人以权势和自由。个个都权欲熏心，因为他们全是奴隶。富人的穷奢极欲导致了穷人的嫉妒和憎恨，谁也不知道还有比金子的叮当声更悦耳的乐声，因此，人人互为

---

＊ 本篇写于一九〇六年一月中旬，同年在德国出版俄文单行本。译自《高尔基三十卷集》第七卷。

仇敌,个个被残暴所统治。

尽管太阳有时在城市上空照耀,但这里的生活却暗无天日,人们也像影子一样。入夜,万家灯火通明,然而那些忍饥挨饿的女人为了讨得几个小钱却走上街头,出卖色相;满街散发着各种食品扑鼻的油香味儿,到处默默地闪烁着饥民们贪婪的凶狠目光;城市上空轻轻地浮动着被压抑的苦难的呻吟;那呻吟显得微弱无力。

大家都生活在苦闷和不安中,他们都是仇敌,都是罪人,只有少数人觉得自己是无罪的,然而他们却像牲口一样粗野。这是一些最大的残暴者……

大家都想活着,可是谁也不会、谁也不能自由地沿着自己愿意走的道路迈步前进,而且朝前跨出的每一步,都迫使人不由自主地回到现实中,现实便用贪心的恶魔般威力无比的铁掌阻挡住人的去路,把他紧紧缠住不放。

面对丑恶不堪的生活,人在痛苦和迷惑之中无可奈何地止步了。生活用成千只因绝望而悲愁的眼睛透视着人的心,乞求着什么,于是未来的光辉形象在人的心目中渐渐消失,随之,人的无力的呻吟便湮没在受尽生活折磨的、可怜的、芸芸众生的一片混乱的哀号、呼喊声中。

无穷的苦闷,无尽的焦虑,有时还有恐怖。这个阴森黑暗的城市、那些吞没着教堂的一堵堵整齐得令人讨厌的石墙活像一座人间地狱,遮住了太阳的光辉,死死地把人们团团围住。

生活的音乐是苦痛和愤恨交织成的低沉哀号,是宣泄内心仇恨的窃窃私语,是残酷所发出的狂吠,是暴力所发泄的淫荡的尖叫……

二

在痛苦和不幸造成的死气沉沉的忙乱中,在贪婪和贫困引起的紧张争夺中,在猥琐的自私自利的泥潭里,有几个单独行动的理想家,人不知鬼不觉地出没在房屋的地下室;这里聚居着创造本市财富的穷苦人。这些理想家充满着对人的信赖,他们在公众眼里是志向不同的异己者,是造反的鼓动者,是来自遥远的真理火焰的叛逆火种。他们带着平凡而又伟大的学说的小小种子,把它播进地下室,使之开花结果。他们的神态时而严肃,眼睛里闪着寒光,时而和蔼可亲,把光辉的、振奋人心的真理播撒在奴隶们蒙昧的心田里;奴隶们已经被贪财者的权势和暴虐者的意志变成了发财致富的盲哑工具。

而这些蒙昧的、吓破了胆的人们半信半疑地倾听着音乐般悦耳的新词句(他们坦荡的心早就依稀在期待着能聆听这音乐般的新词句了),渐渐抬起头来,并挣脱凶残贪婪的、暴君酷吏用来束缚他们的狡诈谎言的锁链。

在他们充满了隐忍的、压抑的、仇恨的一生里,在蒙受种种屈辱的心灵上,在被强者用花言巧语的欺骗充塞的头脑中——就在这个含垢忍辱的苦难生活里,投下了两个朴素而光辉的字眼:

"同志!"

这两个字眼对他们来说并不新鲜,他们曾经听见过,还亲口说过,可是在这以前,这两个字同其他许许多多听惯了的老生常谈一样,听来空泛无味,即便把它忘掉,也无关重要。

但是现在,它却有了新的声韵,明白而坚定,它有了新的命意,像金刚石那样坚硬、光芒四射。奴隶们接受了这两个字眼,并且开始小心谨慎地用起它来,温柔地把它珍藏在心里,就像母亲一面摇着摇篮里的新生婴儿,一面欣赏着他。

他们越是深刻地探索这两个字眼的含义,就越发觉得它光辉无比、意味深长。

"同志!"他们这样互相称呼着。

他们感觉到这两个字眼的主旨是联合全世界,使全人类达到自由的高峰,并且用互相尊敬、尊重人的自由、争取人的自由这些崭新的、牢固的纽带把人们联合起来。

当这两个字眼在奴隶们的心里扎下了根的时候,他们就不再是奴隶了。所以有一天,他们向全城和全城各种势力发出了人类伟大的宣言:

"我不愿做奴隶!"

于是,生活停顿了,因为给生活以动力的是他们,是奴隶们,而不是别的什么人。水停了,灯灭了,满城一片黑暗,强权者也变成了无能的孩子。

他们吓得丧魂落魄。在被自己粪便的臭气熏得喘不过气来的时候,在面对强大的暴动者而陷于困惑不解、胆战心惊的时候,他们抑制着自己胸中的愤恨。

他们面临着饥饿的威胁,他们的孩子在黑暗中哭哭啼啼。

房屋和教堂笼罩在愁云惨雾中,融会成一堆杂乱无章、死气沉沉的石头和钢铁。不祥的沉寂像死水充溢着大街小巷。生活停滞了,因为产生生活的力量已经觉醒,被当作奴隶的人找到了富有魅力而又充满力量的字眼,来表达自己的意志:他已经从压迫下解放出来,亲眼看到了自己的权力——创造者的权力。

日子变成了那些自命为生活主宰的强权者们的痛苦日子;每一个黑夜仿佛变成了一千个漫漫的长夜,黑暗是那样浓重,死城里的灯火是那样暗淡、微弱;这座费了数百年功夫建造起来的城市,这个吸吮着人们鲜血的怪物,像一大堆难看的砖木在人们的眼前显露出它那丑陋不堪的原形。房屋那漆黑的窗户冷漠而阴森地望着大街,生活的真正主人在街头昂首阔步地行走。他们也在挨饿,而且比谁都饿得厉害,不过他们挨惯了饿,因此,比起旧日的生活主人来,他们更能忍受肉体的痛苦,饥饿熄灭不了他们胸中的烈火。他们因为觉醒到了自己的力量而精神振奋,他们的目光闪露出对胜利的信心。

他们在城市的街头,在这个他们曾经遭到不平等待遇、饱受欺凌的黑暗而窄小的人间地狱里走着,他们看到了自己劳动的伟大意义,从而充分认识到了充当生活的主人、立法者和创造者的神圣权利。于

是,这生机勃发、召唤人们团结一致的字眼便更加有力地、异常清晰地响彻在他们耳际:

"同志!"

在举世滔滔的谎言声中,这两个字眼是关于未来、关于新生活的喜讯,这未来的新生活又一视同仁地展示在每一个人的面前。至于是远是近,完全取决于他们的意志。他们既能够加速走向自由的进程,也可以推迟它的到来。

## 三

妓女,昨天还是半饥饿的动物,惆怅地徘徊在肮脏的街头,等候着有人走近她,用几个小钱粗暴地收买她的强颜欢笑;而今,妓女也听到了这两个字眼,她只是难为情地报以微笑,自己不敢重复一声。一个过去她从未遇见过的人走到她跟前,这个人把一只手放在她的肩上,亲切地称呼她:

"同志!"

她那颗受尽唾骂的心灵破天荒第一次领略这样的喜悦,为了不使自己高兴得哭出声来,她羞羞答答地小声笑了。她那双眼睛,昨天还是用动物一样的呆板目光厚颜无耻地、饥饿地望着尘世,今天第一次闪烁着纯洁的喜悦的泪花。街头巷尾到处呈现出被鄙弃的人们加入到全世界劳动者的大家庭里来的欢腾景象,城市房屋那一扇扇的窗户像黯淡的眼睛越来越冷酷、越来越狰狞地窥视着街头欢天喜地的场面。

乞丐,昨天还有饱汉为了摆脱纠缠和表表他们的怜悯之心而把一个小铜子儿扔给他的那个乞丐,也听见了这两个字眼。对他来说,这可是有生以来第一次的施舍:他那颗穷得干枯了的可怜的心感激得突突跳动起来。

马车夫,那个滑稽可笑的小伙子,被乘客推搡着脖子,为的是要他

鞭打他那匹又饿又乏的马儿，——这个常常挨揍的、在石头路上被车轮的辘辘声震得愚钝了的人也笑得合不拢嘴,他对过路人说:

"同志,捎你回去好吗?"

他刚说完又怯阵了,于是抖起缰绳,准备赶紧躲开,他两眼凝视着行人,收不住他那通红的宽脸膛上的愉悦笑容。

行人用和善的目光朝他望了望,点点头说:

"谢谢,同志! 我走不多远就到了。"

"嘿,我的妈呀,你可真是的!"马车夫精神振奋地慨叹了一声。他喜气洋洋地眨着那双睁得大大的眼睛,在车座上扭动起身子,嘴里一面吆喝着,驾着轧轧响的马车继续往前赶路。

人行道上,人们成群结队,熙熙攘攘;在他们中间,"同志!"这两个负有团结全世界的使命的伟大字眼犹如火星一样愈来愈多地迸发出来。

"同志!"

一个派头十足、蓄着小胡子的警察阴沉着脸来到街口那团团围住一位演说老人的人群跟前;他听了一会儿之后,便慢声慢气地说了一句:

"在街头集会是犯法的。……诸位,解散。……"

他顿了一顿,垂下眼睛,小声地加了一句:

"同志们。……"

人们把这两个字眼深藏在自己的心里,和它们发生了血肉相联的关系,把它们当作嘹亮的团结号角;在人们脸上,就在他们脸上,闪耀着青年创造者的骄傲的神采。显然,他们为这两个充满生机的字眼而慷慨献出的力量是不可阻挡的、取之不尽的。

一群愚昧盲从的武装暴徒已经集结队伍,他们默默无声地排成了整齐的行列。这是凶恶的强权者在准备反击正义的浪潮。

在这座大城市拥挤而狭窄的街道上,在那无名创建者用双手筑成的、无声无息的、冷清清的房屋里,人们对人类友好的伟大信念不断增强,更加坚定。

"同志!"

这儿那儿,到处都在迸发足以燎原的星火,它将在全球燃起四海之内皆兄弟的炽烈情谊。是的,在全球。熊熊的烈火将把那些使我们变成畸形儿的邪恶、仇恨、残暴统统烧光,化为灰烬。它将点燃所有的心,把所有的心熔成一颗全世界团结一致的心——一颗正直、高尚的心,融合成一个自由劳动者的亲密无间的大家庭。

在奴隶们建造的这座死城的街头,在残暴统治者的这座城市的街头,一种对于人类的信念,一种抱着人类必定战胜自己、战胜世界邪恶的信念正在增长和巩固。

在一片混沌的、水深火热的苦难岁月里,两个像心灵一样纯朴、含意深刻的字眼,有如一颗灿烂欢快的星斗、一盏烛照未来的指路明灯,闪耀着光芒,这两个字眼就是:

"同志!"

蒋望明　译

# 智　者*

曾经有一位智者。

他了解悲惨的生活秘密,这秘密使他的心灵充满了黑暗和恐怖的战栗,世上的笑容在这昏暗的奥秘中郁郁不乐地消失了,欢乐也悄悄地逝去。智者用他冷静的慧眼观察时代的深处,他所看到的是一片漆黑;在他看来,未来也很清楚,那儿也没有丝毫光明。他奔走在祖国的条条大路,以及城乡的街道上,一面走一面忧愁地摇晃着孤独的聪明的脑袋,在生活纷乱的喧嚣中像丧钟的哀鸣一样响起了他的说教声。

"人们啊!你们生活在黑暗之中。你们来自茫茫的深渊,挣扎在人生的迷雾中,而在前面等待着你们的仍是那令人迷惘的冷冰冰的黑暗……"

人们听着智者忧愁的话语,领会其中令人伤心的真谛,默默地望着他的眼睛唉声叹气。

然而,把智者送上他的孤寂行程后,人们便又干起自己的事情来:赴自己的酒宴,吃自己的面包,喝自己的美酒,含笑欣赏着孩子们的游戏,忘掉了自己的需要和昨日尝到的痛苦。

他们为了权势和财富相互倾轧,他们动情地倾听关于爱的说教,他们用沾满别人鲜血的双手抚爱中意的美人,用变节者的嘴唇亲吻自

---

\* 本篇写于一九〇六年,最初发表于同年五月的讽刺杂志《地狱通讯》第一期。译自《高尔基三十卷集》第五卷。

己的朋友。他们偷窃彼此的财物,靠偷盗致富的人们拼命捍卫自己的财产,昧着良心彼此撒谎,并且众口一词地说:只有真理才是生活至高无上的统治者,而有些人甚至相信真理的救世力量,从而为自己的信仰受苦受难。他们喜欢音乐,在乐声中流着幸福的眼泪,对美好的事物赞叹不已,可是对自己周围的不成体统的事情却熟视无睹,并且干着丑恶的勾当。他们彼此奴役,还说,他们渴望自由,鄙视那些屈服于他们权势的人,而且像狡猾的野兽似的暗暗地、胆怯地痛恨着自己的统治者。他们怀着对美好事物的想望,总是惶惶不安地在自己周围寻找它,但是却不能在自己身上创造出这种美好的东西。他们沉溺于猥琐的舒适生活,为了满足聚敛人间财富的贪得无厌的欲望,他们在敌意和谎言中、在粗鲁而刁钻的行为中把自己的智慧消耗殆尽。

这些滑稽的怪人就是这样生活着,他们龌龊得像猪一样,却认为自己是落在凡间的天使。他们的生活正如一座肮脏的、熄灭不了的火山,向晴朗辽阔的碧空不断喷射着呻吟和哀号的臭气、忧患和苦痛的发黏的灰烬、难闻的兽欲的污秽……

孤独的智者静静地穿过尘世的浮华,用无所不知的声音说道:

"生活是什么呢?你们不知道。真理是什么呢?你们说不出来。你们所求何事呢?你们不清楚。这就是你们不幸的所在!……"

于是,看到恋人拥抱自己心爱的姑娘时,他便对他们悲哀地说道:

"死亡正等待着你们和你们的后代……"

于是,看到人们为自己建造豪华的住宅时,他便指责说:

"这都是毁灭之神的祭品……"

于是,看到孩子们在草地上和像他们一样美丽的花丛中玩耍时,他便唉声叹气地在心里说:

"我的双目看到的是死神的收获物……"

于是,假如生活中有哪个聪明人不同意这种死亡的阴暗智慧而在他的最高学府里给青年讲授科学奥秘的话,他便冷笑着说:

"局限性——这就是你的智慧的名字!因为大地必将毁灭,大地上所有的学府、科学,以及它们的真理和谎言也是如此,你是不知道你毁灭的日子和时刻的……"

但是有一天,这位智者在热闹的城市郊区,在一条肮脏贫瘠、又黑又窄的街上,在散发着腐烂的恶臭的浓雾中,看到一群工人挤做一堆,其中的一个在发表演说。智者对听众的专注感到惊讶,因为人们从来没有这样聚精会神、如饥似渴地听过他智者的说教。于是一阵强烈的嫉妒刺痛着他的心。

"同志们!"演说者对工人们说,"我们躺在我们劳动的泥坑里,好像是河底的石头一样,可是我们的统治者的生活却像波涛一样在我们身上迅速地滚过。我们好比是他们的阶梯,他们踩着我们的身体往上爬,爬到科学知识的高峰,然后从那儿用自己智慧的力量来对付我们,为的是还要奴役我们的心灵。……他们通晓一切,可我们什么也不知道;他们过着像样的日子,可我们还没有过过好日子;他们有各种学识,可我们只听过神话;一切光明的事物尽在他们的掌握之中,我们双手空空,而且甚至、甚至面包也很少,少得使我们吃不饱肚子。他们奴役了我们,因而吃得太饱,可是我们的饥饿不要多久就会战胜这些脑满肠肥的人,因为他们的精神是无力的,可我们的生活里却充满了精神活力,我们是坚强有力的。我们要生活,我们要知识,我们要做人。我们要用我们坚强的耐性创造出来的人世间的全部智慧来充实我们饥渴的心灵。我们要获得现有的一切,而且要创造现在还没有的事物!"

"你这个人啊!"智者傲慢地冷笑着说道,"你的话是错误的。人们的认识有限,他们不会比可能知道的知道得更多。既然你是必定要死的,那么你是饿汉也好,或是像你用你那脆弱的智慧之刺所痛螫的脑满肠肥者也好,对你来说反正不都一样吗?你躺进棺材时是个不学无术之辈还是穿着你的统治者的那些可怜学说的冰冷的殓衣,反正不都是一样吗?想一想,大地上的一切和大地本身都将陷入黑洞洞的遗忘的深渊里,陷入死亡的无底深渊里……"

工人们默默地注视着智者的眼睛,一动不动地听着他自作聪明的演说,他说的越多,他们脸上的表情就越冷漠,越严肃。后来其中一个工人对同伴说道：

"马特维!我的手疼,你揍这只老猢狲一顿吧……"

故事到此结束。

……是啊,我当然同意,说这个工人有点儿粗鲁,但是这难道能怪他吗?要知道从来也没有谁教过他良好的举止。

陆桂荣　译

# 俄国沙皇<sup>*</sup>

……在沙皇村,他们接待我不大亲热,却很奇特。

我刚进村,一群宪兵就把我围住。他们的手立即一个劲地在我空空荡荡的衣兜里摸来摸去。

"先生们!"我客气地对他们说,"我知道我往哪儿去,所以分文未带!……"

他们压根儿不理睬我这些话,继续摸我的衣服、皮靴、头发,看了又看我的嘴巴,凡是人眼所及的地方都看到了。在我被搜身的接待室里,布置简单,却别具风格:每个窗口放着一挺机枪,枪口对着大街,门前有一挺速射炮,靠墙有几排枪架,上面放着枪。他们搜身的技术熟练,看来,这些人干这行业不仅熟悉,也很喜爱。我像皮球似的在他们手中被抛来抛去。最后,其中一人从我身边退了三步,把我浑身上下打量了一番,命令说:

"脱衣服!"

"怎么回事?"我问。

"脱光!"他断然地说。

"谢谢您!"我说,"如果您想要我洗澡,那是不必要的了,我今天已经洗过……"

---

＊ 本篇最初发表于一九〇六年六月巴黎《红旗》杂志第三期,并在德国出版德文译本的单行本,十月革命后始在俄国出版。译自《高尔基三十卷集》第七卷。

"不是开玩笑!"他重说一遍,用手枪瞄准我的脑袋。这使他的伙伴们丝毫也不感到惊异,恰恰相反,他们立即向我扑过来,一眨眼工夫就把我身上的衣服全剥掉了,像剥掉橙子的皮一样。他们的长官没再吭声,仔细地打量我的身体,最后大家都确信我身上没有夹带炸弹,却有一个把我吊起来倒是挺合适的脖子,这时候他们才对我说:

"去吧!"

"我……可以穿上衣服吗?"

"用不着!"

"不过,请允许……"

"别废话!开步走!"

其中两个人拔出了军刀,走到我身旁,第三人跟在我后面,用手枪对着我的后脑勺。我们沉默地走过了好几个大厅。

每个大厅里都有全副武装的人员坐着或站着。像我这种游街的场面,他们显然已经司空见惯;只有一个人舔舔嘴唇,向押送我的兵问道:

"鞭挞还是绞死?"

"他是个新闻记者!"他们回答他。

"那……就是说要绞死!"他肯定地说。

我被领到了一个大房间,那儿没有窗,只有一扇门,我就走进了那扇门。天花板上点着一盏暗淡的灯,房间里一片昏暗。灯的下面放着一门小炮,除此以外,房内别无他物。我原以为这儿可以看见富丽堂皇的场面,不料情景这样简朴,使我大失所望。这儿显得很凄凉,不祥的预感使我的心头沉重了起来。

"这儿没什么可看的!"提着手枪的押送兵说。

"我知道……"我回答说。

押送我的兵把我的肚子紧紧捆在炮口上,但是我的双手是自由的。随后,一个人把一根细电线挂在炮闩上,电线的末端有一只拉铃,他把这根电线拉到我面前的墙边,放在地板上。他的同伴摸了摸这些把我和炮口联结着的绳索。

"举起手来!"他们命令我。

我举起手。三个人打我的身边走过去,一下不见了。我背后的门发出轧轧的声响。有人平静地说:

"准备完毕!"

一片寂静。我觉得我的头发竖立起来。炮的钢身顶住我的肚子,使我浑身直打寒战。三面光秃秃的墙壁阴沉地看着我。我心里想:

"难道这是我进行的最后一次采访吗?"

我这样想着,心头升起了一股烦闷。我很想放下一只手,把炮的钢身抚摸一下,像抚摸狗一样……

就这个当儿,在我前边的地板底下传来了一阵奇怪的响声——仿佛有人发出一声劳累的长叹。一块正方形的地板忽然不见了,窟窿里伸出一只小小的手,它迅速地拽住了拉铃。随后,像瓶塞子蹦了似的,俄国沙皇本人从地板底下蹦了出来,站在我的面前,他带着他的全部封号,全身披甲。

由于这种意外,我哆嗦了一下,双手也垂了下来。"举起手!"传来了沙皇惊慌的声音。

我看见他的手指准备按拉铃的按钮,我的双手就举向天花板,像风车的翼子受到旋风的冲击一样。

"这才像个样!"沙皇说,脸上显出微笑的样子,"当朕看见臣民的双手靠近衣兜时,即使他原来是打算给朕卢布的,朕还是认为他要向朕扔炸弹……"

"陛下!"我说,"我没有衣兜……"

"是呀,是呀! 朕看见了,"他回答说,"可是还是要举起手来……现在人们变得非常坏,又诡计多端……"

"是,陛下!"我真诚地同意说。

"为了保护朕的生命,采取这些小小的预防措施,您不会介意吧?"他问。

"不！请放心！……我已经习惯……"我回答,目不转睛地盯着他那按在拉铃按钮上的手指。只要那手指稍微动一下,三百发子弹就会从大炮口射进我的肚子。既然随时随刻都可能受到这种款待,你就不得不做出特别殷勤的样子。

"您也可以看出来,这对朕自己也不很方便,但是朕对上帝的天职使得朕只能忍受！"他说,忧郁地摇摇头。

他和古代的骑士一样,全身披上铠甲,他像所有当代人民的统治者一样,坐在用刺刀做成的宝座上。但是他的服装太沉重了,而宝座看上去并不坚固。沙皇一不小心动了一下,刺刀就摇晃起来,而有倒塌的危险,他要在刺刀上保持平衡,感到很不舒服。

"朕读了你对德国皇帝,朕的兄弟瓦西里·费多罗维奇的访问记①。"沙皇说,沉入幻想地半闭着眼睛。"好一个皇帝！甚至泻肚子的时候,他还是个皇帝……可是朕这一点就谈不上了！"他叹了一口气,接着说。他用仔细洗干净的左手撩起头盔的花框,从铠甲底下掏出一张纸片,用眼睛把纸片扫视一遍,说道:

"人类的智慧,这杀害神灵和皇帝的凶手,有一个不可战胜的对手,那就是德国皇帝……是啊,这是位皇帝！他深信:人民领袖的忠实女伴就是愚昧女神……"

"还有说谎女神,陛下！"我补充说。

他看了我一眼,冷冷地说:

"皇帝说话,不应该打断！……不错,你写国王瓦西里·费多罗维奇写得很好,很真实……可是这并没让你有打断朕的话的权利……每个人应该懂得自量！……皇帝坐宝座,臣民伏在他脚下。但是——不要为了这些话而为难——朕明白,您是不会拜倒在朕的脚下的……朕

---

① 一九〇六年,高尔基写了一组特写《我的访问记》,其中一篇《高举自己旗帜的国王》,也就是这里说的《瓦西里·费多罗维奇的访问记》,是讽刺德国皇帝威廉二世的。瓦西里·费多罗维奇是威廉二世流传在当时俄国报刊上的绰号。一九〇五年七月,威廉二世与尼古拉二世在芬兰比奥克签订了俄德军事秘密条约。

也知道,"他叹了一口气,接下去又说,"臣民效忠于皇帝的时代——像宫廷历史家所写的那样……已经过去了……但是宫廷历史家在人民中已经不受欢迎了……从这里也就清楚地看出识字的害处了!……臣民把各种脏东西扔到皇帝脚下①。……这叫作技术进步!……皇帝要有多大的意志和智慧,才能够阻止时光流逝,把思潮引上尊敬和敬畏上帝与皇帝的轨道上啊……"他叹一口气,惶恐地把双手举到脸前,眯起眼睛,注视着双手,晃动着手指。他的鼻孔抽搐地哆嗦着,仿佛闻着一种辛辣的气味似的。

沙皇的面孔完全不是因其庄严而使人惊异的。这是一张首先是病态而胆怯、其次是凶恶和愚蠢的人的脸孔……

他的双手无力地垂了下来,一下子落在膝盖上——护肘的铁碰上铠甲,使房间里充满了阴冷而刺耳的声音。沙皇哆嗦了一下,环顾左右,在小纸上溜了一眼,继续说:

"有人说,皇帝的双手总是沾满人民的鲜血……完全是污蔑!何以见得呢?难道朕会亲自让人民流血吗?而且,朕每天用加了香料的热水洗手五次,有时还不止五次,免得闻出血腥气……是啊!朕多么希望有人把朕的真象告诉世界呀。由于报纸那些荒谬的谣言,欧洲对朕抱有成见,以不公平态度对待朕……谁也不知道,朕多么真诚地为朕的人民的命运担忧……这些人民是上帝亲自交给朕管理的,而今他们却反对上帝,否定君权,想起来好不令朕心里难过。"

"我可以如实地传达您说的话,陛下。"我说。

他定神看了我一眼,然后用意思很明白的眼色望了望他手中的拉铃。

"是的,您目前的处境,只好说实话!"

他从铠甲底下掏出一张小纸头,开始读起来:

"'报纸声称,朕杀死数以百计的无辜者,这是造谣,正如十年前、

---

① 意谓对皇帝及皇室成员采取恐怖行动。

134

昨天、今天在报上登载的一样,甚至明天和明年报上将要登载的一样,这一切现在是谎话①,将来也是谎话,如果它不是为歌颂俄国沙皇的仁慈和贤明而服务的话。欧洲认为朕是俄国的暴君、霸王、凶神恶煞,吮吸她的鲜血和啃俄国人民的肉的恶魔②……'"

他不作声了,默默地念着,随后耸耸肩,低声说:

"他干吗这样写呢?傻瓜!……哼……啊,在这儿了:

"'……有理性的人都知道,任何一个正直的国君,他统治人民的权力是从上天、是从世界的主宰者手里取得的,所以在任何情况下,都要好好保存上帝的恩赐。因此,谁胆敢否定沙皇政权支配人民的生命财产的神圣权力,沙皇就必须把他们统统杀掉和绞死。沙皇,作为上帝在地上的全权代理人,是他的人民的忠实牧人。作为神授的智慧的源泉,他必须保卫人们的心灵,提防魔鬼在他们中间散布有害的思想。每一个沙皇必须使他的人民纯洁天真,使人民把沙皇政权想做的一切看作是天赐的仁慈,用祷告、恭顺和肃静来加以接受……'"

沙皇不再读下去了,他闭上眼睛,满意地微笑着,沉默了片刻。随后,他快乐地舒了一口气,嚷道:

"写得多好啊,机灵鬼!真是出色的人才,他把别人的思想讲得仿佛是和这些思想一起出生似的!……是呀,难怪这个骗子因为骗诈行为被开除出团队了!……"

"我可以知道这首史诗的作者是谁吗③,陛下?"我问沙皇。

---

① 暗指"霍登事件"——一八九六年五月十八日,在莫斯科霍登广场为庆祝尼古拉二世加冕礼而举行民众游艺会时,秩序大乱,被挤死踩死达两千人左右。
② 指当时欧洲社会人士在报章和集会上纷纷发表言论反对俄国专制政体。例如法国名作家阿·法朗士(1844—1924)在一九〇五至一九〇六年间发表的演说和撰写的文章里,就称俄国沙皇为暴君、恶魔。
③ 沙皇发表由宪兵军官起草的歧视异族的演说,是屡见不鲜的。例如,据第一届国家杜马代表奥勃宁斯基回忆:"尼古拉与蹂躏犹太人的组织关系很密切。早在一九〇五年十一月起,他们就在军队和城市小手艺人当中散发蹂躏犹太人的宣言……不久,发现宣言是在警察局的一个科室里印制的,印制宣言的是宪兵军官柯米沙罗夫……宣言原稿显然是由宫廷侍卫长特列波夫(1855—1906)签字后从皇村发出的。后来,参加这次政治'行动'的人都受了奖:例如,柯米沙罗夫被授予弗拉基米尔勋章。"

"一个宪兵军官……大坏蛋……和所有诗人出身的宪兵一样……朕曾经想把这篇讲话当作登极诏书向杜马宣读……但是朕被告知说，政治中放上诗歌不合适。而且，这些杜马代表，目前都还是些粗野的、桀骜不驯的人……外表像豺狼，①看来，他们完全不理解沙皇是怎么回事！他们这些弟兄，衣服都穿得相当好，可是没有勋章，因此很不体面。也许朕将来会赐给他们勋章……如果这样对他们改正缺点有所帮助的话。朕还是对他们讲了话，这篇讲话是朕的一个仆人写的，写得简明易懂②……仆人是忠心耿耿的人；他们偷了许多东西，但他们替御座服务，就像仆人那样。后来朕想把他们赶出杜马，但给大臣们劝住了，③'还早着呢。'他们说……朕的特列波夫，一个诚实的急进分子，建议要把他们枪毙……但是别忙着办，朕想……现在朕通过您把这篇讲话发表出去，让全世界知道关于俄国人民领袖的真象。朕继续读下去……朕读到哪儿了……'用祷告、恭顺和肃静'……啊哈！让朕来背诵一下……"

他闭上眼睛，继续往下说：

"'朕下令杀死'不是这样！朕忘记了……'朕杀人无数'也不是这样！没有讲稿是很难说的！……此外，朕现在要用有韵律的散文来讲话——它会使话的意思更模糊，可是增加了它的庄严……不过学会这一点也不容易。嗯……朕念下去：

"'上天统治者在地上管理人民的代理人——沙皇必须严厉可怕，但是公正。关于朕，俄国沙皇屠杀"无辜者"的传闻，那当然是诽谤。

---

① 一九〇六年四月二十七日第一届国家杜马开幕，参加的大部分成员是立宪民主党人，其次是民粹派的劳动团成员（布尔什维克是抵制选举杜马的）。然而杜马这样的成员也使沙皇和沙皇政府非常害怕。尼古拉二世还在四月十五日就写信给内阁总理维特(1849—1915)说："杜马走到了极端……"沙皇在冬宫向杜马代表发表讲话，代表们报以郁闷的沉默，没有人鼓掌，也没有人高呼"乌拉！"
② 尼古拉二世在冬宫接见杜马代表，向"这些被他作为自己喜爱的臣民选出的'最优秀的人'"发表简短的讲话。讲话稿是科瓦列夫斯基在立宪党人的参加下起草的。
③ 沙皇和沙皇政府十分害怕杜马辩论农民问题。因而在一九〇六年六月就想要解散杜马，但因当时的内务大臣斯托雷平(1862—1911)的反对而作罢。

朕本人没杀害过任何人,朕没工夫干这种事……沙皇的手既没有时间,也没有力气去杀害人民群众。俄国农民和工人是士兵和哥萨克杀害的。朕认为,谁对,谁有罪,士兵和哥萨克看得一清二楚,因为被害者都是他们的兄弟和父亲。他们职责所在,不能不杀死自己的亲人,因此他们一定知道谁该杀,谁该残废,谁只该破产……最后,无辜被杀的人,却进了天堂!何必在这儿对残暴呀罪恶呀叫嚣不休呢'……等等?不是每个人都能像俄国沙皇——也就是说基督在地上的代理人和正教教长——的臣仆那样轻易而迅速地进入天堂的……往下读:'哪怕百万人被杀掉,这对于人口众多的国家算得什么呢?而朕在压制人民意志方面干了整整一年,才杀掉不到五十万人……可是全欧洲的报纸仍然咒骂朕是暴君,是恶魔……社会主义分子不让朕到意大利去,要给朕喝倒彩①……给沙皇喝倒彩!这难道是个蹩脚演员?朕扮演好沙皇与和事佬的角色近五年之久,②演得不错,您忘了吗?全欧洲也相信朕的确是个心肠最好的人……'"

沙皇读到这里停下来,想了一下,皱着眉头说道:

"嘿,这是多余的话了……他,朕的臣仆怎么敢于替自己的统治者的行为辩解呢?笨蛋!……他为什么在这儿打省略号呢?诗人,可是标点符号打得不准确……白痴!往下读:

"'高加索的亚美尼亚人被忠于皇帝的鞑靼人杀死了很多③。但却给这事件加上了民族仇恨的色彩,必须相信事件本身就是这样的,

---

① 指一九〇三年秋尼古拉二世对意大利国王埃马努伊尔未能实现的访问。当报纸上登出俄国沙皇要访问意大利时,意大利大多数报纸都反对这次访问,咒骂俄国沙皇是暴君。罗马所有报纸声称:如果俄国沙皇来访,意大利人民就举行示威游行。

② 一九〇〇至一九〇四年,沙皇政府施展种种政治手腕,妄图阻止革命高潮的到来。这些手腕有建立"祖巴托夫组织"(一种破坏工人革命运动、受警宪监护的工人组织);颁布一九〇三年二月二十六日上谕:允诺实行信教自由政策、修改农民法、取消连环保和采纳内务大臣斯维雅托波尔克—米尔斯基的向自由派和地方自治派送秋波的政策;颁布一九〇四年十二月敕令;允诺对工人的国家保险、农民和其他阶层一样的权利平等、扩大城市和地方自治局的职权,等等。

③ 指一九〇五年二月六日至九日在巴库、同年二月二十一日在埃里温发生的由沙皇政府煽起的亚美尼亚人与鞑靼人仇杀事件。

这是真实情况。但是亚美尼亚人和鞑靼人世世代代友好相处,忽然成了誓不两立的敌人,这是怎么发生的呢?这有什么奇怪的呢?须知道,地震也是突然发生的呀……土耳其苏丹①曾迫使库尔德人和自己的士兵去消灭亚美尼亚人——把他们成千上万地杀掉②,可当时意见并不多……请想一想,这哪里有什么公平呀?屠杀犹太人③?可是——并没有杀尽斩绝呀!再说:屠杀犹太人的原因是基督教的进步。意识到自己是耶稣和正教会的子孙的人们,立即开始屠杀犹太人,因为犹太人不愿承认基督关于仁慈和关于爱一切人的教义的真理。这对于每一个非社会主义者来说,是很清楚的。官吏、间谍和牧师在漫长的岁月中在人民当中发展了基督教思想,而现在这种思想就产生了它的成果……朕与这有何干系呢?还有一些无耻的下流作家把一月九日……流血日诿过于朕'"……

沙皇不作声了,他默读了几行字,不满地说:

"他又不押韵了……多么粗心呀!一定要记下来。您没有铅笔吧?"他转向我,但马上喊道,"不要了!不要了!手……手别动!"

他用指甲在讲稿中不押韵的地方作了记号,继续往下念:

"'但为此而指责沙皇'……哼!……笨蛋!'有理智的人不应该赞成这件事。朕是沙皇。如果朕下令向人民开枪,那就是说,朕有开枪的理由。如果朕想同人民谈话,那朕就同他们谈话。朕希望这是理所当然的。人民不应该忘记,天主不仅把帝王权杖和最高政权,而且也把宝剑,即刺刀与大炮,放在沙皇的手中。'"

沙皇停了一下,说道:

"他在这里忘记了机关枪……这个心不在焉的骗子!刺刀啦,大

---

① 苏丹,某些伊斯兰国家的君主,旧时土耳其皇帝的称号。
② 阿布杜勒—哈米德二世(1842—1918),绰号"血腥的苏丹",列宁也称他为"土耳其的尼古拉二世"。他在一八九四至一八九六年在土耳其组织了屠杀亚美尼亚人的活动,其政治目的是煽起伊斯兰教徒(土耳其人,库尔德人)与基督教徒(亚美尼亚人)之间的仇恨。
③ 在一九〇五年十月十七日宣言颁布后,黑帮分子组织了无数次蹂躏犹太人的暴行。

炮啦,还有机关枪……是的……"

"'沙皇可以随心所欲地使用战争与和平的这些工具,因此为了一月九日而指责他是毫无道理的。朕永远是正确的。朕,也许连自己也不明白这一天为啥杀掉这许多忠诚的人民……可是沙皇不明白的事,上帝是明白的。沙皇不过是上帝圣手中的工具,正如人是地上的上帝即沙皇手中的工具一样。有时沙皇所不理解的事情,大概要由上帝来加以启示,而人们不明白的,只有沙皇才理解……'"

尼古拉二世抬起戴着沉重钢盔的头,仔细地看了看手,用手擦去额头上的汗水,手指在小纸上弹了一下,说道:

"这一点您要好好想一想!多深奥的道理啊!朕自己也琢磨不出这里的意思……但觉得好极了!这个家伙,居然写出了这篇讲话稿,将来准当内务大臣,您瞧着吧。他现在还年轻,可已经靠两位年老的伯爵夫人和一个接近宫廷的巴蕾舞女赡养……但是,您千万别把这些不便公开的内情向报纸发表呀!……这是朕的私事……听见了吗?"

"陛下放心,"我说,"我的手要垂下来了!"

"您的手能随便动吗?"

"不行……"

"把手放下来吧……然而,只要您的手稍为动一下,——预先请勿见怪!——朕就要您的命!俄国人民需要朕的性命,他们会为它付出昂贵的代价!……让朕把话讲完吧……朕读到哪儿呀,就是这儿……

"'这是朕小小事业的简略清单,报人却把这些事业夸大成为像伊凡雷帝①及其他国王所干的罪行,这些国王的不幸在于他们的臣民不承认天主赐给沙皇的无限权力。其实朕所完成的一切是微不足道的,至于那些业绩,没有它们沙皇的权力就不可能巩固,各族人民也不可能幸福而和睦的,那也不值得去提了……可是,譬如说,有时也要枪杀

---

① 伊凡雷帝(1530—1584),一五四七至一五八四年的俄国沙皇。

一些工人，为的是消灭他们的可耻幻想——幻想工人对富人和游手好闲的人们——这些国家的台柱有统治权。农民也要求有时要鞭挞他们一顿，或枪击他们。这一定会使他们相信，国王没有忘记他们，在陛下面前——人人平等！在朕这个民主国家里，商人、贵族、僧侣、工人和庄稼汉，在使用刺刀和绞索的法律面前，都享有全部平等权利。因而朕是有理由以此自豪的。朕最后提醒你们：只有为皇帝举行登极涂油仪式的上帝，才有权判断朕的所作所为，朕就此结束讲话吧'……完了！简明，有力，人人都懂……您都记住了吗？"

"记住了。"我答道。

尼古拉二世举起一个手指，继续说：

"但是，讲了这一切以后，朕仍然是个立宪主义者……"

他叹了口气。

"因为现在谁也不把钱献给专制君主了……朕就成立自己的议会……是啊！如果议会的议员，照朕吩咐他们的那样，勤勤恳恳为祖国效劳，立即增加税收，这是可以容忍的……可是他们似乎并不理解自己所担当的任务……"

他从什么地方掏出了另一张纸片，按照纸上念道："'真正的宪法的意义是在哪儿呢？在于几十个人站在沙皇和人民中间，管理人民的重任过去落在君主的头上，而今后就要落在这些老爷的头上了。'这一定是些硬头……有弹力的背。因为，打在头上的时候，必须马上低下来……朕知道这……"

"您记得日本的那个疱①吧，陛下？"我问。

"日本？"他傲慢地说，"如果朕有钱，有精锐的军队和能干的统帅，朕就把朕头上这个疱奉还日本……好吧……杜马……如果它以后的行动像开始时那样粗鲁……对祖国就不会带来好处！……朕就用朕精良的近卫军的刺刀把它解散……"

---

① 指两件事：一、沙皇俄国在一九〇四至一九〇五年俄日战争中被打败；二、尼古拉二世登位前，一八九一年出游日本时，日本警察用军刀在他的头上打了一下。

"可是,陛下,人民……"我说。

他打断我的话,手指一举,从头盔底下又掏出小纸一张。他身上塞满小纸条,像烧小猪身上塞满了米馅一样。

"'人民不过是沙皇手中的一块蜂蜡罢了!我国有的是忠臣,他们向朕表示忠诚于沙皇,谁胆敢起来维护杜马,他们就反对谁……鞑靼人已经受到仇恨朕的思潮的影响而变坏了……但是朕还有加尔梅克人、巴什基尔人和吉尔吉斯人……只要得到允许,他们放火,掠夺,杀人,绝不比哥萨克差。这一切也都采取突然爆发的种族仇恨的形式,因此朕有理由告诉欧洲:"当朕是个不受限制的帝王的时候,朕能够用强有力的手抑制粗野的本能,而宪法却削弱了控制力——瞧,这就是自由所造成的结果,只有谋反者总是时时处处渴求自由!从此得出一个简单而明白的结论——对欧洲政体来说,俄国是太不文明和野蛮了,只有在掌握一切权力的沙皇的统治下,她才享受安宁……只要对神的信仰存在一天,你就能证明沙皇的专制政权也有存在的必要,只要存在着野蛮人,沙皇也就能维持自己的政权,并证明它的正确。"……'"

他沉默起来,温和地望着我微笑说:

"朕的老母亲和波别多诺斯采夫——他们很好地教会朕按照做沙皇的样子去思考[①]!……此外帮助朕的……还有大公们、内侍官们……可是有多少省长、官吏、小偷、杀人犯和间谍由于宪法而变得无所事事啊!他们懂得,对他们来说,法制和秩序就是绞索。难道可以期待这些人去和人民一起来反对沙皇吗?不,朕还要做一会儿皇帝呢。"

他甚至快活起来,但这并没有使他的脸孔变得更漂亮,也没有消除他那惶惶不安的眼神中的忧虑。

"但是,陛下,那您从哪儿拿钱呢?"

---

[①] 沙皇的母亲玛丽亚·费多罗芙娜皇太后,以及极端反动的东正教事务总管理局长波别多诺斯采夫(1827—1907),都对尼古拉二世有很大的影响。

"钱吗？杜马会把钱搞来的①。这个机构,在欧洲一般都对,它的要价打九折,其实倒九折还不值哩,朕看来……"

"要是您解散杜马呢？"

"到那时候朕就把波兰卖给瓦西里·费多罗维奇……或者把法国卖给他,如果法国不送钱给朕的话……留着它干吗,是不是？出卖高加索是有好处的……朕为它花了很多钱,但它什么贡献也没有,只有麻烦、暴动、叛乱……西伯利亚——美国人会买的,——可以把人流放到阿尔汉格尔斯克,那儿有很多地方。天气凉快,荒无人烟……可以把俄罗斯变圆,像苹果一样圆,用拳头紧紧攥住,她终会安静下来的……"

他不作声了,沉思起来。他苍白的嘴唇哆嗦着,手指像蜘蛛腿一样颤动着,眼睛对墙上东张西望,耳朵摇动着,像兔耳那样。"或许,朕开头让一点……是呀,也许！许多人劝朕,既然他们提出了要求,那总得给他们一点……可是,等到他们开始瓜分施舍时,朕就出其不意地袭击他们……朕的忠臣的手就会拔掉这些粗鲁的饶舌者的舌头,这些饶舌者认为,目不识丁和饥饿的人民的意志比专制君主、皇帝的意志高得多……等等,等等……"

他有点激动,苍白的脸上又挂满了汗珠……他强作镇静,用发抖的手擦干汗水,把话讲完:

"好吧,够了！朕为世界诉说了一切,诉说了小纸上给朕写的一切……甚至也诉说了几句多余的话……但是沙皇嘴里说出多余的话,谁也没听见啊！您听到的只是朕所念的写在纸片上的话……去向世界传播吧,您有幸能同朕单独谈话,就把朕心灵里的贤明和仁慈向世界传播吧。去吧！"

他把拉铃抛到一边,在我祝他一路平安之前,他就和他的宝座一

---

① 欧洲金融界担心自己的资本在俄国的命运,要求沙皇政府建立"秩序"和"法制",作为给予贷款的条件,沙皇政府便搞假选举的滑稽剧,以欺骗欧洲,取得贷款用来镇压人民。

同陷到地板底下去了。

  但是在我面前,在这阴暗的房间里,还闪耀着他那双细心洗过的手和惊慌地东张西望的眼睛。通过它们,可以看见他的心的黑暗,那心由于生活的忧虑而皱得像烤过的苹果一样。这颗心充满了灰色的暖烘烘的泥浆。虚荣的蛆在其中缓慢地蠕动着,而为生命的恐惧像一条受惊的蜥蜴似的来回乱窜着。

  毫无价值的心灵,卑鄙的心灵,吸满饥民的血的、恐惧到了病态地步的、渺小的、贪婪的心灵——在我面前冒出了烟炱,和快燃尽的烟头一样,使我的国家充满精神腐败和罪恶的臭气……

孟　昌　译

# 老　人[*]

## 缩　影

　　……一群人团团围住生活,好像一群肮脏的乞丐在寺院前围住一位阔绰的老板娘,呻吟,诉苦,哀哀地哭泣着,向她乞求恩惠。他们神志错乱地相互辱骂,而且辱骂生活,一面又匍匐在她的脚下,由于贪婪而颤抖,由于卑微的愿望而发出无耻的癫狂。

　　他们蹦着跳着,弯来拐去,恰似那黏滑的灰色蟾蜍和由于虚弱而失去毒液的冰凉的蛇。他们疯狂地号叫着,被个人欲望的微尘迷了眼,看不见生活所具有的阳光般灿烂的面容,而这面容却放射着彩虹般的光辉,含着贤明的微笑俯视着他们。生活默默不语,耐心地倾听着这种由呻吟与怨诉谱成的令人憎恶的乐曲。

　　"你单调,你贫乏!"一个脑满肠肥的人百无聊赖地悻悻然说,"我到过世界各地,什么都经历过,我见过所有往日的废墟,也知道当今的烦忧和希望,我要未来做什么? 我本以为你的赐予多不胜数,你的恩惠取之不尽,可如今,世界上已经没有我想看和想有的东西了。再给我一些希望,让我有可能要求进取,让我的心灵重获生机,产生许许多多的渴望吧! 倘若你包含的东西真像我年轻时所认为的那样无穷无尽,那么就给我以新的启示,把我的好奇心引向未知的世界吧。可是,

---

[*] 本篇写于一九〇六与一九〇七年间,最初以《人生》为题发表于法文版《马克西姆·高尔基》一书;俄文本最初发表于讽刺杂志《地狱通讯》第四期。译自《高尔基三十卷集》第五卷。

你已经被我消耗尽净。你匮乏,你贫穷!……"

一个奴隶央求生活说:

"如果你处事公正,那么就不要让强者用沉重的双脚来践踏我的意志吧!我已经被奴隶的劳动累得精疲力竭,我没有聊够糊口的面包,我的孩子就要饿死,谁也不怜悯我。如果你处事公正,那么就让强者对弱者施以怜悯,让他们可怜可怜被压迫者吧!"

"你为何要存在呢?"一位圣贤问道,"你那五光十色、扑朔迷离的游戏究竟有什么意义?所有这些人受尽折磨又所为何来?你若是有理智的,就回答吧!"

"你所体现的不是理智而是疯狂!"诗人附和着圣贤说,"你像孩子毁坏他所厌弃的玩具一样,轻率地摧残着人们辛辛苦苦创造出来的东西,噢,你这时间的可怜奴隶!你粗暴地嘲弄人的最美好的感情,嘲弄你赖以生存的爱,你这专爱捉弄人的魔鬼的可怜产儿!"

"你欺骗了我!"一个秃顶、黄脸、塌鼻子、没牙齿的人,用难听的鼻音委屈地诉说道,"我曾经是年轻的,我全心全意地爱过你,我把自己的全部青春力量都献给了你的最美好的化身——对女人的爱!但是,你却在享乐的杯底投下卑劣的病毒,毁了我强壮的躯体,像拦路行劫的强盗一样,把我劫掠一空!还我健康,你这个毁我容颜的妖怪!……"

"在你的怀抱里给我指出一席安身之地吧!"一个不得志的人说,"我想在你的原野上做一个耕耘者,但是没有这种力量;我想做一个理智的向导,但是不知真理何在,不知宣传什么,才不致将人们引入歧途?我也曾想把你那千姿百态的面貌用色彩加以描绘,但是没有作画的天分,我想把你的业绩撰写成编年史,可又不具备这方面的才能!噢,你为什么让我的手指生得这样短,我想当个音乐家也不成!我可怎么办呢?如果你是英明的,就教教我吧!……"

"我为什么双目失明?"一个盲人难看地抽搐着死气沉沉的脸,问道,"你为什么让我成为瞎子?"

连聋哑人也用手指很快地比画着,哞哞地叫嚷着,只有孩子和醉汉是快活的。

"把他们赶开!统统赶开!"一个醉汉跌跌撞撞地喊着,"这么乌七八糟……吵吵嚷嚷的……一个人要是自己不足喝一顿,又有谁能让他喝个够呢?"

他哈哈笑着走开了。

妇女们,有的为女性所遭受的痛苦而恨恨不已,有的因身为母亲的不幸而愤愤不平,有的由于情场失意而萎靡不振,有的忍饥挨饿——她们怀着激烈的绝望情绪和极度强烈的愤懑咒诅着,哭号着。

也有许多人自杀:一些人自杀是为了要把自己的尸体抛在负情人的脚下,另一些人自杀是为了熄灭自己对生活怀有的恐惧;所有自杀的人都因为意识到了自己的无用,只有个别人是出于骄傲,但是后者的死,往往是无声无息的……

他们像一群发疯的苍蝇,恶狠狠地狂飞乱舞,以自己辛辣的苦衷相互刺着彼此的创伤和痛楚。在这虚弱的呻吟的大合唱中,在这带着病态的贪欲所发出的凄厉的哀号中,却响着孩子们无忧无虑的笑声,这笑声有如一股在远方淙淙流动的泉水,把那陶醉于生活魅力的动人的欢笑,送上了生活祭坛。

一位老人正穿过这闹嚷嚷的一群踽踽独行,向着西坠的落日缓步走去;落日正在向身披黑装的大地倾泻着猩红色的余晖。他安详地、默默地走着,周围的喧哗并未引起他的注意;他完全为那壮观的,不断演化着的火红的晚霞所吸引,他目视前方,眼里含着温和的笑意。

"喂,老头儿!"人们对他喊道,"你也诉诉苦吧!……"

他不以为然地摇摇头。

"我的心里没有怨言!"他说,"我一向都是生活的朋友,而且仍然要作为她的朋友来度过我的晚年。我充分享受过她那浩瀚似海的赐予,我的心头对她、对我一生中这位善良的女友充满了爱戴。我的一生是美丽而充实的,它既像雪山顶上璀璨的阳光,又像夏夜和煦的星空一样。我不止一次地爱过,我的心也不止一次地蒙受过创伤,然而,我同时也为这些痛苦感到自豪,因为它们是真诚而纯洁的,我没有用呻吟来夸大它们的力量,也未曾试图减轻它而去怨天尤人。在悲痛的日子里,妇女是我心灵的慰藉,在那充满爱情的年月,她们是我美好感情的源泉。

"我曾尽情领略过茫茫草原的风光,而狭窄的牢房并未能束缚我那自由奔放的胸怀;孤独对人是有益的,它可以使强者的心灵健壮。我并不安分守己,我曾怀着喜悦与愤怒同恶人进行过抗争。胜利时,我欢天喜地;失败了,我也并不绝望,因为我对真理必胜所具有的信念在不断增强,我本身的不幸,虽具有锋利的牙齿,但也摧毁不了信念所筑起的堡垒。我懂得,缺乏信念只是由于无知,于是我便努力求知,在求知过程中我获得了扑不灭的信仰之火!

"我热爱繁花似锦、色彩斑斓的大地,而人更胜过大地,人是我一生中所遇到的最最美妙的谜,欣赏起人来,我从不知疲倦,不,从不疲倦!

"看到人的阴暗面,我愤怒而又痛心;看到他的光明面,我兴高采烈。发现他的恶劣品质,我便同它斗争,我也不满他的缺乏理智,然而,即使是在盛怒之下,我也未尝失去对他的尊重!我从不寻求别人对我的关切,因为值得重视的不是人们对我的赠予,而是我能给别人什么;别人议论我什么,这并不重要,重要的是我如何看人。我一个人生活,生活于自我之中:大家要求于我的,我全部真诚地奉献给了大家;仅仅属我个人需要的东西,我把它深深藏在我的心底,不愿让我的亲友为我在颓丧和疲倦时所产生的无益的伤悲去耗费心力。

"我也不曾向人们哭泣和呻吟过,但我却总是把我的全部喜悦与欢乐的财富拿来同大家共享。我的内心创痛持续得不久,因为我从不刺激它,也不压制我的理智,因为我知道:一个人的诞生总伴随着母体的疼痛和流血,而我的心灵对于生活中的一切现象却负有生母与教母的责任。

"我还知道:一切丑陋的事物都会像癞皮狗那样绝灭,像无益于人们的东西一样濒于灭亡。世界上丑恶事物的危害性愈发明显,大家也日益看清清除丑恶现象的必要……

"我已经从生活中取得我所能取得的一切,而且还会得到她的赐予,因为白昼尚未消逝,尽管我的人生之路已经急转直下,到了垂暮之年。然而,即使如此,我也要像这轮红日一样,在一天里将自己的全部光线、全部热能与欢乐倾泻于大地的胸膛之上,然后走向黑夜,带着爽朗与感激的笑容步入那忘却一切的冥冥世界,步入那深邃、永恒的寂静之中。别了!"

说完之后,他便安然地走向他的暮年。

可是孩子们却嬉笑着,欢蹦乱跳地跟随他跑去。

张佩文　译

## 查理·曼[*]

……区里出现了一头熊。

这头熊是孩子们首先发现的：一天傍晚，孩子们正在树林附近玩球，熊忽然在树林的边缘出现了。它昂着头，嗅着，轻轻地咆哮着。孩子们吓得急忙跑回村子里去。但是大人们不信他们的话，因为这才八月初，还不是熊在村子附近溜达的时候。

过了几天，熊又出现了。恰巧是在邮差费斯特给村里送信的时候，它突然从树林子里蹦了出来。费斯特的马受了惊，狂奔起来，把邮差摔在地上，跌坏了一条腿。这回可是真的了，然而这次也没有给村里造成什么直接的损害：信件都捡起来了，一封也没丢失。所以熊又被人遗忘了……

只是在熊把克鲁克斯家的母牛咬死的时候，老克鲁克斯，红头发的杰克才去找查理·曼。

杰克来到他家时，曼正坐在台阶上修理捕狐器。

"您好，查理·曼！"杰克说，坐在猎人旁边的台阶上。

曼稍稍眯缝起眼睛，想了一下，回答说：

"您好！"

"熊的事，您听说了吗？"克鲁克斯开门见山地问。

---

[*] 本篇写于一九〇六年春夏，最初刊载在《"知识"社一九〇六年文集》第十一、十二辑里。译自《高尔基三十卷集》第七卷。

查理·曼像所有严肃的人那样,不经考虑,是从不回答问题的。他默默地用锉刀把捕兽器上的铁锈轧轧地刮了一会儿,然后抬起头来反问道:

"杰克·克鲁克斯,您想打听,我听说过熊的事没有吗?"

"正是呀!"克鲁克斯回答说。

查理·曼把锉刀放在一旁,用手指按住捕兽器的弹簧,吹了吹,就从一只肮脏的小瓶里倒油。

"他不常刮脸!"克鲁克斯想,注视着查理·曼瘦骨嶙嶙的面颊上灰白的硬毛。

"唔,我听到一些。"曼点着头回答说。

他的灰色眼睛温和地转动了一下,他缓慢地又说了一句:"人们谈论得很多,随时都可听到一些……"

"那么,您是怎样想的呢,查理·曼?"红头发杰克问。这个小伙子不愿白费时间,他总是走捷径的。

曼在捕兽器的弹簧上上完了油,又吹了一下,就把它放在膝盖上,开始平静地越过黄色的原野望着远处的森林。终于,他板着脸答话了。

"八月里,我不考虑熊的事。"

"我相信,在这一点上,您有充分的根据!"克鲁克斯说,"但是,我觉得,假如您把它打伤的话,您能做一件无损于您的事,是吗?您知道,我不是猎人,也没有空去打狗熊……除了您,谁也不能把它打死……这大家都知道。"

查理·曼站了起来,挺直了颀长、干瘦、紧绷着富有弹性肌肉的身体。他那被太阳晒黑了的头颈向左右转动着,他把手伸进衣袋里,然后惊奇地、简短地问道:

"现在?八月里?"

"是的,是的!"克鲁克斯兴奋地说,"您瞧,它开始伤害牲口了……"

查理·曼低下头,然后扬起眉毛,显然很惊异地看着杰克的脸,提醒说:

"可是我并没有牲口呀!"

克鲁克斯明白了,他这样是不能说服查理非把熊打死不可的。于是,他决定唤起猎人的想象。

"对,查理·曼,您是没有牲口的!"他说,尽力使自己的声音娓娓动听。他继续说:"不过,您有男孩儿和女孩儿,问题就在这里。对于熊,羔羊也好,小孩儿也好,反正一样,它是不选择的,这头野兽……您看,如果您,查理,为孩子们着想的话……"

"对不起!"查理说,把手从衣袋里抽出来,摸摸脸儿。

曼紧闭着双唇,耸了耸肩,俯视着杰克,庄重地问道:

"杰克·克鲁克斯,您为什么认为熊会首先把我的孩子吃掉?"

这一提问的道理简单明了,红头发杰克被惊住了。面对着猎人的机智,他惊讶得张大着嘴,好一会儿说不出话来。他甚至站了起来,摇了摇脑袋,像一头被牛蒡草刺痛了鼻孔的公牛那样,然后他叫道:

"啊,您很聪明,密斯特①曼!如果我说谎,让雷把我劈了吧!说真的,为什么首先是您的孩子呢,嗯?我可没这样想呀!"

"您没这样想,亲爱的克鲁克斯!"猎人同意地说。

红头发杰克来找曼的时候,他还以为事情会一帆风顺地解决。他把熊的事告诉曼,曼就会抓起枪,到树林里去把熊打死。他是个职业猎人,做这件事对他是有好处的。不料,查理·曼对这项看来极为简单的任务却有自己的看法。杰克感觉自己仿佛迷失了路,不知道应该转到哪儿,才能重新走上笔直的捷径。

"对……对,"他沉思地说,"您是对的,曼!说您的孩子要先被吃掉,完全没有根据……"

曼点了点头。他们俩沉默了很久,各自同时向着同一个方向,眺

---

① 英语"先生"的译音。

望远处的树林。

克鲁克斯忽然觉得自己有了一个好主意。他两眼同时眨了眨,开始缓慢而婉转地说:

"可是,查理,一般说来,当孩子们在外面玩耍,没有生病的时候,他们都很天真可爱,对吗?您的、我的和约翰斯顿的孩子,他们全有遇上野兽的危险……他们到处跑……又这样多!"

曼同意地点头说:

"是啊,孩子总是比熊多……"

"您想说些什么呢?"沉默了一会儿,克鲁克斯问。

查理·曼把红红的脸转向克鲁克斯,眼睛一动不动,重复说:

"我是说,一年四季里,孩子总是比熊多……"

红头发杰克低下头,想理解这些话隐晦的含意,过了一会儿,他问:

"这就是说,查理,您不认为消除熊害对自己有利,是吗?"

查理·曼,这位全区著名的猎人,把一只铁般硬的大手搭在杰克肩上,虽然没有敌意,却带着责备的声音说:

"这不好,克鲁克斯,您认为我是个白痴!我觉得,您不应当对我这样。"

"我一点也不想侮辱您呀,查理·曼!"克鲁克斯恳切地连忙喊道。

曼的一双灰色眼睛盯着红头发杰克窘困的脸,他这样结束了谈话:

"但是,亲爱的,如果您不是个糊涂虫,就是您把我当成了傻瓜,叫我在八月里,熊皮还一钱不值的时候,去把熊打死……再见吧,杰克·克鲁克斯!"

于是,查理·曼走进屋去,让红头发杰克独自去琢磨自己有多糊涂……

而熊,把在树林里采集野果的约翰斯顿老太婆的骨头咬断以后,从区里消失了。

查理·曼惊人的机智充分地显示在猎取褐狐的著名事件上。关于这次狩猎,所有的州报上都报导过,其中一家甚至派了记者到曼那里采访。

只有详细叙述这一次人的智慧和狐狸的狡猾的斗争,才能阐明查理·曼这个人物。

事情是这样的:一天,查理·曼在树林里漫步,发现了狐狸的足迹,根据这些足迹,他马上断定,这是一只褐狐。他不愿损坏褐狐珍贵的毛皮,决心用捕兽器来捉住它。

首先,必须使狐狸不再到它经常饮水和捉鸟的地方,在那里——曼知道这点——它会掉在另一个也在监视着它的猎人的捕兽器里。

查理·曼好几天没出树林,他在仔细研究狐狸的路线。他对狐狸的路线了若指掌以后,就把一株幼松从地里刨了出来,栽在狐狸走过的路上。他种得这样巧妙,除了狐狸,谁也不能发觉。这株忽然长在路上的树,昨天,狐狸还自由自在地从它旁边经过,今天,却成为一种危险的预兆而使狐狸大为吃惊了。对狐狸来说,这是很明显的:这不是大自然使树木长起来的,而是另一种什么力量,——即使在美国,大自然也不能立即创造出什么来的。

狐狸改变了去小河的路线,这正是查理·曼所希望的。他继续追踪狐狸,像它的影子,像死亡跟着一个被判罪的人那样。高大、机敏、瘦削的他,不分日夜地迈开轻快的大步,在树林里走着,灰色的眼睛不离地面,留心每一根草茎,注意每一枝新折断的树枝和每一个足迹。除了狐狸,他把一切野兽、家、老婆、孩子,全给忘了。他消瘦了,他衣服也破了,就这样半饥半饱、阴沉沉地走着,紧张得几乎生病了。

两个星期以后,他知道了狐狸过河的地方。他抱起一块石头,把它放在小河的水里,过了五天,放入第二块,同时用一层薄薄的青苔把第一块石头盖住。又过了五天,他把第三块石头放在水里,用青苔把第二块石头盖上,同时在第一块石头上添加一层青苔……

他仿效着大自然的缓慢变化,不露形迹地把石头一块一块地放入小河的水里。他放了五块,终于为狐狸筑成了一座过河的桥。狐狸发现了桥。它当然不喜欢在水里弄湿自己的爪子,于是就利用查理·曼的桥了。

当他在石头的青苔上发现了狐狸的足迹,就取出第一块石头,换上铺有青苔的捕兽器。

翌晨,来到小河旁,他高兴地看到,这只华丽的狐狸已关在捕兽器里了,它的爪子被砸断了,碎骨的剧痛使它不住地龇牙咧嘴。

查理·曼把手直挺挺地伸入衣袋里,高大、瘦削的他站在河岸上,布满灰白硬毛的红脸上浮现出平静的微笑。狐狸痛得眼前发黑,火星直冒,它猛地在捕兽笼里往外一冲,骨头咯吱作响,一缕殷殷的血流在河水里闪闪发光,狐狸嗥叫了很久,一声尖叫,就屏息不动了……

查理·曼走向前去,用手灵巧地折断了狐狸的颈脊骨……

他顽强地劳动了七个星期,才完成了这件工作。

然而不久,老查理·曼把自己一个聪明人的声誉给毁了。

……事情是这样:一只黑鹰在村里出现,偷起鸡来了。人们看见它不止一次,向它射击了不止一回,但全无效用,凶猛的鹰总是安然无恙地飞走了,它在空中怡然自得地展开宽阔的翅膀,好像在蔑视人们的敌意。

查理·曼可走了运,他目光敏锐,枪法准确! 一天,他看见鹰用爪子攫住一只大母鸡,正吃力地往村子上空提。曼开了一枪,鹰全身颤抖了一下,落到地上。

查理拾起鹰。原来,子弹只把它震昏,不曾伤了它。鹰半闭着眼,望着猎人的脸,眉毛哆嗦着,爪子微微颤动着。

这是一只大鹰,又大又重。它半闭着的眼睛无所畏惧地望着,它有时全身抖动一下。查理·曼的手感觉到鹰的体温和那颗凶猛的心的跳动。

孩子和妇女们跑拢来,咒骂这只该死的鹰,用拳头恐吓着,都想打它一下,为鸡报仇。

红头发杰克的妻子提议:

"把这个强盗交给孩子们,查理·曼!他们会马上收拾它。"

"它会把他们的眼睛抓出来的!"另一妇人惴惴不安地说。

克莱尔,一位信教的老婆子,用祈祷得嘶哑的嗓音说:

"您在瞎说什么呀,亲爱的克鲁克斯!孩子们会把这只可怕的鸟放走的……它们又会来抓我们的鸡……对它要更加认真对待,立即打死它……"

因为大家都很尊敬克莱尔,所以,一致同意,必须干掉……

曼松开了抓着老鹰脖颈的手指,静默地望着自己周围的喧哗声——他不是用他的灰色眼睛望着人们的脸,而是透过人群,穿过他们,所以我说他是望着喧哗声。然后,他从地上拾起鹰,挟在腋窝里,带回家去。

起先,孩子们叫嚷着,跟在他后面跑,问他打算怎样处理这只鹰,但他和往常一样,只顾低头走路,他那毫无表情的脸,铁石般的沉默,使孩子们失望了……

对于孩子来说,曼是个有趣的人,但是他们并不喜欢他,他们宁可彼此间谈论他,却很少也不愿和他攀谈。

曼回到家的时候,鹰清醒了。它全身猛烈地动着,试图挣脱老猎人的手。可是,曼又用铁一样的手指卡住鹰的颈子,他卡得这样紧,使鹰滚圆的眼珠可怕地向上翻,充满了血。查理·曼的脸挨近鹰的头,简短地对它说:

"打死你,朋友……"

鹰弓起颈,用嘴啄查理·曼的手背,猎人由于骤然的疼痛,哆嗦了一下,他咬紧牙,把鹰举到头上,然后用力摔到地上。

猛禽侧身倒在地上,但它立即翻过身来,向后张开翅膀,然后把翅膀伸展在自己面前。

它那浑圆和火红的眼睛凝视着猎人顾长的身体和他那赤红的脸,

凝视着,闪闪发光,准备反扑。鹰昂着头,绷着颈,颈上紊乱的羽毛可怕地耸了起来,每一根以至全部都在颤动着……

曼看了看手上被撕破的肉,一大股浓血从手上流了出来。于是,他用另一只壮健有力的手从肩上取下枪,把它放在靠近面颊的地方……

鹰把爪子张得更大了,头稍稍抬起,伸在地上的翅膀颤动着,眼里冒着火,看着,等待着……

查理·曼慢慢地抬起头,灰色的眼睛望着天空,在这晴朗的日子里,天空是多么深邃和辽阔啊! 他把枪放到脚边……

他一面平静地端详着鹰,一面在想……

然后,他把枪放在地上,在一旁取过箱子,走到准备作最后搏斗的鹰的跟前,把它罩在箱子下,就不慌不忙地走回家去。

他的妻子和孩子都不在家,每到夏天,她们就到湖边祖父那里去了。村里都知道她们也是不怎么喜欢查理的……

十分钟以后,他又出来了,手用一块毛巾随便包扎起来,毛巾已被血浸湿了,另一只手上拿着一条细长结实的小绳。

他把箱子从鹰身上拿开,蹲在它面前,阴沉地说:

"别再斗啦! ……"

这只被摔到地上,然后在箱子里关得眼睛发黑的鹰,一直以一种准备战斗的姿势躺着,可是,它的头此刻正无力地垂到地面,只有一只略黄的圆眼看着查理的脸……

而且蔑视他。

查理·曼把绳子抛在鹰的脚上,把它捆得紧紧的。鹰高叫一声,仿佛血涌上了喉间……可是它已经过分软弱无力和受辱,不能战斗了。

曼把绳的另一端系在树上,然后看了鹰一眼,沉默地向它点了点头,就从地上捡起枪,走回家去。

鹰的黄色圆眼转过来目送着他……

随后微微举起翅膀,但它们无力地垂下了……

鹰扇动了一只翅膀,全身一个急剧的动作,侧身倒下……又站了起来……

它垂下双翼,支撑在地上,头低垂,像查理·曼行路时那样,跳了一下……两下……侧身倒下了。

鹰一声厉叫,声音是低哑的。它用翅膀支撑着身体,又坐在地上。它精疲力尽地坐着,垂下那凶猛的头,浑圆的眼睛看着脚上的绳子,这绳子宛如一条细长的灰蛇,从它脚下蜿蜒到树旁,——它那被打断的羽毛轻微地颤动起来了。

查理·曼站在窗前,他那双灰色的眼睛注视着鹰……

三天以后,鹰复原了。它吃力地拖着被打坏的翅膀和长绳,在院子里跳来跳去。它跳着,同时用一双黄色的眼睛环顾四周,这目光犀利,冷酷而又凶狠……

每天,查理·曼扔给它几块生肉。可是,当着猎人的面,鹰总不去触动这些肉。如果肉块扔在它的嘴旁,它就扇动一只壮健有力的翅膀,跳到一边去,瞧也不瞧它一眼……过后,这些肉就悄悄地消失了……

戏弄查理·曼的鹰,是村里孩子们很大的快乐。每天,一大帮孩子兴高采烈地来到查理·曼家,对着鹰拍手叫喊,向这只阴沉沉的鸟扔石头,总想打中它那只不知为什么招惹他们生气的黄色的警惕的眼睛。

如果石块落在鹰的近旁,它动都不动,只斜眼瞧它一眼;如果石块打到它身上,它就一拧身,躲过一边,但是,它总是沉默着……

每当孩子们看见查理·曼时,他总是坐在他的小旧屋的台阶上,默默地注视着孩子们和鹰嬉戏。他一言不发,使孩子们兴致索然,他们都觉得他那呆板冷淡的目光落在自己身上,每人觉得他在这里是多余的人……阴沉、凶猛的大鹰,避开了石子的打击,在屋前的草地上跳来跳去;在台阶上,坐着一个瘦长的人,手撑着脸,瞧着鹰,瞧着孩子们,一直在瞧着他们戏弄鹰,他们尽力设法用石子准确地击中它凶狠的眼睛。

查理·曼默不作声……但是,当他悻悻然、慢腾腾地对孩子们说出几句同样不痛不痒,甚至有些粗暴的话时,更使人感到不好受。

"你们,孩子们,如果愿意的话,扔两只小鸡给这只鹰才好呢。我看,鹰会觉得小鸡要比石头和棍子好受些……"

另一次,小约翰斯顿巧妙地砸疼了鹰的爪,查理·曼站起来,板着脸,对孩子们说道:

"我认为,你们今天把它玩弄得够了……你们最好回家去吧,孩子们……"

"那么,您什么时候打死这个恶鬼呢,曼?"孩子们问他。

"打死它并不费事……"他回答。

这些枯燥乏味的话冲淡了孩子们炽热的敌意,他们从内心非常憎恨这只飞禽。奇怪的是,曼把鹰拴住以后,他几乎不再出门了。

有时,孩子们怀着愤怒,向鹰扑去,鹰就很快地向后靠,伸直锋爪,张开利喙,准备战斗:羽毛根根竖立,浑身颤动,活像一团疯狂凶恶的活生生的东西……

在这种剑拔弩张的时候,查理·曼就站起来,挺直身,仿佛准备立即把孩子们的注意力从鹰那里引开。孩子们看着查理·曼,查理·曼看着孩子们……

在那双灰色的眼睛下面,他们感到冷酷而可怕。

于是,孩子们就离开了这只讨厌的苍鹰和这个古怪的人……

在这之后,有一天,孩子们走了,查理·曼还留在台阶上。他像往常那样,手托着脸,凝神看着跳得精疲力竭的鹰。鹰紧紧地靠着树身,近旁是一堆乱绳,它的头垂向地面,好像长年累月的生活负担或者许多苦难的包袱压在它身上一样。

夜幕降临前，查理·曼一直在看着鹰。然后，他站了起来，慢慢地走到树跟前。鹰猛然颤动了一下，警惕起来，它的羽毛凶狠地竖立着……

"这……可不是那么回事，朋友！"查理·曼摇着头，低声含糊地说。

他向鹰走去，使它后退，好让弄乱的绳子解开。起初，鹰抗拒着，扑打着翅膀，但是，当它明白每绕树一圈，就使绳子变长，使它远离这个人以后，就开始飞快地在地面上跳跃起来，愈跳愈快……突然，它猛地一振翅膀，腾空而起，高叫一声，飞走了……

绳子把它拉了回来，它几乎又歪斜地张着翅膀，摔到地上。当它落在草地上时，它那只浑圆的黄眼盯住了站在近旁的查理·曼的脸。

查理·曼端详它一番，骤然转身，不慌不忙地走回家去。

不一会儿，他从家里走了出来，拿了一枝枪。他同样不慌不忙地走到鹰面前，把枪托在肩上……

鹰伫立不动，把绳子拉得紧紧的。滚圆的眼睛在暗中闪闪发光，望着查理·曼那副和往常一样呆板的脸，它的头稍稍向右偏。查理·曼忽然微笑了一下，放下枪，说：

"这是胡闹，朋友……别这样，我知道……"

他摇摇头，鹰也仿佛微微一动……

曼把枪放在地上，从衣袋里摸出一把刀子，然后很小心地拿起绳子，拉到身边来。鹰摇晃了一下，张开翅膀，准备仰身倒地，进行自卫……

"别胡闹……"查理·曼低声说，"胡闹够了，我们胡闹够了……"

他把鹰越牵越近，小心翼翼地收拢绳子，——鹰目不转睛地看着他，退让着，伸出利喙，慢慢张开，准备啄出他的灰眼睛。

可是，查理·曼用一个敏捷的动作割断了紧挨着鹰脚下的绳子，并立即跳开。鹰被他这种举动吓着了，便向太空飞去了。它快乐地大声叫了一声，但是好像还不相信自己已经恢复了自由，又降落到地面上了……

查理·曼看也不看它一眼,拿起枪,进屋去了……

他听见在他后面,空中发出一阵巨大的振动翅膀的响声,一下,两下,三下……过后,屋外传来这只庞大、沉重的飞禽的轻快的飞行声……

查理·曼埋下头,不看周围,走进了屋子……

……翌晨,孩子们又来了,可是鹰已经不在了,查理·曼穿着猎服,正在勤快地擦枪。

"独眼魔鬼在哪儿?"孩子们叫嚷道。

可是,这已和查理·曼无关了,他沉默着。

"您的鸟在哪儿,密斯特曼?"孩子们围着查理·曼问。

他抬起红红的脸,望着天空,慢慢地回答说:

"鸟飞走了……应该让它飞走。"

"您把它放了?"孩子们惊奇失望地叫了起来,"好让它再来偷鸡吗?现在大家都有小鸡的时候?……哟——哟,瞧您,密斯特曼!"

"我对它说了,"查理·曼古怪地启动着嘴唇,"我对它说,下次可别再碰上我啦……至于它应当怎样对待家禽……我好像忘了告诉它?唔,是的,忘了……"

……从那时起,全区的人背地里都把著名的猎人查理·曼叫作老傻瓜了……

孟 昌 译

# 士　兵*

## 巡　逻　队

　　无声而寒冷的夜色和一片沉寂阴郁地笼罩着这个城市。没有星星,也望不见天空,深沉的黑暗凝神屏息,似乎在警戒地等待什么。……轻飘、干燥的雪花在空中缓缓旋舞,仿佛害怕落在空旷街道上黑乎乎的石头上。

　　黑夜充满隐隐的恐惧;在冷彻了的静谧与黑暗中,有一种阴森森的气氛在逐渐加剧着,无声无息地颤抖着,用冰冷的针刺挠着人的心……

　　房屋似乎被黑夜压得沉入地表,变矮了一些。昏暗的窗口不见一丝光亮。人们都像是慑于寒冷与莫名的恐惧而一动不动地蛰伏在石壁后面。他们睁大眼睛,一眨也不眨地凝望着前方,勉强抑制着心头的战栗,无可奈何地谛听着,默默地期待着光明和响声……

---

\* 本篇是由作者自己编纂成一组的两个短篇:《巡逻队》和《兵们的故事》。前者写于一九〇六年春,记述了作者对一九〇五年十二月莫斯科武装起义的观感,最初以《士兵》为题发表于一九〇六年六月《红旗》杂志(巴黎)第三期;后者写于一九〇七年十月,最初发表于一九〇八年二月《虹》杂志(日内瓦)第四期。译自《高尔基三十卷集》第七卷。

一头贪婪的黑兽①正用它混浊的眼睛从昏暗的街道上窥伺着那些窗口……

城里整日炮声隆隆，噼噼啪啪的枪声，干涩而凶险地响个不停，一具具尸体横满街头，馋涎欲滴的死神贪婪地陶醉在负伤者的呻吟中……

在十字路口一个小广场的正当中，燃着一堆篝火。……四名士兵宛如四块灰色的石头呆呆地围着火站在那里；火焰的反光在他们的大衣上、脸上一抖一抖地蠕动着、跳跃着，看上去活像四条黑影在颤巍巍地互相做着鬼脸，交头接耳地谈论什么。火光照在刺刀上，像血似的流动，锋利的钢刃闪烁着一条条曲曲弯弯、向上蹿动的粉、白二色的光带……

黑暗从四面八方向篝火和士兵们袭来……

其中一个矮身量、麻脸、宽鼻头、小眼睛、没眉毛的士兵，用刺刀拨了拨火堆里的焦木；一簇红色的火星惊恐地飞起，旋即消失在沉沉的夜色里。麻子士兵用大衣下摆擦拭着刺刀。一个圆脸膛，没有胡髭的瘦高个子把步枪夹在腋下，袖起手，从篝火旁慢慢走开了去。另一个蓄着一大把红胡子，敦敦实实、两颊通红的士兵用手驱赶着脸前的烟雾，哑着嗓子说道：

"要是把刺刀烧红，随便往哪个家伙的肚子里一捅……"

"不烧也行！"麻子士兵低声附和一句，晃了晃脑袋。

火焰吞噬着木柴，发出亲切的嗞嗞声，色彩斑斓的火舌升腾着，扭结在一起，柔韧地弯向地面。洁白的雪花不停地落进篝火。红胡子士兵使劲用鼻子出着气，想把胡髭上的雪弄掉。第四个瘦削的高颧骨士兵把乌黑的眼睛瞪得溜圆，直勾勾地望着火堆。

"今天撂倒得已经够多了！"突然，麻子咧嘴笑着，颇为感慨地低声说。随后又以更低的声音长吁了一声："哎呀呀……"

烧焦的湿柴悲戚地吱吱作响，从遥远的地方传来一种古怪的呻吟

---

① 指气氛紧张的黑夜。

声。红胡子和麻子眼睛盯着暗处凝神细听,脸上闪耀着火光,耳朵也警惕地微微颤动着等待新的动静。高颧骨士兵一动不动、目不转睛地望着篝火。

"是啊……"红胡子瓮声瓮气地大声说。

麻子哆嗦一下,很快向四下望望。高颧骨也猛然抬起头,疑惑不解地瞧瞧红胡子的脸,随即压低了声音问道:

"你怎么啦?"

红胡子迟疑了一下回答说:

"没什么……"

于是高颧骨士兵两眼一齐眨了眨,声音不高但很急促地讲了起来——

"昨天咱们连的一个奔萨省的小兵遇见一位同乡……同乡告诉他:'现在咱们那儿的人造反了,'他说,'庄稼人烧了地主的庄园……他们说,行啦,够啦,你们吸了我们的血,现在呀,走你们的吧……是的。土地不是你们的,是上帝的。就是说,谁能在地里干活儿,地就归谁,地是庄稼人的……走开吧,他们说,要不就统统把你们烧死。'就是这样……"

"这可不行!"红胡子撅撅胡髭,哑着嗓子说,"官府是不准这么干的……"

"当—当然啦!"麻子拉长声音说,他张开嘴连连打着呵欠,嘴里黑洞洞的,牙齿又细又密。

"这是怎么回事?"高颧骨重又低下头问道,随即眼望篝火,自己回答自己说,"世道在变哪……"

第四个士兵的身影在昏昏夜色中时隐时现,他在不声不响地围着篝火走动,像鹞鹰似的兜着很大的圈子。他把枪托紧紧夹在腋下,刺刀冲着地面寒光熠熠地晃来晃去,仿佛在嗅着马路的石缝寻觅什么。这士兵的下巴紧贴在胸前,目光向下,似乎在用心观察那条晃动着的细细的白刃。

红胡子警惕地望望四周,咳嗽了一声,阴郁地皱起眉头,把哑嗓子压得低低的说道：

"庄稼汉难道就不是人吗？都快饿死了，他们当然受不了啦……"

"可不是吗！"麻子士兵说。

红胡子严峻地瞥了他一眼，用一种教训的口吻继续说道：

"只要忍受得了，他总是安分的。可到了没办法的时候，人也会发狠的……我了解庄稼人……"

"那当然啦！"麻子眉开眼笑地低声说，"大家都说：世上只有庄稼人干活儿……连那些造反的也这么说……"

麻子把手臂一抡，画了个大圆圈，神态诡秘地向红胡子凑过去，小声说道：

"庄稼人简直没一点活路。"

"还把他们赶去当兵！"高颧骨士兵嘟囔了一句。

红胡子把枪托砰的往地上一顿，厉声问道：

"那么城里人干吗要造反呢？"

"当然是娇惯坏了呗！"麻子说，"就因为他们，咱们弟兄遭了多少罪啊。受了多少冻，挨了多少饿……"

"罪孽也不少……"高颧骨士兵打断红胡子的话。可红胡子依然和着自己讲话的节拍顿着枪托，执拗而生硬地说：

"把这些家伙统统干掉，营长说得对，有的杀掉，有的流放到西伯利亚。让你活去吧，狗崽子，全都是雪！别的啥也没有……"

他把枪往肩上一扛，迈着坚定的步子围着篝火走了起来。

高颧骨又抬起头，若有所思地笑了笑说：

"要是上帝把大家……随便这么一来……把大伙儿都……"

他说完，打了个寒噤，冻得缩了缩肩膀，往四下瞧瞧，用一种低得出奇的声音郁郁地说了下去：

"我外面发烫，可里面冷得要死……心里直打哆嗦……"

"走动走动吧！"红胡子说，一面跺着脚，"瞧，亚科夫列夫就在走。"

他朝着那个在昏昏夜色中时隐时现的士兵歪歪头。

高颧骨士兵望了亚科夫列夫一眼，叹口气，小声说：

"他心里不好受……"

"是因为那个开小铺的吗？"麻子问。

"嗯，是的，"高颧骨轻声回答说，"他们是同乡，是一个省的。乡下给亚科夫列夫来信就寄给这个小铺老板。他还有个侄女……亚科夫列夫说：'当完兵，我就向她求婚……'"

"一点办法也没有！"红胡子沉着脸说。

麻子打个呵欠，耸耸肩，提高嗓门大声表示赞同：

"消灭敌人是当兵的本分，这一点他是宣过誓的。"

亚科夫列夫在暗处不停地兜着圈子，时而走近篝火，时而又隐没不见了。听到麻子那些尖锐刺耳的话，他的脚步声突然停止了。

"你的心肠太软了，谢苗！"麻子说。

"要是小铺掌柜的造过反……"谢苗反驳道，他挥挥手，大概还想说些什么，但是红胡子走到他跟前哑着嗓子气恼地说：

"你这是什么意思——谁造反？都成造反的了！……我叔叔是个看门的，约莫有五百卢布，是个老成的庄稼汉……"

突然，附近发出一记像枪击一样干涩、短促的响声，士兵们端起枪，手指紧握枪筒。他们伸直脖颈像狗似的警惕地望着暗处，红胡子士兵在等待中动着胡髭，麻子耸起了肩膀。暗处响起亚科夫列夫均匀的脚步声，他不慌不忙地走近篝火，迅速掠了大家一眼，喃喃说道：

"是门响……要不就是招牌……"

他双唇紧闭，一双椭圆形的灰眼睛在瘦削的脸上冷冷地闪着光，薄薄的鼻翼微微翕动。他用一只脚把即将燃尽的焦木拢了拢，在篝火前蹲下身来。

"马洛夫！"红胡子以命令的口吻说，"去拿些木柴来……喏，那

165

边,"他指指暗处,"小铺子旁边堆的有木箱……"

麻子士兵扛起枪往那边走去。

"把枪留下……会碍事的。"红胡子说。

"没枪怪害怕的!"麻子说着在夜色中消失了。

雪花仍在篝火上方盘旋飞舞,地上已经落了好多雪,马路上黑黢黢的石头已变成了灰的。房屋上昏黑的窗口郁郁地张望着暗处,高大的围墙被沉沉的夜色淹没。篝火已是奄奄一息,焦木发着凄切的噼啦声。三个士兵一言不发,久久地凝视着火炭。

"这会儿大概有三点钟了,"红胡子阴沉沉地说,"咱们还得在这儿呆好久……"

又是一阵沉默。

"噢,上帝!"谢苗大声叹口气,关心地小声问道:"怎么,亚科夫列夫,很难过吗?"

亚科夫列夫没吭声,也没动弹。

谢苗冻得缩缩肩膀,眼里含着苦笑望着红胡子的脸,像讲故事似的,用一种单调的声音讲了起来:

"我一看,她在一盏路灯旁边躺着,一只手抓住灯柱,抱着它,脸色煞白煞白的,可眼睛还在睁着……"

"哼,又来啦!"红胡子不悦地咕哝了一句。

谢苗眯起眼看着火炭继续说:

"她看上去……有二十岁左右……"

"这事你已经讲过了!"红胡子责怪他说,"怎么没个完呀?"谢苗瞧着他的脸,带有歉意地笑着。

"我觉得这个小娘儿们怪可怜的,你知道,……她那么年轻,那么快活,从那双眼睛里就看得出来……我心想,咳,你这个可爱的小人儿啊!你要是还活着,咱们就能做个相好的,过节的时候我就能到你的住处,亲亲你那……"

"够啦!"亚科夫列夫斜着眼,以锐利刺人的目光自下而上睃了谢苗一眼说。

谢苗抱歉地弓弓背,沉默了一会儿又说:

"真可怜,弟兄们……她躺在那儿像是在睡觉,没有血,一点也没有!也许她只是——走着道儿……"

"嗯,你可别乱走!"红胡子严厉地喊了一声,不干不净地骂了一句。

"她也许是老爷们派来的?"谢苗仿佛在劝说红胡子。

"咱们也是老爷们派来的!咱们有罪吗?"红胡子嗓音嘶哑、忿忿地说道,"你既然宣了誓就得去……"他又难听地骂了一声。"谁都能指使老百姓互相残杀……"

接着又是一声咒骂。亚科夫列夫抬起眼睛,带着冷笑瞅瞅红胡子的脸,忽然一板一眼、清清楚楚地问道:

"当兵的是什么人?"

黑暗中发出咔嚓一声巨响和咯咯吱吱的响声。谢苗打了个哆嗦。

"马洛夫在使劲儿干哪,混蛋!"红胡子说着撅了撅胡髭,"他是个好兵。连长要是命令他把活孩子吞下去,他也会吞的……"

"那么你呢?"亚科夫列夫问。

"派他去弄个木箱来,"红胡子接着刚才的话说,"可他不知在毁什么,大概是在拆大木柜,这畜生。"

"你会吞下去吗?"亚科夫列夫又追问了一句。

红胡子瞥他一眼,倒了倒脚,阴郁地答道:

"兄弟,到八月份我就该退伍了……"

"反正都一样!"亚科夫列夫龇着牙说,"要是连长逼着你,你也会把孩子吃下去……即使是你自己的孩子……当兵的是什么人?"

他干巴巴地笑起来。红胡子瞧瞧他,把枪托在石头上蹾了蹾,猛地把脖子一扭,朝暗处喊了一声:

"马洛夫,快点……"

"马洛夫总爱胡闹!"谢苗低声说,"前不久,冲着那些闹事的开枪的时候,他总变着法儿地往肚子上打……我说:'马洛夫,干吗要胡闹?往腿上打吧。'可他说:'我打的都是大学生……'"

谢苗叹息一声继续单调而乏味地说:

"可我这么想,大学生是好人。我们村子的别墅里住过两个大学生,他们跟庄稼人很合得来,总跟他们混在一起,也愿意跟大伙一道儿喝酒,什么道理都给讲……还给书看……整天乐呵呵的,真的。后来有个干文差事模样的人来到他们这儿,随后,当天夜里,从城里又来了几个宪兵,把他们三个人都带走了……村里的人都挺可怜他们的……"

亚科夫列夫霍地站起身,瞪着发白的眼睛,死死盯着红胡子士兵的脸,粗声粗气地说:

"当兵的都是野兽……"

红胡子瞧着亚科夫列夫,眉毛、胡髭都耷拉了下来。

"当兵的是刽子手。"亚科夫列夫又咬牙切齿地说,随后也不干不净地骂了一句。

"你这是干吗?"红胡子厉声问道。

"咱们,米哈伊尔·叶夫谢伊奇,全当没听见这些话!"谢苗央告说,"亚科夫列夫,你这是因为伤心……一定是的……"

亚科夫列夫直挺挺地站在伙伴们对面,又把嘴唇紧紧闭起,只有他的鼻孔在微微扇动。

"要是你讲的这些话让马洛夫知道了,他一定会向连长告密,那你就完蛋了,亚科夫列夫,肯定!"红胡子的口气十分强硬。

"你不会告密吗?"亚科夫列夫又龇露着牙齿问道。

红胡子倒倒脚,望望天,又说了一遍:"这些话让别人听见是饶不了你的……兄弟!"

"你准会告密!"亚科夫列夫斩钉截铁地说,说话的神气凶狠而执拗。

"这事跟我毫不相干，"红胡子阴沉沉地说道，"我已经当完了差，夏天就退伍了……"

"咱们都得完蛋！"亚科夫列夫喊道，声音低沉而有力，"你叔叔跟你说什么来着？"

"算了吧，亚科夫列夫！"谢苗央告说。

"你管不着……即便叔叔……"

"他说你是个杀人犯……"

"那你呢？"红胡子问，接着又骂了一声。争吵变得尖锐激烈起来。他们语声急促，怒气冲冲，像是彼此往脸上狠狠地啐着唾沫。谢苗一筹莫展地把头扭来扭去，遗憾地吧嗒着嘴唇。

"我也是！"亚科夫列夫说。

"那么，你也是混蛋……"

"害人虫……"

"那你呢？"

"弟兄们，算啦！"谢苗苦苦哀求。

"我也是，怎么样？"

"啊哈！那你怎么能……"

"别吵啦，弟兄们！"

两个士兵你骂我，我骂你，一句一个脏字；一个脸色煞白，浑身发抖，另一个可怕地翘着胡髭，胖脸涨得通红，气得呼呼直喘。

"马洛夫来了！"谢苗惊慌地说，"别吵啦，看在上帝分上……"

与此同时，从昏暗中传来马洛夫的一声惊呼：

"米哈伊尔·叶夫谢伊奇！他们在开气窗……"

"站住！"红胡子说，"立正！"

他也放声喊了起来。

"喂，关上气窗！我们要开枪了……"

马洛夫哈着腰，向前斜端着枪，上气不接下气地从暗处跑出来，急匆匆地说道：

"我在那儿,——正在干——这事儿,可他们……我听见,在开窗。这——是要向我开枪呀……"

"他们有权开枪!"亚科夫列夫闷声闷气地说。

"咳,你们,我的妈呀……"

马洛夫赶忙提起枪抵在肩上,"啪啪"响起两记干涩的枪声。他面色惨白,枪在手里不住抖动,刺刀也在摇晃。红胡子也端起枪,呆然不动地侧耳细听。

"咳呀,混蛋!"亚科夫列夫小声说着用手把马洛夫的枪筒往上一磕。又是一声枪响。红胡子迅速放下枪,抓住马洛夫的肩膀,摇撼着他。

"别放了,你……"

马洛夫打了个趔趄,看见伙伴们都很沉着,难为情地说道:

"好一个老百—百姓!要从窗户里冲我这个东正教徒,皇上和祖国的卫士开枪,是吗?"

"胆小鬼!那是你的错觉。"红胡子气呼呼地说。马洛夫忙不迭地摆着手。

"一点都没错!也不是胆小。谁愿意死呀?"他用一个手指扳着枪机嘟嘟囔囔地说。

"自己吓唬自己。"亚科夫列夫冷笑着说。

大家沉默了下来。四个人都一动不动地瞧着他们脚边的那堆火炭。

"怎么?"红胡子说,"总不能让我自己去拿木头吧。亚科夫列夫,你去……"

亚科夫列夫默默地把枪递给谢苗,不慌不忙地走开了。马洛夫望着他的背影用左手摸摸枪筒,然后又扶了扶军帽说:

"我劈了那么多,他一个人当然拿不了!"

于是把枪往肩上一扛也离开了篝火,但又很快回过身高兴地宣布:

"我把整个小铺子挖了个大窟窿,真的!"

篝火旁留下两个铅灰色的身影,他们仔细看着那些渐渐化作灰烬的火炭。谢苗用大衣袖子擦擦枪筒,轻轻咳了一声,问道:

"米哈伊尔·叶夫谢伊奇!这些事上帝都看得见吗?"

红胡子士兵动了好半晌唇髭,才用暗哑的声音蛮有把握地回答说:

"上帝应该看得见,这是他的本分……"

接着他揉揉下巴,摇摇头,以责备的口吻说:

"可亚科夫列夫真是毫无道理!干吗要跟我过不去呢!难道我不如别人吗,啊?"

他们又都不作声了。在暗处那边响起一阵木板摔打在地上的咔嚓嚓的响声。谢苗仰头望望天空,天空又黑又冷,一片幽暗……

他叹口气,惆怅地轻声说道:

"也许根本就没有上帝……"

红胡子翻起眼皮狠狠瞪他一眼,粗暴地喊道:

"别胡说!"

说着抬起脚用靴子拢起火来了。但是没弄完就丢下了,他往四下里瞧了瞧,胡髭一动一动地,哑着嗓子说:

"要弄清楚,我是不是个好人?先弄清这一点,然后再……"

他沉默下来,咬咬胡子尖,又使劲揉揉下巴。

谢苗瞅瞅他,垂下眼睛,小心谨慎、轻声轻气但又固执地说道:

"可人家说,没有上帝……"

红胡子没有回答。

越来越冷。雪已经不下了,大概正因为如此,夜色才显得更加凝滞而浓重。

有一种十分蹊跷的声音在远处颤抖,像阴影一样不可捉摸……

## 兵们的故事

一

……薇拉走到森林边缘，只见一条狭窄的小径从陡峭的断崖上蜿蜒而下，隐隐约约地消失在一块圆形盆地上了。

崖下的一汪潭水，在夕阳的金色余晖映照下，恰似一杯盛得满满的殷红色酒浆。株株幼松宛如一架大竖琴上的铜弦，它们在空气中散发出浓郁的芳香，像声音一样清晰可辨。从那修长的、安然不动的树干上，从那赤褐色树皮上一滴滴闪闪发亮的琥珀似的树脂上，都可以感觉到这些幼松的勃勃生机；翠绿的掌状枝丫在轻轻摇曳，它们的倒影抚摸着平如明镜的潭水；听得见松针发出的睡意蒙眬的窸窣声、啄木鸟的叩击声、堤边灌木中蒿雀的啼鸣，以及在某处淙淙流动的溪水。

在焦黑、凌乱的磨坊废墟上冒着透明的青烟，东边杵着几根原木，西边横着几块木板，还有一些碎玻璃在焦炭和瓦砾堆上发着亮光，在这五颜六色的闪光里似乎包藏着一种隐隐约约的吃惊的气氛。磨坊废墟正沐浴着炙热的阳光，裹着亲切温柔的青灰色烟雾，静静地度着它那悲凉、怪诞而又美丽的残生。周围的一切渐渐染上一层淡红色，并且装点着锦绣般的阴影，那斑斑驳驳的火一样的颜色酷似一块块失去光泽的黄金。万物都充满了安闲的、沉思般的春意和生命之歌，——黄昏犹如情思缱绻的少年那样秀美。

一个士兵身着白衬衫，帽子推向脑后，正拿着一根钓鱼竿坐在堤坝上垂钓；他身子俯向水面，仿佛要跃进水里，长而富有韧性的鱼竿不时划破空气向上飞起，士兵滑稽地挥动着手臂，脚踵砰砰的敲在用原木堆成的潮湿的堤坝上，他那白得刺眼的衬衫，那忙乱的神态，跟这色彩和谐的静静的黄昏很不相称。

薇拉嫌恶地皱皱眉提醒自己：

"他打过农民。"

然而这并没有激起她对这个士兵本应有的那类感情。

"若是走近他,他一定会说些无礼的话。"姑娘怠惰地忖度着,摘下一片毛茸茸的青枫树叶,用它拂了拂面颊。随后便用她那穿着皮鞋的双脚在细沙中一崴一崴地向下走去。

"瞧啊,多大的鲫鱼,小姐!"士兵迎着她喊了一声,"您瞧!"他左手拎起小桶向薇拉这边伸过来。

几条长相很蠢、肥肥胖胖的金色鲫鱼,诧异地滚动着圆圆的眼珠,在浑水里哔哩唰噜地挣扎着。薇拉笑吟吟地俯身往鱼桶里望去,一条鱼突然一跳,把水溅到了她的胸上和脸上,那兵却笑了起来。

"多么肥实的家伙!"

说着他又把鱼钩甩出去,向水潭欠着身,举着左手,嘴唇半张半合不再作声了。他的脸又胖又圆,闪烁着一双和善而快活的褐色眼睛,上唇翘得老高,唇上长着一撮参差不齐的胡髭。一群群蚊虫在他头顶上熙熙攘攘地飞个不停,它们落在他的脖子上、脸上、鼻子上。他就像匹马似的不住地晃着脑袋,嘴唇一咧一咧地使劲吹着气,竭力想用咝咝响的气流把蚊虫赶走,那只左手却始终一动不动地在空中举着。

"嘿!"他把钓竿猛地一扯,喊了一声,身体向前倾去。

薇拉哆嗦了一下,急忙说道:

"您会掉进水里的……"

"脱钩了,该死的!"那兵懊丧而又惋惜地说。随后,他把鱼钩装上鱼饵,摇着头说:

"您以为我会掉下去吗?不会的!即使掉下去,也没什么了不起。我是从伏尔加河来的喀山人,生长在水上,游起水来像条梭鱼,我本该当海军,不该当步兵……"

他既爱讲话,又讲得快,嗓音高亢而清脆,边讲边用猎人般的眼睛一直窥伺着水面。

薇拉一想到他曾用树枝条抽打过庄稼人,便有些难过和不悦。

"您是农管局派来的吗?"她低声问。

"是的!"士兵答道,"派了我们二十三个人,步兵……大概很快就要把我们赶回兵营去了,在这儿干吗?已经完事了,平定下来了。这儿的日子过得可不那么快活,庄稼人一个个跟狼似的盯着你,娘儿们也是一样……什么都不给,也不愿意卖。都发火啦!"

他大声叹了口气。

"我说,"薇拉伤心地问道,"难道您也打了他们?"

士兵瞧瞧她,摇摇头,闷闷不乐地回答说:

"我吗?不……我没打,我按着腿来着。一个上了年纪的、挺老的老头儿!长官说,他是这次闹事的罪魁祸首……"

他转身向着水面,若有所思而又审慎地,仿佛自言自语地说:

"大概,兴许是搞错了:他能干啥,这么个老头子?"

"您可怜他吗?"薇拉厉声问道。士兵的温厚使她愤慨,她强烈地希望能使这个人为他对人们犯下的罪过而深感内疚。

"那还用说吗?"他喃喃地说道,"即使是条狗也可怜,别说是人啦。有个人挨打的时候直哭,他说他没罪,他说,饶了我吧,我再不了,一个劲儿地哭。另一个只是把牙咬得咯咯响,不求饶,不叫痛,于是就被打了个半死!打得他从地上爬都爬不起来,站起来以后,嘴里淌着血,不知是把嘴唇咬破了,还是憋劲儿憋的?简直不明白,为啥嘴里往外淌血?并没有打他的牙齿呀……"

这时士兵讲话声音很低,斟酌着字眼儿,脑袋上下一点一点的。从他的话里薇拉听不出有懊悔的意思。她沉默不语,憎恶地眯起眼睛,用锐利的目光打量着那个兵,为了打中他的心,使他的心长久地疼痛,她在搜索着猛烈的词句。

"鱼不上钩啦!"士兵发愁地小声嘟囔着,"它不喜欢有人说话,我说的是鱼!也许是因为时候已经晚了!"

他抬头望望天,笑了笑接着说:

"多好的黄昏啊!要不就再钓一会儿?"

他把鱼钩抛进水潭,瞧了瞧薇拉,对她说:

"我不熟悉这儿鱼的习性,是初次钓。鱼的习性不同,这儿是一样,换个地方又是另一个样。可当兵的到处都一样受罪。特别是步兵!"

"农民难道不受罪吗?"薇拉冷冷地问了一句。

"谁说不受罪!"那兵耸耸肩喊道,随后又带着一种可笑的虚张声势和教训的口气说,"可他们竟胡作非为起来,比方说,放火烧庄园,烧干草,烧磨坊,这是干吗呀?阿弗捷耶夫说,这是胡闹,因为所有这些东西都是人们的血汗,应该爱惜。他说,应该不抱成见地看重别人的劳动,不该白白毁掉……"

他朝薇拉的脸上仔细瞅了一眼,厉声问道:

"你是这儿的什么人?"

"我吗?我是一位女教师的朋友。"

"嗯……"

"怎么?"

"不怎么。失火的时候您在这儿吗?"

"没有。"

士兵转过身注意起漂子来了。薇拉觉得他的问话触犯了她的自尊心,话里包含着明显的不信任。她毅然决然走下来,站在高过士兵的那根原木上,声音低而柔和,但又很严厉地说道:

"你懂得你们被迫做的那些事情吗?"

姑娘曾在城市的工人中间作过几个星期的宣传,自以为颇有经验,但是同士兵讲话还是初次,因而感到有一股预示着危险的寒气骤然袭上心头,使她颇感紧张。

她开始讲时那兵默不作声,只是惊讶地瞅瞅她,嘴里含含糊糊地嘟囔着,后来,他转身对着平静的水面,把头低了下来,稍顷,鼻子呼哧哧地响着,悻悻地说道:

"难道就我一个人这么干吗?"

说着过猛地甩了一下钓竿。

薇拉坚定而激烈地谈到卑鄙无耻的罪恶势力,她说,这股势力诡计多端、处心积虑地维护自身的权力,它唆使人们相互交恶,激发他们心中的兽性,进而把这种兽性当作石块,用以打杀人们如此渴望的简单明了的生活真理,可这真理,对于整个由于疲惫和怨恨而变得极不正常和艰难的人生来说,是非常必需的。

那兵不声不响、不慌不忙地把钓鱼竿放在洒满炭屑的堤坝上,朝着河水流入森林的去向眺望着远方,呆坐了好久。

"阿弗捷耶夫也这样讲!"他忽然说了一句,并且站起身来,他面带忧虑,但眼睛却转来转去,神色忙乱而又高兴。

"真的一样!"他急忙又重复了一遍,"您等一等,他就要到这儿来的,来钓鱼,您当着他讲一讲好吗?啊?"

他把双手按在胸前,不安地向四处张望着,面露尴尬的神情,嘴唇喷喷作响,摇着头。

"你是感觉不到吗?唉,你呀,老天爷!怎么感觉不到?可又有什么办法呢?上头下命令啦!当兵的就去平定乱子,可个个心里都清楚:到哪儿去?去干吗?大家都憋着一肚子火,甚至故意把火气扇得旺旺的,免得去多想。大家一路上都在骂庄稼汉,说就是因为他们这些混蛋,净给我们找麻烦,我们才不得不在大热天赶路。要狠着点——是这么命令的!"

"他多么没出息呀!"姑娘不由自主地这样想,同时不无敌意地打量那个士兵,对自己轻易取得的胜利并不感到高兴。

"当然有这种事,您说得对,你去镇压暴动,可你自己家乡的人也造起反来了!三连有个萨拉托夫的小兵,差点没有疯了,他在镇压暴动的时候捅死了一个人,可他家里的哥哥却被罚去服苦役,弟弟也因为参加暴动被活活打死了,您瞧!你在这儿揍人,你的亲人在家挨揍,而且到处都是当兵的干的,还有哥萨克,不过哥萨克是外族,不是俄罗斯人,他们的家乡没有暴动,他们过的是另一种日子。可让我们这种人怎么办呢?你一面打人,一面想,这会儿你爹是不是也在挨打。我们也是人哪,小姐,可您怪我们,说我们是野兽,咳,上帝啊！要是俄国人把俄国人往死里打,那还叫什么王法！为这事得要去坐牢的。当然啦,老百姓气极了,把地主给烧死了,这也不成体统,可庄稼人总得有地种啊?！"

这些话急急忙忙从他嘴里迸落出来,他好像眼花了似的,不住地眨着眼左顾右盼,挥动着右手,跺着脚,活像一条落网的鱼。

"就说将来回家吧,"他说,"可回去有啥事干呢？我跟哥哥只有三亩半地,就凭这点地可怎么过呀？哥哥有两个孩子,再比方说,我也得讨老婆,有孩子,那可怎么好啊？"

薇拉觉得,他讲的都是些乡下人的个人打算和当兵的糊涂念头,她淡漠地听着,想从他的话里寻找一个人的真诚悲哀,由于没找到,便产生了对自己的不满。

"哼,我即便已唤起了他的农民意识,可这又有什么用呢?"她懊丧地自问。

那兵还在东拉西扯地讲个不停。让人很难听出个头绪来。

这时森林里发出一阵悠长悲凉的歌声。

"有人来了。"薇拉说着站起身。士兵住了口,抬起头,望着天空听了起来。

森林里笼罩着一片夜影,那影子透过已经变黑的松枝窥视着堤岸和潭水,但是还不敢走到旷野上来。

"这是阿弗捷耶夫在唱。"那兵轻声说道。凄婉的歌声从林子里挣脱出来,带着沉思回荡在一片沉寂之中。

"这歌儿真好,"士兵说,"阿弗捷耶夫的嗓子在我们连里可算是头一份儿,不过,他总不怎么快活。您跟他讲讲吧,他懂……"

薇拉想走,但又觉得不好意思,于是再次在原木上坐下来,既感到疲乏,又对自己不满。

　　哎—哎嗨,每逢夜晚……

那兵又仰起头,闭着眼,突然和着逐渐静下来的歌声,低低地唱了起来。

  我亲爱的妈妈……

随即笑着解释说:
"我也喜欢唱……"
林子里的那个人应和着他,歌声忧伤而又绝望。

  来到田野上等啊等……

那兵摇着头,拉长声音一口气唱下去:

  哎嗨,等待逃亡的儿子返回家乡……

在平滑的潭水上模模糊糊映出一弯新月,偌大的一颗星斗傲然地发着亮光。
堤坝尽头有人喊了一声:
"喂,沙莫夫!"
"哎!"那兵应了一声。
一个双手插在口袋里的高高身影走了过来。薇拉虽看不清他的脸,却感觉得出他那陌生的目光,她猜测着这个人见到她时的第一个想法,不由产生一种受辱的感觉。
"钓的多吗?"
"不少……"
"跟你在一块儿的这位是谁?"
"是位女教员。就是这样,兄弟……"
"您好!"阿弗捷耶夫说着用手碰了碰帽檐。

薇拉点点头,觉得那柔和的声音听来轻慢而且冷淡。

在阴影的进逼下,松林宛如一堵厚实的墙壁慢慢向堤岸退来,从身后、从彼岸吹来一丝凉意。暮色越来越浓,静谧也变得越发深沉,暖和的空气逐渐潮湿起来,妨碍着呼吸,心脏沉重地跳动着,使人周身都感到异常的不自在。沙莫夫指着薇拉像是向同伴诉苦似的,忙不迭地低声说道:

"喏,你瞧,她冲着我走过来,责备我:你们干吗要打人……"

"哦。"阿弗捷耶夫含糊地应了一声,蹲下来,挽起衬衫袖子,把手伸进鱼桶里。

"她说,你们难道看不出你们这些步兵是受了骗吗?"沙莫夫委屈地诉说着。他那嗡嗡嗡的声音越来越低,使姑娘产生一种危机四伏的预感。

"这种话听见过。"阿弗捷耶夫阴郁地说,他直起腰来把薇拉从头到脚打量了一番,在灯笼裤上蹭着湿手,仿佛准备打架似的。

薇拉感到心里很乱,不知该怎样同这个人讲话。在他那没留胡子,长着一个大鼻头,颧骨突出的、阴沉沉的脸上有一种猛禽似的凶狠表情。他个子很高,细细的脖子上长着个小脑袋,一双很不友善的蓝眼睛从宽宽的额头下面冷冷地看着人,总之这个兵看上去像个老头子。

"这种话听见过。"他又说了一遍,薇拉看见他脸上带着冷笑,他咳嗽一声,叹了口气。

"沙莫夫兄弟,人家总是这样教训咱们这些傻瓜的……"

"您想要说什么?"薇拉问。她原指望她的问话听上去具有寻衅和严峻的意味,但是没有成功。她的腿不知怎的在发抖,姑娘几乎禁不住要从当兵的身边逃开。

阿弗捷耶夫低下头,咳了一声,往自己脚边啐了一口。

"我这不是跟您讲的,是跟他——我的伙伴讲的,"他回答时看都不看薇拉,接着又讲了下去,"人们把当兵的侮辱一顿,把他的心刺痛,把他的头脑搞乱,把他搞得像醉汉似的晕头转向,于是他也就完蛋了,他既不能去为别人的话流血,从这些话里也得不到什么安慰,它折磨着他的心,触痛着他那苦闷的灵魂,如果他因此只是去喝酒胡闹倒也罢了!关关禁闭,或是调到处罚队也就完了。可听了这些话,当兵的自己往往也去跟同伴们说长道短,这么一来,他马上就会被交到法庭上去,或是连审也不审就被送进军事感化营了。也就是说,为了别人的话断送了自己。你知道,因为闹事,咱们弟兄甚至还要挨枪毙哩,可到底是谁把咱们煽动起来闹事的呢?他们在哪儿?他们哪,都逃了,躲起来了……"

那兵低声讲着,脸上始终挂着一丝惨笑。这种笑使薇拉十分厌恶。这时在她的脑子里突然浮现出一些人的鲜明形象,她以她那少女的赤诚全心全意地敬重这些人,对他们那种谦虚的勇敢精神,以及甘愿为理智和真理的胜利而历尽一切苦难的决心满怀着炽烈的信赖。这个兵在侮辱这些人的同时也侮辱了她,从而不禁使她义愤填膺。

"他们会把我抓起来,送到他们长官那里去的。"一个可怕的想法在她脑海里闪过。

顷刻间,苦恼和恐惧使她的心收缩起来,但是阿弗捷耶夫那张令人气恼的面孔,以及他那带有讥讽和责备意味的言辞使她非常想把这个人教训一番,因为他竟敢嘲笑他所不甚了了的事情。

"您撒谎!"她瞥了沙莫夫一眼之后说,用的是并非她所固有的粗暴口吻,语气之重连她自己也未料到。沙莫夫难为情地搔着被蚊虫咬伤的脖子,来回倒腾着两只脚,不知怎样才好。"只要对事业的成功是必要的,从来没有人逃走和躲藏起来过。那些为了向你们传播真理而牺牲了的人,要比你们这些听到真理却不相信、不理解的人更多,你们这些奴隶!"

因为急于要说得尽可能多些,有力些,她几乎顾不得那两个士兵,她的眼睛里蒙着一层红雾,心脏供血不足,一种阴惨惨的恐惧在胸中滋长,把思想都搞乱了。

"他们要打我的……"

这一想法过后,又出现了一个无言的、更可怕、更使她气馁的想法。为了克制这种使她败兴的预感,她使出浑身力气,讲话的声音越来越大,几乎是在喊叫,同时她预料,顷刻之间她的嗓子就会劈裂,无话可说,就会在这两块灰云似的、哑然无声、不可捉摸的士兵面前站立不住了。

"我说的事,过去就有过,"阿弗捷耶夫突然打断她的话,"以前来过一些人,把人煽动起来以后就不见了,什么原因呢?我认为,这就是说,他们的日子不好过的时候,就到我们这些无知无识的人们这儿来,而且说,你们也不好过,让咱们齐心协力地开出一条让大伙儿都能自由通过的路来吧。嘴里说的是为大伙儿,可心里想的却是他们自己!谁跟他们一块儿干,谁就是他们的兄弟,可他们一达到目的,跟他们一块儿干的人就成了他们的敌人……你们的这种做法太没人味了。"

一阵惊悸不安的响亮的铜号声突然冲进昏昏的暮霭,那兵住了口,几秒钟的沉默长得使薇拉难以忍受。

"走吧,"沙莫夫小声说,"号兵吹号了……"

阿弗捷耶夫没有应声,他低着头站在那里,双手深深地插在口袋里。薇拉不由自主地留神望着他,看他会有什么敌对的举动。

"这不是事实!"她说。

"我是这样认为的!"那兵不同意她的话,耸了耸肩,"我有理由这样想……"

他冷笑着说,并用那双蓝眼睛冷冷地睃了薇拉一眼。

"您要是带来了真理,那就跟大伙儿都讲一讲,不要只说给一两个人听,回头您来跟我们大家一块儿讲讲好吗?!"

这种带着嘲讽,对人的诚实已失去信任的挑衅态度使薇拉感到羞辱。她把身子一挺,说道:

"好,我来!"

沙莫夫大声喘着气赶忙说道:

"千万别来……"

他的同伴从口袋里伸出一只手整了整军帽。

"咱们走吧,沙莫夫,再见,小姐……"

薇拉往他那边跨了一步,用响亮的声音喊道:

"您现在别想反悔!您已经侮辱了人……"

两个兵彼此靠近了些,沙莫夫劝慰她说:

"他是闹着玩的,天哪,您这是怎么啦?"

可是薇拉坚决、果敢地喊道:

"不行,你们必须集合起来,我要来,听见了吗?"

"可不是所有人都和我们俩一样。"阿弗捷耶夫冷笑着说。

"我不在乎!"姑娘说。

"咱们走吧!"沙莫夫悄悄地说。

"明天还是这个时候我等在这儿。"薇拉坚决而又严厉地说。

她一转身,背对着士兵向森林走去,黑夜正在用它那深邃而忧伤的眼睛从那里眺望。姑娘再度被恐惧包围,她停下来用稍微亲切、柔和一些的声音说:

"你们应该来,你们不是愿意相信好人吗?"

两个士兵小声商议了一阵。暮色中响起了阿弗捷耶夫的声音:

"这对您有危险。"

薇拉觉得,他还是带着讥讽在冷笑,什么也不相信。由于一时不知怎样回答,她又低声重复了一句:

"我不在乎。"

士兵们没有回答,他们沿着堤岸大步走去,只听沙莫夫喊喊喳喳,不安地说着什么,随后又传来了阿弗捷耶夫的声音:

"她吹牛!"

薇拉很想对他喊一声:"坏蛋!"

"她不会来的……"

她明白,他是在故意激怒她,嘲弄她,于是便像发出威胁似的喊道：

"我一定要来！"

白色的斑点已被森林吞没。周围一片沉寂，阴森可怕。

薇拉沿着陡岸向上走去，脚下的沙土散落下来发出愤怒的沙沙声，行走起来十分不便。她气恼万分，浑身惊悸不安地战栗着，用手攀着树枝和树干慢慢地向下挪动着脚步，而后又头也不回、急急忙忙地向前奔去。登上断崖以后，她坐在沙地上一面理着蓬乱的头发，一面伤心而委屈地思忖着：

"我是多么笨拙和愚蠢啊，而且又这样胆怯。"

眼泪顺着她的面颊滚落下来，她愣愣地、沉痛地思索着，她想到自己是这样柔弱无力，想到她心中怀有的伟大真理，也想到了那个嘲弄她的士兵。

"我没能打动他。我不会，真可怜。可是，他好像懂得些什么……他们没把我抓起来，这是为什么呢？"

她久久地望着黑油油的潭水，望着潭中映出的明亮的星星，通过一双泪眼她似乎看见，她的四周到处都燃烧着光焰四射的燎原大火，大火之上闪烁着奇异的、颜色苍白的火星。

磨坊废墟散发出一股股焦烟的气味。林中回响着猫头鹰的叫声。朵朵蓬松的白云，宛如生着翅膀的飞马静静地在空中飘过。夜色将松树连成密密层层的一片，森林变得像座山一样，周围的一切似乎都在凝神屏息地思念着白昼和太阳。

## 二

黄昏仍像昨天那样柔和而绚丽多彩，静静的潭水依然泛着红色，松树也同样散发着暖融融的树脂的芳香，只是磨坊废墟上的烟冒得更浓了，林子深处有人在用斧头砍伐树木，空气承受着打击，发出闷闷的回声。几只蓝色的蜻蜓在水面上飞来飞去，鱼儿溅着水花，溪流发出单一的银子般清脆的响声。

薇拉坐在丘岗上闷热的松荫下,阴郁而又烦燥不安地等待着士兵;在太阳曝晒下的沙土热气蒸腾,姑娘觉得很热,但不愿下到堤岸上去,也不愿往那边望一望。

她夜间未曾睡好,整天都在想着那些兵的事情,现在感到脑子疲惫已极,对自己的力量也忐忑不安地产生了怀疑。她努力集中思想打着腹稿,挑选着有力的、生动形象的词句,竭力想使自己的话让士兵们听来通俗易懂,然而,不时有一些题外的想法冲进来,打乱她的思路,使她十分懊恼,更加颓丧。

"他们会认为我是愚蠢而无用的。"她皱着眉头想。一想到他们可能对她强行无礼时,她不由浑身打了个寒战。

"也许他们不会来了吧?"她自己询问自己,但随即斥责了自己的怯弱,然而,这还是无济于事,她觉得,上面那个阴暗的想法即将成为确定无疑的现实,并使她心胆俱裂。

"快点吧!"她愁闷地喊了一声,生怕自己等不到士兵们来就会走掉。

她想求助于残存的、还未完全被恐惧摧毁的自尊心来说服自己:

"我要是害怕,那就是说我缺乏信念……"

随之她便作了一个自己也未料到的结论:

"既然如此,当然,最好走掉……"

想到这里,她便站起身,向她的理智已无法与之抗衡的本能作了让步。

这时,堤坝上出现了两个士兵。薇拉明白,这就是昨天那两个,他们匆匆走着,一看到她那在黄沙衬托下的淡色衣裙,便越发加快了脚步。

薇拉仿佛已经看见,阿弗捷耶夫的脸上带着胜利的微笑,这刺痛了她。

"他们没敢邀请别人……若是还有人来,我就对他们说:'喏,我是一个人来会你们的,我可以用以自卫的只是你们所需要知道的真理……'"

"您好,小姐!"沙莫夫郁郁地招呼了一声,他那位同伴瞧也没瞧薇拉,默默地举起一只手碰了碰帽檐。

"还有人来吗?"她问,声音大得过分。

"有人来!"沙莫夫叹着气说。

三个人谁也没看谁,沉默片刻之后,沙莫夫结结巴巴、惶惶不安地说道:

"要来五个人,不过,您知道,小姐……"

"别说了,格里戈里。"阿弗捷耶夫冷冷地劝阻他。

"不,我想如实地告诉她!您知道吗,小姐,都挺野蛮的,我说的是当兵的,比方说……有几个简直凶得很!再说,又都是些饿汉子,就是说……"

"你不说,她也懂得这个。"阿弗捷耶夫插嘴说,随即咳嗽一声,扭过身去。

薇拉明白沙莫夫的意思,但是今天那个瘦骨嶙峋的大兵比昨天更使她着恼,她强烈地希望同他争论一番,把他制服,她原有的危机感已在她对此人所怀有的敌意中熔化了。

"再说,长官还要我们把你抓起来。"沙莫夫小声说。

薇拉想说:

"我不怕!"

但她没有说出这句言不由衷的话,这增强了她的自信,并使她感到片刻的鼓舞。

"等我把要说的话说完,你们就可以把我送到你们长官那里去。"她说话的声音不大,但很清晰。

"咳呀,天哪!"沙莫夫喊道,"我指的不是这个……"

薇拉觉得,阿弗捷耶夫斜眼看了她一下,冷冷的目光中闪露出一种与以往不同的表情。

沙莫夫却依然踯躅不安地说着:

"那么，但愿能平平安安地过去。我坐到您后面去，小姐，坐到您背后，就是说，以防万一……"

"防什么万一？"薇拉厉声问道。

"你胡说些什么，格里戈里，"他那位伙伴对他说，"干吗要让人白白受惊？"

说完笑了笑。

"我什么也不怕！"薇拉说。这的确是真话。阿弗捷耶夫点点头。

"哎呀，"沙莫夫嚷道，"已经来了……"

从树林里走出三个士兵，他们后面还跟着一个，他走一步，便用树枝很响地抽一下靴筒。几个人都不慌不忙地走着，活像几头巨大的白色猎犬，围着兽穴悄悄地扑将过来。他们边走边谈，声音低微而又诡秘；他们在笑，这笑声似乎带着猜疑轻轻地跳近薇拉的身旁。她感到，她脸色刷白，两膝在簌簌发抖，霎时间，心脏也停止了跳动。可是阿弗捷耶夫正在偷觑着她。

"都到齐了吗？"她问，为的是能听到自己的声音。

"还差一个。"沙莫夫回答说。

那几个兵走过来站住了，薇拉看见，他们每个人的脸上都带着一副讨厌的甜腻腻的笑容。一个胖脸的，留着短短的黑胡髭士兵操着低音说道：

"您好，小姐！"

薇拉默默地低下头，那兵却龇着又大又白的牙齿。

"咱们坐在什么地方呢？"沙莫夫赶忙问道。

胖脸士兵呵呵地笑起来，他的同伴们也笑着交换了一个眼色，其中一个头发发红的士兵冲着沙莫夫诡秘地挤了挤眼。

姑娘觉得自己正处在敌人中间，她的感官变得十分敏锐，她把这些人的一举一动、他们的每一个眼神都看在了眼里，她懂得他们在想些什么，她不露声色地注意看着阿弗捷耶夫，紧张地期待着他会有什么举动。阿弗捷耶夫将每个人都依次打量一番之后说：

"到山崖下面去,在矮树丛里不会有人看见。"

"咳,怪家伙!"黑胡髭士兵叫嚷了一声。他也同阿弗捷耶夫一样,两只手始终在裤子口袋里插着,这使薇拉对他产生一种强烈的憎恶。他那圆溜溜的眼睛昏暗无光,呆滞而又僵死,直勾勾地盯着人的脸,而且始终带着一丝莫名其妙的傲慢和淫秽下流的微笑。又有一个面色阴沉、动作迟缓、衬衫脏得发灰的士兵不声不响地走了过来。他站在一旁倒剪着双手,皱着眉头望着薇拉。

她感到头晕目眩,由于迫切希望尽快开始并了结她搞出的这个名堂,她匆匆地朝着前面沙滩上的那片浓密的树荫走去,沙莫夫低着头走在她身边。

走到以后,大家都扑扑通通地坐到了地上。阿弗捷耶夫默默地坐在薇拉身边,沙莫夫坐在她身后稍偏的地方。他那热烘烘的、急促的呼吸吹动着薇拉耳后的头发,有这个人守在身边使她感到快慰。

"请问,咱们要干什么呢?"黑胡髭士兵小声地、懒洋洋地问道。

"别忙,伊萨耶夫!"沙莫夫说,"马上就都知道了……按规矩来!"

薇拉嘘了口气。几个壮汉一个紧挨一个在她面前围成一个半圆,从他们身上发出一股股汗臭和大葱的气味,她自己看上去就像一只无依无靠的兔子。伊萨耶夫那双咄咄逼人的眼睛像两只大甲虫似的在她周身上下慢慢地爬来爬去,红头发士兵在伊萨耶夫的耳边悄悄地说着什么,最后来的那个兵搔着一只肩膀,把嘴唇吧嗒得很响,也在用无神的眼睛望着她,仿佛在等待施舍,但又像不指望得到什么。其他士兵不知为什么总在东张西望,疑心重重地谛听着寂静的四周。

薇拉懂得支配着这些饥饿躯体的是一种什么感情,因而产生了受辱之感,心中绝望已极,然而,她还是激昂慷慨地讲了起来,她不择词句,也不相信他们会听她讲:

"士兵们,生活中的暴力就是靠你们来支撑的……"

"你说什么?"伊萨耶夫厉声问道。

薇拉明白他提问的目的,没有理睬他。

"你们所受的欺骗更甚于别人,全体民众都受着蒙蔽,但是你们所受的蒙蔽更为恶劣……"

"谁骗了我们?"红头发士兵问,并且向伊萨耶夫丢了个眼色。

伊萨耶夫粗鲁地高声说道:

"我们要求您把这点讲清楚!"

那个穿脏衬衫的士兵跪起来,半张着嘴,盯着姑娘的脸,眼睛里流露出贪婪的神色。

"别插嘴,弟兄们!"沙莫夫双手一挥请求道。

"我把我知道的全讲给你们听。"薇拉说时声音发颤。

"可您知道的多吗?"红头发士兵问。

不知是谁令人讨厌地嘻嘻笑了一声。

阿弗捷耶夫皱着眉,慢慢扭动着细细的脖子,又把那几个士兵依次打量一遍。

大家沉默了几秒钟,互不了解就像一堵黑沉沉的墙壁越升越高,随时都可能坍塌下来将人们心中那些微弱的人性闪光扑灭。伊萨耶夫一面不慌不忙往怀里扯着薇拉的袖子,一面问道:

"您干吗穿这印花布呀,小姐?"

薇拉浑身哆嗦一下,猛地把手抽回,迅速掠了一眼那张迟钝的、充满贪欲的脸,恐怖像铁箍一样禁锢了她的双腿。她不禁想变得像老鼠那样小,逃出这些满怀敌意的人们的包围;由于竭力想把全身的肌肉缩成坚不可摧的一团,她感到周身酸痛。

"不许碰我!"她说,她自己也未料到,她的语调竟会如此镇定、坚决。她晓得,这种镇定来自极度的绝望。"等我把你们应该知道的事讲完……"

没等她讲完便有人阴阳怪气、嗡嗡嗡地说着话,打起响鼻来了,所有人都骚动起来,她看见那几双饥饿的眼睛是何等露骨地在她身上打着转。她本能地意识到,她的软弱只能激起更加强烈的兽欲,于是霍地站起来,挺直身子,神经质地大声讲了起来。

所有士兵都立刻向后一仰,抬起了头,她觉得,他们似乎都被她所表现出的勇气惊住了,由于在精神上越来越压过他们,并意识到有得救的可能,她便用激烈的言辞对他们大加斥责,以迫使他们来尊重自己。

她讲话的声音像是个先知,既不自然,也不像她自己,她明白,这样是掌握不住士兵们的,她努力控制自我,但是徒劳,她总在想着自己,而且可怕地听到,她的话是那样冷漠和空洞无物。

有个人嘟哝了起来:

"伊萨耶夫,这就叫违背军人的誓言……"

"弟兄们,她讲的难道不对吗?"沙莫夫用怯生生的询问的口气喊道。

黑胡髭士兵哑着嗓子说:

"这是煽动造反,怎么会对呢?伙计们,这是在教唆咱们!"

"咱们不许她这样干!"红头发士兵站起来,强硬地说。

那个穿脏衬衫的士兵也阴郁地喊一声,站了起来:

"等一等,魔鬼们!"

薇拉沉默下来,身子晃了晃,但是沙莫夫扶住了她,只听他喊喊喳喳地小声说道:

"我跟您说什么来着——咳,上帝呀!阿弗捷耶夫咱们俩算完蛋啦,真的!咳呀,小姐……"

阿弗捷耶夫以劝解的口气平静地说道:

"别发火,伙计们……"

他站到薇拉的前面,用他那高高的躯干挡住她,接着说:

"你们按人之常情,别把这事看得太认真吧……"

"你别在这儿搪塞!"红头发士兵喊道。

伊萨耶夫也板起面孔帮着腔:

"阿弗捷耶夫,你总想逞英雄,可你自己就像个疯子……"

"福音洗礼派①!"红头发士兵挖苦了一句。

"这姑娘差不多还是个孩子,"阿弗捷耶夫心平气和,但十分坚定地继续说道,"她叫我们来,是想让我们听听真理,我们有六个人,个个的力气都比她大十倍,可她并不害怕,甚至还答应说:'等我把该说的说完,你们就可以把我抓起来送到你们长官那儿去,我不在乎!'"

"她什么时候说的?"穿脏衬衫的士兵疑惑地问道。

"昨天对我和沙莫夫说的。因为她不怕,所以就应当认为,她的确知道些对咱们很重要、对她自己比生命和自由更宝贵的东西。要知道,为了她讲的这些话,她是要坐牢,或是被罚去做苦役的,这一点她很清楚,可她还是不怕。是的,她骂咱们说'你们是野兽',这她当然是胡说八道,可她毕竟是当面讲的,而且咱们可以向她证明,她是瞎说……不过,她不是为了骂咱们,才把咱们叫来的,所以应该听她讲完,让她把要说的都说出来,我们整个听完以后,就知道该怎么处置她了……神甫和长官对咱们说教,或骂爹骂娘的时候,咱们都不吭声,虽然咱们很清楚,他们的话究竟值多少钱。至于她,也许的确有些通人情的东西值得一听,为了公平起见,就让咱们听听一个不是长官的外人会对咱们说些什么吧……"

他话音不高,淡漠而又平静,使姑娘产生一种感激和疑惑参半的心情,他的话使她发窘,又似乎部分地恢复了她那已经失去的得胜的希望。他的意外帮助稍稍触痛了她的自尊心,但提高了她那被恐惧压制下去的对人的信任和自信。

隔着阿弗捷耶夫的肩头她看见士兵们面色阴郁而不快。伊萨耶夫叉开双腿,皱着两道浓眉,双唇紧闭,把右手插在腰带里,犹疑不决地动弹着手指。

"她能知道什么?"他阴沉着脸问道。

阿弗捷耶夫说:

---

① 福音洗礼派是十九世纪中叶产生在俄国的一个教派,代表富农利益。

"所以咱们才要听听呀。"

他说完便闪向一旁,淡然地对薇拉说:

"您讲吧……"

她环视一下士兵,语气稍见缓和地讲了起来,她明白,要把自己和这些人置于同等地位,那么他们就可能充分信任她了,于是力求将自己的想法讲得通俗易懂些。讲着讲着,她自己也逐渐沉浸在那充斥于人生的辛酸悲苦之中,体验着人与人之间那种伤天害理地互相倾轧、互相凌辱的苦味。现在,当她自己也感到惊恐和羞辱的时候,人们似乎变得更易理解和不那么可怕了。从内心里讲,她对他们已不再感到愤怒和嫌恶,而是背负着对所有人(包括她自己在内)都一样的不幸、羞辱和沉重的苦难来对待他们了。

"要把我所知道的统统说出来!"她伤感地劝说自己,"我大概只能再讲这一次了……"

但她很快抛开了种种杂念,以全副心神体验着那些悲惨的生活情景,她觉得,在这一幕幕惨景的重压下她迅速变得苍老起来,她第一次这样充分地意识到,人们的地位何等卑下,以及对所有人来说,挣脱那贪婪的、野兽般的残暴与伪善的重重牢笼又是何等迫切。

"乡下的事讲得对!"有人喃喃地说了一句。薇拉听出这是那个穿脏衬衫的士兵的阴郁声音。

有时,她忘记了听众,用书上读到的东西检验着自己的所见所闻,自言自语,自问自答,有时,又为最起码的正义要求与现实之间的矛盾所震惊而停顿下来,继之又在愤懑、委屈、愁闷等情绪支配下,激昂慷慨地抗议着、辩驳着、论证着,滔滔不绝地讲了下去。

有一刻,在一阵不由自主的沉默之中,她瞧瞧那些士兵,只见他们各自望着不同的方向,显得比先前更近于常人了。显然,他们都在悲伤地想着自己的心事,只有沙莫夫把眼睛睁得很大紧盯着她看。她觉得,散布在她面前地上的这些人体,正仿佛是透过霏霏的秋雨,或浓重的雾色所见到的一样,越来越小。伊萨耶夫边听边摇头,活像一头上

了套的犍牛;他看着自己的一只手,动弹着手指,偶尔没头没脑、喃喃地说上一句:

"当然……是这样!"

红头发士兵头枕着一只胳膊侧卧在那里,用嘴唇把一片柳叶扯下来嚼着,皱着眉,忽然很快变换一个姿势,全身一动,好像被烧着或吃了一惊似的。

"别乱动,米哈伊罗!"沙莫夫冲着他说。

"见你的鬼去!"红头发士兵低低地嘟囔了一声。

有人在深深地叹气。阿弗捷耶夫的眼睛里迸射着阴森森的火光,脸庞显得更加瘦削了。

薇拉发现,大家都在用心地听她讲,可现在这一点并未使她高兴。她又把士兵们忘却了很长一段时间,她已经看不见每个个别的脸庞,她所见到的只是一张带着沉思和疑虑的晦暗的面孔,它在默默地倾听着,不同那个使它屈服的意志争辩。她已为激昂的情绪所陶醉,现在她对一切都不屑一顾,一心只想充分利用她对生活的理解,以及由此而产生的义愤,道出她所懂得的全部真理,并把它深远地传播开来,以利于它的永恒发展。她从来还没有意识到过,她的思想竟像此刻这样伟大、可贵和壮丽,现在她异常热爱这些思想,而且这种感情正化作一股股热浪,以同样的力量激荡着她的身心,使她意识到自己作为一个人的价值,以及她在对抗垂死与腐朽的生活模式中,在建立生动活泼和欢乐的新生活中所具有的才能和力量。

民众犹如取之不尽的力量源泉和未经开拓的莽莽荒原一样展现在她面前,她觉得,她正在鼓舞他们去建立一个充满理性的、瑰丽的新世界。

"民众开创着一切,他们的力量无所不能,生活中的一切都要靠他们的劳动来哺育,因而他们有权公正地分配自己的劳动成果!在民众还未意识到自己有权主宰本身的劳动以前,我们始终都会是不幸的……"

"对!"阿弗捷耶夫突然一跃而起,声音低沉地说道,"这话难道不对吗,弟兄们?我们的身心都遭受着摧残……他们教我们去大胆地杀人!为什么?就因为人们不赞成如今的生活秩序。我们是在为恶势力卖命,的确如此!咱们不应该去拼命维护那种压制所有人,靠吃活人肉过日子的势力,咱们应该为了能在自由的土地上自由自在地生活去斗争!现在已经到了这种时候,它要求我们:站起来吧,人,让大家团结一致,个个心地良善,不要像野兽那样相互敌视吧!"

他沉下脸,站在那里古怪地晃来晃去,仿佛体内有什么东西在推动他,他的声音也嘶哑了,随后,他突然大睁着烁烁发光的两眼闷声闷气地咳嗽起来。

薇拉逐渐为惊悸不安,但又近乎欢悦的愉快情绪所支配,由于疲乏,她感到头晕目眩。

"等一等,阿弗捷耶夫,"穿脏衬衫的士兵说,"让她再讲讲……"

薇拉对他笑了笑。

"我全讲完啦!"

"完啦!"那兵重复一句,叹息了一声,"乡下的事讲得好!说得全都对!我本来就认为错不了……"

"像故事一样!"红头发士兵嘟嘟哝哝地说,"咳呀,魔鬼呀,魔鬼……"

"把人搞成什么样子了啊,弟兄们,嗯?"沙莫夫声音响亮,苦恼地问道。

黑夜的影子走出树林,浓重地倒卧在地上,黑魆魆的磨坊废墟上闪烁着火光。

"看哪,又烧起来啦!"薇拉自己也没想到,她竟高兴地喊了起来。

士兵们望望磨坊。不知是谁阴沉地说:

"让它烧吧,别管它!已经冒了三天烟啦。"

伊萨耶夫坐在姑娘脚旁,弯着腰,抱着膝盖,咧开嘴憨厚地笑着说:

"骂得真干脆!"

阿弗捷耶夫用他那长长的手指默默地摩挲着胸脯,其他人也默不作声。薇拉渐渐觉得有些不好意思,她已经不能再讲,也不愿再讲了。

"还应该再集合一次吧?"沙莫夫嗫嗫嚅嚅地问。

"应该……"

号兵吹起了号角,刺耳的金属声惶惶然地在林中东奔西窜,仿佛在寻找这些士兵。

"该走啦,伙计们?!"有人提议。

三个士兵从地上站起来,其中的一个问:

"什么时候再来?"

"明天!"阿弗捷耶夫答道。

薇拉瞧瞧他,点点头表示赞成。

士兵们说着话急急忙忙地走了。

"这种事要尽快听……"

"你怕忘掉吗?"

话声随即在暮霭中淹没。

"再见,小姐!"红头发士兵临走时说。

"祝您诸事顺心!"薇拉回答说,她很想对他们每个人都多说些亲切的话。

那兵迅速回过头说:

"多谢!"

而且还高高兴兴地问道:

"伊萨耶夫,你还不走?"

"这就走……"

伊萨耶夫笨重地挪动着他那庞大的身躯,站起来困惑不解地说:

"您的胆子真大,小姐,真的,实在是胆大!"

沙莫夫轻轻笑了起来。

"笑什么? 难道不大吗!"

"怎么不大?"

"可你还笑!"

"我这是高兴……"

"您怎么个称呼?"

"薇拉……"

"父名呢?"

"德米特里耶芙娜。"

"那么,再见啦,薇拉·德米特里耶芙娜,明天晚上见!您真勇敢,真的!这么年轻,可什么都懂。"

他把手伸给她而且笑了起来。

"我还以为,她这是吃饱了撑的,耍弄着男人们玩儿呢……"

"好啦,你走吧!"阿弗捷耶夫小声说,"我和沙莫夫把她送到大路上去。"

"再见!"伊萨耶夫又说了一句,转身朝树林子那边喊道,"喂,等等我!"

沙莫夫笑着说:

"伊萨耶夫还害怕林子里的妖怪哩!"

"就是怕!"伊萨耶夫说,"你不怕吗?喂,伙计们!"

"您也走吧!"阿弗捷耶夫对薇拉说。

她觉得,他的脸似乎泛起了一片红晕。

"他病了吗?"姑娘疲惫不堪地想道。

沙莫夫走在她后面高兴地说:

"天哪,可把我吓坏啦!主要是因为,他们都是些男人,野得很……"

一片红潮涌上薇拉的面颊,她严厉地问道:

"您会保护我吗……"

"当然!"沙莫夫立刻肯定说,"这当然啦……"

但是他的话并不能取信于姑娘。而阿弗捷耶夫却同她并排走着一言不发。

"您会保护我的吧?"薇拉瞧着他的脸催促似的问道。

他迟疑了一下,安详地答道:

"这可说不清。"

姑娘向四下望了望,夜幕已经降临,磨坊废墟上的星星之火越烧越欢。

"为什么说不清呢?"

"为什么?"阿弗捷耶夫重复了一句。

他在断崖旁停下来说:

"我们不再远送了。"

"再见!"薇拉小声说。

"明天见!"沙莫夫笑着应了一声。

"这种事我是懂得的,很懂!"阿弗捷耶夫忽然大声说,"应该勇往直前地扶植它,什么也不要怕。可若是有人开小差,那就完啦!那他就一钱不值,毫无用场!"

沙莫夫向前探着身笑了笑说:

"他在我们那儿可认真啦……"

"这看得出来!"薇拉表示同意,并对阿弗捷耶夫笑了笑。

"我讲的话可能不中听,"阿弗捷耶夫接下去说,"不过我认为,与其让懦弱的人活着,倒不如把他折磨死。他活着是对别人的一种诱惑,他死了却对别人是个教训。人们刚做点什么就会被杀掉。要让人不怕过早牺牲,不屈服于压力,不屈不挠地去完成自己的事业,就得给他们树立一些榜样。有信仰的人才是有用的,没有信仰的人是没有用的,不过,在他死后不妨说他是为信仰而牺牲的;虽然他是因为懦弱才死掉的,可表面看来却似乎是为了信仰。"

看到他眼睛里闪烁着的阴森森的绿光,薇拉不禁毛骨悚然。阿弗捷耶夫的狂热信念使她吃惊,她已经失去同他争论的愿望。他斜眼看看她,语气略微缓和、平静了些:

"我不单是针对您讲的,而是一般地说说,因为我的确是这样想的。您讲的那些我并非初次听到,可是从没听到过富于人性的东西。都是在训人,不管你信不信,都非要照他的办不可,无论讲什么,个个都把自己看成别人的上司!可这种事不应该训斥,而是要让人自己认识到,除了反对生活中的一切,没有别的出路,正如生活中的一切都在反对我,我要彻底反对生活中的一切。你最初也责怪我们,说我们是野兽,这种话对什么人都好说……可即便我们真是野兽,那么究竟是什么原因呢?我们比别人更坏吗?我们无知无识能好得了吗?所有这些都该给人简单明了地讲讲清楚,所以让您讲,就是想让您毫不做假,入情入理地说一说。无论什么人都有一颗心,每颗心里都能找到人性,可是,因为大家都有过错,为了开脱自己的过错就要撒谎!把自己的真心话藏起来,自己扼杀自己,我就是这么想的……"

他慢吞吞地思索着把话讲完,把一只又干又热的手伸给了薇拉。

"好吧,明天见!"

"再见!"她哆嗦着说。

沙莫夫笑眯眯地向她点了点头。

"咱们快走吧!"

说完,两个人迈开大步,咚咚咚地顺着堤岸匆匆走去。

薇拉站在陡峭的山坡上,目送着两个白色的身影,直到它们消失在黑魆魆的林子里。

磨坊废墟上的火还在毕毕剥剥地燃烧,不知什么东西在咝咝响着,仿佛在劝说那火焰:安静些,安静些。……狡猾的火舌忽东忽西、小心翼翼地在湿木堆上爬行,黑沉沉的潭水上有一些赤色的斑点在蹿来蹿去。月亮已在松树枝头高高升起,弯弯的月牙斜视着水潭,它那黯淡的倒影正顺着水面向那蹦蹦跳跳的火光静静地滑去……

张佩文 译

# 一月九日\*

人群像被刚起的风暴勉强卷起的海洋上的黑浪,徐徐地向前滚去;灰色的人脸,像混浊的、泡沫飞涌的浪峰。

一双双眼睛闪着激动的光芒,不过大家都互相张望,仿佛不相信自己的决定,都为自己感到惊奇。人声像灰色的小鸟,在人群上空回旋。

他们低声地、郑重地说着,仿佛彼此在为自己辩护。

"再也不能忍受了,所以才来的……"

"人不会无缘无故来的……"

"难道'他'[①]不明白这个吗?……"

他们说得最多的是"他",都互相开导,说"他"仁慈、心肠好,什么都懂……可是,形容"他"的话,却没有光彩。他们都觉得好久没有,也许从来也不曾对"他"认真考虑过,都不曾把"他"当作一个活生生的真人,他们都不知道这是怎么回事,甚至都不知道要"他"干什么,以及"他"能干些什么事。可是,今天大家都用着"他"了,都急着要了解"他"了,因为都不知道那是现实里存在的人,于是,都不由得在自己的想象中,把"他"看成是一个大人物。他们怀着巨大的希望,所以需要一个巨人,来做自己希望的支柱。

---

\* 本篇写于一九〇六年十二月,于一九〇七年在柏林出版单行本。十月革命后,于一九二〇年才在国内发行。译自《高尔基三十卷集》第七卷。

① "他",指沙皇。

一月九日

人群中不时有人大胆喊道：

"同志们！别自己骗自己……"

不过,自欺在当时是必要的,于是,那人的声音,就被胆怯而愤怒的喊声淹没了。

"我们愿意公开地……"

"老兄,你住嘴吧！……"

"再说,加邦①神甫……"

"他知道！……"

人群分成小股,犹豫不决地在运河般的街道上涌来涌去；大家争吵着,议论着,一片嘈杂。人群涌到屋墙跟前,于是,又像乌黑的稀泥浆一样,漫到街心来。他们心中似乎有一种模糊的疑虑,显然他们在紧张地期待着什么,期待它会用胜利的信心,照亮达到目的的道路。这种信心把他们的零乱想法汇成一个坚定、统一的信念。他们都尽力想把疑虑掩盖起来,但是不可能。一种模糊不安的心情,尤其是对一切声音特别尖锐的敏感,都表现出来了。他们走着,谨慎地仔细倾听着,向前边看着,顽强地用目光搜寻着什么。那些相信自己内在力量,而不信自身以外力量的人,他们的话在群众中引起了惊恐和愤怒,对那些深信自己有权用公开方式,同他们所想看到的那种力量辩论的人来说,这些话是太激烈了。

可是,从一条街上涌到另一条街上的人群,很快壮大起来,这种表面上的壮大,逐渐引起内心壮大的感觉,唤起被奴役的人民的觉悟,使他们认清自己有权请当局注意他们的疾苦。

"天说地说,咱们总是人呀……"

"'他'大概会明白的,咱们是来请愿呀……"

---

① 加邦(1870—1906),彼得堡一个工人区的神甫,沙皇警察机构的奸细。一九〇四年,俄国罢工浪潮,汹涌澎湃。他乘机组织"俄国工人大会",阴谋破坏罢工,转移工人革命斗争。提出挑衅性建议,并说沙皇是仁慈的,会接受工人要求,改善工人生活。怂恿工人抬着圣像和沙皇像,于一九〇五年一月九日列队前往冬宫作和平请愿,结果遭到一场大屠杀。

"'他'应该明白！……咱们不是暴动……"

"又是加邦神父……"

"同志们！自由不是请求来的……"

"唉，天哪！……"

"你等着瞧吧，老兄！……"

"把他赶走，鬼东西！……"

"加邦神父更知道该怎么办……"

"人需要信心的时候，信心就来了……"

一个身材高大的人，身穿黑大衣，肩上补着一块红褐色的补丁，站到街旁的石桩上，从秃头上摘下帽子，眼里闪着火星，嗓音发颤。他郑重其事地大声说起来。他讲到"他"，讲到沙皇。

可是，在他的话里和声调里，首先使人感到有一种不自然的激昂，听不出足以感染别人以及能创造出近乎奇迹的那种情感。他好像在强迫自己，尽力从记忆中唤起那早已没有个性、没有生命，被时光磨去的形象。这形象从来离他很远，可是目前他很需要它——他想把自己的希望，寄托到那上边。

这希望使那个死人慢慢复活了。群众聚精会神倾听着——那人表达了群众的愿望，群众感觉到这一点。虽说这是神话一般的想象的力量，同"他"的形象显然不相符，可是大家都知道有这样的力量，应当有这样的力量。演讲人把这种力量放到月份牌画像上那个尽人皆知的人物身上，把这种力量和大家从神话中得知的那个形象联系到一起，要知道，这形象在神话里是富于人情味的啊。演讲人声音很高，他的话明白易懂。他明明白白地讲述着那位威严、仁慈而公正的人，他慈父般关怀着人民的疾苦。

人人都有信心了，都满怀信心，都被信心鼓舞起来，那些低声细语的疑虑也听不见了……大家都急忙听从这期待已久的心情，互相紧紧地靠在一起，团结到万众一心的巨大整体里，他们肩并肩、背靠背地团结到一起，用火热的信念，用希望成功的烈火，把人心都暖热了。

"我们不要红旗!"那个秃头喊道,他挥着帽子,走在人群前面,他的光头顶暗暗发亮,在人们眼前晃动,吸引着大家的注意。

"咱们找神父去!……"

"他不会使咱们受委屈的!"

"同志们,红色就是咱们血的颜色!"一个孤零零的、响亮的声音,在群众头顶上固执地说。

"除了人民自己的力量之外,没有力量可以解放人民。"

"不需要!……"

"捣乱分子,鬼东西!……"

"加邦神父拿的是十字架,可是,他却打着旗子。"

"还年轻呢,可是,也想来指挥……"

最没有信心的人,走在人群当中,愤激而惊慌地喊道:

"把那个打旗子的人赶走!……"

现在都毫不犹豫地快步走着,那种团结一致的心情和自我欺骗的麻醉,互相间感染得越来越深了。刚刚创造出来的"他",在记忆中顽强地唤起了仁慈的英雄的旧日的影子,那是大家童年时代听到的神话形象留下的印象,由于大家都愿意相信,"他"在这种由于相信而产生的活力影响下,在大家的想象中,难于遏制地壮大起来……

有人喊道:

"'他'爱咱们呀!……"

毫无疑问,群众都真心相信他们刚才所创造出来的那个人的爱。

当人群从街上往河岸上去时,就看见前边有一道很长的、零乱的步兵线,挡住他们往桥上的去路,这道细细的灰栅栏似的步兵线,并没有把人群挡住。在宽阔的浅蓝色的河水①的背景上,在清楚地显露出来的兵士的身影里,没有丝毫可怕的影子。他们蹦蹦跳跳,暖着冻僵的脚,挥着手,互相推搡着。在前边,大家看见对岸有一座暗色的房

---

① 指冬宫旁边的涅瓦河。

子,"他",沙皇,这座房子的主人,就在那儿等着他们呢。这位伟大有力、仁善慈爱的人,当然不会命令自己的士兵,叫他们挡住那些爱戴"他"的,而且愿意和"他"谈谈自己疾苦的人民到"他"跟前去。

可是,许多人脸上,仍然流露出疑惑的神色。走在人群前边的人,都把脚步略微放慢了。有的回头张望,有的走到旁边去,可是,他们都尽力表示他们知道是有士兵,这并不足为奇。有些人镇静地望着金色的天使在阴森森的要塞①上空,闪闪发光,有些人在微笑。有人用同情的声音说:

"士兵们好冷啊!……"

"是呀……"

"可是得站岗呢!"

"士兵是维持秩序的。"

"安静点,弟兄们!规矩点!"

"乌拉,士兵们!"有人喊了一声。

一个军官戴着黄色军帽,风帽的长耳披到肩上,他把马刀从刀鞘里抽出来,挥着弯弯的钢刀,对群众也喊了一声。士兵们肩靠肩一下不动地站着。

"他们这是干吗呢?"一个胖女人问。

没有人回答她。大家好像突然走不动了。

"向后退!"传来一个军官的喊声。

几个人向后张望了一下,他们背后是挤得紧紧的人群,无穷无尽的黑压压的人流,从街上向他们涌来;群众受到这股人流的冲击,让开了,把桥前面的广场塞得满满的。有几个人出来,挥着白手帕,向军官走去,边走边喊道:

"我们是去找我们的皇上呢……"

---

① 这里指冬宫对岸,靠近涅瓦河右岸的彼得保罗要塞及要塞内寺院金尖顶的装饰。要塞曾被沙皇用作囚禁政治犯的监狱。高尔基曾被囚于此。要塞四周都在河里,只有一桥与岸相连。

"完全是心平气和的……"

"向后退！我要下令开枪的！……"

军官的话传到群众跟前时,人群中一声惊呼。至于不让到"他"跟前去,人群中有些人早就说过了的,可是要对那些相信"他"的力量、相信"他"是仁慈的,而且对那些心平气和去找"他"的人民开枪,这一点把他们所创造的那个形象的完整性破坏了。"他"是至高无上的权威,"他"什么人都不怕,"他"无须用刺刀和子弹把自己的人民赶开……

一个个子瘦高、面黄肌瘦、两眼乌黑的人,突然喊道：

"开枪吗？你敢！……"

随即,他恶狠狠地继续对群众大声说：

"什么？我说过,他们不会让咱们过去……"

"谁？士兵吗？"

"不是士兵,是那儿的……"

他用手向远处指了一下。

"那些高高在上的人……就是这！我已经说过了！"

"这还不清楚……"

"他们如果知道咱们为什么来,一定会让咱们过去的！……"

喧闹声越来越厉害了。其中有愤怒的喊声,也有讽刺的叫声。那正确的思想,碰到这荒唐的障碍,被撞得粉碎,无声无息了。人们更加焦躁、更加慌乱起来,一阵刺骨寒风,从河面上吹来。刺刀尖凝然不动地闪着光芒。

人们喊叫着,被后边的人推着向前走去。刚才挥着手帕的人,拐到旁边,消失在人丛里。可是,前边那些男人、妇女和少年们,也都挥着白手帕。

"怎么会开枪呢？干吗要开枪呢？"一个胡子苍白的、上年纪的人郑重地说："他们不过是不让咱们过桥……咱们就从冰上过去吧①……"

---

① 冬宫附近的涅瓦河,冬季结冰甚厚,行人可在冰上行走。

突然，空中响起一阵零乱、冷漠的枪声，好像几十条无形的鞭子，在人们身上乱抽了一阵。瞬息间，一切说话声都停止了。群众静悄悄地继续向前移动。

"放空枪的⋯⋯"一个人用平平淡淡的声音，好像是在说，又好像在发问。

可是，到处都是一片呻吟声，群众脚跟前，有几个人躺着。一个女人大声呼喊着，用手抓住胸脯，飞快地向前边对她举起的刺刀跑去。一批批人，跟着她扑上去，抱住她，有的跑到她前边去。

噼噼啪啪地响起一排更响亮、更零乱的枪声。站在栅栏跟前的人，听见木板抖动了一下，好像望不见的牙齿，在狠狠地啃着这些木板似的。一颗子弹从栅栏跟前的树上打过去，把擦破的碎木片抛到人们脸上。人们三三两两地倒下去，坐到地上，抱住肚子。有的打着跛脚跑着，有的在雪地上爬，雪上到处都是鲜红的血迹。血在流，在冒热气，吸引着人们的目光⋯⋯人群向后移动着，瞬息间停下来，都呆若木鸡。突然响起一阵粗暴的、惊天动地的千百人的号叫。这种剧痛、恐怖、抗议、苦闷的疑惑和呼救的呐喊，像连绵不断、猛烈抽动的片片黑云，在空中飘荡。

大家都低着头，成群地扑向前去，抬死伤的人。受伤的人也大喊大叫，用拳头威吓着，人们的脸色都忽然变了，他们眼里闪着一种近乎疯狂的光芒。非常凶险的情况，突然笼罩着群众，就像秋风扫落叶，把人们聚成一堆，盲目地拖着他们，赶着他们，去拼命躲藏——这是不曾出现过的惊慌场面。当时的恐怖，就像冷透的烙人的铁一样，使他们的心冻结了，钳制着人们的身体，使人们睁大眼睛，去看那吞没白雪的鲜血，去看那些血淋淋的脸、手、衣服，看那些惊慌忙乱的活人中间躺着的安静得可怕的尸体。当时有的是强烈的愤慨，痛苦的、束手无策的仇恨，有许多张皇失措的面孔和奇怪的、死呆的眼睛，愁眉苦脸的皱着的眉头，有紧握的拳头，慌忙的手势和严厉的话语。可是更多的是人们心里满怀着一种冰冷的、令人沮丧的惊愕。要知道，这以前，几分钟以前,他们走着,清清楚楚看见自己前面的目的,他们面前站着一个威严的神话中的人物,他们赞赏他,爱戴他,满怀着巨大的希望。两排枪响,鲜血、尸体、呻吟,于是,他们束手无策,怀着一颗碎了的心,面对着一片灰色的空虚。

人群老在一个地方踏着脚,好像被什么东西捆着,挣不断似的;有些人默默地、小心地抬着受伤的人,收着死尸;有些人如在梦中,呆然若失,古怪地、一动不动地望着他们工作。好多人大声斥责士兵,骂着,抱怨着,对他们挥着手。脱了帽子,不知为什么还点着头,非常愤怒地威胁着……

士兵们一动不动地站着,把枪放下来,靠到脚跟前,他们的脸色也呆然不动,脸皮绷得紧紧的,颧骨突起。所有士兵的眼睛,似乎都是白的,嘴唇也都冻僵了……

人丛中有人大声狂叫道:

"那是误会!搞错了,弟兄们!……他们把咱们当作别人了!……别相信吧!……走吧,弟兄们,应当解释一下!……"

"加邦是叛徒!"一个少年哭喊着,往路灯柱子上爬。

"同志们,瞧吧,他们是怎样对待你们呢?……"

"别忙,这是搞错了!不会有这样的事,你要谅解!"

"给受伤的让开路!……"

两个工人和一个女人,扶着一个瘦高的男人;他浑身是雪,血从他大衣袖里流出来。他脸色发青,显得更尖瘦了,暗黑的嘴唇无力地掀动着,低声说:

"我说过,人家不会让咱们过去的!……他们把'他'藏起来,他们还看得起人民!"

"骑兵!"

"跑吧!"

站成一堵墙似的士兵的行列,抖动了一下,像两扇大木门一样敞开了;马跳跃着,鼻子呼呼地喷着气,从他们中间飞驰过来,传来一个军官的口令声,马刀像一条银带,在骑兵头顶上闪闪发光,朝一个方向挥动着。群众站着,晃荡着,骚动着,等待着,不敢相信。

一片死寂。

"走!"传来一声疯狂的喊叫。

仿佛一股旋风打到人脸上,地在他们脚下好像也在旋转,大家都拥挤着,互相碰撞着,扔下受伤的人,从尸体上跨过去,急忙逃跑了。沉重的马蹄声追上来,士兵在呐喊,他们的马从受伤的人、倒下的人、死人身上踏过去。马刀闪着光。一片恐怖和痛楚的喊声。钢刀挥舞的啸声和砍骨头的声音,时时可闻。被砍的人的喊声,汇成拖得长长的呻吟声,远远地传开去……

"呵——呵——呵!……"

士兵挥舞着马刀,向人们头上砍去,他们每砍一刀,就把身子向旁边一歪。他们满脸通红,就像没有眼睛一样。马可怕地龇着牙,摆着头,嘶叫着……

人们被赶到街上……马蹄在远处刚刚消失,人们就停下来,喘着气,瞪着眼,互相望着。许多人脸上流露出惭愧的苦笑,一个人笑着大声说:

"啊,我也逃跑了!……"

"当场你就只得跑!"大家回答他说。

于是,惊讶、恐惧、愤怒的喊声,突然从四面八方传来……

"这是怎么一回事,弟兄们,啊?"

"杀起人来了,正教徒啊!"

"为什么呢?"

"这算什么政府啊!……"

"用刀砍人,啊?用马踩人……"

大家都莫名其妙地站着,互相谈着自己愤怒的心情。都不明白该怎么办,没有一个人走开,每个人都紧紧地挤到别人跟前,想从这复杂混乱的情感里找一条出路,都满怀惊讶的好奇心,面面相觑。可是惊讶总是比恐怖心情来得多。他们仔细听着,四面张望,在等待着什么。都垂头丧气,万分惊讶,这是一种比什么都强烈的情感,在这出其不意的、可怕的、难以理解的、不必要的、浸透了无辜者鲜血的片刻里,这种强烈的情感,很难使人的心境恢复正常……

一个青年拼命地喊道:

"喂!去抬受伤的人吧!"

人们都清醒过来,向通往河边的街口很快走去。有些受重伤的人,浑身都是鲜血和白雪,在雪地上迎面往街里爬,有些跟跟跄跄往街里走。把重伤的人扶起来抬走了,拦住马车,把乘客赶下去,把受伤的人运走了。人人都满心疑虑,愁眉不展,默然不语。大家都用衡量的眼光,望着受伤的人,都沉默地衡量着、比较着什么。都深深地对出现在眼前的模糊的、无定形的,好像黑影一般的可怕问题,寻找答案。这问题使刚刚才虚构出来的仁慈和善良的源泉——英雄、沙皇的形象毁坏了。不过,只有少数人才敢于大声承认这形象已经被毁坏了。能承认这一点,倒不容易呢,因为这就等于使自己丧失了惟一的希望……

那个穿着大衣,大衣上打着一块红褐色补丁的秃头的人,在走着,他的暗色的头顶,现在满是血,他的肩和头,都垂着,两腿也累极了。一个宽肩膀、没戴帽子、卷发的小伙子,同一个穿着短皮大衣、面无生气的女子架着他走。

"等一等,米哈伊洛,这是怎么回事?"受伤的人嘟哝着,"不允许开枪杀人呢!……不该有这样的事,米哈伊洛。"

"可是竟有这样的事!"那个小伙子大声说。

"又开枪……又用刀砍……"那女子垂头丧气地说。

"那么,这一定有命令的,米哈伊洛……"

"一定有呢!"小伙子恶狠狠地喊道,"你想人家和你谈话吗?还给你一杯酒喝吗?"

"别忙,米哈伊洛……"

受伤的人站住,背靠着墙,喊起来:

"正教徒们……他们干吗杀咱们呢？根据什么法律？……按照谁的命令？"

人们都垂着头，从跟前过去。

在另一个地方，在栅栏转角处，有几十个人聚在那儿，他们正中间，有一个人急促地喘着气，惊慌地、恶狠狠地说：

"加邦昨天见过部长，发生这一切事，他都知道。这就是说，他是咱们的叛徒，他领咱们来送死呢！"

"这对他有什么好处？"

"我怎么知道？"

人们激动起来，摆在大家面前的问题，还没弄清，可是谁都觉得这问题重要、深刻、严重，坚决要求得到回答。想从外边得到帮助的那种信心，幻想着神奇的救星，能把自己从困苦里救出来的那种希望，在群情激愤的烈火中，很快都被烧光了。

一个穿得很破的胖女人，在街心走着，她生着一副充满母爱的慈善面孔和两只忧郁的大眼睛。她哭着，用右手托着血淋淋的左手说：

"我将来怎么干活呢？拿什么养活孩子呢？……这苦去向谁诉呢？……正教徒们，如果连皇上也反对人民，那谁来保护人民呢？"

她高声地、明白地提出这个问题，把人们都提醒了，把大家都激励起来，惊动起来了。群众都飞快地从四面八方跑到她跟前，站住，哭丧着脸，用心听她说：

"就这样无法无天来对付人民吗？"

有些人叹着气，有些人低声骂着。

不知从哪里传来一声激烈的、恶狠狠的叫喊：

"我可得到帮助了，把我儿子的腿打断了……"

"把彼得洛打死了！……"

那时有许多喊声，冲击着耳膜，越来越引起复仇的反应。强烈的反应激起了愤怒的情感，唤起了必须对凶手采取自卫的觉悟。那些苍白的脸上，流露着决心。

"同志们！我们还要进城去……或许可以得到一点结果……咱们慢慢走吧！"

"会全被打死呢！……"

"咱去对士兵说一说，他们或许会明白没有杀人的法律呢！"

"或许有，咱们怎么会知道呢？"

人群慢慢地，可是一定是起变化了，成长起来了。青年们都分成小股走散了，他们都往一个方向走去，都又向河边去了。他们抬着受伤的和被打死的人，到处都是一片热乎乎的血气，遍地都是一片呻吟和喊叫。

"一颗子弹一直打到亚科夫·济明额上！……"

"多谢皇上爷！"

"是的，他这样来对待咱呢！"

有人狠狠骂了几句。要是一刻钟前，谁要敢骂一句，大家会把他撕碎呢。

一个小姑娘一边跑，一边向大家喊道：

"你们瞧见我妈妈没有？"

大家默默地望着她，给她让路。

后来听见那个手被打伤的女人说：

"在这里，我在这里……"

街上的人都走光了。青年们越来越快地走了。上年纪的人都哭丧着脸，皱着眉头，不慌不忙地望着青年们的身影，三三两两地跟着走了。他们不大说话……偶尔有人忍不住地伤心说：

"这么说，现在把人民抛弃了吗？……"

"该死的刽子手！……"

大家对于被打死的人，都表示伤心。同时，都感觉到那沉重的、奴隶的偏见，却被肃清了，都小心谨慎地对这闭口不谈，再不提"他"那刺耳的名字，免得在心里引起痛苦和愤慨……

都闭口不谈，也许是怕再形成另一种偏见，去代替那已经被肃清了的偏见吧……

……灰溜溜的士兵们,站成一条密密的、连续不断的链条一般的队形,把皇宫围起来,皇宫窗前的广场上,布置着骑兵,排列着炮。炮不大,看来像蚂蟥。干草气、马粪气、马汗气,把皇宫笼罩起来。紧闭的皇宫窗下,铁器声、马刺声、口令声、马蹄声,响成一片。

成千上万赤手空拳、满腔愤怒的人,在严寒里踏着脚。人群头顶上,一片白蒙蒙的呼出的热气,好像腾起的灰尘一样。步兵连的一翼,据守着涅瓦大街转角处的一堵屋墙。另一翼据守着花园的铁栅栏,拦住通往皇宫广场的去路。穿着各种便衣的人,大半是工人,有不少妇女和少年,都紧紧地一直站到士兵跟前。

"走开,公民们!"司务长低声说。他在连队正面来回走着,用手和肩把人群从士兵跟前推开,尽力不看人们的脸。

"你为什么不叫我们过去呢?"大家问他。

"上哪儿去?"

"见皇上去!"

司务长稍停了一下,带着灰心丧气的样子嚷道:

"我已经说过,他不在!"

"皇上不在吗?"

"是的!告诉你们不在,走吧!"

"完全没有皇上了吗?"一种讽刺的口气坚决问道。

司务长又停住,抬起手来。

"说这种话,当心点!"

于是,又用另一种口气解释说:

"他不在城里。"

人丛里回答说:

"那就哪儿都没有他!"

"他死了!……"

"你们把他枪毙了吗,鬼东西!"

"你们想着,你们要杀老百姓吗?"

"你杀不了老百姓!……老百姓多着呢……"

"你们把皇上杀了,你们明白吗?"

"走开,公民们!别说话!"

"你是谁?是当兵的吗?兵是什么东西?"

另一个地方,有个尖胡子的小老头,非常兴奋地对士兵们说:

"你们是人,我们也是人!今天你们穿军服,明天就穿起便衣了。那时,你们就得干活,要吃饭呢。可是没活干,也没饭吃。小伙子们,那时你们就不得不同我们现在一样呢。这么说,也该开枪打你们吗?因为你们挨饿就杀你们,是吗?"

士兵们都觉得冷。他们踏着脚,用靴底在石铺地上跺着,揉着耳朵,手中的步枪来回换着。他们一边听一边叹气,眼珠上下直转,冻僵的嘴唇吧嗒得乱响,擤着鼻涕。冻得发青的脸上,都流露着颓丧、迟钝的神色。一些小兵,个子有上了刺刀的步枪那么高,这是第一百四十四普斯科夫团的第十一连,其中只有几个人眯缝着眼睛,仿佛瞄准什么似的,紧紧咬着牙,大概是勉强抑制着对群众的愤怒,因为这些群众,才使他们来挨冻的。他们这一条灰色的、无聊的步兵线,令人感到疲劳和厌倦。

人群受到后边的推挤,有时碰到士兵身上。

"安静一点!"一个士兵穿着灰色军大衣,向推挤的人低声说。群众更加热烈地对他们说起来。士兵们听着,眨着眼,他们的脸莫名其妙地装着怪相,流露出一种可怜、羞怯的神情。

"别摸枪!"一个士兵对一个戴毛皮帽子的青年说。那青年用手指点着士兵的胸膛说:

"你是士兵,不是刽子手。叫你当兵打敌人,保卫俄罗斯,可是他们却叫你来杀老百姓……你要明白!老百姓,这就是俄罗斯呀!"

"我们不杀!"士兵回答说。

"你瞧,这就是俄罗斯,俄罗斯人民站在这儿呢!他们要见自己的皇上呢……"

一个人喊了一句,把话打断了:

"不想见!"

"老百姓想见皇上,谈谈自己的事,这有什么坏处呢?啊,你说吧,啊?"

"我不知道!"士兵说着,吐了一口唾沫。

他旁边的人补充说:

"没有命令让我们说话……"

他心灰意懒地叹了一口气,垂下眼睛。

一个小兵,突然和气地问站在自己面前的一个人:

"老乡,你是梁赞人吗?"

"我是普斯科夫人。怎么?"

"没什么。我是梁赞人……"

于是,他爽朗地笑起来,冷得抽动了一下肩膀。

人群在这笔直的灰色墙壁前边动荡着,碰到墙壁上,像河里的波浪,冲击着岸边的石头一样。滚滚的人浪,向前涌去,又再卷回来。很少有人明白,他们在这儿干什么,想要什么,等待什么。他们怀着一种痛苦的感情、愤慨的心情,许多人都抱着复仇的愿望。这种情感把他们联系到一起,使他们留在街上,可是找不到人来发泄这股怨气,也找不到人可以复仇……士兵们并没有惹他们生气,他们不过是迟钝、倒霉、挨冻罢了。许多人忍不住身上的寒战,哆嗦着,打着牙战。

"我们从早上六点就站起了!"他们说,"真倒霉!"

"倒下死了也好……"

"你们走开好吧,啊?我们也可以回营房暖和一下……"

"你们干吗担心呢?你们等什么呢?"司务长说。

他的话,他那庄重的面孔和严肃而坚定的口气,使人冷静下来。他的话里,仿佛有一种特别的、比他那简单的话更深一层的意思。

"没有什么可等的……不过是叫部队陪你们受罪罢了……"

"你们要开枪打我们吗?"一个戴长耳风帽的青年问他。

司务长停顿一下,平心静气回答道:

"命令叫开枪就开枪吧!"

这句话引起大家的斥责、漫骂和讥笑。

"为什么?为什么?"一个棕色头发的高个子,用比所有人都高的声音问。

"因为你们不听长官的命令!"司务长搓着耳朵解释说。

士兵听着群众的话,垂头丧气地眨着眼睛。一个人低声说:

"现在能喝一口热的多好呀!……"

"我的血,你想喝不想?"一个人用恶狠狠的阴郁的声音对他说。

"我不是野兽呀!"那个士兵阴郁地、生气地说。

许多人眼里都含着冷淡、沉默的好奇心,流露着轻蔑、厌恶的神色,望着一长列士兵又宽又扁的面孔。可是大多数人却想,用自己的怒火,去温暖他们,都想把他们心里压得紧紧的军规,以及把他们头脑里塞得满满的那些乱七八糟的军事条例等等,一起挑动起来。大多数人都想做点事,都想使自己的思想和感情能够得到实现。于是,他们就顽强地向那一心只想暖暖身子的灰色的冰冷石头冲去了。

话越来越激烈,言辞也越来越明确了。

"士兵们!"一个大胡子、蓝眼睛的壮汉说,"你们是俄罗斯人民的儿子。人民穷了,被人忘记了,没有人保护他们,没有工作和面包。于是今天才来求皇上帮助,可是皇上却命令你们开枪杀他们。在特罗伊茨桥头,枪杀了不下百十个人。士兵们!人民,你们的父母兄弟,奔走呼号,不仅是为自己,也为了你们。人家叫你们来反对人民,叫你们来杀父兄。你们想想吧!难道你们不明白这是反对自己吗?"

这心平气和的声音,这令人可亲的面孔和苍白的胡子,他的整个外表,以及他那朴素而切实的言辞,看来把士兵的心打动了。他们在他面前垂下眼睛,细心听着,有些人低头叹气,有的皱着眉头,四下张望。有人低声劝道：

"走开吧,军官会听见的!"

一个淡黄头发、大胡子、高个子军官,慢慢沿着步兵线正面走着,往右手上戴着手套,带搭不理地说:

"走——开！滚开！什么？说吗,我告诉你们！……"

他的脸又胖又红,眼睛又圆又明,可是没有光。他不慌不忙地走着,坚定地踏着脚步。可是他来了以后,时间过得更快了,仿佛每秒钟都在匆匆地赶快流逝,惟恐被什么屈辱的、讨厌的东西来填补似的。仿佛有一把无形的直尺,随着他把步兵线拉直了。士兵们都收腹挺胸,望着靴尖站着。有些士兵对人群使眼色,叫他们留心军官,还耍着生气的鬼脸。军官走到步兵线的侧翼,停下来喊道:

"立——正!"

士兵们忙乱了一阵,就呆呆地站着不动了。

"我命令你们走开!"军官说着,不慌不忙从刀鞘里把马刀抽出来。

那时要群众走开,事实上不可能,群众把一个小小的广场全挤满了。可是从街上,从后边,人流源源不绝地涌过来。

人群满怀憎恨地望着军官。他听任讥笑、谩骂,不过,在这些冲击下,他坚定地、一动不动地站着。他眼光死死地望着步兵连,褐色的眉毛在微微抽动。群众更加喧哗起来,看来这种沉默,惹得群众愤怒了。

"是这个人指挥的!"

"他不待命令就准备屠杀呢……"

"瞧,马刀都抽出来了……"

"喂,老爷!他准备屠杀吗?"

愤激的情绪,越来越厉害了,都不顾一切,胆大起来,喊声越来越高,讥笑也越来越尖刻了。

司务长向军官望了一眼,打了个寒战,面色发白了,也连忙抽出马刀来。

不祥的号令,突然响起来。群众望着号兵。——他奇怪地鼓着脸蛋,鼓着眼睛,吹着号。脸蛋鼓得似乎马上就要爆炸了,军号在他手里颤抖,号音拉得老长。群众用很高的口哨声、哭号声、尖细的叫声、咒骂的喊声、斥责声、愁苦无力的呻吟声,以及马上都不免于死的那种感觉所产生的绝望和大胆的呐喊,用这些声音把那刺耳的、带鼻音的军号声压倒了。死是逃不脱了。有几个黑乎乎的人影,扑到地上,紧紧贴着地。有些人用手遮住脸,可是那个苍白胡子的人,敞开大衣,露出胸膛,站到人群前边,用蓝眼睛望着士兵,对他们说话。可是他的话却都被混乱的喊声淹没了。

士兵都端起枪,瞄准着,都呆若木鸡,同样摆出戒备的架势,伸出刺刀,对着群众。

那些伸向空中的枪刺,摇摇摆摆,看来很不平静、整齐,——有的举得很高,有的举得很低,只有少数枪刺,正对准群众的胸膛。可是所有这些枪刺,看来都成了软溜溜的。枪刺抖颤着,好像都软化了,弯曲了。

一个人怀着恐怖和厌恶,大声喊道:

"你们要干什么!刽子手!"

所有的枪刺都凶狠地、凌乱地摆动了一下,一阵排枪惊慌地响起来。群众受到枪声和子弹的袭击,死伤的跌倒了,其余的都跟跄后退。有些人不声不响从花园的栅栏上跳过去。一阵排枪又响起来……接着又是一阵排枪。

一个孩子在花园栅栏上被子弹打中,突然倒栽下来,头朝下挂在栅栏上。一个头发蓬松、身材匀称的高个女人,轻轻惊呼一声,就软绵绵地瘫倒在他跟前。

"你们这些真该万死的东西!"有人喊道。

那地方空了,寂静下来。后边的人都跑到街里,逃到院里,群众被这看不见的力量推动着,慢慢朝后退去。群众和士兵之间,出现了几丈距离的空地,空地上满是人体。有些人站起来,连忙向人群逃去;有些人拼命挣扎爬起来,地上留下斑斑血迹。他们满身是血,也跟跄地走了。好多人一动不动地躺着,有些脸向下,有些脸向旁边,可是都紧张地、怪模怪样地直挺挺地躺着,仿佛被死神捉住了,都想从他手里挣脱一样……

一股血腥气。这气味就像一天的酷热之后,到了傍晚,海风吹来那种热乎乎的咸味似的。这是有损健康的气味,它能令人陶醉,能刺激人的邪恶欲望,诱人更久更多地想闻这种气味。它能使人的想象力格外糟糕,凡是屠夫、士兵以及其他职业的刽子手,都晓得这一点。

群众大惊小怪地叫着,往后退。诅咒、谩骂、痛苦的喊叫和呼啸、惨叫和呻吟,形成一阵乱哄哄的旋风;士兵们稳稳地站着,全像死人一样,连动都不动。他们脸色发灰,嘴唇紧闭,仿佛这些人也都想叫喊、呼啸,可是不敢,都忍住了。他们睁大眼睛,直望着前边,连眼都不眨了。那时这些眼光里,连一点人味也看不出,仿佛这眼睛什么也都看不见。在那些灰色的、绷紧的脸上,这不过是一些空虚的、模糊的小点罢了。他们不愿看,也许心里害怕,因为要是看见他们杀人流的热血,更想叫人多流血呢。他们手中的枪抖动着,枪刺摇摆着,在空中乱钻。可是肉体的这种抖颤,唤不醒他们心中的麻木和冷淡。他们的心,都被压迫人的暴力压死了。他们的脑子,都被可恶的、腐败的谎言封闭了。那个大胡子、蓝眼睛的人,从地上爬起来,浑身发抖,又用痛哭的声音说:

"你们没把我打死……这是因为我对你们说的话,都是神圣的真理……"

群众又愁眉不展地慢慢向前走,去抬死伤的人。有几个人站到那个和士兵说话的人跟前,打断他的话,毫无恶意地流露着忧郁和同情,又嚷,又劝,又责备。他们话里仍旧带着天真的信念,相信正义的话会得到胜利。他们想证明残酷的荒谬和狂妄,想叫士兵认识到自己的错误是严重的。他们尽力想叫士兵明白自己那种被迫扮演的角色可耻,而且可鄙……

军官从手枪套里抽出手枪,仔细查看了一下,就向这一堆人走去。他们不慌不忙地躲开他,就像躲开慢慢从山上滚下的石头。那个蓝眼睛、大胡子的人没有动。他用力打手势,指着周围的鲜血,用激烈的言辞斥责军官说:

"你想一想吧,这还有什么可辩白呢?没有可辩白的!"

军官站在他面前,担心地皱着眉头,伸出一只手。当时听不见枪声,只望见烟。一股、两股、三股烟,围着凶手的手。第三枪以后,那人挥动着右手,两腿一弯,仰着向后倒下去。群众从四面八方向凶手扑去。他向后退,一边挥着马刀,用手枪指着人群……一个少年跌到他脚下,他用马刀在他肚子上戳了一刀……他狂叫着,向四面八方跳着,好像一匹烈马。一个人把帽子甩到他脸上,大家用血染的雪团打他。司务长和几个士兵跑到他跟前,举起枪刺,那时攻击的人跑开了。那个胜利者挥着马刀,在他们后边威胁着,后来,忽然放下马刀,又在他跟前趴着的、流着血的少年身上戳了一刀。

刺耳的、带着鼻音的军号又响起来。群众一听见这号声,就连忙离开广场。可是这号声却慢悠悠地在空中回荡,仿佛想把士兵们空虚的眼睛、军官的勇敢、他的血红的刀尖和散乱的胡子等都尽情地描绘出来似的。

鲜血刺着眼睛,吸引着人,它令人陶醉,刺激人的凶残的欲望,令人想更多地看见血,令人想到处都看见血。不知怎的,士兵们都机警起来,转着脖子,好像又在用眼睛替自己的子弹寻找活靶子……

军官站在队列的侧翼,挥起马刀,断断续续、怒气冲冲地、野蛮地喊着什么。

四面八方都大声回答他说:

"刽子手!"

"混蛋!"

他捋着自己的胡子。

又是一阵排枪,接着又一阵排枪……

街上挤满了人,挤得就像装满粮食的口袋一样。这儿工人较少,大半都是小商人、职员。其中有些已经看见鲜血和尸体,有些挨了警察的打。惊人的消息,使他们从家里来到街上。他们到处散布惊慌的消息,夸大白天外边发生的惨案。男女老少都失魂落魄地四下张望,仔细听着,等待着。他们互相转告屠杀的情形,叹息着,骂着,向受轻伤的工人仔细打听。有时压低声音,好久地互相低语着什么机密的事情。谁也不懂该怎么办,可是谁也不回家。大家感觉和推测到在这场大屠杀以后,对他们将有比这次死伤数百名素不相识者更重要、更深刻、更悲惨的事情呢。

直到今天以前,他们对于政权、法律、上司,以及自己的权利,几乎都抱一种糊涂观念。这观念不知什么时候形成,也不知怎样形成。他们都懵懵懂懂地过日子。这无形的观念并不妨害他们,就像用密网把他们脑子紧紧罩起来,用又厚又滑的皮,把脑子包起来一样;人都养成一种习惯,他们想着人间有种力量,这力量是来保护他们,而且能保护他们。这就是法律。这习惯的想法,使他们相信安全,保护他们免受一切杂乱思想的干扰。本着这习惯过下去倒不错呢。虽然生活也用许多小针刺,用搔伤、冲撞,有时甚至用严重的打击,来惊扰这些糊涂观念,可是它们依然牢固,有韧性,而且迅即平复这些被搔破的伤口和裂痕,从而保全了自己死气沉沉的完整性。

可是,今天他们的头脑突然暴露出来了,他们发抖,心里冰冷,惊慌。那些永恒不变、习以为常的东西,全被推翻了,粉碎了,消失了。在这既不知道权限,也不知道法律的无耻而凶残的力量面前,他们多少清楚地感觉到自己是可悲、可怕的孤立无援的人。一切生命都操在这力量手里,它可以任意在群众中散布死亡的种子,它想杀多少人就杀多少人。谁也不能阻止它。不管谁,它都不愿谈话。它有无上权力。为了显示自己的无上权力,它可以无动于衷,毫无理性地用尸体把城市的街道填满,使血流成河。它的嗜血的、疯狂的脾气是一目了然的。它引起了一场惊慌,引起了猛烈的、毁灭人性的恐怖。可是,它也坚决地唤醒理智,使理智来制定保护个人的新计划,创立保护生活的新体系。

一个结实矮胖的人,摇着血淋淋的手,低头走着。他的大衣前边也满是血。

"你受伤了吗?"人们问他。

"没有。"

"可是哪来的血?"

"这不是我的血!"他一边走,一边回答说。可是,他突然站住,望了一下,就奇怪地大声说:

"诸位,这不是我的血,是那些人的血!是那些相信……"

他没说完,又低头走了。

一队骑兵扬着马鞭,冲到人丛里。人群躲避着,向四面八方逃跑,拥挤着往墙上爬。士兵们喝得醉醺醺的,在马鞍上摇来晃去,傻笑着,有时好像并非出于心愿地用鞭子抽着人们的头和肩。有个被打的人倒下去,可是马上又跳起来问道:

"为什么打我?哎,你真是野兽!"

那个士兵马上从肩后拿过枪,并不把马勒住,就顺手给他一枪。那人又倒下去。士兵笑起来。

"他们干些什么事?"一个衣着讲究、外表高贵的先生,哭丧着脸,胆战心惊地向周围喊道,"诸位先生!你们看见了吗?"一阵愤激的人声,像滔滔的奔流流传开来;在恐怖的折磨下,在绝望的惊慌中,产生了一种东西,它慢慢地、不知不觉地把死而复生、不惯于工作、不善于思索的思想联系起来。

可是有主张和平的人。

"对不起,他干吗骂士兵呢?"

"士兵打他了!"

"他应该躲开呀!"

一个很深的门洞里,有两个妇女和一个大学生,给一个伤了手的

工人裹伤。他把眉头一皱,哭丧着脸,向周围望了一下,对周围的人说:

"咱们没有任何不可告人的企图,只有混蛋和暗探们才会说这种话。咱们是光明正大地来的。部长们是知道咱们来干什么的,咱们的请愿书的副本在他们手里呢,那些混蛋们要是不准咱来,就告诉一声也好,告诉一声:你们别来吧。他们有工夫告诉咱们,咱们不会今天才集合起来呢……警察、总长们都知道咱要来。真是些强盗……"

"你们为什么请愿呢?"一个白发苍苍的干瘦老头,严肃而深思熟虑地问。

"我们请求皇上召集人民代表,同代表们一起来处理国家大事,而不是同官僚们来处理大事。那些混蛋们把俄国都搞破产了,把一切人都抢光了。"

"真不错……一定要监督!"老头说。

把工人的伤裹好,谨慎小心地把他的衣袖放下来。

"谢谢你们,诸位!我曾告诉过同志们,说咱们来也白搭!不会有什么好结果……现在可证实了。"

他小心翼翼地把那只手从大衣两个钮扣中间的缝里插进去,不慌不忙地走了。

"你们都听见了吗,他们是怎么谈论呢?我的爷呀,这……"

"是呀!不管怎样,这场屠杀总没有避免……"

"今天他被打了,明天也许轮到我头上……"

"是呀……"

在另一个地方激烈地争论着:

"他也许不晓得!"

"那要他干吗呢?"

可是,想叫死人复活的人,已经很少了,看不出来了。他们企图叫那个死了的幽灵复活,这种企图,引起了大家的愤怒。大家对这些人就像对敌人一样攻击着。于是,他们都惊慌失措地不见了。

一个炮兵连挤着人,开到街上来。士兵们骑到马上,有的坐到炮车的前座上,从群众的头顶上,若有所思地望着前方。群众被阴郁的沉默笼罩着,踌躇着,让着路。挽具叮当乱响,弹药箱碰得咚咚作响。大炮仿佛象鼻子一样点着,仔细望着地,仿佛在嗅着地一样。这好像出殡的行列。

什么地方响起枪声。群众呆呆地站着,仔细听着。有人低声说:

"又打起来了!……"

忽然间,突如其来的一阵骚乱从街上掠过。

"哪儿?在哪儿?"

"在岛上……在瓦西里耶夫岛上……"

"你听见了吗?"

"难道是真的吗?"

"实在话!把军械库占领了……"

"唉呀!"

"把电杆锯倒,筑成了街垒……"

"啊……原来是这样吗?"

"他们人很多吗?"

"多着呢!"

"唉,能替无辜流血的人报仇就好了!……"

"咱们上那儿去吧!"

"伊凡·伊凡诺维奇,咱们去吧,好吗?"

"是的……这个,你知道……"

人丛中出来一个人,在暮色苍茫中,他大声号召说:

"谁愿为自由斗争?为人民、为人的生存权和劳动权而斗争?谁愿为着将来在战斗里牺牲——就去帮忙吧!"

有些人走到他跟前,于是,街心里紧紧地挤了一堆人,形成了坚实的核心,另一些人急急忙忙地走开了。

"你瞧人民是多么愤怒啊。"

"这是非常合理、完全合理的呀!"

"都奋不顾身了……唉呀——呀——呀!"

人群在苍茫的暮色里消失了,他们都怀着不曾有过的惊慌,怀着孤独的可怕的感觉,对自己毫无地位、毫无意义的悲惨的奴隶生活,怀着半清醒的感觉,他们怀着这些感觉,各自回家去了……可是,对一切有益的、适宜的事,他们也准备随时去适应……

情况变得可怕。黑暗把人与人之间的联系——表面利益的微弱的联系撕断了。凡是心里没有火的人,都急忙往自己住惯了的安乐窝去了。

天黑了。可是街灯没有亮……

"龙骑兵来啦!"一个哑嗓子喊起来。

一小队骑兵,忽然从转角处奔出来,马匹迟疑地在原地踏了几秒钟,就突然向人群飞奔而去。士兵们怪声大叫着,怒吼着。这声音有点不像人的声音,带点阴暗、盲目、难理解的意味,近乎苦闷的绝望。黑暗中连人带马都显得又小又黑。马刀在暗暗地闪光,喊声稀少了,砍杀的声音多起来。

"同志们,拿起什么就用什么打他们!以血还血——打呀!"

"跑吧!……"

"你敢,当兵的!我不是你的老百姓!"

"同志们,用石头打!"

马在跳跃、嘶鸣,鼻子呼呼地喷着气,马刀挥得乱响,那些小小的黑色的人影,都撞倒了。口令在响着。

"骑兵班……"

军号匆忙地、急躁地响起来。群众奔跑着,互相碰撞着,有的跌倒了。街上冷冷清清。街心的地上,留下一堆堆乌黑的东西。街道尽头什么地方,转角后边,传来一阵沉重的、飞快的马蹄声……

"你受伤了吗,同志?"

"一只耳朵被砍掉了……似乎……"

"赤手空拳有什么办法呢?"

冷清清的街上,响亮的枪声在回响。

"他们还不嫌累呢,鬼东西们!"

一片沉默。匆匆的脚步声。这条街上声音很少,也没有行人来往,很奇怪。一阵低沉的、含有湿润味道的喧哗声,从四面八方传来,就像海水灌到城里一样。

一声低微的呻吟,在附近的黑暗里震荡……有人在奔跑,艰难地、断断续续地喘着气。

一声令人惊慌的声音问道:

"怎么,受伤了吗,亚科夫?"

"别忙,不要紧!"一个哑嗓子回答说。

从龙骑兵跑过去的转角后边,又出现了人群。密密麻麻地、黑压压地顺着满街流动着。一个走在前边,但在黑暗中并没有脱离人群的人说:

"今天咱们用自己的鲜血摆脱了我们受奴役的地位,从今以后,咱们应当作公民了。"

另一个人神经质地、呜咽地哭着,打断他的话说:

"是的,咱们的'民之父母'可露原形了!"

一个人威胁着说:

"咱们忘不了这一天!"

他们紧紧地挤成堆,快步走着,好多人同时说话。他们七嘴八舌的说话声汇成一片阴郁沉闷的轰鸣。不断有人提高嗓门,片刻间压倒了所有人的声音。

"有多少人被杀了啊!"

"为什么杀人呢?"

"不!咱们忘不了这一天……"

一个又破又哑的嗓音,好像预示着凶兆似的,从旁边传开了。

"你们会忘记的,奴隶们!别人的血和你们有什么相干呢?"

"住嘴,亚科夫……"

街上越来越黑、越来越静了。群众走着,向说话的声音那边张望着,抱怨着。

黄色的灯光,从窗子里射出来,小心地落到街上。在路灯的光影里,有两个黑色的人影。一个人背靠着路灯柱,坐在地上。另一个朝他俯着身子,大概是想把他扶起来。其中一个人低沉而阴郁地说:

"奴隶们啊……"

曹靖华　译

## 浪　漫　派[*]

从前有个细木工,名叫福马·瓦拉克辛,二十五岁,模样长得挺怪:大脑袋,窄鬓角,后脑勺鼓出来,把剪好头发的脑袋沉重地往后坠着。他走起路来翘着个大鼻子,远看,神气十足,像是想对什么人嚷嚷:

"来—吧,试试看,有谁敢惹我!"

但是只要瞧一瞧他那张大嘴巴,那双说不上是什么颜色的眼睛和那张扁平的面孔,就能知道,他是一个心地善良的年轻人,似乎心里有什么高兴事儿,显得腼腼腆腆的。

他的同伴阿列克谢·索莫夫也是个细木工。有一回他对福马说:

"瞧你那张单调的面孔!哪怕你粘上两道眉毛也好,不然在整块平板上只看见一个鼻子,而且还是个雕刻得非常糟糕的鼻子!"

"你说得对,"福马用一个手指头摸摸上嘴唇,同意地说,"我的脸长得不够漂亮,但是波莉娅说,我的眼睛好看!"

"别信她的,她这么说是为了哄你多请她喝瓶啤酒。"

阿列克谢比福马小两岁,但是他坐过五个月的牢,读过许多书,当他不愿意、不能够或者懒得去理解福马的话时,就对他说:

---

[*] 本篇最初于一九一〇年由柏林"舞台与书籍"出版社出版单行本,同年四月又以《全速前进!》为篇名发表于《大众新杂志》第十八期。译自《高尔基三十卷集》第十卷。高尔基曾计划写《母亲》的续篇《儿子》,但未实现;这个短篇就是《儿子》的素材之一。

"这是资产阶级偏见。乌托邦。应该学点文化史。你不懂阶级矛盾。"

他把福马带去参加小组活动,那儿有一个身材矮小、鼻子尖尖,名叫马尔克的同志正在讲西欧的工人运动。他挥动着鸟爪似的双手,说话像放机关枪。福马立即喜欢上了这些谈话,听过几次报告会以后,他把沾了油漆的双手贴到胸口上,娓娓动听地说:

"这话我明白,阿廖沙①!这是真的!的确有……"

冷漠的、好挖苦人的索莫夫微微眯起淡绿色的眼睛,抿着嘴问道:

"有什么呀?"

"有这种将人们团结起来的向往——有这种向往!比如我吧:只要哪儿人多,管它是捧着十字架和圣像的宗教游行行列,还是火灾、游艺会,对我来说都一样,反正只要人们聚在哪儿,我就忍不住非往那儿去不可!那儿人多呀!教堂也一样。为什么我爱上教堂呢?因为人都聚集在那儿呀!"

"往后你就不会这样了!"阿列克谢冷笑着说,"当你吸收了新思想……"

福马用拳头敲敲自己的胸脯,兴高采烈地叫道:

"我已经吸收了!思想就在这儿!我首先掌握思想。现在思想对我来说,犹如圣母——天下不幸者的欢乐一样……"

"你在胡扯!"

"才没胡扯呢,等一等——'凡劳苦担重担的人,可以到我这里来。'②是这样吗?思想?"

"你这怪人,要知道这是福音书上的呀!"

"福音书上的又怎么样!我是这样理解的,思想到处都是一个样。形式是各式各样的,画像有各式各样的,但供奉的神却只有一个!思想是爱的源泉!对吗?"

---

① 阿列克谢的爱称。
② 见《新约·马太福音》第十一章第二十八节。

浪漫派

每逢阿列克谢生气时,他就噘起上嘴唇,尖鼻子发颤,绿色的瞳仁圆得像鸟儿的眼珠一样。他用一种干巴巴的、嗓门一高就嘶哑的奇怪的声音和连珠炮式的话语,仔仔细细、有根有据地向福马证明,说他是一个空想主义者,说他的阶级意识还在沉睡,甚至能够设想,福马的阶级意识永远不会觉醒,因为福马是在一个神甫家里教育成人的;他的母亲在那家当厨娘,他的灵魂在那儿中了资产阶级偏见和迷信的毒。

"阿廖沙!"福马自信地叫道,"千真万确,我一点毒也没中!完全相反!举个例子说,我甚至连小时候也不上教堂。上帝呀——难道我还能骗你?上教堂是后来的事,是在我学会了读书识字以后,总之,嗯,是在我愿意和人们聚在一起的时候!吸引我的不是教堂,你明白吗?是心灵的团结一致!那里有思想!都讲些什么吗?弟兄们,可耻呀,难道能这样生活吗?难道你们是禽兽?这是在叫人去爱,叫人有良心,阿廖沙,依我看,这才是主要的!对吗?"

"这不对!"阿列克谢怒气冲冲,益发激昂了,刹那间他的脸变得红一块,白一块。福马不时感到阿列克谢在拿话打他的鼻子,就跟玩打鼻子游戏时用纸牌打鼻子一样。

福马窘得默不作声了。他摸摸头,不时用抱歉的声音,尽力让伙伴平静下来。

"阿廖沙,我明白呀!当然这是战斗!当然是喽,这需要坚持!"

但是他突然不知所云起来,开始固执地辩论道:

"我吗,你知道,我只是指人而言:一般说来,人是什么?难道我是一把凿子?比方说,要是用你来凿东西,就得用锤子来敲打你——这就是我要说的!人不是工具,对吗?而且,当然还有战斗!那有什么可说的!但是,讲圣徒的事迹、讲全人类的共同思想……讲世界安宁……为的是'在地上平安归与他①所喜悦的人'②……"

有时候阿列克谢沉默下来,轻蔑地圆睁双眼,久久地瞪着他的伙

---

① "他"指上帝。
② 见《新约·路加福音》第二章第十四节。

227

伴,终于开腔了;福马感到他的话句句刺耳。

"不,你是个傻瓜!你的脑袋瓜子稀里糊涂,真是不可救药了。"

有时候阿列克谢冷冰冰地、威严地吓唬他:

"你等着吧,我们马上就要开始学文化史了,那时候你就明白了!"

福马不吭声了:费解的字眼总使他有些发窘,同时也使他对用这些字眼的人肃然起敬,并且还使他产生许多离奇的想象。在他看来,乌托邦恰似一片冈峦起伏、草木丛生的沼泽地带,一个全身上下穿着白色衣衫、面貌像圣母的妇女,向远方伸出双臂,在寒冷的土丘上走着。这位妇女一如往常,心中充满了由伟大的母爱引起的悲伤,默默地走着,眼里满含着泪水。他不止一次听到过"宗教仪式"这个词儿,他以为文化就是类似复活节晨祷似的庄严的祈祷仪式①。他逐渐认为这门深奥的学问可以解开一切难以解决的问题的症结,理清杂乱无章的思想,用同样均匀、温暖的光辉普照光怪陆离的生活。他的话很多。他兴高采烈、上气不接下气地说着,并且还总是用蒙眬的、喝醉酒似的眼神直盯着交谈者的面孔。每一种新思想一进入福马的头脑,都会使他脱口而出、滔滔不绝地大讲一通,他挥舞着双臂,压低了声音,高兴地叫道:

"妙极了!正是这样!非常简单!"

起初小组和作坊里的同志们都注意地、好奇地听他讲话,可是他们很快就明白了,福马只不过是一个饶舌的家伙。闷闷不乐的钳工叶戈尔·卡申不止一次地劝他:

"你把你的舌头割半截下来吧,废话篓子!"

但是这并没有使瓦拉克辛冷静下来,他友好地望着大家,口若悬河、滔滔不绝地低声讲着。

他来听第一堂文化史的课程,发现讲课的是一位个子不高、体态丰满、长着一双蓝眼睛的小姐,头发梳得光光溜溜,拖着一根大辫子,

---

① 在俄文中"仪式"(культ)与"文化"(культура)的词根相似,福马将两个概念混为一谈。

浪漫派

他感到既沮丧又困惑莫解,在整个上课的过程中,他竭力不去看那位小姐。

但是他还是看见她有些害羞,徒然地想让自己孩子气的脸上装出严肃的神情。她讲得很匆忙,前言不搭后语。当有人向她提问时,她就满脸绯红,两只眼睛迅速地、不知所措地眨巴着。她肤色白嫩,衣着整洁,引起了他的怜惜之情。

"显然是头一回上讲台。"福马暗想,凝视着她脑袋上方又黑又湿的墙壁。他奇怪的是:她讲到闪电、乌云、日落,讲到童话里的勇士、希腊的众神,而他却不能在所有这些事物之间找到任何联系。在和阿列克谢做伴回家的路上,福马埋怨他说:

"阿廖沙,这课没讲好!讲这种课应该换个完全不同的人,换一个仪表庄重,甚至是头发花白……嗓音沉厚的人就好了……好让这课讲的像念十二福音①一样!"

索莫夫也不满意,嘴里唠唠叨叨,气得鼻子呼哧呼哧直喷气。

"派来了一只……小蛤蟆!我干吗要知道谁是蛇精戈雷内奇②……我们早就知道他是个什么人了,最好还是讲讲,怎么打败他……"

"她最好照这本厚书逐字逐句地快点念!"福马惋惜地说,但是立即忘了这堂不称心的课,用平常以幻想来作自我安慰的口吻说,"阿廖沙老兄,这个小个子女人参加到咱们这个大老粗的小组里来倒不错,这多妙啊!她一来就说:'请吧,这就是我所知道的,你们要听吧!'很——很好!这样彼此接近,就……"

"胡说八道!"阿列克谢严肃地打断他。

"怎么是胡说八道?"福马温和、诚挚地坚持自己的意见说,"瞧,你常说阶级,可她,比方说,算什么阶级呢?只不过是一个好心的小姐罢了。她生活在我们这种人中间,觉得问心有愧,于是就……"

"什么时候你的这些甜言蜜语才能说完呢?"索莫夫冒火地说,

---

① 指当时盛行的教会祈祷书《耶稣蒙难十二福音书》中的十二条语录。
② 蛇精戈雷内奇是俄罗斯童话中象征恶与暴力的形象。

"这哪儿谈得上什么问心有愧无愧呢？她是不得已才来的,这就是你所谓的问心有愧!要是她有别的门路,她自然会挑轻松的事做,不会上咱们这儿来,你别胡想了!"

福马望了望前面街旁两串火红的路灯,问道：

"这么说来,你认为她是不得已才来的喽?"

"当然啦……"

"是吗?"瓦拉克辛说,猛地把头向上一仰,"但是我却不相信!"

"为什么呢?"

"不得已才来,那算什么好生活?我既然做惯了红木细工活,再让我干一般的木匠粗活,我甚至会感到屈辱的。对吗?而她干的活更次,好像在锛木头……"

阿列克谢啐了一口唾沫,说：

"就算锛木头吧……"

听第二堂课的时候,福马觉得那位小姐的话语中时而闪现出一些有趣的、使他的心受到感动的思想。当她讲完后,他问她：

"莉莎同志,请您把这本书借给我,下次上课的时候还给您,行吗?"

"行。"她说,显然有某种原因使她非常乐意这样做。

后来福马和她一道进城,他一路上总提防着别用胳膊肘碰着她。他们走在一条坡路上。郊区街道两旁矮小房屋的黑窗户在望着他们。街道尽头,坡顶上有一盏路灯,灯罩周围有一圈暗淡昏黄的灯光在颤动着,潮湿、黑暗的秋夜弥漫着朽木和污水的臭味儿。

福马咳嗽着,极力想使自己的谈吐温文尔雅,他问莉莎道：

"这么说来,我可以相信,上古时代人类说的是同一种语言了,对吗?"

"对,阿利安人[①]就说一种语言。"一个轻柔的声音回答他。

---

[①] 阿利安人,这里指印欧语系各民族。

"这已经证实了吗?"

"完全证实了。"

"真妙啊!这简直妙极了!这说明现在散居在各地的人民当初曾经为团结一致的生活出过力,这就是说,在上古时代所有的人曾经有过一个共同的思想,是的……"

但是他这些话讲得很吃力,他心里想的不是古代,而是这位个子不高的小姐,她在前面离他半步远,微微靠左边一点,正在急急忙忙地爬坡。夜色中,她显得越发娇小了。福马注意到,每逢走近有灯光的窗户时,她就低下头来,尽快地从亮处一闪而过。

"妙极了!"他想道,没有中止讲话,好像变成了两个人似的。"这样一个娇小的人儿,毫不畏惧,跟陌生人在一起,深夜里,在这荒郊野外……真妙啊!"

为了不挥动手臂,他将两只手插进衣袋里,他不习惯这样做,感到拘束。

"您不怕醉鬼吗?"他问。

她低声、痛切地答道:

"哎呀,我怕极了!这一带醉鬼那么多……"

"是呀,"福马叹了口气说,"他们简直是没命地喝酒。这主要是因为生活需要充实,但又没有什么好充实!我讲的生活,指的是心灵。人人都知道,酒可以激起幻想。因此也不要苛责:不得不靠幻想来支持生活,难道这是人的过错吗?"

"我并没有苛责!"莉莎喊道,她放慢了脚步,"我明白您的意思。您说得很对,对极啦!"

她的话使福马很高兴,他不记得还有谁曾经同意过他的看法。他把手从衣袋里抽出来,拍拍揣在胸前的书,信任而恳切地说:

"您看,要是人人都能读到书,请您相信,情况就不同了!老实说,不应该害怕平民百姓,我向您保证,他们生活空虚,是很值得关怀和同情的。事情在于,正如您所知道的一样,什么都缺乏,因此人们都怨气冲天。没有任何安慰,大家都只有一个伴侣,那就是一贫如洗的命运,恰如诗人在诗中所描绘的那样,她面目可憎,穷酸而丑陋。当然,如果有许多像您一样的人从上层社会走下来,那就一定会给人们的生活增添应有的内容……"

莉莎走得更慢了,她用一只手拽着裙子,用另一只手擦了一下脸,叹了口气:

"对对,这是真的!"

"费多尔·格里戈里奇,"福马打断她的话,继续说,"是神甫的儿子;我妈在那个神甫家里待过。我妈是个非常好的人!可惜已经去世了。费多尔·格里戈里奇,这人现在可说快要当教授了,他和他爸爸争论时不止一次说过:生活就是求知!这非常简单!如果我活着,但是并不知道我是什么人,我在什么地方以及我为什么活着,那还算得了什么生活?那只不过是在各种黑暗势力与偏见的压迫下度过的漫长的野蛮的生活;那些黑暗势力来自人类,那些偏见也是由人类自己臆想出来的,对吗?"

"生活就是求知!"莉莎重复道,"正是这样,同志,您真是见多识广……"

福马不记得他还说了些什么,但他生平第一次这样滔滔不绝、勇气十足和热情洋溢地说话。他们在一座正面有圆柱的两层楼的大房子前分手,莉莎握住他的手,恳切地约请他:

"请记住,星期四和星期一,晚上七点以后我都在家,我可以等到九点钟,好吗?"

"非常高兴!"福马在人行道上跺着脚,大声回答,"非常感谢!真妙啊!"

他昂起头,在街上溜达了一整夜,直到天亮,心里头构思着热情洋溢、感人心弦的演说:必须用言语和行动去帮助那些还不明白生活与求知这两个概念的一致性的人们。他心情非常舒畅:秋夜铅灰色的天空似乎在他眼前裂开了缝隙,那些美好的、响亮的字眼,就像星星一样,从深邃的蓝天上不断撒下来,自然而然地排列成一行行闪闪放光的词句,陈述着关于生活和人们充满了爱与善的思想,这些思想的无比纯洁、真实和有力,使福马大为惊喜。

星期四,他坐在莉莎的小房间里,除了那双想了解他讲话意义的蔚蓝色的眼睛里的紧张目光外,他一无所见。他一面凝视着那双眼睛的深处,一面说:

"这么说来,可以打个比方,光明战胜黑暗这个思想是出自天意的,对吗?"

"对,如果您愿意这么讲,不过,您为什么讲天意不天意呢?"

"这样说似乎最美了!这就是说,太阳是基本观念,它赐予万物以生机!这既美妙又完全正确:我昨天到郊外的亚里洛去了一趟,您知道,我是去看日落呀!书里描写的一切都可以很容易地想象出来:蛇啦,剑啦,斗争啦,还有战胜黑暗啦,然后是霞光万道的日出!但是实际上太阳并没有出来,而是下了雨,但这无关紧要。我从前看见过好多回日出,遇上好天气我一定还要去看。一定去!"

他环顾四周。这间整洁舒适的小房间很中他的意。房间的一隅摆了一张床,柔和的暮色笼罩着雪白的被褥,给人以圣洁之感。福马面前的桌子上摆着许多书,书架上还斜立着好些书,墙上挂着几张他熟悉的、披着长发、脸色阴沉的作家与学者的相片。福马搓了搓他布满老茧、沾满油漆的双手,小声笑着,讲道:

"妙极了,同志,我坐在悬崖边上,垂着两腿,一条狗走了过来;是那种像叫花子似的狗,浑身稀泥,粘满了牛蒡草带刺的草籽儿,脸上长着花白的胡髭。那是一条又老又饿的丧家狗。它走过来,蹲在我身边,也眺望着:天上飘着红色、黄色、灰蓝色的云,形状变换不定,阳光将它们时而冲散,时而点燃,河水流过,金光闪闪。而我们,一人一狗在闲眺着。您看,老实说,同志,我还没有百分之百地弄清楚狗是什么,比方说吧,它对太阳是什么态度,也许连狗也不过是幻想而已(当然,我不知道)。不过,要是狗也懂得冷暖,又能够往天上看,为什么不明白太阳的意义呢？猪——自然另当别论！您知道，我甚至还开了个玩笑，我说，你知道吗，谁是生活的真正的缔造者，啊？那狗斜瞪了我一眼，就走开了……世上的生物都是互相猜疑、互存戒心的……想起来真叫人难过！当然，这也许是蠢话，但是我读完了这两章以后，您知道，忽然之间似乎破天荒第一次了解了太阳！太阳——这简直简单之至！"

"您读完了两章吗？"福马听见她问。

他感到问话是严厉的。

"我只读了两章，"他回答道，不知道为什么摸了摸他坐的那把椅子，"您知道，我们那儿有好多急事儿要办，商人赫洛贝斯佳耶夫要嫁女儿——是招赘女婿——我们要给他赫洛贝斯佳耶夫修理餐厅。他买的家具都是上等的，极为考究、精巧的古物，——柞木是浸染过的，您知道……"

他看见姑娘疲倦地闭上了蓝色的眼睛，不由得马上张口结舌，怪不好意思了。福马难为情地强作笑脸，继续说道：

"也许我废话连篇，请您原谅我这一点！"

小姐急忙大声说道：

"哎呀，您说的什么呀！您说的那么有意思。我还只是刚刚开始工作，了解您那个……阶级的人们的心理，对我说来是非常重要的。"

福马又神采焕发、精神振作起来，他挥舞着手臂，像太阳初升时的小鸟儿一样唱了起来：

"请允许我讲，像我这样的人们，就跟小孩子一样，您知道，胆小怕事！比方说，我们手艺人彼此之间就很少谈心里话。但是人总归都想讲点自己的事，因为，您知道，人非常难得受到宠爱……要是想到，人人都有过亲娘……都习惯于受到宠爱，那么……就很难受了！"

他带着椅子向年轻的女主人移过去，什么东西啪嗒一声响，原来是一本厚书掉到地板上了。

"请您原谅,"福马说,"这儿不太宽敞!"说完这话,他压低嗓门儿,神秘地继续讲道:"我想告诉您,'独居不好'①是千真万确的!当然,全体工人的利益是一致的,这我非常清楚,但是要知道利益还不是一切,除了利益之外,心灵中还有多少东西呀!人一定渴望着吐露自己的心事,渴望着披肝沥胆、兴致勃勃地说个痛快,毫无保留……人嘛,正如您所知道的,是一种年轻的生物!当然,这不是指年岁大小,而是指整个生命而言,——我们的寿命长吗?对吧?可是突然之间,谁都什么话也不想听,心灵孤寂,思想停滞,僵死!我反对这样:人们必须团结,是吧?利益一致固然好……但是有时感到孤寂,感到难以忍受的苦闷是打哪儿来的呢。您瞧……"

"您的话我没有完全听懂。"莉莎说,她的声音又变得严肃起来,俨然是教师的口吻。

福马微笑着瞅着她,她皱着眉头,回报以一种正在严肃思考的目光,这又使他的兴致凉了下来。她耸耸肩膀,把辫子甩到胸前,飞快地动着手指头,将黑色的辫带解开了又系好,系好了又解开,用一种故意装出来的沉厚声音说:

"这听起来有些奇怪!您既然承认利益一致,可又……"

"事情在于,您可以看到,"福马反驳道,"如果一道光照在这儿,另一道光照在那儿,就暖和不起来……必须将所有的光聚合成一道,是这样的吗?"

"是这样,但是您说的光是指的什么呢?……"

"打个比方来说,我的灵魂,您的灵魂,这就是太阳的光……"

福马临走时,感到莉莎用怀疑的眼光望着他,并且尽量闪在一旁,他与她握手告别时,她使劲儿把手抽了回去。

他又在沉睡的城市的荒凉街道上几乎溜达了一整夜,惊醒了在大门旁打盹的守夜人,引起了巡警的注意。

---

① 见《旧约·创世记》第二章第十八节。全句是:"上帝说,那人独居不好,我要为他造一个配偶帮助他。"

  他回想自己的谈话,感到他当时语无伦次,言不由衷,词不达意,便闷闷不乐地皱紧了眉头。

  "竟然有这种事!"他心中想,"我上她那儿去的时候,脑子里是有条不紊的。下次去的时候,我一定得事先准备好……"

  他想起莉莎没告诉他什么时候还能去,于是站住不走了。

  "她忘了!我的话太多了!"

  后来他又每晚送她回家,一路上他热情洋溢地对她大发议论,不自觉地向她吐露觉醒了的灵魂的种种秘密。却没注意到,她听他讲话时一言不发,对他提的问题也只回答片言只语,并且已经不再邀请他到她家里,到那间温暖的小房间里去了。

  "哎呀,原来您是一个浪漫派!"有一回她盯着他的脸,不以为然地摇着头,带着近乎遗憾的感情叫道。

  福马被这个使人联想起罗曼史①和爱情的字眼弄得不好意思了。他轻轻笑了起来,莉莎接着讲:

  "这多么奇怪!一般说来,我当然明白浪漫主义是什么意思,可是……"

  她用教训的口吻讲了很久,可是福马没听懂她的话。

  他渐渐感到他非见到莉莎不行了。她的眼睛在向他启示一些新的字眼,在他心里燃起某种火热的、非同寻常的思想,使他陶然欲醉。当福马看见她被工人们紧紧围着,而他们在专心致志、聚精会神地聆听她声音不大却很有说服力的话语时,当他看见她那在半明半暗的房间里像两只小白鸽一样闪动的白手,在蓝眼睛上面蠕动的两道秀眉,像初绽的花瓣一样微微颤抖着的红唇时,他心里想道:

  "理想!给天下不幸者以欢乐!"

  这时他脑子里出现了一道清溪,溪水潺潺地从山顶奔流到受尽干旱之苦的山谷;那儿的树木上都覆满灰尘,沉甸甸的、发蔫儿的树叶萎

---

① 在俄文里,"罗曼史"(роман),有"爱情"的意思,与"浪漫主义者"(романист)的词根相同,故此处说福马把对方的话与爱情联想在一起了。

靡地垂着,但奔流的溪水渗进了它们的根部。

他想起了一个美妙的童话①,讲的是一个在森林里迷路的小姑娘,她无意中进入了小矮人住的山洞,满怀信任地坐在他们中间,对一切生物都满怀善良的愿望。

有时候,莉莎讲课讲得兴奋、激动起来,结结巴巴,找不到恰当的字眼,她的眼睛惊慌地扫视听众的脸,这时,福马就紧张得透不过气来,他很想插个嘴,给她提个词儿,而这对他来说几乎是种煎熬,他甚至紧张得冒汗。

"阿廖沙!"他挥动着双手对索莫夫说,"这是一件多么美妙的事,纯洁的人(要知道她几乎还是个孩子,对吗?)这样来到人们中间,她说:'对不起,一切都不是这样,一切都不对头,你们不了解最主要的——你们还不知道全世界团结一致的思想!'太妙了!真是个神话,对吗?"

阿列克谢斜瞟了他一眼,挖苦他说:

"小心点,你要是溶化了,就会变成一摊烂泥!"

"得啦,你这怪人!不正是你自己,你相信,你感觉……"

索莫夫撇着嘴,似乎对伙伴厌烦了,生气地教训他:

"你最好多听听,少废话。这样你就不至于去向别人解释连你自己也不懂的东西了。你瞧瞧,大伙对你不很友好,因为你讲的话妨碍了……"

"妨碍?"福马·瓦拉克辛感到很奇怪。

有一回他牙疼,为了止疼,他想尽了办法,把蘸了清漆的棉花球塞进蛀牙的窟窿里,甚至还买了他认为有害的木馏油,但是没有把疼止住,因此他没能去听课。

暮色深沉时,索莫夫板着脸,很不高兴地回到作坊里,把福马叫到一个角落里,严肃地问:

---

① 可能系指德国格林兄弟的童话《白雪公主》。

237

"你前天对莉莎说什么来着?"

"我吗?嗯,什么都讲,怎么了?"

阿列克谢撇了撇嘴,斜瞟了他一眼,深深地吸了一口烟,又问道:

"你抱怨孤单,是不是?"

"抱怨?没那回事!只不过是一般随口说说……"

"你最好说话留神点!"

"你送她回家了吗?"

"送了!"

"她说我什么来着?"福马摸着自己肿起来的腮帮子问。

"跟我说的一样:你的头脑糊涂。"

"不对,真的说什么来着?"

索莫夫看了看冒着烟的纸烟头,嘲弄地说:

"你信了我的话吧!她是这么说的。"

"这没什么!"福马叫道,他觉得似乎连牙齿都不那么疼了,"我向她证明……"

"听着,"阿列克谢说,他面带讥笑,用脚把地上的刨花胡乱踢开,"我给你个忠告,或者不如说我给你讲一件我遇到过的事。我在监狱里放风的时候,看见过一个念过书的姑娘,也像你似的,一见钟情……"

"真的吗?"福马惊奇地叫道。

但是阿列克谢也像患牙疼似的愁眉苦脸,连望也不望同伴一眼,继续说道:

"夜里我和她敲墙通话,还有这一类的……我也曾经抱怨过孤单,老弟,结果却非常糟糕。"

"你说些什么呀,阿廖沙!"福马挥了一下双臂,低声说道,"你为什么这样讲,难道说我爱上了她?你这是打哪儿说起呀?"

"得啦,别耍滑头了!还是早点打消这念头的好……"

"这是胡说八道,阿廖沙!"福马说,他将手按在左胸上,感到心脏跳得出奇的快,似乎又惊又喜,"我的上帝,怎么一回事呀?妙极了,对极了!我连想也没想过这是怎么一回事!不会有什么结果吧?不过,话又说回来,如果她决定和咱们这帮弟兄一道儿走,那会怎样呢?其实,也很简单!比如说吧,让这个人像一撮盐一样,溶化在我们这群平淡无味的人中间,让我们也有充足的盐分……"

索莫夫抽完烟,用手指仔细将烟头捻灭,向四周环顾了一下,透过牙缝吹起了口哨。福马看见伙伴不想听他的话,深深叹口气说:

"这该死的牙齿,真讨厌,疼死啦……"

"小心点,别让旁的地方也疼起来!"阿列克谢垂下睫毛,将眼睛遮着,警告说。突然,他用一种福马从来没有听见过的声音又说:

"要是打开窗户说亮话……虽然我这人不会讲话。人家议论你,说你头脑不清楚,我自己也这么说……这是真的,有时候你讲些废话,把人都烦死了!但是无论如何……老弟,我老是听见你在讲话……这就是说,我在听着你讲话……"

他伛着背坐在工作台上,他的肩膀、胳膊肘和膝盖都成尖角形向各个方向突出来,使人觉得他似乎是用几块没有刨平的木块匆匆忙忙拼凑起来的一样。他用手抚摸着光滑的黑头发,不慌不忙地低声继续说:

"我喜欢你这样的人,就像小孩似的:你知道什么,就相信什么……"

"阿廖沙,这非常对!"福马凑近他说,"我对你讲过那个费多尔·格里戈里奇,你记得吗?他也是这样说的:信仰是他的父亲!而他正是有了信仰——他说——才学到了一些知识,没有知识就不可能对生活作任何解释……"

"哎,你呀,老弟,丢开这个吧!"索莫夫劝告道,"我不明白你说的这个……"

"不,你应当弄明白,这非常简单!首先是知识,其次才是信仰!知识是信仰之母,知识产生信仰,你想想,没有知识,哪能有信仰?依我看,马尔克和瓦西里同志,他们只不过是不相信知识的力量,因此才反对一切信仰……"

索莫夫以一种令人难受的嘲笑目光看了他一眼,摇摇头,继续说道:

"真拿你没办法!看来,你对什么乱七八糟的事,只要有了一知半解,就永远也摆脱不了啦。……我想说的是……我可怜你!明白吗?因此我劝你:别再去缠莉莎!"

福马·瓦拉克辛像一只被人抚摸的猫一样,眯缝起眼睛,勉强地笑了笑。

"不,既然是这样,我就要去弄个一清二楚,水落石出。我问她去,这妙极了,老兄!主要是看她怎样说,啊?"

"你要去问什么?"阿列克谢冷冷地问他。

"总之,我去问什么叫完全的团结一致!言和行是否也要一致?"

索莫夫用颤抖的手拿出一根纸烟,把它叼在嘴里,但是叼错了头。他用牙齿把弄潮湿了的那头咬下来,从嘴里吐出来,随后把纸烟也扔到地板上,问:

"你爱她吗?你说呀!"

这时福马不假思索地回答道:

"我爱她,当然,非常爱……我的意思是,如果你不说,我也许还没有意识到,唔,现在你一说,我才恍然大悟!每当我跟她谈话的时候,我都感到那么舒畅、轻松,就跟我真是个孩子似的,真的!"

"再见!"阿列克谢说,同他握了握手,向门口走去。但是他在作坊顶里边停了下来,显得又黑又小,他低声问:

"见鬼,你可能是刚想出来的吧?"

"想出什么呀?"

"你的爱情,是吗?"

"怪人!"福马高声叫道,"不是你自己说的吗,真是个怪人!我不是想出来的,只不过原先没有意识到……是你……"

"我也是个傻瓜!"索莫夫说着,走出去了。

由于兴奋和苦苦地、忐忑不安地幻想与莉莎再见面时的情景,福马忘了牙疼,开始在作坊里走来走去,踢得刨花沙沙作响。墙上一盏灯冒着黑烟,照着头顶上和墙边上一条条木板,照着作坊角落里一堆卷曲的刨花和一个摊开四肢躺在刨花堆上的小男孩,照着深色的工作台、椅子的弯腿和用钳子夹紧了的木头。

"太妙了!"瓦拉克辛一边想,一边使劲儿地搓手。

他想象着与无所不知、无所不晓的娇小、聪明、可爱的妻子在一起过着纯洁、幸福生活的情景。他周围全是自己人,同志,而莉莎呢,也是自己人,是血肉相连的亲人。

"真好!"

以后,将是流放,这是很可能的,流放!到一个遥远的地方,一个隐藏在黑压压的、高耸入云的森林深处的小乡村,那儿的积雪和房顶一样高,他和她双双坐在一起学习。靠墙的书架上摆着装潢精致的大本厚书,书里写的东西包罗万象。他们俩一本本读下去,经历着人类思想的光辉历程。窗外是严寒和寂静,皑皑白雪像一件毛茸茸的皮大衣一样覆盖着大地,北方天空的穹隆低悬在大地上,室内却温暖,整洁、舒适,火炉喷着淡黄色的、灼人的火舌,火舌的影子在墙壁上无声地跳动。一个可爱的婴儿躺在他们中一个人的身边的小床上;他是为了争取将世界上所有的人都团结到一个由朋友、工人、创造者所组成的大家庭里才降生的。在那寒冷的国度里,冬日的天空中布满了火红的晚霞,让人联想起远古时代,那时人类最初的、原始的思想刚刚产生,那时全人类团结一致这一不可战胜的、光明必将胜利的观念就开始萌芽了。

福马·瓦拉克辛不喜欢长久地等待:星期日他穿上自己最考究的上衣,这件上衣不知为什么一片前襟比另一片长,领子又总是翘到后脑勺上;他还穿了一件前胸浆硬了的衬衫,这衬衫袖口上有好些理应剪去的线头;系上了一条蓝底红点的领带,将双肩尽可能地耸高,就去找莉莎了。

晴朗的冬日处处披上了银霜闪闪的盛装,覆盖着丝绒被一样的白雪,这使福马快乐的决心更为坚定,使他不断想出来一些表达力强的、纯洁动听的词句。盖着霜雪的电线在空中显得那么美,一直延伸到福马那位姑娘居住的街道;福马早已不止一次地、毫不怀疑地将那位姑娘暗中唤作自己的未婚妻和妻子了。那是一个令人心花怒放的、充满了阳光和闪烁着银霜的好天气。

"啊,是您吗?"莉莎打开房门,问道。

"您是刚回来呢,还是要出去?"福马微笑着问,使劲儿握了一下她的手。

"我要出去。"莉莎说,疼得皱了皱眉头,又在脸面前甩着手指头,还一边用嘴吹它们。她头上戴了一顶小小的海狗皮帽子,左手戴着手套。

"哦,我不会耽搁您太久的!"福马一边保证,一边没脱大衣就坐到了椅子上,用帽子拍打着膝盖。

"您为什么这样得意呀?"莉莎转动她的蓝眼睛,打量着他全身,问道。

他没有立即回答,而是用一往情深的目光,凝视着她,这个娇小、丰满,脸色红润得像苹果一样的姑娘。

"简直是个洋娃娃!"他脑子里忽然闪过这样一个念头。

她在房门和窗户之间来回走着,鞋跟在地板上发出咯噔、咯噔的声音。她望了望窗外,又看了看客人,皱起眉头,轻摆着腰肢,慢慢走向门口。他觉得她的脸色今天比往常更加严肃,更加心事重重。

"兴许,她感觉到了吧?"他心想。

"我马上就告诉您我为什么这样得意,"福马大声说罢,建议她道,"您请坐下来!"

她耸了耸肩膀,勉强地,或者说迟疑不决地在他对面坐了下来。

"有话就说吧,先生!"

福马向她探过身来,伸出一只指甲发黄、沾满了擦光漆的手,压低嗓门,柔和、亲切地说:

"您知道,莉莎同志,我想对您说句话!"他欠了欠身子,挥了一下手,然后将手臂伸向前方,威严地喊道:"全速前进!"

"这是怎么回事?"莉莎微笑着问。

"我来解释。一条轮船在河中慢慢地航行,不知道航道在什么地方,后来航道找到了。'中速前进!'船长对机舱喊道,再往后,当确知航道畅通无阻时,船长就下命令:'全速前进!'"

莉莎莫名其妙地睁大了眼睛,默不作声,用细小、洁白的牙齿咬着嘴唇。

"您不明白吗?"福马向她凑过身去问道。

"不—不明白!谁是船长?"

"船长吗?您!和我,咱们俩都是自己生活的船长,您和我!咱们有权利指挥命运,不是吗?"

"嗯,是的,但到底是怎么回事呀?"姑娘笑着叫道。

福马向她伸出双手,用嘶哑的声音重复说:

"全速前进,同志!您了解我们——我和大伙儿,上我们这儿来,和我们完全团结一致!"

莉莎站起身来,他觉出一道阴影掠过她的脸,拭去了她双颊上的红晕,熄灭了她双眸中的光辉。

"我不明白!"她微微耸了一下肩膀说,"这是不言而喻的,当然,我和你们……如果已经……为什么您提这个?到底是怎么回事?"

福马用自己两只粗糙的手掌紧紧握着她的双手,摇晃着它们,几乎在大声叫嚷:

"不言而喻!太妙了,同志!我也是这么想的……当然,您—您答应啦!"

"答应什么呀?"她不安地问道,同时抽回了自己的手,"您别嚷嚷,这儿住的又不只是我一个人……答应什么呀?"

她的声音带着气恼和几分愤慨。福马觉察出这一点，连忙解释道：

"我是求您嫁给我！全速前进吧！同志，我们将来的生活是什么样儿，您知道吗？会像过节一样美……"

他站在她面前，两只手在空中比来比去，开始向莉莎描述他早已深思熟虑过的共同生活与工作的情景，流放生活的情景，他说话的声音越来越小，因为他感到，莉莎似乎在溶化，在变细、变小，越来越远地躲开他。

"天哪！多么愚蠢！"他听见一声压低了的、恼恨的叫喊，"多么卑鄙呀！"

福马觉得，好像有个什么人出其不意地扑到他身上，紧紧捂住他的嘴，以至他的心脏停止了跳动，透不过气来了。

"福马，您怎么不害臊！"他听见一个愤怒的、轻轻的声音，"您听着，这简直太可怕了！这是愚蠢的，难道您真的不明白吗？哎呀，这多糟糕，多糟糕！"

他觉得姑娘要钻进墙里，藏到墙上那些相片上去了，她的脸变得和她头旁以及头上的相片上的那些面孔一样灰溜溜的，毫无生气。她一只手扯着自己的辫子，另一只手驱散着面前的空气，她越变越小，她说话的声音很轻，但是刺耳：

"您只把我看作女人，难道不感到羞耻吗？"

福马摊开双手，嘟嘟囔囔地说：

"为什么呢？我不是只把您看作女人，而是一般地……看作人，我和您……"

"这还算什么同志关系？"她问道，"现在我应该怎么看您？您为什么要侮辱我，为什么呢？"

福马不记得他是怎样走出那间墙上挂了许多相片的小房间的，他也不记得怎样与莉莎告辞，临别前她讲了些什么话。——她已经溶化成灰色的斑点，与那些严厉的女教师们的面孔完全融成一片，变得和她们一模一样,并且也像她们一样冷若冰霜,令人肃然起敬。

他在街上溜达,除了眼前一些雾蒙蒙的圈圈外,什么也看不见,他不时将头上的帽子拉拉好,专心、固执而又伤心地想道:

"为什么愚蠢?为什么可耻?卑鄙?女人?女人又怎么样?难道这重要吗,这?如果两个心灵有一个共同的思想,——女人,又怎样呢?"

他又紧紧地将帽子拉到耳边:他脑袋里像装满了冰块一样,冻僵了,这种寒冷的感觉是那么强烈,锥心刺骨,就像煤气中毒似的。

人们在给一个士兵送殡,四个威风凛凛、穿军装的青年人抬着棺材,迈着整齐的大步走着,棺材在凛冽的寒风中平稳地、有节奏地轻轻晃动着。鼓手走在最前头,他用一双鼓槌灵敏地敲着冰冷的鼓面,空气中散播着急遽的、肃穆的鼓声。后面跟着整整一排肩上扛着枪的士兵,他们的头上都戴着黑耳罩,他们都像受了重伤一样。

一条灰色的小狗夹着尾巴在棺材旁边跑着,当鼓手敲完葬礼曲时,小狗就跳到鼓手身旁;当他的鼓槌又开始奏乐时,小狗就跳到一旁,怯生生地哀叫着。

福马·瓦拉克辛费了好大劲儿才摘下帽子,他背倚在栅栏上,望着那些过路的士兵,他由于胸口里冰冷而索索发抖,他在思忖着,像在询问什么人似的说:

"为什么可耻呢?"

孙新世　译

# 费多尔·佳金*

## 速　写

　　铁窗的黑栏杆将昏暗的天空划成六个正方块,监狱里暑气蒸发出来的闷人的臭味和萎靡、沮丧生活中的千篇一律的声音从院中涌入牢房。时间流逝得很慢。

　　佳金蹑手蹑脚地沿着墙根移动着,迅速地挥动手臂,捕捉苍蝇。他抓到一只苍蝇,就不慌不忙把手指头一个个伸开,当这昆虫飞去时,他扬起眉毛,圆睁着黑色的眼睛,用专注的目光跟踪它。有时候,他严肃地瘪起嘴唇,扯断苍蝇的翅膀,厌恶地把它从手掌里抖落到地上,用衬衫袖子拭去额头和面颊上的细小汗珠。

　　他的动作敏捷有力,但是他的背弓着,他的脑袋(可能是不由自主地)耷拉到胸前。这个士兵苦恼地抬起头来,紧皱双眉望着牢门,就像是在用眼睛谛听着:浓密的眼睫毛遮着瞪大的眼珠,在微微颤动。黑色的胡髭在抖动,瘦削的面孔像石头一样呆滞,露出固执与冷酷的神情。

　　走廊里,人们用充满睡意的、疲倦的声音,做祈祷似的嘟哝着,这些声音溶成一片低沉的、难以分辨的絮语。这是军士马卡罗夫在给新兵上条令课,有时能听出他威风凛凛的、沙哑的声音:

---

＊　本篇最初发表于一九一〇年叶卡捷琳诺斯拉夫城"不灭之火"出版社印行的《文艺作品集》第一辑。译自《高尔基三十卷集》第十卷。

"别老念'威'！要说卫兵！不是'威'兵……你这个彼尔姆的傻瓜①！"

佳金温和、宽厚地微笑着，捋着胡髭，敛起了笑容。随后，他整理好露在皮带外面的衬衫，又静悄悄地顺牢房走着，盯着惊慌地飞来飞去的黑色的苍蝇。

"立——立正！"院中传出一声口令。

过了一会儿，响起了锈合页的吱吱呀呀的尖叫声，什么地方的门开了，随后传来缓慢的脚步声和刺刀的哗啦声，马卡罗夫也连忙重复了一声：

"立正！"

佳金将衬衫的领扣扣好，把手放在裤缝上，猛地向脚步声和铁锁哗啦声的方向转过身去，突然他浑身充满了一种迟钝的、灰色的、朦胧的，将一切置之度外的感觉。

包着一层铁皮的厚实的牢门勉强地开了一半，一个瘦小的士兵手足无措、跌跌撞撞地进了牢房，他忽左忽右地乱闯，似乎想找个藏身之地。他气喘吁吁地停了下来，用拳头轻轻地戳了一下牢门，然后向佳金眨了眨右眼，低声讨好地说：

"真厉害！您好，乡亲！真够热的！蹲了很久了吗？"

佳金和善地微笑着点了点头，可是他没等回答就快步走到窗前，抓着铁栅栏，纵身跃起，看了看外面，又轻轻跳回到地板上。来人搓了搓手，向四面望了望，用精明人的口吻问：

"只有一个铺位，咱们怎么睡呢？"

"会再给一张的。"佳金亲切地回答。

士兵在牢房的一角停了下来，他那双混浊的小眼睛凝视着佳金的脸，用探索的眼光审视他，神秘地低语道：

"乡亲，我像是在哪儿见过您吧？您说是吗？我姓卢金，名叫伊

---

① 此处指新兵说话时带彼尔姆地方的土音。

凡,在河防营担任后勤。您是亚兹温斯基二连的费多尔·佳金,是吧?"

"是的!"佳金端详着对方说。

"这么说,咱们从前是见过面的喽!是在铁厂附近的军营后边的山沟里开会的时候见过几面的,我记得一清二楚!有一回您还对咱们的上司瓦西里·伊凡诺维奇讲过,说传单写得太深,当兵的看不懂,还说过各种军事条例也应该写得简单明了,是吧?我记得。"

他说起话来,快得像连珠炮,像在回答已经倒背如流的功课似的,在他轻轻的沙沙的话语声中,流露出一个做了亏心事的人所有的那种讨好的亲昵口吻。

佳金沉思地皱起眉头,半眯着眼睛,清晰地说:

"可我不记得你……"

瘦小的士兵从牢房角落里走过来,坐在床铺上,耳语道:

"咱们的人到那里去的可不少啊!很可能忘了!不过,现在全逮起来了,就是说,统统逮起来了。"

"统统?"佳金反问道,他挺直了腰,微微一笑。

"全完了!"卢金肯定地说,他弯下腰来脱皮靴,"全给抓去了!咱们有弱点!咱们这些人太饶舌了,彼此推诿。都吓坏了,咱们自以为是股力量!但结果呢,不过是白日做梦罢了。当然,虽然有很多人参加造反,但是大多数是出于好奇心,想看看谁胜谁负。"

他脱下靴子,抠起左脚的趾甲缝来,鼻子发出呼哧呼哧的响声,嘟嘟哝哝地说:

"人民什么样的呢?你为他们奋斗,可是他们难道明白什么是英雄主义吗?而且,一般说来,所有这些人……不过是些教师、老爷!比如瓦西里·伊凡诺维奇,他是什么人?不知道!有过这么个人,他来过,讲过话,又突然没有了!在什么地方?也许他并不是来教我们,是要逮我们的?人家说,他在监狱里。这我们怎么能知道呢?关于他的消息,我们一点都不知道……"

佳金耸了耸肩膀,严肃地说:

"乡亲,你别说这种话!瓦西里·伊凡诺维奇是一个可以信赖的人,他是我们真正的圣徒……"

"谁了解他?"卢金挑衅地问。

佳金从头到脚打量了一眼士兵弯下了的、蜷缩着的身子,庄严地说:

"我了解!我甚至愿意为他去死。"

这时卢金从地板上拾起靴子,直起身来,高兴地点了点头,轻声叫道:

"当然,既然您……"

"慢着!"佳金打断他的话,"全给抓去是不可能的。"

"为什么呢?一边人多,一边人少……"

"可到底哪边人多呢?"佳金用胜利者的口吻问,"你知道吗?"

"我怎么知道?我又没法统计,但是……"

佳金用手势阻止他往下说,并开始在牢房里踱来踱去,卢金却掉转头来,留心地观察他,眨巴着眼睛,听着他那轻轻的却充满信心的声音。

"圣徒本来就非常少,才十二位。可谁胜利了呢?他们!"

窗外在用唧筒抽水,压水的杠杆发出刺耳的尖叫和撞击声。时间过得快了起来。

"可是现在,圣徒多的是。他们是人民的精神之子。你要明白,他们是我们秘密培育出来的儿女!他们了解人们的全部思想和愿望,他们了解!人民珍爱传播真理的圣徒,为什么?因为他的胸膛里跳跃着我的心、你的心、成千上万个人的心。一千颗心结成一颗心,这颗心就是圣徒的心。这也就是说一千种思想(这些思想来自四面八方),有我的思想,也有你的思想,集中在一个头脑里。这些结成一体的思想燃烧着,为我们照亮我们看不见的、我们的理智没有理解的一切。这就叫作人民的圣徒。人民大众拥护的真理的祭司。"

佳金说话很困难。他用手摸着喉咙,用手指头掐它,不好意思地咳嗽着,一眼就看得出来,他在努力把一个个字连成断断续续的句子。他那紧张得发青的脸变得善良、温和了。

卢金把靴子放在膝盖上,用双手撑着床铺,翘起他的大鼻子,眯缝着眼睛,吧嗒着嘴唇,简直像一头饥饿的小牛。他前额和两颊上布满黑色雀斑的皮肤皱了起来,红色的硬胡髭颤抖着,整个圆滚滚的身体由于某种急不可耐的心情的催迫而激动不安,索索发抖。他眼巴巴地望着佳金的嘴巴,好像他想见到这个士兵经过深思熟虑、充满信心的言谈中那些有分量的词句一样。

"你蹲了很久了吗,老乡?"他突然问道。

佳金停顿了一会儿,冷静地回答说:

"一个多月……也可能,已经两个多月了。"

"真久啊!为什么这样久?"

"不知道。"

佳金又重新轻轻地在地板上踱步,在牢房里转来转去。

"凡是来自人民、来自人民伟大的劳动及其痛苦的一切,都是不可战胜的!永远如此!这直到最后……"

"可人家为什么把您关进监狱呢?"卢金小声问。他那张布满雀斑的面孔露出一种并无恶意的狡猾神情。

"人家高兴关就关!"佳金回答。

卢金受不了他那专注的目光,垂下了眼睛,深深叹了口气,但仍然固执地、奉承地继续道:

"我们那儿的后勤人员说——当然,也许,他们是胡说八道……"

"他们说什么?"佳金又停下身来,审视着士兵,严厉地问。卢金心神不定地手忙脚乱起来,他开始穿靴子,嘴里哼哼哧哧、断断续续地说:

"总之他们……夸您来着,老乡,他们还感到惊异……"

"为什么?"

"您似乎是把一个押送的犯人给放了,他们还……胡诌了些别的!"

佳金挺直了腰板,用手摸了摸脸,宽厚地微笑着,稍微带点骄傲地承认了:

"这是真的。我把他放了。"

卢金兴奋得从床上忽的一下跳了起来,跺了一下脚,战战兢兢地挥舞了一下双手。

"您还不让开枪?因此没开枪?"

"这也是……"

"嗯—嗯!"卢金拉长了声调,又在床铺上坐下,"为这事他们会判您的罪呀!倒霉!严着呢!哎呀!违背了誓言!要知道这是确有其事呀!这事可了不得,按照法律……"

这个瘦小的士兵的这种感叹声里分明带着胆小怕事的惊异,但是他脸上却露出奇怪的心满意足的、近乎快乐的神色。

佳金声音不大地、慢吞吞地说道:

"我能觉察出来真理在哪边吗?我能,因为我是人!对我说来,那个犯人是个传播真理的圣徒。因此我应该放掉他,不使他受到伤害,好让他活得久一些。你听我说,在他身上有着你我最好的东西,你要明白这个!"

"啊,您真有意思!"卢金谄媚地喊道,"啊—啊呀,我的上帝!你不害怕吗?"

他不停地搓手,两脚弄得地板上沙沙作响,又将头扭向牢门,仔细地听着什么,他那张布满雀斑的脸上却不断泛出微笑,就像往脏水里投进一个石子后,混浊的水面上泛起的一圈圈波纹似的。

"应该害怕反人民的罪行,可是我没有对人民做坏事,没有!我做的都是好事!"佳金平心静气地迈着步子说,他又开始慢吞吞地将词语组成一句句话:

"我看见过那些像火一样给全世界照亮真理的人们,我明白了这真理既是你的,也是所有活人的。应该保护这样的人,用我们的帮助,用人民的精神使他们燃烧得更加旺盛,而不是为了眼前的利益把他们给扑灭。在人民的真理中隐藏着上帝的力量,这真理就是上帝,因为其中有消除罪恶的自由。"

"看得出来,老乡,您想聊一聊,是吧?"卢金高兴地说,"好久没说话了,嘻——嘻——是吧?"

"是的,我想了很多很多,现在可以说了。应该保住圣火,应该!"

"您这是照福音书上说的,还是自个儿想出来的呢?"卢金想了一下,说。

"我读过福音书。先知们的书也读过。老乡,如果你识字的话,就读读先知们的书吧!他们甚至在当今这个时代之前就预见到了今日咱们的全部生活和所有的罪恶。当你知道了古代先知们讲的话时,你对今天的一切也都明白了。"

佳金不说话了,他站在窗前,陷入了沉思。卢金望了望他的后背和脖子,他那张布满雀斑的脸变得严厉起来,他大声吧嗒了一下嘴唇,说道:

"嗯——嗯,乡亲,您真有意思!也许,您是个旧教徒吧?跟那些人一样——怎么称呼他们?他们人多——嗨,你呀!"

"全体人民都是旧教徒!"佳金没有转过身来,回答说,"很久以来,他们就信仰真理的力量,这是无法改变的,我讲的是工人,是他们创建了世上的一切,养育了所有的人。"

有人在院子里用生气的声音数着:

"二、三、四……"

突然又大声喊道:

"瞎眼鬼,你往哪儿掷呀!"

天空暗了下来。

佳金从窗前回转身来,摇了一下头,微笑着,亲切地低声说:"我的祖父是一个农奴,他从地主那儿逃跑,丢下全家去找真理,他们把他逮到了,用鞭子抽他。伤愈后,他又跑了。后来一直下落不明。要是现在可能就不会失踪了!现在找真理容易。到处都能听见真理的声音。就连咱们在监狱里头,也有真理在。就在这儿!你想让我指给你看吗?"

他一个大步迈到门边,卢金摸不清是怎么一回事,从床上跳了下来,焦急地嘟哝着:

"等等,乡亲,怎么回事?"

佳金得意地微笑着,望了他一眼,用一个指头敲了敲监视孔上的活门,将身子站直了说:

"无论在什么地方,人的思想都是自由的!"

"对不起!"卢金也走到门边,惊惶地说,"我也想出去……就是说,我要到走廊里去解溲。"

他不停地眨眼睛,由于什么原因而激动不安,在裤袋里搜寻什么,不时扯扯自己的胡髭。

"你别害怕!"佳金亲切地劝他,"人民是可靠的,不会出卖的!有什么可怕的?你会看到的。"

监视孔小心翼翼地打开了,佳金俯下身去,卢金一边向窗前挪去,一边气冲冲地埋怨:

"我不愿意……也许您疯了……我要请求让我离开您,搬到别的牢房去,是的!让我一个人住,对不起!"

佳金似乎没有听见他的声音,他将一只肩膀贴到门上,把耳朵对着门洞纹丝不动地站了几秒钟。

"真的吗?"他小声问。

接着他将头撞在门上。

"都是些疯子,可我却在这里受罪……"卢金提高嗓门,嘟哝说。他将脖子伸向门口,似乎打算跳起来,他圆睁双眼,像疯狂了一样。

费多尔·佳金吃力地挺直了身子,背靠门站着,垂下头来,一边擦着大汗淋淋的脸,沉默了一秒钟、两秒钟、三秒钟。

"我,"卢金高声喊道,"我不愿意跟您在一起,听见没有?我要出去!您在这儿胡说八道……我害怕!……"

他尖声喊道:

"看守!"

他尖叫了一声,突然停止了。

佳金看着他,悲伤地摇了摇头。他脸色苍白,沉思地咬着嘴唇,他的手指紧紧握成拳头。

"您怎么了?让我到门口去!"卢金压低声音央求道。

"你原来怕的是这个呀!"佳金小声说。

"是害怕!"卢金的眼睛不敢正视他,回答说,"当然害怕呀!也许,您神经不正常!"

"哦—哦!"费多尔·佳金拉长了声音说,"这么说来,你是被派来套我口供的吧?"

卢金踮起脚尖,又低声叫唤:

"卫兵!哎!"

"嗯,要是你是个奸细,你去吧,去告诉他们说,全都是我干的,我向你承认过了,去吧!"

"门锁着哪!"卢金小声地、怒气冲冲地说,向牢门那边摆了摆头。

"会打开的!不过,有一件事……"

佳金贴着墙走过来,胳膊碰在墙壁上发出沙沙的响声,站在瘦小的士兵面前,告诫他说:

"命令你干的事,你已经干了,这就是说,你将得到答应过给你的一切。可是,有人在走廊上说到你,说到为什么把你派到我这儿来的缘故,这事儿你可不许向上司告密,听见没有?"

"行!"卢金不敢正视费多尔,畏缩着说。

"慢着,为什么不要说这件事呢?因为你也不知道这是谁对我说的,可是走廊里有九个士兵,人人都得受刑,受威胁。他们会平白无故地折磨人的。你自己是个当兵的,你应该明白,这是不必要的!"

"我明白!"卢金沮丧地回答。

"你向我对天发誓,保证不讲出来。"

"我发什么誓呢? 难道您现在还相信吗?"

"为什么不相信?"

"要是我干了……这种事……"

"你这是出于愚蠢。你是个傻瓜——所以干了。可是现在,干了一件罪恶的事,可要避免干另一件。"

两人说话时都急急忙忙,但都压低了声音。一个平心静气,满怀忧郁,另一个情绪低沉,灰心丧气。胡蜂飞进牢房,在里面转着圈子,它那弦乐似的嗡嗡声与人的话语声混在一起。

卢金将脸转向窗户,两眼望着天空,小声说:

"真的,我不说……"

"只讲我一个人,好吗?"

这时卢金望着他的脸,耸了耸肩,用吓得发抖的声音说:"他们会枪毙您的呀!"

佳金离开他更远一点,平静地说:

"反正是那么回事,没有你他们也不会赦免我的……去吧!"

卢金飞快离开原地,向牢门奔去,费多尔紧贴在墙边,按着衬衫的前襟,像是生怕衬衫的前襟碰着了士兵的衣服。

卢金跳到门边后,用脚踢门,激怒地尖声叫道:

"看守! 开门! ……鬼东西! ……"

突然,他将身子转向窗口,急急忙忙地大声嚷嚷,好压过门外的声音:

"我不是卢金,我是费多谢耶夫①……"

佳金没有理睬他。

"这对我反正都一样! ……"

---

① 费多谢耶夫是这个奸细的本名,他冒名卢金到牢房里套取佳金的自白。

"哎—呀!"卢金用双手推着门喊道,"哎,他们真能磨蹭!"

他身子摇晃了一下——门敞开了,看守马卡罗夫迈进了牢门。他的帽子滑到后脑勺上,胡髭向两旁翘着,厉声问道:

"谁在这儿捣乱,啊?"

"把我带走吧!"卢金打断他的话,双手乱舞着往前钻,使劲儿往一边挤看守。马卡罗夫对着他的胸口推了一把。

"往哪儿挤!"

"上典狱长办公室……"

"我要收拾你!……"

从牢房深处传来了佳金清晰的声音:

"是真的,看守先生,他需要离开此地去向上司报告,因为派他来的任务,他已经完成了。"

有两个脑袋在马卡罗夫宽大的肩膀后面露了一下,两双警惕的眼睛闪了一下。

"怎么?"马卡罗夫愁眉苦脸地低声问,"佳金,你承认了?"

"是的,因为,反正要处死我的,而他们却在白白地毁坏人……"

"啊……嗯,这样,这就是说……完了……"

马卡罗夫突然狂吼道:

"锁上牢门!干吗傻站着?……喂!"

"对不起……"卢金惊慌失措地说,"那我怎么办呢?"

"你等着,我现在去报告。"

又响起佳金温和的声音。

"看守先生,您最好还是把他带到走廊里去。"

"嗯,为什么呢?"马卡罗夫的眼睛越过卢金的脑袋往里看,含糊地说。

"我十分恳求您这样做,和我在一块儿他有多难受,我也有多难受。劳您驾。"

"是的。"卢金呆板地说。

这时马卡罗夫迟疑了一阵,叫道:

"走吧!出来!你们俩看住他,你们俩!"

卢金弯下腰来,钻了出去,而马卡罗夫朝后退着走出了牢房,就像一匹倒退着上辕的马一样。牢门慢慢地关上了,门闩慢慢地销上了,轻轻地、不慌不忙地上了锁。

接着牢门外响起小声的、愤愤不平的谈话,七嘴八舌,争先恐后。传来一声刺耳的叫骂:

"这群傻瓜,鬼东西!应该早点告诉……"一只脚跺着地板。

佳金听见了这一切声音,他深深叹了一口气,微笑着将脸转向窗口,昂起头来,挺直了腰。

黄昏已经降临,变得凉快些了。

孙新世　译

# 早　晨[*]

世上最大的乐事要算是观赏白昼的诞生了！

天上突然迸射出一片初露的阳光，夜色悄悄躲进峡谷和石缝里，躲进茂密的树叶和洒满晨露、活像织锦似的草棵里，那山峰却发出亲切的微笑，仿佛是在对夜影说：

"别怕，这是太阳！"

海浪昂起白花花的浪峰，向太阳频频点头，好像美丽的宫女，一面朝拜她们的君主，一面同声歌唱：

"欢迎您，世界的主宰！"

慈祥的太阳在发笑，因为海浪整夜都在舞蹈、嬉戏，而现在已经弄得披头散发，揉皱了翠绿的衣衫，弄乱了丝绒的拖裙。

"日安！"太阳说着，在大海上空冉冉升起，"日安，美女们！但是，够了，安静些！如果你们还是跳得这么高，孩子们就没法游泳了！应该让世界上所有人都感到幸福美满，不是吗？"

绿色的蜥蜴从石缝中跑出来，眨巴着小小的惺忪的睡眼，彼此谈论着：

"今天一定很热！"

热天里，苍蝇懒洋洋地飞着，蜥蜴很容易逮住它们，把它们吃掉，

---

[*] 本篇写于一九一〇年底，最初发表于一九三六年出版的《马·高尔基文学作品论述》一书，是作者专为自己的一位年方七岁的小通讯员写的。译自《高尔基三十卷集》第十卷。

吃一头肥苍蝇是多么惬意啊！蜥蜴非常喜欢吃有滋味的东西。

花儿托着沉甸甸的露水，顽皮地扭来扭去，仿佛在逗人，在说话：

"先生，把我们在早上带着露珠儿的漂亮模样写下来吧！用文字给花儿们画一幅小小的肖像吧。试试看，这并不难，因为我们都是这样朴实无华……"

它们可真狡猾！它们明明知道，没人能用文字描绘出它们动人的美貌，便故意拿人开心。

"你们太客气啦！谢谢你们看得起我，可是今天我没有时间。以后或许……"

它们骄傲地微笑着，向太阳挺了挺身，阳光在露珠儿上闪烁，给花瓣和叶子洒满了钻石般的光辉。

这时，金色的蜜蜂和黄蜂已在花儿上方盘旋飞舞，一面飞，一面贪馋地吮吸着甘甜的花蜜，它们那嗡嗡嗡的歌声在暖和的空气中响成了一片：

> 万岁，太阳——
> 生活欢乐的源泉！
> 万岁，工作——
> 你把大地装点得这般美艳！

红胸脯的欧驹鸟醒来了；它们用细细的脚爪摇摇晃晃地站在那里，也在唱着恬静而欢悦的歌——鸟儿比人更能领略，生活在大地上该有多么美好！欧驹鸟总是最先出来迎接朝阳；在俄罗斯寒冷的边远地带，人们把这种鸟叫作"霞鸟"，因为它们胸部的羽毛染着朝霞般的颜色。在灌木丛中跳跃着欢快的黄雀，它们灰里透黄，就像街头的孩子，也是那样淘气，也是那样吵闹不休。

燕子和灰燕像黑色的闪电一样飞来飞去，追逐着蚊蚋，欢悦而又幸福地发出清脆的叫声，——长着轻捷的翅膀该有多好啊！

笠松在抖动着它的枝叶,笠松的形状好似大酒樽,注满阳光之后,看上去就像盛满了金色的酒浆。

人们也纷纷醒来了,是那些终生从事劳动的人们;他们醒来了,是那些一生都在装点和充实着大地,但从生到死都依旧是贫穷的人们。

这是为什么?

等你长大就知道了,当然,如果你愿意知道的话,而现在,你要善于热爱太阳,热爱这个一切欢乐和力量的源泉,而且要像太阳一样对所有人都同样慈祥,作一个快活而善良的人。

人们醒来了,于是便走向他们的田园去从事劳动。太阳含笑望着他们:它最了解人们在大地上做过多少好事,从前,它所看到的大地只是一片荒原,如今整个大地却布满了人们——我们的父辈、祖辈和曾祖辈的伟大劳动成果。除去那些严肃的,孩子们暂时还不能理解的事物以外,他们还在大地上创造了各式各样的玩具和可供观赏的东西,比如说,电影。

啊,他们的工作成绩辉煌,我们的祖先,他们在我们周围所完成的丰功伟业,是非常值得我们爱戴和敬仰的!

孩子们,不妨想想这个:想想人们在大地上怎样工作的故事,这是世界上最最有趣的故事……

在田边的篱栅上开着红艳艳的玫瑰,到处的花儿都展开了笑靥,其中有许多已经在凋谢,但它们依旧向着蓝天和金灿灿的太阳;它们那天鹅绒般的花瓣在簌簌抖动,散发着甜蜜的香味。在那蓝蓝的、和煦而又芬芳馥郁的空气中,静静地传播着一支亲切温存的歌儿:

> 凡是美的——永远是美的,
> 即使它在枯萎;
> 我们爱的——依旧为我们所爱,
> 哪怕我们已在死亡和衰败……

白昼降临了!

日安,孩子们,但愿你们的一生都充满着许许多多的白昼!我写得太枯燥了吧!

实在没有办法:当一个孩子长到四十岁的时候,他就渐渐变得有些乏味了。

张佩文　译

## 莫尔德瓦[①] 姑娘[*]

每逢礼拜六,当城里的七座钟楼钟声齐鸣,召唤人们去做彻夜祈祷的时候,工厂嘶哑的汽笛声犹如忧郁的哀号从山脚下接应着洪亮的钟声。这两股迥然不同的声音在空中飘荡回响了几分钟,互不相让:钟声亲切地召唤着人们,汽笛声却不乐意似的把人们赶走。

钳工巴维尔·马科夫每个礼拜六走出工厂大门时,心里总有一种犹豫和羞愧的悲戚感觉。他总是慢慢腾腾地走回家去,让同志们赶到他的前面。他走着,不时揪一揪自己的山羊胡子,用抱歉的眼光看着绿荫掩映的山坡,那里是一片茂密的果园。在黑压压的果树后面,可以看见灰色的三角形屋顶、天窗、烟囱,高踞树梢的椋鸟巢。再往上,是那被雷电烧焦了的黑色松树的树梢。鞋匠瓦夏金的家就在这棵松树下面。巴维尔的妻子、女儿和丈人都在那里等候着他。

"当—当……"庄严有力的钟声从山顶上倾泻下来。

而下面,在山脚下,是汽笛愤怒的吼声:

"呜—呜—呜—呜……"

巴维尔两只手插在裤袋里,身子向前躬着,顺着一条铺满大块鹅卵石的山路慢慢走上山,同志们却抄着近路,像黑山羊似的蹦跳着,穿过菜园,从一条小路蹿到另一条小路上去。

---

[*] 本篇写于一九一〇年底,最初发表于一九一一年一月《当代世界》杂志第一期。译自《高尔基三十卷集》第十卷。

[①] 莫尔德瓦是苏联的一个少数民族。

铸工米沙·谢尔久科夫从山坡上面叫道：

"巴维尔,你来不来？"

"我不知道,老兄,也许……"巴维尔答道,随即停步看着工人们磕磕绊绊地爬上险峻的陡坡。响起了人们的笑声、口哨声,大家对假日的休息都很高兴,油黑的面庞发出光亮,洁白的牙齿快活地闪烁着。

菜园的篱笆发出咔嚓的响声,女主人伊凡尼哈照例用难听的鼻音把工人们大骂一通。太阳落到河对面遥远的公爵林背后,阳光把那个气势汹汹的老太婆的褴褛衣衫染上一层紫红,照得她的花白头发泛着金光。

从山坡下飘上来的是焦糊味、油腻味、沼泽的潮湿味,而山坡上却散发着嫩黄瓜、莳萝、黑酷栗的芬芳;教堂里所有的钟快活地交相轰鸣,老太婆的叫骂声淹没在钟声里。

"是呀,"马科夫痛苦地想,"性格软弱是很丢人的,真是丢人！……"

他登上山顶,往下眺望:那里竖立着五座烟囱,它们好像是沉没在对岸沼泽里的一个妖怪,张开了沾满绿苔的五个爪子。

那条狭窄迂回的小河,点缀着许多轮廓模糊的小岛,在夕阳的照耀下,河水变成了红色;沼泽地上长着一些矮小的杉树,杉树间的一片片水洼看起来就像许多红色的斑点:这是夕阳照在土墩之间的赤褐色水面上造成的景象。

阳光没有使沼泽地变得好看一些。阳光消耗得太可惜了,终于隐没在酸臭腐烂的水洼里,没有留下任何痕迹。"该回家了！"马科夫催促着自己。

但他又陷入了沉思,继续站了一分钟、两分钟……

在大门口迎接他的,是瓦列克,一个秃顶、独眼、瘦骨嶙峋的老头。为了掩盖他右眼那个丑陋难看的窟窿,他上街时总戴着一副黑眼镜,因此工人村的人给他起了个绰号,叫他"鼓鼓眼瓦列克"。在他的鹰钩鼻子下面,长着一些乱糟糟的花白的硬胡须,过节的时候他不知用什么东西把它们粘得齐齐整整,成为一溜像样的唇髭。这时瓦列克给人一种印象,仿佛他努着嘴唇,在一个劲儿地吹着热汤。

可是这会儿瓦列克却咧开嘴,露出殷勤的笑容,低声向女婿说:

"请——请给点钱过礼拜六!"

巴维尔塞给他一枚二十戈比的硬币,然后走进杂草丛生的小院。在院子角落里的一棵花楸树下,放着一张桌子,上面摆着晚饭。老狗丘尔金坐在桌子底下,正在舐自己尾巴上粘的牛蒡子。妻子摆开两腿,坐在台阶上。三岁的女儿奥莉娅①在踏平了的草地上打滚,她一看见父亲,就伸出两只肮脏的小手,张开指头,唱道:

"爸爸—爸!爸爸回来啦!"

"怎么这么晚呀?"妻子问道,怀疑地看了他一眼,"大伙儿早就回来了……"

他悄悄地叹了口气。一切都像往常一样。他用手指在女儿的鼻子下面弹了一下,抱歉地瞟了一眼妻子突出的大肚子。

"快去洗脸吧!"她说。

他洗脸去了,背后却传来一长串怨气冲天的话:

"你又给老爷子酒钱了吧?跟你讲过一千遍了:'别给!'哼,当然啰,你把我的话当成耳旁风……我不是你们的女同志,不像你们的那些骚娘儿们,整夜在外面开会……"

巴维尔洗着脸,尽量用肥皂沫堵住耳朵,免得再听见那套听腻了的老话。可是这些乏味的话在他耳边回旋,像刨花似的簌簌作响。他觉得,他的妻子似乎在用一个很钝的刨子刨着他的心。

他想起同妻子刚认识的那些日子:在严寒的月夜里,他俩在城市的街上漫步,坐着雪橇从山上往下滑雪,在剧院的楼座看戏以及在电影院度过的那些美好的时光。他俩紧紧地依偎着,坐在黑暗中,无声

---

① 奥莉娅是奥莉卡的别称。

电影展现的一幕幕生活景象在眼前闪过,这种生活有时催人泪下,有时又令人捧腹大笑,——那一切是多么好啊。

那时的日子也是痛苦的:他刚刚出狱,眼见一切都破坏了,糟蹋了,那些曾经热烈喝彩的人,现在却恶意地嘲笑过去使他们兴奋过的一切……

灰眼睛、鬈头发的奥莉贡卡①在他的脚边转来转去,嘴里唱着……

"爸哀(爱)哦(我),爸迈(买)娃娃,迈(买)马儿,明颠(天),明—颠(天)……"

他把手指上的水珠弹在女儿的小脸蛋上,小女孩咯咯笑着,跑掉了,他亲切地对妻子说:

"得了,达莎②,别唠叨了!"

奥莉贡卡很吃力地把老狗丘尔金沉重的头抬起来,命令它:

"你看!喂,你看—看!"

狗不乐意地摇摇头,仿佛它已经看厌了!它张开大口,短短地吠了几声。

"丈夫是个聪明人,竟把同志看得比家里人还重……"妻子忍不住又在刨他的心。巴维尔站在院子当中,从敞开的院门向外望,可以看见远处一望无际的树林。曾几何时,他同达莎坐在山坡的凳子上,眺望着远方说:

"唉嘿!咱俩会过上好日子的……"

"现在她所以这样,是因为怀孕的缘故。"巴维尔抱起女儿,安慰着自己。

马科夫默默地坐在桌旁,女儿爬到他的膝上,用她的小手指把父亲潮湿鬈曲的胡须理顺,喃喃说道:

"奥莉娅 明颠(天)去,跟爸爸妈妈去,远远的!坐马车去——嘟!"

---

① 奥莉贡卡是奥莉卡的爱称。
② 达莎是达丽娅的别称。

"别吵,奥莉卡！你整天吵得我都烦了！"母亲严厉地对她说。

巴维尔恨不得操起那把大汤匙来敲妻子的额头,狠狠地敲,让整个院子,甚至让街上都听得见那清脆的响声。但是他压住了一时的冲动,皱着眉,责备自己：

"你是个有觉悟的人啊……"

老丈人回来了,坐在桌旁,心满意足地咧开着瘦脸上的薄嘴唇,从衣袋里掏出半瓶酒。

"又开场了！"达莎说,像猫似的,鼻子呼哧了一下。

马科夫低下头去,想遮掩他脸上的笑容；他料定瓦列克一定会这样答道：

"有开场——才有收场嘛！"

果然如此。老头的那只独眼可笑地转动着,看着伏特加酒怎样咕嘟咕嘟地倒出来。他干了一杯,津津有味地咂了一下舌头,老狗丘尔金死死地盯着他的脸,鞋匠对它说：

"不给你喝。你要是喝酒,人家就该骂你了。"

这些话也是巴维尔听惯了的。这里的一切都是老一套。

妻子又在唠叨：

"忙呀,忙呀,整天忙个不停,缝缝补补,浆浆洗洗,还要做饭,可是奥莉卡那个废物,只会在篱笆那边叫唤,'有人偷黄瓜啦……'"

她身材高大,体态丰满,一张圆脸,好看的前额白皙而平滑。一双尖尖的小耳朵可爱地颤动着。

可是现在她不大漂亮了：她披头散发,脑袋显得很大；总是粘着汗和灰尘的乱发盖着前额和耳朵,鼻翼鼓起,生气地发出呼哧呼哧的声音,两片大大的红嘴唇好像由于愤怒而肿了似的。要是有一缕头发掉进嘴里,达莎就用汤匙柄把它撩开。上衣很脏,胳肢窝的地方已经破了,前胸的扣子也没扣好。滚圆粉红的手臂,一直裸露到肘部,也是污迹斑斑的。下巴尖上挂着一滴赤褐色的克瓦斯。

"梳梳头,洗洗脸,也要不了多少时间嘛。"巴维尔闪过一个念头。

她要到第二天吃过午饭才梳头,穿上黄绿条纹的上衣和紫丁香色的裙子。裙子吊在她的大肚子上,这样就能看见有扣襻的短筒靴,还露出一段黑底黄点的袜子,那是她最喜欢的一双袜子,她当初买来的时候就很中意。

到晚上,她便挺着大肚子同他并肩在城里的大街上走着,嘴抿得紧紧的,庄严地皱着眉。这使得她很像一个小店的老板娘,每当遇到同志们的时候,巴维尔总觉得他们的目光中闪露出讥笑和使人难堪的神情。

他愈想愈觉得浑身燥热,仿佛有个看不见的笨重的人非常讨厌地搂住了他,使他窒息、发热。他情愿想点别的事,边想边把它大声说出来。

"今天吃午饭的时候,考勤员库利加给我们讲法国的电气技术……"

妻子匆匆忙忙地吃起来,丈人却吃得很慢。他的嘴唇颤抖着,脸上泛起一丝不怀好意的笑容。

"那才是组织呢!"巴维尔沉入幻想地说。

"那么,德国又怎么样呢?"瓦列克用甜蜜的声音问道,抬头仰望着天。

"那里很好;那里党的机关像机器似的转动着……"

"感谢上帝!"老头子说,"可我还担心着,德国人的事情是不是都很顺利呢?"

瓦列克说话尖刻,巴维尔听了觉得很不舒服,他已经知道,老头子透过那两排松动的黑牙,又要说什么话了。只见他鼓起腮帮,像乌鸦似的歪着头,一只眼睛盯住女婿,尖声挖苦说:

"这么说来,德国什么都好啰?可是口袋里怎么样呢[①]?"

---

[①] 在俄文中,"德国"(Германия)和"口袋"(карман)两个字的发音近似,这里含有双关的意思。

说完这话,他哈哈大笑,在凳子上颤动着。奥莉贡卡也很高兴,她一拍手,汤匙便掉到桌子底下去了,母亲用手指弹着她的后脑勺,叫道:

"捡起来,废物!"

小女孩低声哭了,哭得很可怜,父亲把她搂在怀里,看看四周,天色已近黄昏,正是黑暗和光明融成一片朦胧灰色的时刻。不知在什么地方,有几个单身汉在唱歌,传来了缠绵的手风琴的声音,老丈人的话,像蝙蝠一样,回旋在巴维尔的周围。

"不行,你们别管德国,还是多想想自己的口袋吧,我求求你们!你们既然娶了亲,就该多想想钱袋,对——对了!假如孩子已经一个接一个地生出来,那就要为他们安排一个牢靠的家庭,这就要让口袋里装满钱,是的,是呀!"

马科夫一边拍着正要入睡的女儿,一边想着他的丈人。四年前,他所看到的瓦列克,完全是另外一个人。记得有一次在砖砌的棚子里开大会,这位老鞋匠一面揩着眼睛上的泪珠儿,一面叫道:

"孩子们!你们真可怜,嗯,反正一个样!一直往前冲吧!勇敢地往前冲!我们太怜惜自己了,任人摆布着过日子,我们为你们受了苦,现在你们也为你们的孩子受点苦吧……"

有一次,老鞋匠对巴维尔说:

"老弟,我一看见你,一听你说话,我就可怜自己没有儿子,只有一个女儿!唉,要是我有你这么个儿子的话……"

可是,自从城里一帮"爱国分子"打瞎了瓦列克的右眼,这老头子就猛然往后缩了。

"也不光他一个人往后缩。"巴维尔忧郁地想。

妻子很不耐烦地收拾着桌上的脏碗碟,弄得碗碟当啷作响,汤匙掉在地上,她嚷着:

"捡起来!你知道我弯腰很费劲啊。"

"不行,你们让外国去搞政治好了,你们自己管管家里的事吧!"

马科夫把睡熟的女儿抱回屋里去,踩得阶梯嘎吱嘎吱直响,妻子用同样的声音唠叨着:

"要不是这些蠢事……"

"是、是、是!"老丈人用死板的声调说。

从黑乎乎的树林后面升起一轮红黄色的圆月。巴维尔·马科夫同妻子并排坐在阶梯上,他抚摸着妻子的头发,几乎是耳语般地对她说:

"万一出了事,把我关进监狱,同志们会帮助你的……"

"那还用说,你就等着吧!"达莎气呼呼地说。

"我们大家必须组织起来……"

"你去组织好了。可是你干吗要讨老婆呢?"

在他的心头和脑际闪烁着一些他所珍惜的思想,他没有听见达莎那些烦闷的反驳的话,达莎也不听他的。

"你别跟我讲废话!你以前每月拿回一百卢布,可是现在呢?"

"这怪不得我,大伙儿的情况都这样……"

"你别管什么大伙儿的情况……丢开那些同志们,好好干你的活吧……"

她原想讲得和气一些,有说服力一些,但她整整忙了一天,已经很劳累,想睡觉了。这样的话已经讲了三年多,可什么变化也没有。她怜惜丈夫,为他担惊受怕,他差不多还是像过去那样,善良,愚笨而又倔强。她知道自己是拗不过他这种倔强劲的,因而在内心中愈来愈为自己也为女儿担心害怕。她对丈夫的怜悯愈来愈强烈,成为一种压力,但她找不到适当的语言来表达这种心情,于是怜悯变成了怨恨。

他看到,花楸树的影子沿着庭院爬到了他的脚边,张开数不清的尖指头,频频地抖动着。马科夫沉浸在对未来的向往中,神秘地对妻子说:

"你看:在法国已经……"

"别说了!"她愁眉苦脸地打断他的话,抬头仰望天空,用压抑的声音几乎嚷了起来,"要知道,咱们活不到那时候,咱们现在有孩子……"

他沉默了,仿佛被人从遥远的、光明的高处扔进这个小院子,扔到一些歪歪斜斜的拥挤不堪的破房子中间。

她想哭,但是愤怒烧干了她的眼泪,只是喉咙里哽咽着,她吃力地站起来,说:

"我要睡去了。你还要去找同志们吗?……"

"是的。"他迟疑了一会儿才回答。

她临走时,又大声唠叨着:

"倒不如快点把你们这些该死的东西抓走,反正早晚一个样!也许你们还会变得聪明点……"

月亮已经升高,影子变短了。狗在吠叫。

放荡的芬卡·卢科维察在菜园里用醉醺醺的哭声唱道:

我的情郎在伏尔加河上当船夫……
他淹——淹死了,我的冤家呀我真命苦……

有时候,这种谈话以大闹一场告终:达莎大叫大嚷,激愤得喘不过气来,她挥舞手臂,那对大乳房在肮脏的上衣里难看地抖动着。遇到这种时候,巴维尔看着她就感到恶心,但他默默地忍受着,不让那些使人难堪的粗话往心里去,却困惑地想道:

"当初我怎么没看出她是这么个女人呢?"

有一次,在这样的争吵之后,发生了一件事,使他心情非常矛盾,整整一年多的时间,他不得不弄虚作假,这使他非常痛苦,感到羞愧,但他又无法摆脱这种困境。

那是一个周末,他带回家的钱很少,这使得妻子暴跳如雷;她把钱往地上一摔,对着他大吵大闹。当时他也生气了,十分严厉而坚决地向她喝道:"闭嘴!"于是她把他推到门口,发疯似的嚷着:

"你滚,你这个叫花子!这个家是我爸爸的,是我的!你是个无赖,监狱才是你待的地方,快滚!"

他明白她这次发火的原因:收白菜的时候到了,但买白菜的钱不够。他受了这样的侮辱,简直气极了,就跑到外面,在别人家的菜园里坐了许久,竭力想抑制自己所受的委屈和痛苦。然后他进城去,在一家肮脏的小饭馆里喝了些伏特加酒,不知不觉走到了"教堂花园"——这是一座矮小的有五个圆顶的教堂旁的一个简陋的小花园。

那天刮着风,一根吊着的绳子不时碰着铜钟,那钟声宛如一声声轻微的叹息。教堂四周有一圈街灯,闪烁着暗淡的灯光。在教堂圆顶的十字架的上空,灰色的云像飘浮着的棉絮,云隙间露出一块块寒冷的蓝天,像一个个蓝色的窟窿;那阵阵的冷风仿佛就是从那里,从这些窟窿里呼啸着刮到地面上来的。

有时,从云隙间露出受惊的月亮,乌云就朝它扑过去,好像一群形容枯槁、面色苍白的乞丐朝扔给他们的十戈比硬币扑过去一样。潮湿而低沉的乌云擦过月亮,把它变成一个昏暗可怜的斑点。风摇撼着大地,好像一个狠心的奶娘摇着她所不喜欢的孩子的摇篮。

马科夫坐在一张长凳上,双手捧着醉醺醺的脑袋,断断续续地思忖着生活对他恶意的嘲弄:人越是想追求美好的东西,所得到的往往越糟。

这时有人在他身边坐下来。他抬头一看,不错,是个姑娘,他觉得,这是理所当然的:在这种阴雨的夜晚,这么荒凉的地方,除了小偷和妓女,还有谁会跑到一个孤独的人的身边来呢?

他们攀谈起来,随后又在城里的街道上走了很久,一路上,醉醺醺的巴维尔谈到自己不幸的婚姻,谈到他发现妻子不是他的知心人,他不能向她倾诉自己的心里话。

姑娘说道:

"这是常有的事……"

"常有的吗?"巴维尔问,"你怎么知道呢?"

"男人们经常抱怨……"

巴维尔朝她的脸看了一眼,没有什么特别的地方,这是一个娼妓的普普通通的脸。

他想起自己的妻子,心里恶狠狠地说:

"你自作自受!我这就跟这姑娘去……"

到了她的住所,他又谈起生活,谈到自己的想法,然后躺下睡觉,在她上床来陪他之前,他已经睡着了。

第二天早晨,他很难为情地同她一起喝茶,竭力避开那姑娘的目光,临走时,他给她三十五戈比,这是他身上仅有的钱。但她心平气和地推开了他的手,非常清楚地说:

"干吗?用不着给钱。"

他不喜欢她的动作,她的话也是令人不快的。

"得了,请收下吧!"

"好吧!"她同意了,拿了两枚银币,可是又耸耸肩,重复说,"真的,根本用不着……"

"她马上会请我再来,"巴维尔一边穿大衣,一边想道,"她还会说她叫什么名字,什么时候在家……"

可是她却看着地板,看着他脚下,若有所思地说:

"昨天晚上您讲得很好……讲到我们姊妹,讲到女人……"

这些话使他感到满意,霎时间消除了对她的厌恶感。他抱歉地笑着说:

"要是这样,我很高兴……昨天我喝醉了,平时我是不喝酒的……再见吧!"

她默默地伸出手来。

到了街上,他想:

"她没叫我去!钱也不想要,这是为什么呢?"

他记不清自己讲过什么话了,甚至连她的容貌也记不清了。

走近家门口,他带着既满意又惋惜的心情想道:

"要是再碰见她,会认不得的……"

天下着毛毛雨,他的大衣湿了,压在肩膀上,他感到头痛,很想睡觉。

妻子看见他,一声不响,甚至连瞧也不瞧他一眼。他在角落里坐了许久,看着她用有劲的双手揉面,看着她胳膊肘上迷人好看的小涡时隐时现。她整个身躯高大又结实。

为了要找话说,他问道:

"奥莉娅在哪儿?"

"在哪儿?!今天是好人的节日,她跟外公上教堂去了……"

巴维尔和蔼地说:

"这我可不懂了:为什么要把三岁的小娃娃带到那么闷气的地方去,况且天还下着雨?"

当他记起自己已经不止一次用同样的话来回答妻子的那句话时,他就不再往下说了。

妻子和面的声音更响了,连桌子都在吱吱作响。

"向她说:你看你把我逼到什么地步了?看见吗?你看你把我往哪儿推,——跟她说吗?"

他忽然感情冲动起来,走到妻子跟前,一只手搭在她圆圆的肩膀上。

"别碰我!"她叫了一声,抖掉他的手,脸孔涨得通红,甚至连脖子都涨红了。"滚你的吧,要不我狠狠给你一家伙!"

她挺直身子,用沾满发面和面粉的手理了理头发,头发变成了灰白色。

瓦列克抱着奥莉娅走进来,摘下眼镜,他的一只眼睛闪烁着,高声地说:

"上帝赐福,你可回来了……"

"爸爸—爸爸!"小姑娘叫着。

巴维尔本要去抱她,但是想起自己是在什么地方过的夜,就忧郁地弓着背,洗手去了。

妻子整天唠叨着,老丈人不断地嘲笑他:

"怎么样,社会政治家先生,您怎么不吃馅饼呀?您吃吧,现在离工人阶级取得胜利,离所有的叫花子都有馅饼吃的时候,还远得很呢!"

"您还是别惹我吧!"巴维尔怏怏不乐地说,"您知道这是没有用的……"

"是呀。说得对!"瓦列克表示同意,"没用……"

过了几分钟,他又问道:

"您的皮靴我修好了,看见了吗?"

"看见了。"

"满意吗?"

"谢谢。"

"达丽娅,把'谢谢'给腌起来,到没东西吃的时候,我好吃它……"

雨点沙沙地打在玻璃窗上,风在阁楼上刮得呼呼直响,敲打着什么东西。屋顶上的松树发出吱吱扭扭的声音,不知什么地方有一扇没关上的便门砰的一声,门闩响了一下,雨水像是唱着又像是哭着流进水桶里去。屋子里一片昏暗,散发着烤焦的葱、皮革和树胶的气味。

马科夫看出女儿受到了大人情绪的感染:她用询问的目光害怕地看着大家,皱着眉头,似乎想哭。

"将来她会怎么样呢?"他想,一面注视着孩子,觉得自己对不起她。

"到我这儿来,好孩子!"他伸出胳臂叫她。可是当奥莉娅向他跑来的时候,母亲抓住她叫道:

"你敢去!"

奥莉娅哭了,小脸蛋埋在母亲的两膝中间,可是母亲站起身来,把她推到角落里去：

"去躺下,睡觉！别让我瞧见你……"

巴维尔也站了起来。他脸发热,背上感到一阵刺骨的寒冷。

"要是你下次再敢……"他说着向妻子跟前走了几步。

妻子把脸凑到他跟前,用充满痛苦和仇恨的低语催促道：

"喂,打吧！喂,打呀！"

可是老丈人手里拿着鞋楦头,跳着喊起来：

"你就这样呀！这就是你的团结一结呀！"

巴维尔推开妻子,抓起帽子,冲了出去。

他在雨里跑着,绝望地想：

"要不是丈人叫起来,我会把她……"

迎着他的是一股股肮脏的雨水,浇在他的脚上,秋风带着寒冷的、刺人的雨点扑面吹来。

他又到了那个姑娘那里,坐在桌旁,把淋湿了的上衣扔在地板上,一只手挥舞着,另一只手不断地揉着喉咙,急急忙忙地说：

"我又不是畜生！我懂得,不能怪她……"

姑娘忧心忡忡地在房间里转来转去,像一个被无形的力量驱赶着的陀螺;她生上茶炊,将劈柴顶在膝盖上折断,把煤炭拨弄得沙沙作响,她赤裸的肩膀上披着一条大围巾,围巾的下端像灰色的翅膀似的跟着她到处飘舞。

"您看,我到您这里来了,尽管我有一些同志,可是跟他们讲这种事是太难为情了,虽然他们大概也经历过这种一家人互相折磨的日子,为了什么呢？您倒说说看,为了什么？"

"我可不知道。"他听到她低声地回答。

"这种腐烂的生活渗透到每个人的骨髓和心里去了,忽然有天心会痛起来,痛得那么凶,简直想干坏事……"

姑娘走到他跟前,小心地摸摸他的衬衫,眨着眼说道：

"您淋湿了,可我什么衣服都没有……怎么办呢?"

"不用管它!"他一边说,一边抓住她的手。

她轻轻地抽出她的手指,担心地说:

"您会着凉,会生病的!这对工人来说,可是非常糟糕的!……"

她挣脱了手,走到过道里去,可是立刻就回来了,拿来一件破旧的花布衣,凑在茶炊的烟囱上烘暖,淡漠地劝着她的客人:

"您换一换衣服吧……尽管这是女人的衣服,不过是干的……"

她把破衣服扔在桌上,又走到过道里去,马科夫看着她的背影,仿佛在梦里一般:

"这是命运!命运就这么荒唐吗?不过,你又能到哪儿去呢?对她反正是一样。"

不知从旁边什么地方,隐隐约约地冒出了一些挖苦的话,就像他丈人的薄薄的嘴唇在低语:

"怎么,逼急了吧?你的同志们呢,啊?在这种困难的时候,你为什么不跑去找同志们,去找他们好了!啊哈,怕难为情吗?"

他用力压平自己的短发,委屈地笑了。

"您怎么啦?"女主人在门口探了探头,冷淡地问。

湿淋淋的衣服贴在他身上,引起一阵令人不快的寒战。巴维尔很快脱去衣服,裹在那件女人的长衫里。

"这样就好了。"姑娘说着走了进来。

"可笑吧?"他问。

"可笑。"姑娘表示同意,可是她的脸上却没有丝毫笑意。

巴维尔第一次没有礼貌地把她细细地打量了一番。她身材矮小壮实,高高的颧骨,有一双狭小难看的眼睛。

"可笑,可是您却不笑!"他一面说,一面环顾四周。

小小的房间里,摆着一张床,一张桌子,两把椅子,一个衣柜,门边还有个大炉子,挤得满满的。在面向入口的地方,供着一个小神像,神像上方插着一支带纸花的柳枝,黑乎乎的墙壁上挂着一些花花绿绿的图画,有些蟑螂在上面爬着,沙沙作响。墙壁的缝隙里嵌着麻布条。一扇四方形的小窗户,窗上的旧玻璃变得模糊不清了。

那姑娘俯身在茶炊上,没有回答巴维尔的话。他觉得很不自在,厌恶地暗自想道:

"这姑娘大概很蠢。"

但他嘴上却问:

"这是厨房吗?"

"是的。"

"屋子里还住着别人吗?"

她把滚开的茶炊放在桌子上,切了一大块裸麦面包,然后一面倒茶,一面低声地,用窗外的雨声那样单调的声音说:

"这儿还住着两个老太婆:老处女。不过她们差不多从来不在家里做饭,总是上有钱的朋友家里去,在那儿吃饭。她们也常常不回来过夜。真对不起,我这里除了面包,什么也没有!"

"我不想吃。"巴维尔说,感到越来越不自在:嗯,他干吗要上这儿来呢?

突然间,他出乎意料地严厉而大声地问她:

"您登记了吗?"

"上哪儿登记?"

"在警察局吧!"

她心平气和地答道:

"怎么,我的护照当然是登记了的!我是她们的厨娘,又是丫头。可是白天没什么事干……"

巴维尔觉得这话有点蹊跷,不对劲……

"我问的不是那个……"

她猜到了。她那颧骨突出的脸暗淡了,眼睛紧紧地闭着。

"哦,"她说,"嗯……这是指我昨天在街心花园。不,我不是干那一行的……"

他不相信。他猛然往后一仰,笑着,看着她,她隐瞒自己的职业,使他觉得好笑,他觉得她可笑而又可怜。

姑娘的斜眼忽然睁开了,那双眼睛是蓝莹莹的、柔和的,照亮了她那颧骨突出的脸,使那张脸显得漂亮一些了。

"昨天嘛,我就是这样,"她说,捏着面包屑,搓成小球儿,"我心里也很不好受,就出去了。说不定我还想投河呢,可是您在那儿坐着。我心想,这是个男人,他也感到难受!我就走到您跟前。可您马上就数说起来,我看出您情绪坏极了。好像您也在想那种罪过的事……这种事差不多天天都有:自杀呀,上吊呀……"

他听着,不知道该不该相信她,暗自想道:

"'就出去了。''就走到您跟前。'讲得多不带劲。没意思的姑娘。"

那姑娘仍然用平淡的声音,简练地叙述着:她是莫尔德瓦人,出身有钱人家,有文化,上过教区学校。一场火灾使她家破了产,父亲去西伯利亚寻找土地,从此音讯全无,有人把她送到车站去当女仆,她在那里住了三年。站长有个兄弟,是个报务员。

"您讲话的时候,跟他一模一样。"

她那浅色的眼睫毛又遮住了眼睛,坚定地重复着。

"跟他一模一样……"

"他在哪儿呢?"巴维尔问。

姑娘沉默了一会儿才回答:

"被抓走了。"

她的声音里没有一点忧伤,但不知怎么奇怪地动了动脖子,她的颧骨变得更突出了,脸部也突然皱起来,像一只要吠叫的狗一样。

巴维尔已经不考虑,该不该相信她,因为他不愿意想这件事。

忽然她大声说:

"我有过一个孩子……"

"报务员的?"

"对了。生出来就是死的。"

"报务员是个好人吗?"

她开怀地笑了。

"是的。不过他老是一个人,他一讲话,大伙儿都笑他。就这么把他一个人抓走了。把我也赶跑了。"

风在烟囱里咆哮,恰似一只无家可归的老狗。

生活变成了彻头彻尾的欺骗,虚伪像铁锈一样腐蚀着马科夫的自尊心。

他爱妻子,喜欢拥抱她那强壮、温暖而巨大的身躯,她那双乌黑的眼睛射出的挑逗目光对他有一种不可抗拒的魅力。

有时,在她心绪好的时候,她娇声说话,不知为什么还带着一点鼻音:

"喂,你哪怕走到我跟前来,抱一抱、亲一亲你的老婆啊,你这个淘气包!"

有好些日子,有时好几个礼拜,他几乎忘记了城郊有那么一座黑屋子。它像窑洞,有两扇半明不暗的窗户,屋顶上盖着青苔,漆黑的房间像地窖,里面住的女人是个不吭声的、驯服的、夜间出没的生物。所有这些渐渐在他的记忆中消逝了,变成不需要的了。即使有时候这件事像乏味的梦一样,偶然出现在他的脑际,巴维尔也很满意地想道:

"那件事总算过去了!"

最初他非常想向妻子和盘托出,要讲得使她感到自己对不起他,使她明白,精神上的不和对他和她有着怎样的危险。

可是,进行这样的谈话委实叫人害怕,遇到她脾气和顺、可以接近的时候,光阴过得很快,快得抓不住,要是他从离题很远的地方谈起和家庭没有什么直接关系的话题,她总是尽情享受他的搂抱,懒洋洋地打着呵欠,用那种带着睡意的声音打断他的话:

"啊,你又讲这些废话了……"

于是她恳求着,命令着:

"就这么爱我好了,别讲你那些废话……"

如果他还继续讲,妻子的眉宇之间就会出现一道阴沉的皱纹,她的目光变得更清澈,更冷淡,她生气地训斥道:

"我说,你就丢开那些玩意吧。你要想想,你是有孩子的人啦!书也够多的了,整整一书架。……书也好,同志也好,这些东西对有老婆的人都用不着。……你看,那些有家室的人都离开了你们,安安分分地为老婆、为孩子干活。只有谢尔久科夫一个人同他的玛什卡跟你们这班人鬼混在一起,可是他怎么能跟你比呢?他上个月总共才拿回家三十六卢布,被罚了两次款……"

她很起劲地尽心在工人区收集一切逸言,她知道人们的许多坏事,从来不讲什么人的好话,总是扬扬得意、上气不接下气地把一大堆幸灾乐祸的,有时还是胡诌出来的无聊事情堆到丈夫的头上。

"没有这么回事,达丽娅!"他想制止她。

她声音哽咽着反驳他:

"嗯,当然啰!我知道,你只相信你的同志们,不相信老婆的话……"

由于妻子话语的压力,巴维尔丧失了力量,他原来的好意受到压抑,像血似的流掉,在他心中消失得无影无踪。他越来越习惯于在妻子面前沉默不语。

他不回答她的话,只是听她讲,一面轻轻地吹着口哨,一面忧郁地想:

"她现在不理解。难道就永远理解不了吗?"

他渴望着一种特别深沉而充实的女性的抚爱,这种抚爱能使热血沸腾,使心灵燃烧得更明亮,更炽热。但是要使心灵得到抚爱,就只有到城郊去,到长得难看的莫尔德瓦姑娘那里去。看来,她倒善于而且也喜欢倾听他关于生活的叙述和对于未来的憧憬。看到一个人坐在你的对面,贪婪地听着你的每一句话,如同昏厥很久的人苏醒过来时大口吸进空气一样,那是令人非常愉快的。

在她那干瘪的胸膛里也有一些巴维尔感到生疏和不大理解的东西:像是一只灰色的小鸟有时在那里唱歌似的。

"你去教堂吗?"有一次她偎着他问道。

"不去。你知道……"

巴维尔长久而热烈地向她解释,为什么他不去教堂,但等他讲完之后,莫尔德瓦姑娘却轻轻地说:

"意思是一样的:你讲的是人世间的和平,教堂里也在祈祷着'全世界的和平'……"

"不,你等一等!我讲的是斗争……"

"你要的斗争,就是为了大家言归于好……"

他又跟她争辩起来,兴奋地挥着手,用拳头砸桌子,他觉得他能愈来愈清楚、愈来愈容易地表达自己的思想。他感到很高兴,就讲得更起劲了。

可是莫尔德瓦姑娘温和而又固执地反驳他:

"不,我爱听祭司那深沉的低音:'上帝赐给你们和平。'不管是谁说的,这对我都是一样,只要大家听得见:需要和平!"

她紧挨着他站着,望着他的眼睛,害怕地小声说:

"你看,人人都凶狠,到处在打架!饭馆里,集市上——哪儿都有!只要一玩起来就打,搞些娱乐消遣,也要打架。哪怕在教堂里,还要为争座位吵嘴。小小的孩子也要挨打。还把人抓起来,绞死,弄死了多少人啊!警察局打人打得多厉害啊!有的人还想毁掉自己,这也是忍无可忍,自己毁掉自己!我那次横下一条心想自杀,自己生自己的气:'贱货,你有什么好活的呀?一个好人也没有,生活才这么可怕,是的,好人寥寥无几,这儿一个,那儿一个,简直找不到……'"

他笑了她一阵,但她的话说得很朴实,一点不惹人讨厌,也没有一点强加于人的意思。这番话在巴维尔的心里引起了一种宽容的感情,仿佛在她朴素的信仰和他严肃的见解之间牵着一根细线,使他们接近起来。

很多次他回到这个话题上来,有时开玩笑,有时认真,但总是遇到她巧妙的抵抗:莫尔德瓦姑娘不反驳他,但也没有被他的道理所说服。

"你看得太远了,要求得太高了!"他笑着说,"我和你还看不见和平呢,咱们得生活在斗争中……"

她想了想,答道:

"要是你知道明天会很好,那么即便今天有些坏事,也不那么可怕,而且也不会显得那么严重了……"

巴维尔坐在莉莎那里,有时也想起妻子来:他的双手顿时垂了下来,心里感到剧烈的痛苦,他身上发冷,怀着羞愧和愤恨的心情责备自己:

"还自称是什么思想进步人士呢。你揭露资产阶级的腐化,可自己也不过如此……"

然而,这个烦人的想法往往被许多别的思想岔开去,它们向四面八方展开,然后深入到生活的底蕴,这些思想虽然还不太清晰,可是马科夫很想把它们表达出来。他又屡次在莉莎的面前倾吐自己痛苦的心事,谈论他的妻子,说他是爱妻子的,可是没有莉莎,他也很难生活下去。

"我跟任何人都不能像跟你这样谈话。看来男人大概有些心事是只能对女人讲的。可是我又不能跟妻子谈。跟同志们谈也不行……谈自己的私事,似乎难为情,很不好意思,可是又非说不可!"

她用粗糙的手掌和细长的手指抚摸着他的头,听着他的话。

"我试着跟人谈过,他们就按照书本来回答我,书我自己也会读!大家都不好意思坦率地谈自己……大概很多人像我一样痛苦,这种痛苦哪里也没有写过,只在心上写着,说出来又叫人难为情,可是应该讲出来,要不会折磨人的!"

这时,他的面前闪烁着一双碧蓝的眼睛,于是他忘记了这双狭长的眼睛是歪斜的。莉莎的一只手颤抖地摸着他的头、他的肩膀,仿佛以此来回答他激动的心情。

他抱起她来,放在自己的膝盖上,疼爱地,带着突然迸发的热情,吻着她热烈粗糙的脸颊和嘴唇。

"不要紧,亲爱的,"她低声说,眼睛睁得愈来愈大,"你能熬过去的,过些时候就好了……"

有时,他把头枕在她的膝盖上睡熟了,姑娘一动不动地坐着,直到该叫醒他的时候;她坐着,像个保姆似的,轻轻地抚摸着他的短发。

……巴维尔有时带来一张报纸,他把这张印着密密麻麻字迹的花花绿绿的报纸在桌上摊开,俯身在报纸上,带着庄重的神情读着关于欧洲和全世界的同志们的消息,读到他们不懈的斗争和工作,读到党的领袖们,读到日常斗争中那些孜孜不倦的战士。

姑娘一动不动地坐着,偶尔低声问他一些什么,但巴维尔断定,莫尔德瓦姑娘什么都懂。

他发现,只要一读到英雄或领袖的故事,她的脸就会奇怪地紧张起来,碧蓝的眼睛闪烁着,像一个听着迷人的神话故事的孩子。有时候,这种呆板的目光甚至叫人不舒服,叫人想起一只聪明而忠心的狗的目光,它似乎在深思,深深地思索只有它那不会讲话的牲畜的心灵才能够懂得的事。在这种时候,他觉得这个矮小温顺的姑娘能平心静气地做出任何事……

她常常问:

"你说,他叫什么名字来着?"

停了一会儿,她清晰地重复着那个名字,又问道。

"俄文那个名字怎么说?"

"我不知道。我们没有这样的名字。"

"难道我们没有这样的圣人吗?"她不相信地问,有点不高兴。

巴维尔哈哈大笑起来。

"好姑娘,圣人不是我们的事!我们生活在地狱里,我们这里是不会出圣人的……"

"会出的!"莉莎有一次说。

这句短短的话听来很奇怪,仿佛半夜响起的第一次钟声,在黑暗里预告新的一天的诞生。巴维尔看了看女伴的面庞,可是并没有发现什么特殊的地方。他想了想问道:

"你为什么问起这些人的名字呢?"

她低头不语。于是巴维尔亲切地抬起她的脸,笑着又问:

"也许,你打算为他们祷告吧?是吗?"

"那又怎么样,"她说,"我也为他们祷告。不过我祷告的时候不说名字,只说:上帝,帮助那些为别人做好事的人吧!你笑好了,我不在乎。"

"祷告没有用,莉莎!"

"大家都尽自己的可能去帮助好人。"

"算了吧,莉莎!不行,你得学会用别的办法来帮助……"

"等我学会了,就用别的法子……"

于是她紧偎着他说:

"这没关系:这不会得罪他们……"

巴维尔抱着她,默不作声,他在想着一件还不十分明确的重大的事。

同志们发现,他有时候躲开他们,也躲开他的妻子,却在别处消磨时光,但是他们都不作声,假装相信他的解释。

只有快活的铸工米哈伊洛·谢尔久科夫有一次问他:

"巴沙①,你怎么也轧上姘头了?"

巴维尔被问了个措手不及,难为情地反问道:

"你说谁呀?"

米哈伊洛是个麻子,头发蓬乱,挥舞着两只烫伤的手,哈哈大笑

---

① 巴沙是巴维尔的别称。

起来。

"这下子可叫我抓住你的把柄了！老兄,怎么样,啊？嗯,这一下我要告诉你老婆去啦……"

"别这样,你别说!"巴维尔真心地恳求他。

"那你送给我什么？把涅克拉索夫的诗集送给我,怎么样？"

"不给。我自己会告诉她的……"

谢尔久科夫诧异地看了他一眼。

"你自己去告诉她？告诉你老婆？"

"嗯,是呀。"

"为什么？"

"该说嘛!"

米哈伊尔蹙起他那布满皱纹的额头,斜眼看着一旁,叹口气说：

"这么说,你真的要这么做了？没什么,那样也好！大伙都看得见,她配不上你。她生来就是小市民,深入骨髓了。你总不能把黑狗洗白,何必去浪费时间呢……"

"他不明白。"巴维尔想。

他又低声说："你不喜欢她。"

"对!"谢尔久科夫嘲笑地表示同意,"这说得对：我喜欢另外一个,而不是她……"

于是巴维尔问他：

"你也是这样吗？"

"什么也是这样？哎,对啦……"

那个铸工不高兴地冷笑一下,简单地说：

"是呀,老弟,我也是这样。"

巴维尔奇怪地看着他,谨慎地问：

"这是怎么啦？你们俩不是过得很好吗……你的老婆不是同志吗……"

"说的正是啊,就因为她是同志!"谢尔久科夫愁眉苦脸地大声说,

"问题就在这儿,她这位同志拼命咳嗽,一天天憔悴下去……"

他们两人在工厂院子里沾满煤烟的墙边谈话,在他们的头顶上,排气管不停地愤愤地喷着气:

"呜嘿,呜嘿。"

空气里饱含着煤烟,充满着痛楚的呻吟、尖叫和摩擦的声音,还有火的轰隆声和铁器的响声。

"三年生了两个孩子,"谢尔久科夫一面卷着烟,一面悲伤地抱怨,"我们这个阶层显然供养不起。医生说:'节制点儿吧。'嗯,我就开始躲开她,我也实在是可怜她!流眼泪的滑稽剧,我的好兄弟。躲开,躲开,最后跑到……跑到那种不该去的地方去了。也许我还会闹出什么乱子来。可是也没法回头了……而且,回头是什么意思呢?老婆应当下乡去,而不能生孩子。老弟,看来我们不配有孩子。那么,我们到底配有什么呢?"

他看看四周那一堆堆的废铁,因为堆过煤弄得乌黑的土地,还有那些冒着黑烟和蒸汽的车间的屋顶。

"在生活中咱们这些人输得可惨啦!没得着一张王牌,不妙啊,巴沙!"

他把烟头往背后一扔,走进自己的车间。他现在走路的样子,巴维尔还从来没有见过,他垂着头,不时东张西望,仿佛害怕有谁突然会向他猛扑过去。当他走进铸造车间的黑门洞之后,巴维尔记起,他过去是个快活、淘气、无忧无虑的家伙,爱讲漂亮话,又是个戏迷和歌手,他想到这些,不禁深深陷入了沉思。好像刚才同他讲话的不是过去的谢尔久科夫,而是另一个更加亲近的人。他第一次听见一个同志如此坦率地谈到自己内心的苦恼。巴维尔站在车床前,心里想:

"他现在会理解我的,我也会跟他更接近了,这是肯定的!我的生活不好……"

可是,这没能做到:不到一个礼拜,有人在砖厂附近的丛林中把谢尔久科夫抬了出来,他不知道被谁狠狠地揍了一顿,在医院里住了许久。

"这就是生活!"巴维尔说,在自己家的屋子里踱来踱去:

"唉,他真可怜,这么可怜。达莎,你想象不出来,他有多么可怜!他是个多好的小伙子啊……"

他坐在妻子身旁,放低嗓门接着说:

"你知道,不久前他还跟我说起他的老婆……"

"他这个坏蛋最好别提他老婆!"达莎阴沉地答道,"我可知道,人家为什么要揍他……"

"慢着,达莎!"

"当然,不管什么下流东西,只要是你的同志,你都要为他辩护……"

他厉声说:

"达丽娅!我的同志里面,可没有下流东西!"

"用不着大声嚷嚷!"

尽管老婆用臂肘推开他,他还是拥抱了她,向她讲了谢尔久科夫的事情。最初她很感兴趣,但后来生气地推开丈夫,骂了起来:

"哎哟,这些死鬼!难道玛丽娅知道他的这些鬼把戏吗?"

"你可千万别告诉她呀!"巴维尔吓得喊了起来。

"我要告诉她!真的要告诉她!"达莎兴致勃勃地、得意地笑着喊道,"混账东西,读书读出什么来了,想出什么来了!你看,可怜她的老婆,怕她多生孩子,听见吗!呸!"

她生气的时候,总是直着身子,昂着头,鼻子使劲出气,她的鼻孔张开,扇动着,像马一样。这样一来,她就更有诱惑力,同时也更使巴维尔反感。这时,他非常希望她遭罪。他恨不得亲眼看见她生病,倒霉,或是由于害怕而沉默不语,或是看见她变成一个叫花子:穿着肮脏的破烂衣服沿街乞讨,低声下气地向谢尔久科夫瘦瘦的、聪明伶俐的妻子鞠躬,求她赏几个钱。或是祈求那些与她的心格格不入的人赏几个钱,她的心像个滚圆的铁球一样,又暗淡,又沉重。

礼拜六晚上,巴维尔坐在莉莎那里,低声说:

"把人弄到什么地步了,连好事、合乎人性的事,也被当成坏事了。我的心像系上了圈套,不知怎么才能解开!当然啰,我爱我的老婆,也爱我的女儿,可是,她能给我女儿什么好处呀!莉莎,没有你,我也活不下去。唉,莫尔德瓦姑娘,你的心真好,你是我的知己……"

她低头听着他说,然后认真地、小声地插上三言两语:

"我不知道你该怎么办。我想不出怎么才能帮你的忙……"

然而,她还是想出了办法。

有一天,巴维尔又同老婆、丈人吵了嘴,心情很不痛快,精疲力竭地在静悄悄的街上走着,走过一些篱笆,走过那些关得严严实实的院门和漆黑的窗户,春天的黑夜躲避着月亮的寒光,藏在家家户户的屋子里。

"面面都要考虑到!"他想,一会儿走在月光下,一会儿消失在树木和房屋的阴影里。"不,这些全得丢开!要么就按我想的那样生活,要么就像她所要求的那种爱情。可我真想过自己的日子……已经够受了!"

他走路很吃力,仿佛两条腿在阴影里黏住了,又像在浮沙或泥泞里走路似的。他穿过大街,到了对面,街那边完全沉浸在苍白的月光之中。

这座城市迟迟才进入春夜不安宁的梦乡。可是黑黝黝的人影仍在街头游逛,像是在寻找什么,又不抱能找到的希望似的。一个骑者的黑影闪过,骑者在马鞍上颠簸着,马蹄踏在石头上,迸发出两颗蓝色的火星。

一个粗壮的警察牵着一个长头发的工人走过,用皮带套着他的脑袋,那工人摇摇晃晃地走着,用手威胁着什么人,像只大野蜂似的,嘴里发出嗡嗡的声音:

"你等着吧,我会收拾你的……"

一个邮局的职员手挽一位身材窈窕的小姐走过,留下几句叫人费解的话：

"稍稍打开了一点，就那么一点，谁也走不过去……"

狗把嘴伸出大门，带着睡意懒洋洋地吠了几声；教堂的守夜人不慌不忙地敲钟报时：他敲一下停一会儿，慢慢等着钟声消失在蓝色的空中，如同泪水融化在一大碗冷水里。

"十点钟了。"巴维尔数着。

他想象着矮小的莫尔德瓦姑娘的模样：穿着一条灰裙子，一件前胸有花边的黄色上衣。她有三件上衣，全是黄色的，只是深浅不同，而且她穿着都嫌短：当她抬起手来的时候，衣襟就从腰带里滑出来，当她弯腰的时候，腰部露出一截乡下土布做的衬衣。她的裙子也不合身，歪歪斜斜的。

"她的头发很好看，"他提醒自己，想在莉莎身上找到能和他妻子媲美的地方，"头发很好，软极了。眼睛也好看。很可爱……"

但仿佛有个人很不以为然地反驳他：

"她的膝盖是瘦削的。肩膀也是那样。"

莉莎房间的窗户是漆黑的，他把脸贴在玻璃上，像往常一样，用手指急促地不断敲打着通风窗子上的铁烟囱，气窗里的风车已经坏了。但很久没有人答应，后来有一个生疏、微弱的声音在烟囱口问道：

"找谁？"

"莉莎在家吗？"

有人闷声答道：

"她不在这儿了。"

"这是怎么回事呢？"

"她走了。"

"什么时候走的？"

"四天以前。您请走吧。"

"劳驾！"巴维尔大声说，把胸口紧贴着房子的墙壁，"也许她交代了要告诉我什么话吧？"

"您是谁呀?"

"马科夫,巴维尔·德米特里奇……"

"有个条子是给您的,我这就把它从通风窗口递出去。"

灯火亮了一下,又熄灭了。

灯又亮了起来,窗户像是一张又大又黄的面孔,上面有个十字形的黑伤疤。

从窗洞里露出一角白纸,窸窸窣窣地响着。巴维尔接住它,打开来,然后他贴在玻璃上,读着写在上面的又大又歪歪扭扭的字体。

巴维尔·德米特里奇,我敬重的人我很爱您这会很不好像您老婆一样。因为我已经忌妒起她恨起她来了也忌妒你恨你所以我走了不知到哪里去

莉莎维塔①

他把字条捏在拳头里,可是马上又展开,看了看上面写得歪斜潦草的字迹,然后把它撕得粉碎,发狠地冷笑着:

"想出这种花招,狗东西……"

他把那些纸屑抛撒在地上,呆望着田野,那里死气沉沉,空空荡荡,就跟他那颗由于恐惧而突然紧缩了的心一样。

"傻姑娘……"

然后,他肩膀擦着篱笆,慢慢地走回工人村去,他一边走,一边忧郁地嘟哝着:

"唉,莉莎,你到哪儿去了?"

谭得伶 译

---

① 莉莎维塔是莉莎的正名。

# 抱　怨[*]

## 一

同我谈话的是一位军官,他参加了最近这次战争[①],曾两次受伤,一次子弹打穿了脖子,另一次伤了腿。宽宽的脸,翘鼻子,颏下留着淡色的胡须,唇髭却拔得光光的;他不习惯穿便服,所以总是撇着嘴打量这身衣裳,用颤抖的手指摸摸那带着一枚过分豪华的别针的黑领带。他疑惑地不时咳嗽几声,脖子上的肌肉都抽搐在一起,大脑袋歪到右边,像是聚精会神地倾听着什么,那充满倦意无精打采的眼神中闪烁着不安的光芒,嘴唇抖动着,嘶哑的声音带着忧虑,说起话来语无伦次,动不动就发火,右手总是不停地在空中挥动。

"妙极了!"他说,一只手掌往桌面上一拍,小桌子倾斜了一下,放满茶碗和杯子的托盘就全部滑到他的膝盖上了。"哟,见鬼,对不起!好啊,妙极了! 就是说,老百姓? 全都靠不住!"

---

[*] 本篇写于一九一〇至一九一一年,是四篇主题相同、内容互异,彼此并无承接关系的短篇小说汇集(Цикл рассказов)。第一篇最初发表于一九一一年一月《现代人》杂志第一期和一九一一年一月三十一日、二月三日《方向盘报》,同年,《现代人》丛书第三(三月)、第五(五月)和第九号(九月)分别发表了其余三篇。译自《高尔基三十卷集》第十卷。

[①] 指一九〇四至一九〇五年的日俄战争。

他把头猛地向上一扬,一只手在空中做着劈杀的动作,像是要砍断什么似的,随后,又郑重其事、振振有词地接着说:

　　"我在军队里干了十一年,你们那些老百姓我见过成千上万,可以说全都是挑选出来的,个个都是二十岁至二十六岁的棒小伙子,风华正茂呀,您说是吧?不过,全都靠不住!"

　　他凝视着我的脸,心情沉重、面带忧郁地冷笑着。

　　"您以为,我会说他们是傻瓜吗?哎呀,不,请原谅,他们一点也不傻,噢!都是些挺能干的小伙子,是的,是的,挺能干。连那些鞑靼人,各式各样的莫尔德瓦人也不傻,他们在俄罗斯人的队伍里磨炼得越来越精了。不过,这些老百姓心里都没有土地观念,我不是从革命的意义或是社会的意义上讲,从这方面说,他们心里是有土地观念的!他们也能够在土地上干活!我的老兄,中国人在十平方俄丈那么大的土地上,就能吃得饱饱的,对不对?我看,关于土地的那套说法都是你们编出来的,你们想以此收买人心!庄稼人心目中的土地是能长庄稼,能得到种种收成的东西。可是,怎么说呢,在他们的灵魂里却没有土地观念,他们没有国土观念,懂吗?就是说他们没有整个俄国和整个俄国的土地这个观念,这就是事情的本质!您问问庄稼汉,什么叫俄国?啊哈!俄国的农民是不知道什么叫俄国的,您明白吗?比方说,他们干活干得很糟糕,这是事实,他们自己也知道,他们没有好好干。为什么呢?因为一个不知道自己是什么人、不知道自己在什么地方生活、不知道自己明天的日子会怎么样的人干吗要卖力气干活呢?他只要填饱肚皮就行了。他不是在生活,只不过是填饱肚皮……别无所求!请让我说下去!"

　　他高高举起两只手,鼓着腮帮子,停顿片刻,好像是感到绝望而在祈祷似的。

　　"我知道,您会说,他们没有受过教育,没有文化,等等。他们要教育,要文化干什么?他们上无片瓦,下无立锥之地,他们往哪儿装您那个文化呀?他们不求上进,他们不爱学习,他们不需要这个……不需要!"

他一口气喝干了一大杯掺水的葡萄酒,像一个疲惫不堪的人想快些解衣睡下一样,匆匆忙忙地接着说:

"俄国的老百姓个个都是虚无主义者,我这话是不是太尖刻了呢?不,事实如此!他们什么也不相信。他们上不着天,下不着地,这些个老百姓!他们?他们全都是些极端反对政府的家伙,你就是费多大的劲儿,也休想叫他们变得像个人样。窝囊废!稀泥软蛋!永远永远也改变不了,一群废物……"

这一席话他显然是经过深思熟虑的。他的话都是些老生常谈、陈词滥调,可是,在他的声音和每个手势里都使你感到,他的信念十分坚定,这是他多少个不眠之夜思考的结果,是他怀着巨大的痛苦探索过、热切地追求过的,但这究竟是什么呢?大概他自己也不甚了了。

"我觉得,"他的脖筋神经质地抽动着,眯缝起两只眼睛,说,"有一次,我在一个具有讽喻意味的人物身上看到了整个老百姓。他是个后备役士兵,诺夫戈罗德人。您见过这种怪事吗?可是生活里确实常常发生这种事:有的人只要有一次跟您过不去,您就会记他一辈子。那是在旧鲁萨①,有一次军队开往前线的时候,我就赶上这么一回;我站在月台上,士兵们正在上火车,女人们号啕大哭,喝醉了的士兵乱嚷乱叫,没醉的直瞪瞪地望着,仿佛再过一小时就要剥掉他们的皮一样。一眼就看得出来,您知道,老百姓,懂吗,老百姓要去同万恶的敌人打仗,去保卫祖国啦!真见鬼!这时候,我在那一张张痛不欲生的面孔中看见一个人,真正的俄罗斯人,宽厚的胸脯,大胡子,好大的一双手,土豆鼻子,蓝眼睛,还有一副平静的面孔,见他的鬼去吧,瞧他那个饱经风霜、不慌不忙的神气,又那么心中有数,好像他断定不会有什么好事儿,永远也不会有!他搂着他那个痛哭流涕泪人儿似的小个

---

① 旧鲁萨是诺夫戈罗德省的一个城市。

子女人的肩膀,用阴沉却极为平静的声音,请您注意,非常平静的声音,这个魔鬼,嘱咐他女人,把什么东西卖给谁,要多少钱,还有一些别的事情。看样子,一点活着回来的希望也不抱啦,好像他不是上前线,而是去送死,您明白吗?看到这种情况可真让人不痛快……这该死的宿命论,带着这玩意儿去打仗,去战斗!您明白吗?宿命论和打仗,啊?水加上火产生蒸气,可是带着宿命论去打仗,那可纯粹是没指望啦!完全等于零,填不满的无底洞!我对他说:'兄弟,干吗要这样呢?现在要上前线打仗,你怎么一点精神也打不起来?兄弟,应该有旺盛的士气,要想着怎样打胜仗,想着怎样得胜归来,就是说,应该像一团火一样满腔热情地去履行义务!这是为了祖国,你要明白……'他说:'长官,这个我们明白!'他说:'命令我们干什么,我们就干什么。'我说:'你自己怎么样,愿意打胜仗吗?'他说:'干吗要打胜仗?我们根本就不愿意打仗。'呸!这时候,他们的班长就把他推进了车厢。"

军官异常激动:脸上红一块紫一块,双颊神经质地抽动着,表情十分难看,眼中情不自禁地流露出忧伤的光芒,他的右手像受伤的大鸟那被打断了的一个翅膀,在空中挥来挥去。

"妙极了!我递上了自愿到作战部队服役的申请,得到了批准,给了我一个连,我就去追赶这个连队。在车里雅宾①追上了,我一看,那个诺夫戈罗德人也在这儿。哎呀,我想了想,也不知为什么装作不认识他的样子,可他一下子就认出我来啦,用他那平静的蓝眼睛死盯住我看。这可真让人不痛快,您是知道的。当然啰,有纪律,对上级要绝对服从,这是必要的,可是,你也该用点心思,放聪明点,休想拉我当靠山,别装得像小孩子那么天真……总之,应该活得像个样子!像个人样儿……尽可能这么做吧!您知道,他们这二百多双蓝眼睛就那么盯着你,每一双眼睛都在暗暗地对你说:'愿意把我怎么样,就怎么样吧,

---

① 车里雅宾是乌护尔南部的一个城市,现名车里雅宾斯克,同名省的省会。

我不在乎……'您知道,这可绝对不行啊!这就意味着给您套上了最沉重的枷锁,让您对整个连负责,对每个士兵负责……这得拿破仑来统率才行,因为他也是对什么都不在乎的人!在拿破仑眼里,不论是个别的士兵还是成千上万的军队全都不在话下的。拿破仑与整个法国共命运,为法国作战。对一个普普通通的人来说,二百个大活人这样来对待他,他可受不了,虽说,他也是和俄国共命运的。其实,我也不知道,普通人是什么样的人,也许没有这种人还要好一点。鬼知道……您瞧,比如说,我爱俄国,打心眼儿里爱,说真的,我希望俄国得到荣誉、财富、幸福,我准备为它赴汤蹈火……没什么说的!可是,我究竟能干些什么呢?我是个平庸之辈,有时候,我非常清楚地感觉到,我没有头脑,不过是笨蛋一个,您懂吗?这不是玩笑话,我是说,只有傻瓜和无赖才会觉得可笑,可是,我觉得,我们帝国的大多数民众总还不是傻瓜和无赖。是的,是这样:我脑袋里常常像有个什么东西在动来动去,像一只小猫玩一个灰线团,越玩越乱,没用的东西!难道这可笑吗?唉,天哪!鬼知道,有时候我是那么可怜自己,可怜这一切……可怜这样的生活……您知道,我是个保皇党,我不相信欧洲那一套,可是,我也不知道我相信什么……我是个极普通的保皇党人,照报纸上的说法,是个黑色百人团①的一分子。可是,有时候,我突然觉得我是个最最狂热的革命党……是的!革命党,因为,我对谁都怜悯,我怜悯这些普普通通的、懵懵懂懂的人们,他们给两方面干,既向右又向左,既干革命又干反革命,既耍阴谋又搞暗杀。因此,可以清楚地看到,这一切都如沙滩上盖大厦、空中建楼阁,白费力气,因为,在俄国,没有精神支柱,没有适于建筑智慧宫殿的磐石,也没有矗立信仰与希望之堡垒的基础,一切都是动摇不定的、松散的、空虚的,在这里一切努力都是徒劳无益的。我想说:'兄弟们,你们在干什么?'可他们会突然反

---

① "黑色百人团",亦译黑帮。该组织是沙皇政府为镇压一九〇五至一九〇七年的革命运动,暗杀进步人士和大规模屠杀犹太人而组织的武装匪徒集团。一九〇八至一九一二年斯托雷平反动时期,该组织的活动更为猖獗。

问:'我们应该干什么?'听了这话我非常难过,也只好闭口不言了。我心中万分痛苦,我非常可怜这个俄国,我想叫喊,我想大声疾呼,我想一头撞到墙上去……这堵墙是一堵人墙,在我所谈及的范围内,也就是我的连。

"我带着连队乘车横贯西伯利亚。我一看,多么好的老百姓呀,对什么都那么认真,有些忧伤,闷闷不乐,这是容许的,很自然的,可以理解的。我的上帝呀!只要一谈到乡下的事情,他们说起来就头头是道,清清楚楚,真是地地道道的行家。但是,只要一想起那个该死的咒语,那个紧箍咒,鬼知道,它是什么?是虚无主义还是东方的宿命论?只要这东西一冒头,庄稼汉们立刻就抱怨起来:'沟沟壑壑太多了,把庄稼地都给毁了。'你如果说:'整一整不就好了!'他就会说:'可怎么个整法呀?'你说:'干起来看呗!'他们就一声不吭,光叹气。

"车厢里脏得很,吸烟吸得烟雾腾腾,满地垃圾。你不指出来,他们根本看不见。不知道他们为什么把凳子上挖了一个又一个窟窿;把墙上的油漆刮下来;随地吐痰。他们对待一切事物的态度简直坏透了:在车站上把水桶盖全摔坏了,鬼知道他们干吗要使出全身的力气把桶盖摔得砰砰响;把树木折断;到处破坏,胡作非为,完全像外来人,在外国土地上一样。随随便便,满不在乎。满不在乎!一路上我有很多和他们谈话的机会,您知道,我很愿意跟他们谈话。因为我是上边委派来跟他们同生死的呀,在打仗和其他方面他们都得听我指挥……不过,在一定程度上,我还得依靠他们。我对他们说:'小伙子们,我们这是去保卫俄国啊!'他们两只眼睛盯着你,可那眼神却是陌生的,闹不清这些人在想什么。'什么是俄国,什么是祖国,你们懂吗?''是!'一些人回答。'什韦措夫,什么是祖国?'就是那个蓝眼睛的诺夫戈罗德人。我得告诉您,他一下子就钻到我的脑袋里了,而且再也忘不了啦……啊,这个我已经说过了!'说呀,什韦措夫!''不知道,长官!'他就这么回答我,真见鬼!一眼就看得出,他说的是心里话。应该给他们解释清楚。可说实在的,在这之前,我也没有考虑过这个问题:俄国吗？妙极了！边界线是怎样的？皇宫、军队，还有……再多也不知道了。至于军队是从老百姓里挑选出来的，老百姓的精神气质怎样，我从来也没有考虑过……'俄国老百姓是善良的,头发是淡黄的',这个我当然知道，至于，他们不全是淡黄头发的,也不都是善良的,这一点我连想都没想过。妙极了！有一次我们在车站上等待开车的时候，我给他们讲起了俄国，讲了讲俄国在太平洋的使命。我读过报纸，关于太平洋当时多少知道一些。我讲呀讲，讲完以后问他们：'懂了吗？''是,长官！'这些必须登上太平洋沿岸的俄国人回答说。他们齐声回答，可我看得出，他们在说谎：他们什么也没有懂，他们对这些毫无兴趣。这个什韦措夫，您知道，显然是什么也没有听懂：用他那双蓝眼睛死死盯着我，好像是想问什么又不敢开口。'什韦措夫，你懂了吗？''一点也不懂。''为什么？''因为，长官，要是把所有的地方算作一个乡，比方说，虽说有这个村，有那个村的，可庄稼人到处都一样，这样一来，大伙儿都是天地间的邻居啦，要是一个村子跟另一个村子打冤家，想想看，那谁也没有活路，对谁也没有好处呀，只有互相残杀和流血……'哎哟！"

军官抱住头，摇晃着身子，呻吟起来。

"哼，真蠢！照您的观点，这也许……很善良，合乎基督教义，可是，这种奇谈怪论说着好听，事实上根本做不到！完全是痴人说梦，见鬼去吧！他肯定会去厮杀的，他过去不止一次进攻过他的邻居，而且今后还会去……我看得出来，大家都明白他的意思，可是一个个全都拿眼睛瞪着我，好像要问：'喂,老兄,你看怎么样？'一群陌生人用陌生的目光瞧着我，我很想让您感觉到这一点。是的！不过，算了，不谈这些了！没过多久，我就不再跟他们谈这个话题了，因为有一次我听见他们议论我：

"'他这个人还可以，还说得过去，就是爱训人，抓住不放，不知道他哪来那么多废话，真让人受不了！''呸！见你们的鬼去吧。'我心里想。真是的……

"又有一次,中途停车的时候,我看见我的这帮小伙子们聚集在一起,什韦措夫站在当中,手里捧着一把土,用指头揉搓着,好像老太婆吸鼻烟似的闻着,说些粗俗的乡下土话。怎么回事?'长官,是这么回事儿,什韦措夫给我们讲土的成色呢!''你在这儿讲什么呢?'什韦措夫不慌不忙,十分镇静地讲了起来,我一点都听不懂,什么小块土地的土质怎样啦,什么样的土地才算好地啦,还有各种各样的土地如何如何啦。大家都赞成他的看法,我却一窍不通,他们也都看出来我是个外行了。我又对他们讲起保卫土地的必要性,为土地而战的必要性。他们却对我说:'长官,我们一辈子都在为土地战斗,我们每时每刻都准备保卫土地!'真是既可笑又可悲,又叫人恼火。

"总之,我不久就恍然大悟了,我是和一帮完全不知道为什么打仗的人一起去作战的。我必须把他们的士气鼓动起来……我必须这么做!可是,我的话他们连一句也不听,他们根本就不相信我的话,好像他们每个人都深信不疑,认定这场战争是我发动的,是我需要的,其他人谁也不需要。有时候,我真想大骂他们一顿。主要是那个不动声色的波尔特诺夫……什韦措夫瞧着,一言不发。他不声不响,可他那种神气表明,他什么也不在乎,什么都干得出来,好像是说:'我一切都照你的命令干,你让我干什么,我就干什么,我什么也不需要,我什么也不知道,你要对我负责,你自己负责。'

"我就是跟这些一切都听命于别人的士兵一块儿去作战的:我们这个营在奉天①附近掩护撤退,我和我们连隐蔽在一条古里古怪的小河旁边的树丛和土坑里;远处,河对岸,日本人偷袭过来,也是一些相当沉着的人,不过,他们之所以沉着,是因为他们心中有数,我们呢,我们只知道我们的任务是以最小的损失退却。

"'节省子弹,'我对自己人说。他们立即执行,一枪不放。一个个破衣烂衫,又脏又累,全都是听天由命无所谓的样子,他们趴在那

---

① 即今我国沈阳。

里,注视着敌人一群接一群像老鼠一样飞快地、灵活地跳跃着越过田野……大炮在我们身后轰响着,从右边发着一排排炮弹,不一会儿我们也开炮了,炮声震耳欲聋,令人神经麻木,头昏脑涨,我心中怒火如焚,绝望的、愤怒的烈火把我的心渐渐烧焦了。

"从我身后传来了什韦措夫极其平静的声音:'人家灵活,装备又好,最主要的是他们对这个地方了如指掌呀,他们熟悉每条沟、每个山岗,怎么对付得了他们呢?看来,只有在本乡本土才能站得住脚,在自己的土地上谁也打不败!'旁边的人听着他的议论,深有同感地发出啧啧声,呼哧呼哧地喘着气。

"噢,您知道,我对这位先生说:'要是你再不住口,我就把你……'说着我就把枪口对准他那木呆呆的丑脸,他瞪大了蓝眼睛朝枪口两旁瞧了瞧,说:

"'不用劳您长官大驾啦,日本人会打死我的!'

"我感到很难堪,还是……可我又无法收场,正在这个时候,上边来了命令,让我们继续后撤。像来的时候一样,我们没放一枪就撤退了。总而言之,我们,也就是我们的连,在一段时间里扮演的就是这种奇怪的角色:总是把我们从一个地方调到另一个地方,好像上司知道什韦措夫讲过的话似的,您知道吗,上司照顾我们连,总是把我们摆在我的小伙子们感到像在自己家里一样安全的地方。我们走着,饿着肚子,疲惫不堪,爆炸声震得头晕眼花,我们望着田野上哥萨克跃马飞奔,炮队在道路上颠簸,救护车在行进……不错呀!

"到了夜晚,我们躺在小山包上,日本人摸上来了,像是不慌不忙,但顺顺当当地从四面包抄过来,黑压压的一片。您知道,我一看,像在梦里一样:一股敌人从田野里向我们接近,它的右翼突然火光一闪,我吓得心惊胆战,一看,火光照亮了一张蒙古人的脸,这个魔鬼,他在吸烟!他为什么要吸烟,我弄不清楚,也许他想向自己的弟兄们显示一下自己有多么勇敢,也许是吓傻了,糊里糊涂地吸起烟来。子弹带着火光从四面八方呼啸而过,当然,我的连也在猛烈射击,可您知道,这

299

些人走着,走得慢极了,我觉得,慢得惊人!好像他们都知道,他们干得对,准能打胜,根本不用着急!当然,事实上并非如此,我是说,我当时是那么想的。那个魔鬼的纸烟还在黑暗中燃着,有节奏地、自信而平静地闪烁着,看得出来,这纸烟使吸烟人感到惬意。我的兵对着亮光开了火,我劝他们瞄低些,往胸部打,往肚子上来几枪,好!看样子,他烟吸完了,朝旁边一扔,空中划过一个半圆的火圈。您一定会觉得这算不了什么,一些细微琐事,是的,不值一提的小事,可是从这种小事上却可以看出:在指挥肉搏之前,我是绝不会吸烟的。我缺乏在临死前吸烟所需要的那种镇静,我没有信心……是的,是的……自己人把我当成外人,不论是临死前的恐惧或别的什么都不能把我和当兵的连结在一起,我们在精神上是完全不同的两种人,他们是士兵,我是他们的长官,再也没有别的了。我不了解他们,他们也不了解我,我们谁也不怜悯谁,说实话,我们谁也不爱谁,可彼此又有点怕……

"有一次他们抓到一个密探,是个中国人,他坐在地上,旁边有两个押送他的人:就是那个什韦措夫和一个鞑靼人胡拜杜林。我听胡拜杜林和那个中国人友好地低声聊天,用那种古怪的语言谈着:

"'你们的土地很好……'

"中国人回答的跟什韦措夫说的一模一样。

"'你们把我们的土地全给糟蹋了,全给毁了。'

"什韦措夫说:

"'兄弟,这不是我们的错……这是上边下的命令,命令叫我们来,我们就来了。我们也是种地的庄稼人。我们明白。我们……'还说了一大套,他用的完全是老作家小说里庄稼汉的那种腔调。什韦措夫在撒谎,他厚着脸皮在撒谎。我见过的多了,我亲眼看见过他们这些当兵的,我不是说什韦措夫,我不责怪他,我亲眼看见我们的士兵毁坏满洲的土地……简直是毫无必要、毫无意义地怀着麻木的凶残心理去破坏。他们要用一根小树枝,就去砍倒几十棵大树,他们到处烧房子,糟蹋土地,毁坏家具……是的,是的。这些事他们全都干过,您知道,您应该知道的。我说的这些事儿书报上已经写过不少了。我要重复的一点是,在返回俄国的路上,他们还照样干,只要他们能毁坏的,全给毁了。朝鲜有句谚语说:'穷人手下无财宝。'是这样的……也许,这个谚语多少会给这些人开脱一下……我心里非常痛苦,一些难听的话已经到了嘴边上……

"我听到他们的话,心想,好吧,我亲爱的。这一切都不错,都符合基督的教义,不过,现在不是我们发慈悲的时候……我们在打仗。

"傍晚,这个中国人的命运已经决定了;我叫来军士命令他:

"'你带上什韦措夫和胡拜杜林,去枪毙那个密探!'

"他们去了。心平气和!我远远地跟在他们后头。这是傍晚时候,半边天火一样红。这个中国人站在一堵墙旁边,脸朝着太阳……挺魁梧的一个小伙子!他对面,背对着我的是我的两个兵。枪响了,中国人向前一弯腰,好像给他们鞠躬,再见了!脸朝下倒了下去。他俩把枪放到脚边,站在那里。周围的一切全是红的,他们也是满身血红。那边,您知道,落日的余晖总是那样不吉利,仿佛太阳临去时恶狠狠地威胁说,我要永远躲起来!永远……

"那天夜里我怎么也睡不着。玩了一会儿牌,没意思,我扔下牌走了出来。我像梦游一样走了很久,后来看见什韦措夫站在一棵树下祈祷。您知道,他就像一头驾辕的公牛,低垂着头,用手指头戳着自己的脑门儿、肩膀和胸脯。他不慌不忙地祈祷着。听到我的脚步声,他转过身来,直挺挺地立正站着。我走到他身边,看到这小伙子像往常一样,一切正常。我问了他点什么,他说:'是。不知道。'我就开门见山地问他:

"'你可怜那个中国人吗?'

"他想了想,回答说:

"'好像有点可怜。'

"'不杀他不行吧?'

"'是。'

"'为什么不行?'

"'说是,密探……'

"我觉得他口是心非,他把这次杀人的责任完全推到我身上了,推在我一个人身上。他呆板的面孔已经表示得再明白不过了,他那迟钝、顺从、牛一样的目光在谴责我。

"我可以讲许多这类琐事,当然不只讲什韦措夫一个人……但是,他的沉默不语,命令他干什么都顺从地去干,总是力图证明在一切事情上自己都没有过错,推卸一切责任……他是非常典型的……是的。

"有一次,我在长崎见到一个法国人,是个军事记者,或许是个间谍。天知道他是什么人!您明白吗,法国人的脸型是尖削的,像模子里压出来的一样,您瞧上一眼,就会想到:这是个聪明人,他给人的第一个印象是:机灵。用他们的话说,就是 Spirituel，intelligent① 吧? 瞧,这个聪明人站在月台上,两只手插在衣袋里,透过夹鼻眼镜机警地盯着我们的俘虏上火车,嘴里吹着口哨,吹的是葬礼进行曲,简直是活见鬼!我当时心里想:finie l'a lliance!② 跟那些挨了打而无动于衷的人结成同盟究竟有什么意思、有什么好处呢?他们不懂得,他们为什么挨打,为什么要去打别人,也许,他们什么也不愿意知道?从那时起已经过去几年了,同盟至今依然存在。Vive la France, vive la Russie!③ 一切顺利!不过,请相信我,不久我们就会剩下孤家寡人,变成一个泥潭,它将像古代那样阻挡蒙古人进犯欧洲,我们的作用永远永远、世世代代都是如此而已。我们只能消极防范,蒙古人来到我们这里就会陷在我们这里,像陷在泥潭里一样,莫尔德瓦人就是这样陷进来的。这是悲观主义吗?不!只不过是我跟我们的老百姓接触以后,也变成了一个宿命论者。我们都是宿命论者,虚无主义者,哎哟!够了……

---

① 法语:机智,聪明。
② 法语:"同盟完蛋了!"同盟,指一八九三年俄法两国政府缔结的《法俄军事政治同盟》,这一同盟一直存在到一九一七年。
③ 法语:"法兰西万岁,俄罗斯万岁!"

"……您知道,当连队训练的时候,你如果偶尔看一眼这堵陌生的、冰冷的人墙,你就会伤心地开玩笑似的说:

"'喂,你这个听天由命的家伙,给我收腹!'

"……我怎么会到了长崎呢?很简单。就是这个什韦措夫大发慈悲把我交给日本人当了俘虏。一点不假,就是他交出去的。事情是这样的,我脖子和腿上受了伤,可能是被敌人用枪托打伤了膝盖。我躺在那儿,醒过来时,脖子已经用布条给裹上了,我浑身无力,一点也不能动弹了。这是早晨,我看见这位英雄坐在我身旁,还有两个人躺在那儿,都受了伤。敌我双方死亡都很惨重,到处是尸体。什韦措夫细心地用日本人的绷带给人缠腿,他自己的脸也受了伤,满是鲜血,头上鼓起一个大疱。我问他,'你哪儿受伤了?'

"他很痛快地回答:

"'两条腿、腰和脑袋,长官!'

"我当时想:'总算把他给甩开了,谢天谢地!'

"我听见他声音嘶哑地说:

"'应该喊日本人来,越快越好,让他们把咱们抬走,不然,躺在这儿对长官的伤太不利了,会死的。'

"我一句话也说不出来,连嘴里的血也没有力气吐。我听到什韦措夫在喊,您知道,他就用诺夫戈罗德的土话喊了起来:

"'喂,到这边来!喂!'

"他招着手,像招呼朋友似的。朋友们来了:那些救护兵穿得整整齐齐,有一个多少懂一点俄国话,什韦措夫对他说:'这是个军官,应当先给他,先给他包扎……'他围着什韦措夫走了一圈,彬彬有礼地说:'请允许先给您包扎!'什韦措夫却说:'不,先给长官包扎。'

"他的话说得那么平淡,使我感觉不到他对我的怜悯,因而,这些话在我的心灵中也没有引起丝毫感激之情……

"给我包扎好,又让我吞了片什么药,就把我放到担架上抬走了。轻伤员也跟我一起走,只有什韦措夫一个人留下了。后来他死在海上,在船上,运送俘虏的路上。

"临死时,他是那么一本正经、平平静静,像是迈出了自己生命里程的最重要的一步。我观察着他,他那副一本正经的神气真让我恼火。

"我问他:'怎么样,什韦措夫?你不愿意死吧?'

"'这不是我们的事,这要上帝做主……'

"……我好像无法清晰地描画出这个人,我做不到。我没有事实……我不了解他的所作所为。问题在于他那双无底深渊似的蓝眼睛总是闪现出镇静的目光……问题在于这目光最深处时常迸发出燃烧的火花,这是内在的反抗之火,他心里反对我,反对长官,反对我说的话,反对我下的命令,反对我平时对他们讲的那些道理。

"……我记得,我们躺在战壕里,天寒地冻,北风呼啸,大炮轰隆隆响,这块该死的土地吸饱了我们的鲜血,它在颤抖,在嗡嗡叫,呜!呜!呜!

"'怎么样,什韦措夫,冷吗?'

"'是,长官……'

"他平静地说,平静地,您懂吗?

"'打起仗来就会暖和啦,是不是?'

"'是!当然啦,死到临头,什么冷呀,热呀,就全不怕啦……'

"'干吗要说死到临头呢?应该想到胜利,不该想到死……'

"他不吱声。大伙儿也默默地斜眼看着我,像一尊尊石像,庄严地沉默着。

"在这些人中间,我感到非常孤独,难以忍受……心中产生了一种幼稚的想法,头脑里钻出一些奇怪的念头……我很想对这些人喊叫:

"'弟兄们!我也是俄国人……我是你们的同胞啊……我的亲人们!怎么回事?你们为什么不说话?'

"他们瑟缩成一团,冷得偶尔唏嘘几声,望着前方,望着敌人隐藏在那里的冰冷的灰蒙蒙的雾。平静地望着,是的。

"我感到恐惧。毫不讳言,我感到恐惧……"

军官那痛苦的脸由于强作笑颜而抽搐起来,疲倦的眼睛半闭着,右手的手指动来动去,他声音嘶哑,轻轻地接着说:

"应当采取点行动才是,先生……您看怎么样?应当开导开导他们,让他们跟我们站到一起……应当了解老百姓心里想什么!也让老百姓了解我……否则是无法生活的……真的无法生活!……

"……我有一个勤务兵,叫丘赫诺夫,是个酒鬼,又是个小偷,还染上了梅毒。有一次他偷了我的靴子,我原谅了他。他把旧肩章卖给了鞑靼人。我像揪一个孩子似的用力揪住他的耳朵,原谅了他。好吧!

"当时,我正在……和隔壁的女人,一位官太太谈情说爱。两家的花园是相连的,她每天夜里从栅栏上那个窟窿爬过来和我相会,那个窟窿就是这个……坏蛋弄开的。您知道,抽掉一块木板,就是一扇现成的小门了,就可以毫不费力地钻过去。有一次,她来了,弄了一身脏,她又羞又怕,几乎发了疯……原来是她爬过这个秘密通道的时候,栅栏上挂了一个装满焦油的洋铁盒,当萨莎①移开木板时,从头到脚浇了她一身焦油。怎么回事?我叫来丘赫诺夫,从他那贼溜溜的眼神里我马上就猜到这是他的杰作!'是你?'我说。他竭力推脱,一再否认。后来,终于承认了。我气得要死……连打他的力气都没有了。到了第二天,我说:'听着,你为什么这么干?过去那两次都该送你上法庭受审,可是我都饶恕了你,你是知道的,对盗窃犯的判决是很严厉的。我怎么对不住你呀?你为什么要这么干?'

"他不吱声。哼……我把他赶下连里去了。

"另一个勤务兵叫米洛维多夫,是个不错的钳工,有文化,常看报,不过,他对操练呀,军纪呀,却一窍不通,是个地地道道的外行。他聪明,机灵,就是爱惹是生非,好打架斗殴。什么都不在乎,连命也豁得出去,可是,他的勇敢却用到邪门歪道上去了,白费了……他原来被编

---

① 萨莎是女人的名字,亚历山德拉的别称。

到苦役队,有他的苦头吃呢,我可怜这个小伙子,从连长那儿把他要来当勤务兵。开头还不错,我们很合得来,他也尽心尽力地干。可是有一次我刮脸的时候,从镜子里看到他在屋角正对着我做鬼脸,做出一副侮辱人的怪样子……完全是一副鄙视我、对我怀有敌意的嘴脸……简直莫名其妙!后来,我注意观察他,越来越多地发现他经常做那种叫我神魂不安的鬼脸。

"终于,有一次,我情绪好的时候,很和蔼地对他说:

"'听着,叶戈尔卡,你干吗老在背后对我做鬼脸呀,啊?'

"开头他有些难为情,抱歉地眨巴着眼睛,身子挺得笔直。我对他更加温和,更加耐心,您知道,我是真心诚意把他当人看待,我真的是想了解他。于是,我就尽可能和和气气地盘问起来……

"突然,叶戈尔卡挺起腰杆,冷笑一声,这笑声不知为什么,仿佛发自他的全身,从头顶一直到脚后跟。他鄙视、狎昵,显然是开心地说:

"'因为亚历山德拉·彼得罗芙娜跟那个中尉骗您已经有一个多月啦,我亲眼看见他在花园里凉庭后面……'还如此这般地说了许多,您知道,都是乡下人的那些粗俗不堪的下流话……

"您听我说,在这件事情上,他看见我受到侮辱,扮演了一个丢人的角色,他就得意扬扬起来,以为这下子可把我压倒了。我就叫他滚蛋了……

"后来我问他:

"'米罗维多夫,你知道这件事为什么不马上告诉我?'

"'我不知道……'

"他撒谎!他知道得再清楚不过了:他看到我是个傻瓜,是个可笑的笨蛋而感到高兴……啊哈,当然是这样!他高兴极了,他开心极了……

"先生,我们知识分子就生活在这样一些人中间……我们在他们之中就像这个岛屿在漆黑的万顷波涛中间一样,波涛在它周围不停息地撞击,吞噬,吞噬,悄悄地、不知不觉地、慢慢地把它吞光吃净……

"他们是一堆顽固不化的石头,我们却是活生生的人。可是我们少得可怜呀,您要明白这一点!我们少得可怕……好像只有我们的军官弟兄才清楚地看到,这些不可调和的敌对力量是多么巨大,站在他们之上期望世界幸福的人又是多么稀少……这些民众却具有一种我们所不能理解的深邃的智慧,而且……也许,他们在不自觉地等待时机,到时候在全世界,在所有的地方,他们会一哄而起,把我们全都消灭掉……应当跟他们斗争……应当制服他们!……

"这是幻想吗?一切幻想都是有现实基础的,都是有生活根据的……

"我不相信社会主义,因为社会主义是犹太人杜撰出来的,他们只不过想把分散在世界各地的犹太民族联合起来而已。社会主义,犹太复国主义,对他们来说大概是一码事。我不懂,不过我是这么想的。

"俄国人不可能成为社会主义者,要做个社会主义者,他们还缺少点什么。老兄,我见过俄国的社会主义者,我跟他们交谈过,有时候甚至被他们说的那种未来的美好远景所陶醉……不过,后来我很快就清醒过来了……社会主义者们不仅互不相容,而且不尊重大人物,比方说,不尊重那位喉音很重,连马克思这个名字都念不准的同志……哼,他们还谈什么社会主义呀!这些人只不过是一时高兴、逢场作戏而已……今天是社会主义者,明天呢?鬼知道他又是什么主义者……这些东西,您丢不开也甩不掉,我们这儿就时兴这一套!只要瞧瞧那些奸细[①]就够了……哼,算了,他们真让人讨厌……不过,还有:自杀像瘟疫一样流行起来[②],这是谁的罪过呢?这就是那些人,他们昨天教育青年人:前进!今天又命令青年人:停住!原地踏步走!是的,是的,在许多情况下,他们就是酿成自杀流行病的罪魁祸首……他们对青年人

---

[①] "那些奸细"系指俄国第一次革命期间,特别是革命失败后社会革命党内部清除的内奸 Н·Ю·塔塔罗夫(该党中央委员,一九〇六年处死)和 Е·Ф·阿泽夫(该党中央委员,判处死刑后逃跑,一九一八年死于柏林)。他们都是暗探局的间谍。

[②] 一九〇五至一九〇七年革命失败后的反动时期,人民对现状不满,俄国国内自杀成风,报纸上充斥着关于自杀的新闻。

又是教训，又是规劝，把青年人引上了理想主义的道路。等到他们输得精光，就若无其事地躲到一旁去了，而那些青年人却举目无亲，走投无路，也只有寻死这一条路了……寻死！我懂得'活够了'这句话的意思，噢，老兄，我懂得！这句话的背后就是失望，就是说，人们曾经被迷惑过，可是，那些迷惑人的骗子们哪里去了呢？

"当然啰，他们也是俄国人，也许，正是因为这一点，他们的软弱和变节行为也就算不上什么罪过了。但是，作为虚无主义者，他们扮演着信徒和宗教狂的角色，长期欺骗青年人，那是不能饶恕的。

"信仰要求纪律；如果我相信应该那么做，我就服从，自觉地、甘心情愿地把自己的意志融合在志同道合者的共同意志中去。这一点我们是做不到的……不久以前我们都是奴隶和农奴，可今天却都想统治别人、指挥别人……

"古人评论我们斯拉夫人的时候讲得很对：'他们各行其是，互不相容，谁也不服谁……'是的，是的，我懂，不过，我觉得必须服从信仰……要把自己的意志融合在全民族的意志之中，我们根本不懂得这一点……

"我读过一些东西，我懂德语，见过德国人，人家有纪律，积极肯干，有理想有抱负。我不知道他们那里怎么样……他们是不是纯粹的犹太社会主义者……也就是说，他们是不是彻头彻尾、地地道道的社会主义者……他们是否具有极为发达的集体观念，善于相互帮助……但是，德国人有纪律，这我知道！您要明白，他们遵守纪律不是由于恐惧，而是出自良心！共同工作——共同的自觉的责任心……

"可我们呢，我们由于本质上缺乏纪律，因而是不文明的。我们也服从，但却把自己的意志隐藏在灵魂深处的黑暗角落里。有人命令：'向左看齐！开步走！'我们就往左走。'向右看齐！'我们就向右看齐。但是，这里面总有些勉强的、大喊大叫、虚张声势的成分，就是说，表里不一，没有信念，没有热情……我们的个人意志隐藏在心灵深处，这种意志很容易机械地屈从于整个机体的动作，但实际上，它和每个

动作又从来没有一致过……民歌里是这么唱的：'我们不是生来好斗,是因为贫困无路可走……'

"这是很有民族特色的！我劝您相信我的话……依我看,我们是天生的无政府主义者……全都是！不过,是消极的无政府主义者……"

他累了,脸色发白,闭上眼睛,像是在回忆痛苦的往事,随后,又声音嘶哑、小声说：

"可怕的老百姓……不幸的,可怕的,您要知道……"

他摇晃了一下脑袋,像有一只无形的巨手为了报复重重地给了他一拳。

## 二

他的面孔既冷漠又狡猾,一双小眼睛四处搜寻着,紧紧抓住他那锐利而小心翼翼的目光所碰到的一切。他讲起话来很活跃,带着那种纯俄罗斯的、世代相传的温厚和坦率,不过,从这种坦率中却找不到一丝一毫的真诚。偶尔不慎一句话脱口而出,他马上就停下来,活泼的小灰眼睛也呆然不动了,好像在揣度：

"我说得对不对？这话该说不该说？"

他那灵活的舌头很快就用一大堆废话把那句疏忽大意的话掩盖得无影无踪了。

"您问我们过得怎么样吗？"他说,淡淡的、短暂的微笑像涟漪一样从他那灰脸的皱纹上一掠而过。

"我们自然是照俄国人的老样子活着啰,一切听从上帝安排,过一天算一天,也没有什么周密的打算。眼前的道儿坑坑洼洼、沟沟坎坎的,一会儿把你甩到右边,一会儿又把你摇到左边。脑袋这部机器运转失灵了,里头所有的零件都摇动起来啦,乱嚷乱叫,大发神经,什么事也不干了……"

他那双小手上十个黑黑的指头又细又尖又长,好像是专门用来灵活地抓取小银币用的。他把手指伸到花白胡子里梳理一番,抓搔一阵子,然后,哆哆嗦嗦地在空气中摸来摸去,又摸摸茶杯、勺子、自己的膝盖和台布,两只眼睛东张西望转个不停。他悠然自得地摇晃着灰白的小脑袋,说:

"一点不错!对我们这些过惯安生日子的人来说,黑帮是非常有害的。左翼革命党怎么样?他们待了一阵子,散布了各式各样的鬼主意,随后就离开了,到他们需要的地方去了;他们走了,右翼革命党留在我们这儿了,仍然是令人不愉快地吵闹个没完没了,甚至把事情搅得一团糟。现在呢,比如说,那个犹太人吧,现在为什么来个犹太人呢?搞离间活动吗?当然啰,根本没有什么离间活动,从汉堡来的这个犹太人只不过是为了购买做酒桶用的橡木板才专程来这里的,因为不允许他自由行动,他只好悄悄地暗中活动。这个犹太人也是德国人:为什么是德国人?不太妙……"

他沉默了一会儿,检查一下有没有说漏了嘴,随后又放心地接下去说:

"当然啰,作为俄国人,黑帮是习惯于安定生活的,各种各样的动乱使他们吓破了胆,所以他们才大嚷大叫。我的亲家是我们德列莫夫镇'俄罗斯民众协会'①的主席,很像个样子,胸前佩戴一枚徽章,可心里却怕得要命。那是一九〇六年,那时候正在没收资产②,照我们的话说,是抢劫;我的亲家给吓坏了,他气得脸色铁青,嘴巴子鼓胀得像个皮球,发疯似的瞪着两只眼睛。从那时起,他就大喊大叫起来。我们两个人单独在一起,周围没人的时候,我悄悄问他:

"'是你在大喊大叫吗?'

"'是啊,亲家!'

"'你干吗要大喊大叫呀?'

---

① "俄罗斯民众协会"是保皇党、黑帮分子组织的团体,成立于一九〇五年十月。
② 指第一次俄国革命期间社会革命党分裂出来的最高纲领派和其他无政府主义集团在首都和外省实行的没收资产活动。一九〇六年有组织的革命运动被镇压之后,这类没收资产活动变成了匪徒的公开抢劫活动。

"'我害怕!'

"他有时候甚至掉起眼泪来,这是真的。

"'俄国不行了,'他说,'完蛋了!我们要一败涂地了!……'

"我们这些办企业的人,的确要担风险呀!人们是没有准备的,这一切一下子蜂拥而来,就不知如何是好了!对我们搞工业的人来说,首先是事业。我的亲家经营制革业,我还是经营橡木桶板,我的干亲家瓦西里·基里雷奇经营麻绒。过去事情很简单,一个快活的犹太人从汉堡一来,干亲家也就放心了。到我这儿来的是马赛农场经理奥西普·莫伊谢耶维奇·舍赫捷利,一个骗子,不过,比起我们这些作恶多端的骗子来,他手脚干净一些,也就是说,算不上一个骗子,而是那么一个机灵而又随和的人。他办事情再诚实不过了,我只不过是亲热地叫他骗子罢了。他一到就把存货收购一空,把桶板全部运走,留下钱,一切都办得妥妥当当。可现在呢,您瞧瞧,我得亲自从德列莫夫赶到热那亚来……一般说来,您知道,比方说,我的干亲家就认为,做生意是众人的事业,比一切政事都重要,因此,在商业界,用不着当官的!买卖人认为,卢布就是官……

"翻译吗?我外甥就是当翻译的,他干这行还干得挺精呢!他去参观博物馆了,把我丢在这儿动也动不得,我一个人不敢出门游逛。这地方倒很朴素,这儿的人也挺可爱,要是他们会讲俄国话,那就更好了!您瞧,那个旅店的伙计在笑呢,我跟他已经交上朋友了。要是把这个黑头发的小伙子给我们的娘儿们看看,这位天使长准会引起一场情海风波呢!这地方很朴素,不错……除了做我那宗生意以外,我还附带在这儿收了一批圣像,这儿旧货店里希腊圣像多得不得了,价钱又便宜。前两天我和我外甥到一个设在地下室的店铺去,一看,墙上挂着圣徒尼古拉的像,米拉城的尼古拉,精致极了!多少钱?三十里拉①,我连膝盖都哆嗦起来了。给你五个里拉怎么样?!我花了十个银

---

① 里拉,意大利等国币名。

币就弄到手了。在我们那儿这张画的价钱,我想,总在三百卢布以上。这上头我花了一千五百里拉,我看,一个里拉就会变成两个卢布。运出去有些困难,不过我们是有办法的。我想往下走,到南方去,我外甥说,那边希腊人多,圣像自然也会多一些的,这是再明白不过的了!"

他沉默了一会儿,暗自掂量着说过的话,叹了口气,感慨地接着说:

"值得俄国人高兴的事儿可多啦:在马赛,我从一家专卖殖民地产品的大商店前面走过,一看,波波夫①和博特金家族②的茶叶摆在那儿,我在这儿还看见俄国的高级面粉。这可真叫人感动呀!亲家?"

他格格地笑了起来,摇晃着他那像一根又粗又弯的铁钉似的干瘦的身子。

"我那亲家怕什么呢?大伙儿都吓坏了。为什么呢?因为离城不远有一个小个子庄稼汉,您知道,这家伙发起火来昏头昏脑,无法无天,说什么,给他土地!他自己说,土地谁的也不是,土地是上帝的,这么说,他这是想从上帝手里抢土地啦,啊?从上帝手里抢!是,是的……他真是一个非常可怕的木头疙瘩,我们这类办实业的,做精细生意的人,遇上这种粗野举动,当然受害最深啰……

"为什么?因为,现在人人都明白,比方说,在国家的机体上最敏感的部位是钱袋,可他们这些无产者们,最热心的是想方设法在你钱袋上打主意。其实,他们应该悄悄地干,先请教请教懂行的人,用什么方法更容易使法律放宽点,官税减轻点,可是,没有人教他们,结果呢?他们越闹腾越糟糕,上司的权力反而越来越大,什么事都干涉,结果呢?村社也给搞垮了③,这下子神甫们可称心如意了,还有……咳,还讲它干吗!"

他沉思起来,尖削的脸上好像罩上了一个灰色的面具,眼珠儿转

---

① К·С·波波夫是俄国黑海重要港口城市巴统附近的一个茶园主。
② 博特金祖父和父亲都是经销茶叶的巨商,第三代是 В·И·博特金(1811—1869),他自一八五三年成了商行总经理。
③ 沙俄政府一九〇六年颁布了修订土地法的命令,一九〇九年通过了土地法补充草案,该草案限制了村社使用土地的权利,对村社是致命的打击。

也不转,呆滞着,像是在回忆遥远的往事。随后,叹口气,如坐针毡似的辗转不安起来。

"咱们是不是再来一瓶?卡麦格尔,安科拉·乌纳①,再来一瓶酒……这儿的语言也够朴素的了,您瞧瞧吧!他们多憨厚呀,要聪明人来指点才是……"

他环顾了一下四周,俯身向前,令人纳闷地压低声音,匆匆说:

"我儿子尼古拉沙②像啄木鸟似的总是在同一个点上啄起来没完,他一遍又一遍地说,我们这些老头子向右转也转得太早了!他这些话气坏了我的老亲家,也惹恼了我的儿媳妇,她甚至哭着哀求我儿子:'科利亚③,看在上帝的面上,别惹爸爸生气,他会中风的!'可是,尼古拉又固执又严厉,总是说:你们太着急了!我的老亲家是真动气了,不过,他自己也明白,尼古拉的话也有点道理。有一次,我那老亲家被我儿子气得伤心起来,老头子直掉眼泪,一把鼻涕一把泪地苦苦央求说:'别缠我啦,别说这些啦!等着吧,等我们一死,你们,狗崽子们,这个家就由你们当啦……'我的尼古拉呢,一点礼貌也不懂,他没等老头子说完,就嘟囔起来:

"'难道我生到这世上来就是为了纠正你们的错误吗?这算什么生活?一些人总是把什么都弄得一团糟,另一些人总是得理出头绪来,大家老在原地兜圈子,裹足不前,可邻居们是不等待的,你们看一看,外国资本硬是挤到我们头上来了④……'

"您知道,他接着就大发起议论来。外国的政治我不大懂,不过,看到我那个刚刚二十六岁的宝贝儿子击败了城里头号的聪明人,弄得他哑口无言,倒是蛮有趣的……可是同时,心里又挺不是滋味……"

他沉默了,不时地呷一口金黄色的葡萄酒,吧嗒着薄薄的嘴唇,眼

---

① 意大利语的俄式读音,意为:跑堂的,再来一瓶。
② 尼古拉沙是尼古拉的别称。
③ 科利亚是尼古拉的别称。
④ 二十世纪初,特别是一九〇八年至一九一三年间,外国的金融资本在俄国股份银行中的比重大量增加。

睛又藏到额头底下,只露出细细的两条缝隙,茫然地盯着空荡荡的、冰冷的墙壁。

"杜马①?杜马有什么用?它不管我们的事情,至少眼下还看不出它有什么用……"他烦躁地冒出这么几句。突然,他又辗转不安起来,怒气冲冲地冷笑着说:

"杜马散布的全是些幻想,煽动许多人起来闹事……比方说,一个走街串巷的细木匠也突然谈论起国家大事来,谈起俄国如何如何,一说就是一大套。这一套是从哪儿来的呢?都是从杜马那儿来的。报纸上把杜马里谈论的东西都给登出来,于是,就传到老百姓中间去了。当然啰,传出去的东西已经面目全非。夫妻年龄不相当生出来的孩子是残废这类事情,难道杜马里会谈论吗?您瞧瞧!可是,老百姓里就这么传……

"请您相信我的话!这是我亲身经历的事,我可以讲给您听……"

他绘声绘色地讲了起来,他的话相当粗俗,可又有些俏皮,二者奇妙地结合在一起。他说:

"有一年夏天,快到圣母升天节②了,我带一个雇工到城里去办事。这个雇工突然得了霍乱。我当然吓坏了,赶快回家吧。路上,我的马蹄铁掉了,只好停在一个小村子里,耽搁了很长时间,求上帝保佑,但愿午夜能赶到家……我心急如火,忙着赶路,这匹马牙口浅,性子烈,突然,我发现,马的左后腿瘸了,该死的铁匠把马蹄钉伤了。牲口怪可怜的,我拢住缰绳,慢慢走。天已经黑了,闷热,尘土飞扬,我心里有些怕。那时候很不太平,您是知道的,到处有人捣乱,有的人,当然啰,准是饿疯了,把人看得比羊还不值钱。我们的老百姓生来性情软弱,整天愁眉苦脸的,不少人显然是穷极无聊才到处闹事的,结果落得个坐班房或是流放到西伯利亚的下场。我顺着一条松软的土路往前走……

---

① 杜马是旧俄的议会。
② 圣母升天节(俄历八月十五日)是基督教的大节日。

"突然,您知道吗,我发现小树丛里有动静,摇摇晃晃的,鬼知道是什么,我吓坏了,就朝马吆喝一声,看样子,马也吓坏了,撒开蹄子就跑!跑得快极了,四五里路一闪而过,像子弹一样飞快。我的两只手麻木了,已经抓不住缰绳……我那辆四轮马车像皮球一样蹦来蹦去,差一点把我甩下来,我心想,糟啦,准得撞个粉身碎骨!正在这时,路当中跳出一个人来,好像平地上突然冒出来一个黑土堆儿,一个箭步冲到马头前面,我看见他猛地一跳,死死地抓住缰绳,身子在地上拖着。把我都吓傻了:我两只手不敢松缰绳,也没法掏手枪,只能坐在那儿拼命喊叫。我听见一个嘶哑的声音很客气地关照我说:'别害怕,请放心!'谢天谢地,真的没出什么事!看起来,他不是坏人……这个嘛,我一下子就闻出来了……

"他勒住马的时候,我仔细地看了看他:这个人又瘦又小,像个饿汉,一张尖削脸,下巴颏儿上留着一撮显得多余的胡子;他手里拿着一根细拐棍,背上背着一个轻飘飘的背囊……最主要的是,他讲话的声调使人发生好感:稳重,平静,有礼貌。一句话,我请他上了车,答应顺路把他捎上,因为他也到我们村里去……就这样……我们赶着车往前走。他缩紧身子,总怕挤着我,碰着我,他这样通情达理,实在招人喜欢。言谈中我了解到他是个细木匠,雕刻工,现在没活干,听说我们村里打算修理圣像壁①,就来了。是的,有这个打算……

"我问他:

"'你怎么这么晚赶路?'

"他说:'噢,碰上一些挺有意思的人,跟这个谈几句,跟那个谈几句,时间就过去了,心里也敞亮了。'

"他说得很生动,语气也很温和。

"我问他:

"'什么挺有意思的人?'

---

① 圣像壁是东正教教堂里悬挂圣像的板壁。

"噢,都是些种地的……'

"我说:'对!他们是挺有意思!'

"我是开开玩笑,他却当真了。

"他说:

"'人总是最有意思的。'

"'你多大了?'

"'二十七岁。'

"我们边走边聊,我发现这个小伙子见多识广,虽然年纪不大,但人很聪明,懂道理,又没有一点越轨的念头,很容易跟人谈得来。也该我倒霉,那阵子正赶上需要一个木匠,家具都该修了。我们有个木匠,是个酒鬼,小偷,手艺也不行。我提出来让这个小伙子先到我家里干几天,再去联系修理圣像壁的差事。我一天给他半个卢布,他要计件也可以。一说他就同意了。回到村里,我就带他直接到我家住下了,好让他……嗯,这可是件怪事呀!真是天有不测风云,人有旦夕祸福啊,说不定碰上什么倒霉事儿!我本来是个细心谨慎的人,可是不知为什么对这么个人产生了好感。他的身份证没有问题,上面写着他是波琴基人,一点没差错。他的名字我忘记了,好像是叶菲姆,也许是叶弗廖姆,哼,反正都一样……"

他皱了皱眉头,有些不好意思,手指在桌面上急速地敲打着,小脑袋悔恨地低了下去,俯在桌子上,看得见他脑壳的黄头皮上灰白的头发又稀又细,头皮下面有什么东西急速而不安地跳动着,使得两只干巴巴的尖耳朵也抖动起来。

"简直令人吃惊,俄国的老百姓真是怪透了,叫人难以想象,都是一些过路人,一闪而过,到哪儿去?去干什么?不知道!对什么都无所谓,只有好奇心,好像他们昨天才迁移到地球上来,他们还没有决定,是在这儿定居呢,还是住到别的什么地方去。真糟糕呀!简直糟透了!一切都靠不住,所以都要……驯服……当然不是用拳头,这不合乎潮流,也达不到目的,我们知道……需要的是征服他们的心,让人心安定下来，各守各的本分。用鞭子抽打把一个人变成傻瓜，这很简单，可是，光靠傻瓜是无法生活的，也是维持不下去的，对吧？你给我出个征服人心的点子吧，既要征服人心，又不把人变成傻瓜。因为，正是人的聪明脑袋瓜儿发明了金钱这玩意儿，钱嘛，就是我手里拿着的这个小小的花纸片，有了它，就有一切！牲口，房子，奴隶，老婆，吃喝玩乐，无上的权力①，就是这么回事！可钱呢，只不过是带有图案的花花纸和圆溜溜的小金片……"

他激动得汗流满面，把头向后一扬，呼哧呼哧喘起粗气来，用一个揉成一团的大手帕擦了擦脸，然后，叹了口气，环视一周，向桌边挪近一些，把两只手插在衣袋里，又满腹牢骚地接着讲下去，他的声音就好像码头上那撕裂雾空的沉闷的汽笛声：

"这个叶菲姆干活倒挺内行，有本领，不过，干这个活仿佛不是他的本行，他不像个木匠，倒像个包打听。修理柜子的时候，他的两只眼睛不露声色，不紧不慢地东瞅瞅西望望……活计方面谁也骗不了我，我一眼就看得出他是不是一把好手。有的工匠，就像一个乐师演奏的时候一样，全神贯注，工具不离手，除了干活，别的什么也不理会，什么也不去想，这样的工匠是很少见的！可是，这个小伙子呢，活倒干得挺利索，不过，看得出来，他的心思没放在活计上，他在想别的事情……

"我的儿子坐着活动圈椅来到他身边，这孩子不会走路，他的两条腿残废了。叶菲姆亲热地同他谈了起来……噢，就在这个时候，我老婆走过来了……您知道，我这是第二次结婚，我们结婚已经六年。这个家伙这会儿盯着她，眼睛在她身上扫来扫去，虽说眼神还算和善，可老是盯着她不放……

"'这是您的太太吗？'

"'正是。'我说。

"'她太年轻了，跟您不般配呀！'

---

① 故事的主人公在这里将《圣经》十诫中的一诫"不可贪恋人的房屋，也不可贪恋人的妻子、仆婢、牛驴并他一切所有的"（见《旧约·出埃及记》第二十章）加以反用。

"'年轻点好啊,这你也明白。'

"'对谁好呀?'他问我。

"'当然是对我啦……'

"'这当然啦。可是对你的儿子好不好呢?'他说。

"怎么回事?我觉得他这话里有话呀,我一再问他这话是什么意思,他确信无疑地说,年轻女人倒是很可爱,不过,由于我和我女人的年龄相差太远才生了个瘫痪儿子。年龄相差太远,的确是这么回事:您瞧瞧,我今年五十四岁,她二十二岁,我娶她的时候,她才十六岁。不过,这也不是什么稀罕事!我们两个的事儿,谁也管不着!可是,他的这些话倒叫我大吃一惊,虽说我脸上没有表露出来,可心里却很不痛快,老婆呢,傻乎乎的,又好奇,睁大眼睛瞧着他。我,当然啰,觉得他很可笑,可他呢,跪在那里,摇动着像鸡尾巴似的小胡子,把他那套鬼话一个劲儿地往你的耳朵里灌:'你们这些老爷们过得无忧无虑,想要什么就有什么,不过,你们有谁考虑过国家大事,想过俄国吗?'

"'等等,你怎么居然也谈起国家大事来了?'

"'太简单了!'他说,'您住在哪儿?在俄国!您用的东西是谁给的?俄国!您给了俄国什么?瞧,您的孩子都是个残废,这是因为您太贪心了……退一步说,您的儿子即使不是个残废,您也不会教育他,也不会让他学好的!'

"您知道,这时候我冒起火来。

"我说:'你是什么人?'

"他倒满不在乎,心平气和,用他那教训人的、有些失望的口吻仍然说他自己的那一套:

"'我要是看见什么有害的事或是不老实的事,我就要指出来……'

"'谁愿意听你这一套呀?'

"'一百个人不听,我就对第一百零一个人说……'

"他那固执的面孔简直像一把斧头。"

老头急匆匆地一口气喝干了酒，咳了几声，用手帕捂住嘴，摇了摇头，哼哼起来，像是哪儿疼似的。混浊的泪水从他那由于过度紧张而鼓胀得血红的眼睛里淌了下来。

"您知道，我跟他从清早一直谈到中午，他对我讲了那么一大套，我简直说不出它的名堂来！当然啰，我把老婆支开了，不过，我觉得出，她在隔壁房间里偷听我们的争论呢！她性情温顺，是个穷家姑娘……是的……当然啰，我知道这只突然飞来的鸟儿是个什么东西，我告诉您，没有比这些表面上老老实实实际上图谋不轨的家伙再坏的了！那种真正的革命家喊得再响，说得再多，也没什么了不起的，可这些和和气气的家伙像流行的瘟疫一样，哎呀呀，太可怕了！您别看他们表面上和气，可都是些铁石心肠……中午的时候，我对他说：'这二十五个戈比是给你的工钱，拿去走吧，上帝保佑你！你准是个什么党，也许更坏呢，你快走吧！'

"他悄悄地、老老实实地走了，我做起事情来也就放了心，而且把他忘了。只是我发现我老婆好像有些心神不安，我在夫妻生活方面是尽心尽力地亲热她，可她不愿意，说她身体不好，头一次说不舒服，没什么，第二次又这么说，也还可以，不过，第三次再这么说，你就要考虑考虑究竟是怎么回事了。这女人很年轻。再说，我发现她常常匆匆忙忙出门，回来时又闷闷不乐，愁眉不展。总提些奇奇怪怪的问题，打听一些不合乎她性情的各式各样的事情……我不吱声，悄悄观察着，等着弄个水落石出……过了半个多月，我听说，我们村子里来了一个传教士。是谁？就是那个修理圣像壁的木匠。啊，原来如此！在哪儿讲道啊？在教堂的门房里。我很想去看一看，好吧，我心里想，去一趟吧，再听听他那些高谈阔论……"

他挺了挺身子，把两只手放在桌沿上，像在琴键上一样用手指敲打着，紧锁着花白的双眉，表情严肃，一板一眼地接着讲他的故事：

"一天晚上抽个空，我去了……当时教堂在林子里，正在粉刷房屋，门房旁边放着一大堆乱七八糟的东西，门房全给遮起来了。我转

过弯走到房门口,迎面传来了卖肉的克利莫夫的女儿玛特廖莎[①]嘹亮的声音:

"'到底应该怎么活着呢?'她问。

"我心里想:'怎么回事?玛特廖莎到这儿来干什么?'往房里一瞧,我老婆就坐在屋角,还有两个村里的女人,四个小伙子,还有疯疯癫癫的老头子兹韦尔科夫。这恰似当头一棒,给我的打击可不小啊!那个木匠却彬彬有礼地邀请我说:

"'您请进!'好像请到他自己家里去似的。我有些冒火了,可我压住了火,走了进去。'谢谢啦,'我说,'就是你不请我,我也要进来……是的……'我看见我女人吓得像一摊泥,把脸藏在头巾里。我坐在她身边,对着她的耳朵说:'你身体好了是不是?狗娘儿们,啊?'那个公山羊却滔滔不绝地咩咩乱叫,信口开河,我也不知道他说的是什么。我当然听不进去啰,只记得他说,现在我们应该相互关心,每个人都想想自己,如此这般。还用说吗,一切都清楚了。我抬头一看,他的一双小眼睛转来转去,小胡子摆来摆去的,对这样的先知,真该抓住领子把他扔出去!

"'我们的俄罗斯啊,'他说,'它的灵魂要是还活着的话,就应该……'

"说得多么亲热呀,甚至带点福音书的味道……

"他惹得我火冒三丈,我说:

"'亲爱的,你自己愿意怎么想就怎么想,可不许你扰乱人心!我要给你点厉害看看……'

"我拉起我老婆的胳膊就走了。回家的路上到亲家那儿走了一趟。我对他说:

"'老兄,赶快动手,咱们不能再耽搁了!'

"他吓坏了。嗯,他马上叫来了村里的警察,一切都是按法律规定

---

[①] 玛特廖莎是玛特廖娜的别称。

办的:审问了那个小子,让他交代清楚他干了什么事,把他带到看押所关了起来,后来,又由两个警察押送到城里……"

老头子疲倦地轻声笑了起来,可在这笑声中听不到得意,也听不到快乐和恼恨,这干巴巴的笑声显得那么多余,枯燥,它像一根烂绳子,突然断了,老头子又连珠炮似的啰唆起来:

"当然啰,这件事也没有什么了不起的,要是只有他一个,把他忘了,也就没事了!要是只有一个人……一个人算得了什么?一个人掀不起多大的浪头。不过,先生,问题在于不是一个人,如今过路的、管闲事的人太多了……真是太多了!他们一会儿在这儿煽动几句,一会儿又蹿到那儿鼓吹一番,弄得人心惶惶,乱哄哄的,这中间也不知伤着谁碰着谁。这类人太多了!每个人都有自己的一套:有的讲上帝,有的谈俄国,还有的听说是向庄稼汉宣传村社,我看哪,他们唱的都是一个调儿!其实,我并不是不分青红皂白地责备别人,谁愿意胡思乱想,谁就想去吧,只是你先在心里想,等你想好了,当然也可以说出来:'听着,好心肠的人们,是这样的,这样的!'然后,由我们来察看个明白,再判定是把你的这些胡思乱想扔到地窖里去呢,还是拿出来见见天日,这是我们的事情!你要想好,不要总是遮遮掩掩、含含糊糊的,你要说什么,就一下子吐出来,别装出一副无罪羔羊的样子……您知道吗,我们这儿出了一些梦话连篇的人,好像他们做了一场梦,可自个儿又记不得梦见的是什么了,反倒去问别人,他梦见了什么。这个木匠,当然啰,他最多是个糊涂虫,是个地道的追逐女人的流氓,有这种人,为数还不少呢!总起来说,老百姓如今可不安分呀!老百姓糊里糊涂,又好胡思乱想,过去一直是这样,现在呢,真不得了!过去,一九〇五年以前,你见到一个人就能看透他的心,现在可办不到!现在他把心藏起来,想了解他可不容易……

"他们的变化在哪儿?怎么说呢?一般地说,闻得出来:他们不是你过去熟悉的那些人,不是那些人!他们的心肠变硬了吗?倒是有一点,不过,这好像还不是最主要的。他们变得聪明了吗?也不是。从前他们安分守己,不要说捣乱的事情很少,就根本没有什么捣乱的事儿。每个人心里都有……自己的小算盘。过去大家很清楚:斯捷潘想买一匹马,尼基塔想离开村子到城里去,瓦西里什么都想干,什么也干不成。这些都还和从前一样,他们从前的打算也清清楚楚,可是,最主要的东西好像不在他们身上,而藏在他们身后,藏在他们心里,这些东西越来越多……谁知道这是什么呢?我看哪,像一场梦!人们不务正业,他们到哪儿去,去干什么,你猜也猜不透。瞧,丰收了,庄稼汉们稍稍打起点精神来了,买卖也兴隆一些,该高兴高兴了,可他们不是打心眼儿里高兴,也吱吱嘎嘎拉几个曲子,也扯着嗓子唱几句小调,不过,只是有气无力地闹一阵,闷闷不乐地喊几声……

"老百姓靠不住,说实话,他们念头很多,总盼着出点什么事儿,糟透了,危险哪!主要是因为,那些像木匠一样一闪而过的家伙……"

不知为什么,他举起一只手,伸到眼前,张开五个指头,用他那饱含忧虑的小眼睛迷惘地打量着它们。

"我们的俄国是个困难重重的国家呀,"他小声说,"人老了,在这儿日子就更不好过了……一切都在变,自己要跟着变已经来不及了,太晚了,先生,是的……"

一只苍蝇落到他的杯子里,他把黑乎乎的、又细又弯的小指头伸到琥珀色的酒里,灵巧地捞出死苍蝇,把它扔到地上,用脚仔细踩了一番,好像自言自语地说:

"我父亲死的时候,我三十二岁,他临终的时候把我叫到床前说:'瓦西里,你打算怎么过呀?'我跪着回答说:'爹,您怎么过的,我也怎么过,分毫不差,保险不走样!'他说:'好,好!要不,我死了也不瞑目啊……'当年就是这样的!如今呢,我儿子倒是又沉着又冷静地提醒我,说我做的事情、我的办法全都不对,我的思想也全都要不得。他说:'现在时代不同了,老百姓不同了,一切都不一样了。'听他这么说,我一看,对呀!一切都翻了个个儿……老百姓变了……

"我有一个朋友,是个磨坊主,人很好,很有学问,日子过得很富裕,很受人尊敬,总之,是个了不起的人……不知什么原因,突然,他完全变成了另一个人……

"一九〇六年,他的磨坊破产以后,他到我家里来,说:'我不干了!''不干什么?''我什么也不干了!我什么也不想干了!'正是这样,打那以后,他什么也不干,什么也不关心,抛弃了家庭,整天喝酒,扯闲淡。胡子留到齐腰长,儿子二十岁,女儿在彼得堡学画,他说:'这一切都没有必要!参与这些事就是作孽!'他一天一夜就要喝醉两次。什么闲事他都管。木匠走了之后,他喝得醉醺醺地来到我家,冲我破口大骂起来。我不得不和他分手了,现在,我不准他登门……再说,他还想方设法挑唆我老婆……老百姓闹起事来了……到处都这样。在我们平平安安的生活里本不该出现什么意外的事,而今却常常出事,而且连接不断,先生!……从表面上看,好像一切都跟过去一样,按部就班,可是,每个人的心里却有一种陌生的、意外的东西:一个挺好的人、老熟人、靠得住的人,突然对你说,'我不干了!'怎么回事?

"一九〇九年,我抱孙子了,在儿子那儿举行洗礼宴,我们博罗杜林的教师也来了,他是个中年人,稳重又多病,他端着酒杯站起来说:'尊敬的先生们,你们都死光了才好呢,为你们的死期早日到来干杯!'真把人气炸了肺!这是在洗礼宴上呀!他说完就躺在地板上大哭大号起来,号了足足有一个小时,好不容易才把他劝住……当然啰,他喝多了,不过,从前也喝酒呀,像这样的祝词可从来没有听见过,没听见过!

"那时候,上了年纪的人心情坏透了!年轻人用陌生的目光冷冰冰地看着他们。真恨不得到深山老林里挖个洞藏起来,避开这种残忍的目光才好!……"

他抓起酒杯,灌了一口酒,呛了,弯着腰咳了一阵,颤抖起来,脸色青紫,一副令人讨厌的可怜相。

咳完了,歇了歇,他绝望地轻声说:

"是的,日子越过越糊涂……人呢,越来越看不透了……"

## 三

"我讲起命运、劫数来,您觉得奇怪吗?"

这个人不好意思地笑了笑,不安地眨着眼睛,他那茫然的目光望着一旁。他的眼睛是灰色的。我记得,不久以前,他的这双眼睛饱含着善良的情感和浓厚的兴趣看待世上的一切,我记得,这双眼睛是那么鲜明地闪烁着快乐和愤怒的火花,而现在,他的目光却是这样的冰冷、淡漠,且常常迸发出沮丧和无可奈何的怒火,每当这怨恨的目光消失之后,他的一双眼睛就罩上了一层忧伤困惑的阴影。

他那颧骨突出的瘦脸上布满了永远也抹不掉的细而深的皱纹,这皱纹勾画出他对人生的极度厌倦和内心里难于忍受的莫大痛苦。他那瘦削的身子有棱有角,动作颤颤巍巍而又笨手笨脚,像是一个被拆得七零八落的人,现在又被马马虎虎拼凑在一起而且拼凑得那么不像样子。

他把细长的黄手指捏得嘎嘎响,皱着眉头望着,不自然地冷笑几声,用有些沙哑的声音说:

"关于命运,是我认识的一个宪兵大尉讲给我听的,是个很可笑的故事。您要是喜欢听,我就讲……

"三年前我住在乡下,离铁路沿线的城市二十二俄里,几乎每天早晨都乘坐近郊列车。在车上我跟这个大尉常常碰面……我早就认识他,是在他'办公事'的时候认识的。您还记得吗?我当时是识字协会①的会员,在我们的民众文化教育馆②被搜查之后,我被捕了。我被提审过多次,当然是照章办事啰……审讯时,这个大尉对我们那种机

---

① 识字协会是俄国国民教育部一八九五年组织的团体,不少具有自由派思想的知识分子参加了协会的工作。
② 民众文化教育馆是十九世纪末二十世纪初由俄国知识分子倡议建立的民众文教团体。一九○三年下诺夫戈罗德城也建立了民众文化教育馆,高尔基热心参加了民众文化教育馆的工作。下诺夫戈罗德城民众文化教育馆在一九○五年俄国第一次革命期间曾从事革命的宣传鼓动工作。

械的、无所谓的态度真叫人吃惊；我觉得这种态度比凶狠更坏，主要是他非常死板、冷酷，他明明知道他审讯时提出的问题、他企图强加给你的罪名都是毫无必要、毫无意义的，却仍旧照章办事。说他非要加罪于你，是不确切的。他像机器一样运转着，这台机器的使命就是从一个人的嘴里挤出他不想说的话。我们这次相识以后，有一天他夜里出去搜查，摔断了一条腿。每当我在我们这个小火车站的月台上看见他那细长的身影，看见他摇摇晃晃像要向左倒的样子，看见他那愁眉不展的脸上不断地做着种种怪相，也不知道他究竟是疼痛呢还是嫌弃什么，实在令人讨厌。当然啰，我从来也不跟他打招呼。可是，有一次他在我前面上车，突然，他脚下一滑，叫了一声，要不是我及时扶了他一把，他准会跌到车轮下面去。瞧瞧……

"在车门口他对我点点头，默默地龇着小白牙，到车厢里他就站在我对面，怀着一种特别的、无法形容的激动心情对我说：

"'谢谢您啦！'

"我略微抬了抬帽子。

"他沉默一会儿，又令人厌恶地龇着牙，用同样奇怪而激动的语调问：

"'您帮了一个宪兵的忙，不后悔吗？'

"一时间使我感到很窘，我含含糊糊地低声说了句什么。一股对生活的厌恶之情突然涌上我的心头，我对这些不成文的戒律感到强烈的不满，这些东西折磨人，摧残人，使人们像不共戴天的仇敌一样互相倾轧。这些穿着各种制服的人受尽了折磨，带着痛苦破碎的心，把他们的一生，把他们一生中所有的精力，把他们的全部智慧和学识都浪费在相互斗争之上了。唉！我知道，这种斗争是不可避免的！难道说，由于斗争的不可避免，斗争就不那么令人厌恶了吗？斗争给人们带来的屈辱就会少一些吗？"

他擦了擦他那布满细小皱纹的前额，急匆匆点起一支烟，吸着，继续说：

"从那时起,每次看见他那仿佛就要倒下去的身影,我总是压制不住心头再度出现的冲动,对那种无形的恶势力充满了仇恨,它伤害人,糟蹋人,摧残人,无论是我、他、无论什么人,谁也不能幸免。还有您,您也逃不掉,尽管您不愿意承认这一点,可是我明白,我敢肯定!您也是逃不掉的!"

他轻声地、得意扬扬地笑了起来,第一次用他那激动的、探寻的目光直视着我。他叹了口气,向四周看了看,考虑一下,收起笑容,捻着小胡子,声音更小也更加平静地说:

"在进城的路上,我和他认识了。开始时只是互相点点头,说两句客气话;跟他认识我感到难为情,同他打招呼的时候我总是不由自主地左顾右盼,因为,我们大家都是胆小鬼,都不敢跳出传统势力的牢笼,一句话,害怕!

"他是个聪明人,我发现,我这窘样子被他看出来了,他觉得很好笑,同时也觉得很伤他的自尊心。他竭力做出特别尊敬我的样子,我们还离得老远,他就匆匆赶上前来以显示对我的极度尊敬,龇着结实的牙齿,脱帽向我敬礼。他跟我登上同一节车厢。我们谈得很少,主要谈些日常琐事、遥远的往事,或者谈些对外政策之类的事情。当然啰,我们避免谈论那些必然会引导起争论的问题。"

他沉默了一会儿,痛苦地皱起眉头,用小手指搔了搔鼻子,叹口气说:

"不过,有一次,在一个灰蒙蒙的阴雨天,地上滑溜溜的,活像一只光滑冰冷的癞蛤蟆。这个宪兵大尉坐在我对面,俯过身来,两手支撑在浑圆的膝盖上,大体上说了下面这样一席话:

"'哎,怎么样,伊凡诺夫先生,现在老百姓干给您看了,您该明白了,我们比您更了解俄国,更了解俄国的老百姓,是不是?'

"'您的意思?'我问,记得,当时我有些吃惊。

"'您当然明白我的话啰!'他做了个鬼脸,一挥手,说。

"说完这句话,他那平时不露声色的怒火突然爆发了,他激动得面红耳赤,青筋暴露,两只脚踹着车厢的地板,两只手挥舞着,一连串恶言恶语像冰雹一样朝我砸来。我不想重复他的话,不过,他的主要意思是:没有任何一个国家像俄国这样,盼望国家安乐幸福的人却会落到如此悲惨、可笑的下场。我们这里说不上有什么民族,有的只是没有定型、没有组织的乌合之众,也说不上有什么阶级,有的也不过是一些集团,他们一动不动地、死死抓住自己那微不足道的、狭隘的利益不放,所以,这些集团不仅不能承担起民族的伟业,他们连积极地维护自己最起码的想法都不会。我们这儿没有人看见更没有人了解当今国家的悲惨处境,外部被敌人包围着,内部没有组织,自相残杀,荒谬绝伦地互相仇视。在这不知不觉的争权夺利的混战之中,在各式各样细小的帮派斗争的旋涡里,知识分子像沉船上留下的一块木片,在汹涌的急流中挣扎着,知识分子是惟一的力量,他特别强调说,知识分子是惟一的力量,假如他善于工作的话,他会给大家带来巨大益处的! 可是,俄国知识分子的致命弱点却是好高骛远、脱离现实,他们同老百姓没有任何联系,他们也不可能与老百姓结合在一起,因为,俄国的老百姓是不可雕的朽木,是没有用的废料。

"这些话也许很枯燥,可是他讲话时那么激动,他的狂热感染了我,引起了我的好奇心。

"'我们国家里有的只是老百姓和老百姓的命运!'他喘着粗气,附着我的耳朵说,'老百姓的心,看样子是出了毛病啦! 俄国人在自己畸形的历史过程中培植起一种坚定的信念,他们坚信有一种不可抗拒的力量,这力量任意支配着他们的思想和行动。这种力量究竟怀着什么意图,谁也不了解,只有一点是清楚的:那些意图对人们毫无益处。命运对人是残酷的,但是,命运是不可捉摸的,看不见也摸不着,你奈何它不得,跟它搏斗简直是蚍蜉撼树、徒劳无益、狂妄而又可笑。'

"'你们应该跟谁斗争不是很清楚了吗?!'他开导我说,'你的敌人就在老百姓的心灵里! 政府是民族根据自己的需要创建的机构,它维护自身的利益。'他列举了西方的一些政府来证明这一点,说西方的政府正在逐渐地日益改良得更加完善。

"'我们俄国的政府是一个独立自主的、生气勃勃的机构!'他用庄严的、带有威胁性的口吻大声说,接着就论证起来,说老百姓只要相信命运,就没有理由来反对政府,因为政府是国内惟一的文明力量,它愿意教导民众学会独立自主,它帮助民众形成固定的阶层。

"是的,是的,我明白,这些都不是新鲜玩意儿,枯燥无味,老生常谈!"讲故事的人神经质地从椅子上欠起身,高声说,"不过,他说的老百姓相信命运不可抗拒,命运是一切不幸和灾难的来源,这些话我听起来倒觉得很新鲜,很重要。我记住这些话,把它们深深地埋藏在自己的心里,现在我觉得,这些话帮我解开了一些俄国生活之谜……

"我用这种观点观察我们国家的历史和我个人的生活,您知道,我确认,存在着一种我从前没有发现的东西,一种模模糊糊的、沉重的、我一直觉得格格不入的东西。这不是别的,这就是老百姓相信命运的存在,这是俄国老百姓的创造,它也感染了我……有时候,我,您,我们大家,以及知识分子们,偶尔互相激励,兴奋得头脑发热,好像我们已经治愈了毁坏我们意志的病痛,在这样的时刻,我们看不见生活的真实面貌,用我们的内心活动来填充我们想象中的老百姓的心灵,事实上,我们离开老百姓已经很远了,已经远隔千里了!老百姓还是原来的样子,永远也不会改变的!他们不需要我们,他们不了解我们……

"是的,当然啰,这些牢骚话也是老一套了!您是对的。但是我们像打摆子一样忽冷忽热,或者是常常感到我们跟老百姓之间有很大距离,感到孤独得可怕,或者是用我们臆造出来的美丽谎言来掩盖这一切,自欺欺人。不过,这些老一套的牢骚话还是有生命力的,请您相信,它们注定会长久地存在下去!"

他从椅子上跳起来,在房间里来回走了走,怀疑、惊慌地环视四周,然后用两只手紧紧抓起椅背,轻轻敲着地板,更加平静地接着说:

"我有生以来从来也没有如此心灰意冷、如此委屈、如此厌倦,也从来没有感觉到自己对自己是如此陌生。我鼓起勇气,想要燃起心中已经熄灭了的对人们的热情,提起已经失去了的对生活的兴趣,可是,我发现,我只不过是凭惯性活着,活着,好像一颗就要落地、已经失去目标的子弹,正在往下落。您发现了吗,我们的生活里有一个我弄不清的矛盾总是重复出现:最需要人的时刻常常是多余的人过剩的时刻。我们这里的多余的人并不是外部压力造成的,并不是外部的压力使他们与世隔绝的,不对,不是那么回事儿!他们自身从里到外都是多余的,他们生来如此:生来就否定过去,厌恶现实,渴求那渺茫的遥远的未来……

"这是瘸子宪兵的想法吗?宪兵也可能有这样并不坏的想法,怎么不能有呢?穿各种制服的人都同样是可怜的、软弱的,也同样值得同情,噢,这也许是一种奇谈怪论吧……

"我想给您讲个故事……确切些说,是一段浪漫史。男主人公是我的朋友,他是一位律师,女主人公是他的女用人;您瞧见啦,这段爱情故事还带点民主主义色彩呢!我的朋友是个意志薄弱的人,像我们大家一样,他也有点幻想家的味道,总之,他并不比别人差。当然啰,他是个堂吉诃德[①];顺便说一下,在俄国,这种堂吉诃德式的人物不仅在有文化的人们中间常常遇到,就是在老百姓里,在民众中,也比比皆是,要多少有多少!我的朋友就是一个。他结婚了,妻子很漂亮、聪明,他每年的收入大约一万卢布,他的生活可以说很不错啰,甚至是很有意思的了。每逢星期四朋友们在他家里聚会,谈论文学,听音乐……"

伊凡诺夫先生眯缝起眼睛望了望墙壁,叹口气,声音压得更低了:

"两年前,我发现我的朋友很苦闷:他变得非常神经过敏,酒喝得很多,喝了酒就故意讲些粗俗不堪的话,跟人争论时常常无理取闹,尖酸刻薄地冷笑几声,这些举动同他的性格、他那副善良的圆脸庞都很不相称。我问他:

---

[①] 堂吉诃德是西班牙作家塞万提斯(1547—1616)同名小说中的主人公。

"'你怎么啦?'

"'没什么,没什么了不起的……'

"我坚持说:'你讲讲!'

"他说:'你要知道,我有一种感觉,好像我被卷进一股陌生的急流,漂到了离生活很远的地方,确切些说,我是在这股急流里打转转。两岸上,离我很远的地方,而且一天比一天离得远,在那儿,枪声砰砰响,被打碎脑壳的人们一个接一个倒下去,呻吟,叫喊,哀号,恶言恶语,扬扬得意的猪猡们①哼哼着,一个高大、古怪的人用半死不活的、冷漠的声音不停地唠叨:喂—喂—喂! 就是要爱人如己②;喂—喂—喂! 你们愿意人怎样待你们,你们也要怎样待人③;喂—喂—喂! 俄国是个不幸的国家;喂—喂—喂! 你们寻找就寻见④;喂—喂—喂! 这一切有时像是一场沉重的、几乎可以触摸到的噩梦。我望着这一切,我看到,生活简直混乱不堪,荒谬绝伦,毫无意义,在这生活的海洋里,我个人的生活只不过是最可笑、最无用、最荒诞的一滴水。'

"他停了停,并不快乐地轻声笑了笑,然后接着说:

"'有一次,我听到了一席坦率的心里话,宛如晨祷时的祷词。这个人站在窗前,望着花园,说得那么真挚,只有二十岁的人才能说出这样的话,大意是这样的:我的上帝啊! 人世间有多少美好的念头呀,多得很啊! 想想看,人的心灵里产生的每个念头,也许经历了巨大的痛苦,也许它产生在迷人的爱情的欢乐之中,想想吧,我们的生活多么可贵啊!

"'由于这些话是我的女用人阿纽塔说的,我心里觉得很好笑。我一直觉得她是个天真幼稚的小傻瓜。她多愁善感,翘鼻子,胖胖的,长

---

① "扬扬得意的猪猡们"一语引自俄国讽刺作家萨尔蒂科夫—谢德林(1826—1899)的同名特写(《在国外》中的一篇);这一离奇可笑的形象常用来象征小市民习气浓厚的反动政客。
② 出自《新约·马太福音》第二十二章第三十九节。
③ 出自《新约·马太福音》第七章第十二节。
④ 出自《新约·马太福音》第七章第七节。

着一双鼓出来的蓝色小眼睛,那眼睛总是带着几分惊奇的神情。她说这些话的时候,我正坐在窗前花园里看书,我刚刚办完公事,坐下来养养神,因为晚上还要与朋友聚会。当然啰,我当时一转眼就把她的话丢在脑后了。过了很久,那是夏末在别墅里,我又想起这些话来。客人们聚集在一起,兴致很浓,玩得很开心,可我却突然觉得烦透了!一切都使我厌烦,特别是那些美好、机智、善良的念头更加让我讨厌。我发现,人们围在我身边,把一些"美好的"念头和连篇的空话像皮球一样抛来抛去,他们抛得一直是那么熟练、灵巧、无忧无虑,又那么轻快,我却觉得这些人和这些"美好的"念头都是那么一钱不值。突然,我恍然大悟了,对于大家说来,这种"美好的"念头只不过是一些玩具而已,玩具越新颖,就越有趣。当我想起阿纽塔的祈祷,我的心情简直糟透了,连我自己也感到突然,我当时发表了一通讽刺挖苦、严厉斥责的演说。我的话显然很可笑,又不合时宜,你是知道的,我太太是一个很有风度的女人,她简直可以写一本礼貌学的巨著,我这狂妄越轨的举动遭到了她狠狠的一顿训斥,她毫不客气地说,这种行为幼稚可笑,有失一个体面人的身份。她还说:"你讲这番话,倒很像一个社会民主党或是一个无政府主义者。"听她这么一说,我心想,也许,我真的是一个无政府主义者吧?

"'从那时起,我的生活变得十分古怪,好像完全受旁人支配似的。有一个人来了,命令我:"喂,亲爱的先生,您大学法律系毕业以后就娶一位聪明漂亮的姑娘吧,过一年,你们就会有个孩子,过三年,又有一个。您要干这个,干这个,永远干同样的事情。"总而言之,完全是胡说八道!我觉得自己不知为什么已经成了一个缝补旧衣裳的裁缝,整天挑选颜色相同的布头缝缝补补,一辈子缝破烂。而最破烂的,以至无法修补的地方就是我自己的心灵。应该怎么称呼它啊?一个人最诚实最真挚地思考和感觉的地方叫什么来着?我的这个地方,也就是我的心灵,已经在不知不觉中破碎了……'"

伊凡诺夫先生讲他的朋友讲得如此活灵活现、留连忘返,甚至带着几乎是狂热的同情,这自然引起了听者的怀疑:他真的有这么一个朋友吗?这个人物就是讲故事的人自己吧?伊凡诺夫先生说的是真心话,他激动得头上冒汗,满脸通红,两只眼睛一动不动,目光似乎射向自己的心灵。他那长着凸凹不平、弯弯曲曲的指头的一双小手神经过敏地哆嗦着。

他声音颤抖,上气不接下气地接着说:

"'日子像小说里写的那样一天天过去了,每当新的一天来到,它就向我点头问好,它说:"您好!我比昨天更糟!"我一天比一天更苦闷,妻子也是……她劝我说:"你应该去疗养,你都管不住自己了!"好吧!做做体操,洗洗冷水澡!可是,我胸中的苦闷不断增长着,这苦闷像铅块一样压迫着我的心房。又是阿纽塔:有一次我从她房前走过,门是关着的,我听见房里发出一种兴奋得上气不接下气的声音,不过,口齿不大清楚:

> 我在这大地的怀抱里,
> 虽说是感到窒息,
> 可是那青春的生命的颤音,
> 从四方清晰地传入我的耳际……①

"'接着,是一声感叹:

"'——噢,上帝啊!多么美好!多么真挚!

"'费特②和一个女用人!我感到突然、可笑,您听我说,不知为什么,也真让人担心!为什么让人担心呢?我也不知道,但我觉得让人担心!好像傍晚走进自己心爱的房间,而那里却坐着一个素不相识的

---

① 引自费特的《我还爱着,我还苦恼……》一诗(1890)。
② 阿·阿·费特(1820—1892),俄国消极浪漫派诗人,其作品大部分为田园诗和爱情诗。十九世纪六十年代,费特鼓吹"为艺术而艺术",力图引人脱离现实斗争,起了维护沙皇反动统治的作用。

陌生人,他正用他那新奇的目光打量着你的各种心爱的摆设。我遇到的就是这类事情。但耐人寻味的是,生活中不是确有其事吗?一方面,有些人对甜滋滋的费特已经感到厌倦,另一方面,有些人却像孩子大嚼水果糖一样开始津津有味地吞食诗歌的蜜汁。我像着了魔似的,被这生机盎然的小小房间吸引住了。

"'事情是这样的,有一次,家里人都出去了,阿纽塔的房间里传出欢笑声。我不知不觉地出现在女用人的客人中间。我当然不是一下子就走进去的,事先考虑到不要让他们感到不安,不要让自己陷入可笑的境地,不要让人家觉得你是强求上门,一切都应该很得体。考虑好了之后,我利用主人的身份按铃叫她到书房来,问了点事情,最后请求说:阿纽塔,我可以到您房间里跟您的客人们一块儿坐坐吗?我闷得慌,又哪儿也不想去!——啊,请吧!她大声说,又重复一句:请吧!我们走吧!

"'她答应得这么痛快,事情的结果这么好,我很高兴,心中的犹疑好像烟消云散了。这时我发现,阿纽塔的脸根本不是长着一个翘鼻子的丑脸,而是一张好看的脸,还有一双天真的眼睛。'"

伊凡诺夫先生停了片刻,不慌不忙地点起烟,大口大口地吸着,一缕缕青色的烟雾伴随着他的话语从嘴里吐出来,他的话因而也仿佛变成了青灰色,好像冻僵了似的,他接着说:

"'我认识一个年轻的哲学家,您是知道的,现在不少青年人闲着没事干就高谈阔论。有一次,他讲了一番相当聪明的话,我不知道他是偷别人的,还是自己杜撰的。他说:"所有的人都是幼稚可笑的,不论善人还是恶人,老实人还是骗子。所有的人都是幼稚可笑的,因为,一切都是过眼云烟,都是转瞬即逝的:没有永恒的恶,也没有不朽的善,骗人者终究会被戳穿。说谎,对我们来说是最愉快、最可爱、最有利的,可是我们却非常幼稚,常常去追求真理,揭露谎言,而真理却是任何人都不需要的,因为真理对人们有害,它老是给人带来痛苦。实质上,整个人类都是幼稚可笑的,这倒拯救了他们,使他们免得愁闷而死,免得由于遭到种种不幸而发疯⋯⋯"您瞧瞧⋯⋯噢,先不谈这个吧!

"'阿纽塔的客人中间有一个医士学校的学生莫济丽,她是个黑发女郎,长着一双看不见眼白的眼睛。还有亚历山德罗夫先生,一位脸色黝黑的年轻人,这个人性格开朗,彬彬有礼,待人殷勤周到,可是,他像一个外来的陌生人,总是不停地探索着。当然啰,他准是个社会民主党。我觉得,他们像对待自己人一样接待我,这使我感到格外高兴,我马上施展起自己做律师的口才,向他们接二连三地提出了我熟悉的和不熟悉的一连串问题。我说着,他们听着。他们面部的表情是严肃的,好像听得津津有味,看不出丝毫厌烦的情绪,也许他们是由于可怜我的缘故,或是仅仅出于一般人的恭顺和礼貌。虽说在动物中最擅长恭顺的是狗,可人有时也是恭顺的。我们,更确切些说,我,我就这样跟他们聊了两三个小时,后来,门铃响了,我妻子回来了! 我觉得当着妻子的面坐在女用人的房间里面子上很不好看,于是,就匆匆地离开了,本来应该做得从容一些的。

"'我是带着一些愉快的念头离开的,我的心情很好。我记得,我当时心里想:瞧,这就是文化造成的无法遏止的影响呀!十年以前,一个女用人、医士、工人,怎么会对皮萨列夫①持怀疑态度呢?真是难以想象。瞧,他们这些人,今天竟然成了这个样子! 关于这一点,我反复琢磨了很久,对于本来可以而且应该重新考虑的一切我都重新考虑过了。不知为什么,我没有对妻子谈这件事,也许因为她从外面回来很疲倦又马上躺下睡了的缘故吧! 可我呢,怀着一种早已忘怀了的激动心情,我承认,这种心情很可笑,可是我正是怀着这种心情离开房间到花园里去散步的。

"'我走着,听见从阿纽塔的房间里传出了轻轻的谈话声,一个人

---

① 德·伊·皮萨列夫(1840—1868),俄国文学评论家,唯物主义哲学家,革命民主主义者。他反对纯艺术论,但过分强调自然科学的作用,认为普及科学就能消灭贫穷和愚昧,否认革命斗争是俄国解放的惟一道路。

影时而遮住窗口的灯光。我想：妙极了，亲爱的人们，应该这么做！正是这个，也就是这些夜晚的谈话，是一种新的美好的事业，我们所不知道的成千上万的人正在为着这种美好的事业流血牺牲。

"'突然，我听见亚历山德罗夫先生用怀疑的口气大声说：

"'——他大概连杜勃罗留波夫①和皮萨列夫也没读过吧，他也不会喜欢他们的！

"'我当然明白这是在说我。他们说得对。在思想探索方面，我只不过是一个对细微末节十分敏感的小人物，杜勃罗留波夫高深的见解和皮萨列夫那种过去就十分渺茫、今天更加玄奥的"虚无主义"能够给予我什么呢？我停在树下仔细听着。站在窗前偷听——这不好吧？有什么办法呢！审判应该是公开的，可他们这是缺席审判呀，我只不过是以此来纠正他们的错误而已。我不想怪罪他们，因为他们并不熟悉刑法的诉讼程序。

"'亚历山德罗夫先生瓮声瓮气地说：——我觉得奇怪的是，他们自己离开了他们迂腐的老师，一定是在老师身上没有找到他们所需要的真理，可是，却要我们去崇拜那些他们已经抛弃了的东西。

"'我亲爱的阿纽塔却什什什地②替我辩解：

"'——他的心地非常善良，只是他很苦闷。他太太是个又傲气又严厉的女人，什么事情都要求做得一丝不差，他却老是心不在焉，对什么都漠不关心……

"'传来了医士学校学生莫济丽浑厚的声音，她用一些伤人的词句攻击我：

"'——他的那张脸倒是满漂亮的，不过，他肯定是个庸才。

"'亚历山德罗夫先生又开口说：

"'——现在，他们好像又赞叹起无产阶级和民主之类的东西了。可我想：好得很哪，你们四年前比现在叫得还响，可随后就逃之夭夭

---

① 尼·亚·杜勃罗留波夫(1836—1861)，俄国革命民主主义者，哲学家，文艺批评家。
② 阿纽塔发音不清，把俄语里的字母 С、З 发得像 Щ、Ж。

了！现在谁还会相信你们呢？不是我一个人这么想。说实话,这可太妨碍……

"'我再也听不下去,于是就走开了。

"'从那时起,我心中产生了一种讨厌的念头,总想让这些人相信我是多么真诚,我对他们和他们的精神生活是多么感兴趣。也许,这件事我做得又愚蠢又笨拙:大概,过了一个月,阿纽塔用一种困惑莫解的、甚至是惊慌的目光看着我。我妻子气恼地把嘴唇一瘪,迈着特别的、俏皮而带有否定意味的步子从我身边走过去,我发现,她那表情里还带有厌恶的味道。我觉得我自己简直是个糊涂虫,我明白,我应该把这一切都丢开,但是,我做不到……

"'特别使我受不了的是在我家的聚会上,朋友们喝茶和吃晚饭的时候常常谈起越来越多的自杀事件、戏剧的进步[①]、一月九日的法令、音乐、诗歌、红极一时的小说家和流氓行为的泛滥[②]。一些人认为:人们面临着文化的大倒退;另一些人却有根有据地提出了完全相反的意见,他们认为:文化自下而上向纵深发展,伸展到土壤中生根了。我妻子肯定而赞赏地点了点头,她的动作十分优美,不过,让人看了觉得厌烦,因为,她任何时候都是一味地赞赏、一味地肯定! 她向全世界重复着同一句话:——不许放肆! 这个女人受的是英国教育。她好像一块衣料,看起来挺厚实,穿起来却不暖和。我坐在那里,心里想:这些东西都不能给我们任何安慰,也不能供我们用以自欺欺人! 我们需要的是另一种谎言,更加迷人的谎言……

"'为什么需要谎言? 您要知道,我相信,把真理摆到我的面前时

---

[①] 一九〇七年底莫斯科艺术剧院上演了俄国作家安德列耶夫(1871—1917)的话剧《人生》和挪威作家哈姆生(1859—1952)的《生活的游戏》。这些演出活动得到斯坦尼斯拉夫斯基的高度赞扬,他说:"我们又回到了现实主义的道路。……别的一切道路都是虚假的、没有前途的。"这里说的"戏剧的进步"即指此种现象而言。

[②] 统治阶级及其思想评论家为梅烈日科夫斯基之流,诬蔑人民解放运动是产生流氓行为的根源。高尔基在《谈谈小市民习气》和《个人的毁灭》等论文中指出:"流氓是市侩的骨肉",流氓行为是"发狂的市侩的反动本性"。

我是不能容它存身的。更确切些说,我相信,我与真理誓不两立,我也明白,我无力与真理搏斗。您不懂吗？请您想想瘸腿宪兵的话吧！他说,我们在国内很孤立,这只不过是给您一个暗示,暗示真理的存在,可是,我觉得,真理本身好像比宪兵的话要可怕得多……因为,除了孤立之外,我们之间存在着重重矛盾,我们反对民主,敌视民主,虽然我们在这上面玩着掩耳盗铃的把戏,可我们是敌视民主的！……

"'我是在夸大其词吗？也许是……不过,请您告诉我:那种能够把国内的主要力量组成一个不可战胜的整体、能够使我们同民主重归于好的思想又在哪里呢？'

"他得意地笑了起来,用力搓了搓手,然后意味深长地放低声音往下说:

"'要知道,那些乐天派认为,我们在不知不觉地、不停顿地向着某个方向前进,他们完全是胡说！只不过为了自我安慰在讲瞎话罢了！我们一直在原地踏步,跳着走向毁灭的凄凉的舞蹈。请看一看吧,我们糟蹋、败坏、丧失了自己的名声！请看,现在,谈不上什么交情和友谊了,也谈不上什么像样的演说了,什么演说都毫不激动人心！而当我们在这儿茫然不知所措地浪荡着的时候,我们的背后却在形成一种力量,它也许要从根本上摧毁我们那不幸的、缺乏信心而动荡不安的生活……

"'阿纽塔吗？她走了,从她来讲,走是明智的。我对她产生了一种奇怪的感情,那就是既羡慕又恼恨。为什么生活对她这么个女用人总是快乐地微笑着,而对我却愁眉苦脸呢？这方面我感觉到有些问题,但事情要复杂得多。说良心话,我很想打破她的天真:有一次我选了一本最悲观最灰暗"充满失意情绪的"当代小说给她,我说:——读读吧,阿纽塔！她读完之后默默地把书放在我的桌子上,我问她:——怎么样？喜欢吗？她直言不讳地、坚决地说:

"'——不喜欢。

"'——究竟为什么不喜欢呢？

"'——就是不喜欢!'

"'她只有这句话,或许再加上红了红脸。有一次我若无其事地开着玩笑问她:

"'——阿纽塔,您看我这个人怎么样?

"'她真的大吃了一惊,回答说:

"'——关于您,我什么都没想过,看您说的,伊凡·伊凡诺维奇!

"'她的这句"看您说的"太说明问题啦,对吧?很明显,她怀疑我,认为我已经觉察到她对我是持否定态度的。当然啰,这是再清楚不过的了! 对吗?

"'结账那一天,她到我房间里来告别,先把手伸给我。她头上戴着我妻子的绿色旧帽,手上戴着我妻子的手套。

"'我问:您干吗要走呢?

"'她冷冷地笑着回答:——是这样,应该走。

"'——您以后打算作什么呢?

"'她惊奇地抬头看了我一眼说:

"'——学习。

"'——找到地方了吗?

"'——还没有。

"'她又亲切地笑了笑,让我别担心:

"'——我很快就会找到的!'

"我的故事讲完了。说实在的,这个故事空空洞洞,没什么意思,对吧?"

伊凡诺夫先生站起身来,四下里环顾着,好像不相信已经做完了自己打算作的全部事情,他在思索,究竟忘记了什么。他用手搓了搓蜡黄色的额头,咬着嘴唇,他的一双眼睛还是在房间里扫来扫去,并不停留在任何东西上。

"我甚至想说,这个故事相当庸俗,平平常常,只不过是被生活折磨得虚弱不堪的灵魂上的一个小伤疤……但是,说来也怪,这小小的伤疤却有力地说明了在这十全十美的世界上①人的孤独是可悲的,不能医治的,也就是,无法克服的……

"我的朋友吗?"他惊奇地反问道,"哪一个朋友?啊哈,对啦,是那位律师!他开枪自杀了,我没有告诉您吗?是的,他死了。他酒喝得很厉害,借酒浇愁,大耍酒疯,后来,喝醉了,朝自己开了一枪。死了,留下一个字条:'我请求不要怪罪任何人。'他死了,这是说谎,寻短见的人都怪罪别人,不管他们怎么写,他们都不能不怪罪别人!自杀——毫无例外都是怪罪别人的行为,是对人生绝望的表示。"

他想了想,做出一副十分苦恼的样子,说:

"我读过一篇关于一个小男孩的故事,凡是他不喜欢的事情他都说:'不要!'假如这种否定还有些效用的话,我就要说,不要犟脾气认死理,要生活得谦恭些,随和些,这样才算明智,才少惹是非!不要大吵大闹,不要玩弄漂亮的辞藻,因为,漂亮的辞藻只不过是一些空话!

"是的,是的,"他笑起来,"这是对的!不久以前,我们还彼此大叫:'展开强大的翅膀,投入反对残暴敌人的战斗。'可现在呢,我们想平平静静地生活,再也不想飞翔了,收起翅膀,甚至把翅膀摘下来束之高阁,再也不要那一套了!应该识时务啊,是这样的!

"可是,我不知道应该怎么做,我只不过是随便说说而已……亚历山德罗夫先生,阿纽塔和医士学校学生莫济丽,他们是知道该怎么做的!可他们知道的那些东西,我在他们这个年龄的时候也知道……

"您知道,寻短见的人应该留下什么样的字条吗?'尝一尝,吃过

---

① "在这十全十美的世界上……"出自法国作家伏尔泰(1694—1778)的哲理小说《老实人》(1748),其中的人物邦葛罗斯说:"在这十全十美的世界上,所有的事情都是相互关联的……"

339

了一点蜜那我就可以死去了。'①这是再简单不过的大实话,说得多么好啊!"

## 四

……每到晚上,县警察局的警察克罗哈廖夫常到我家里来。他是个被公务压弯了腰的人,当然啰,又是个酒鬼。他总是尽量把门推开得大一些,先把一条短腿伸到门槛上,然后再伸另一条,整个人站在门框里,右手握着军刀,左手扶着门框,问:

"亚历山大,你在家吗?"

这还用问吗,我就坐在窗前,他清清楚楚地看见了我;再说,他从街上走过来的时候已经看见了我,还朝我扬了扬他那一绺绺的红眉毛呢。

"进来吧,进来吧,当官的,"我说,"你不是看见我在家吗?!"

军刀碰上门框,又碰了一下椅子,他拖着两条病腿,像个瞎子似的左手伸向前方,摇摇晃晃走到我面前,咕咚一声坐在椅子上,说:

"我必须问一声……"

他摘下军帽,整整齐齐地放在窗台上,帽檐总是朝外摆着。他呼哧呼哧喘着气,方方正正的红脸膛鼓胀胀的,双颊上有几道青青的脉络,笨重的鼻子垂到粗硬的红唇髭上。他的鼻子生得很奇怪,像是手艺太差又匆匆忙忙地用泡沫石料雕刻出来的一样。大耳朵耷拉着,右耳上戴着一只哥萨克式中间带十字的银耳环。他整个人是由大小不同的立方体组成的,脑壳儿也是方的,甚至膝盖骨、手掌,都是方的,十个指头显得多余,它们破坏了这位警官体型的正方结构。

"我累了!"他说,用混浊的大眼睛看着我,好像他累了是我的过错似的。

---

① 《旧约·列王记上》第十四章。

"想喝茶吗?"我问。

我听到的总是同一句俏皮的双关语:

"我已经喝够了①。"

他叹了口气,加上一句:

"不过,端来吧,总得喝点什么才是!"

然后,颇为惋惜地说:

"你不喝烧酒,这也太那个了!哪怕来点啤酒也好呀……"

"你会把两条腿都喝瘫痪的。"我对他说。

他像是好奇、又像是责怪地看了看自己的两条腿,说:

"大夫也是这么说的:我一定会失去两条腿,而且,要不了多久。骑马走上五里路,老弟,这两条腿就麻木得像两根铁棒一样,真的!用手指头使劲掐也没什么感觉,坏到这步田地了!"

说起腿来他可以滔滔不绝地讲个没完没了,绘声绘色地仔细描述从膝盖到脚指头的状况。我让更夫帕弗卢沙到小铺老板韦勒霍图罗夫那里去买啤酒,这个更夫有些傻里傻气,是个毁坏碗碟的能手。克罗哈廖夫解开皮上衣的纽扣,说:

"据我探听到的可靠消息,神甫从那帮流放犯手里借书看……"

"你上次已经给我讲过了。"

"讲过了?糟糕!"

他不停地摇着头,我不明白究竟糟在哪里:是他克罗哈廖夫讲话走了嘴糟糕呢,还是神甫的行为糟糕?

从这件事,或是别的类似的事情开头,俄罗斯人那种荒谬可笑的忧伤就从克罗哈廖夫宽阔的胸膛里可怕地涌了出来:他沉重地叹着气,把胡子吹得直碰鼻子尖,他又用一个指头向左右两边捋这胡子,耳环在他的一只耳朵上摆来摆去。

"昨天我又读了一点《鲁滨孙漂流记》,一本小说。"他开口说,在

---

① 原文 отчаяться 有"喝够了茶"和"绝望、失掉一切希望"两种意思。

341

他那混浊的眼睛的深处闪烁着铁屑似的奇怪的火花,那火花一闪一闪地发着光。

"哎,老弟,这个英国人真是聪明得叫人吃惊……"

"你也感到吃惊了。"

"一提起他我就吃惊!我吃惊得很,我永远会吃惊的!"克罗哈廖夫倔强地一本正经地说,"一个人到一个孤岛上,一切生活上的事情都要自己动手做,他是够叫我吃惊的!就算是胡诌出来的故事又怎么样,能编得这么动人也不容易呀……"

他鼻孔里噗噗噗地喷着气,把几只苍蝇从他那留得老长的唇髭上吹开,随后,脱掉外衣,穿着一件小圆领口的厚背心,他认为这件背心"比铠甲还强",因为,这件背心是乡下一个当铁匠的巫师在上面念过咒语的,而且还用一种"念过咒的线"透针绗过。

他用手掌使劲搓着那长满密密麻麻、鬃一样胡须的下巴,把嘶哑的声音压得更低,说:

"咱们这儿总发生这种事:昨天我从街上走过,看见谢姆卡·斯图卡林躺在篱笆脚下,浑身上下的衣裳撕得破破烂烂,满脸是血。我问他怎么回事。他说,'我累了,在这儿歇歇。''怎么累了?''打老婆打得。'他打老婆怎么会把自己弄成这个狼狈相呢……"

克罗哈廖夫扇动着两只大耳朵,脸色变得十分可怕,问道:

"以后的日子好过吗?"

像傍晚时刻高山的阴影一样,一幅又一幅灰暗的图景缓缓地移动着;一切都是那么熟悉、凄凉、粗野而又无法摆脱。

"今天早晨神甫对我说:'亚科夫·斯皮里多内奇,您是不是开导开导赫鲁晓夫的寡妻,让她别那么虐待前妻的儿子。'我到那个寡妇家里去,狠狠教训了她一顿,该说的都说了。她这个魔鬼,坐在屋角,一声不吭,可是,突然号叫起来:'你把他们领走好了,你去管教他们!我才不在乎呢!哼,我恨不得把你的眼珠子也给抠出来……'"

克罗哈廖夫沉默了一会儿,叹了口气。

"当然啰,我给了她一耳光,倒不是因为她惹火了我,而是维护官府的威望,她怎么敢在政府官员履行天职的时候侮辱长官呢,哼!……你说,不要跟她动手,最好把她抓起来送法庭审判?可她是个不开窍的女人呀,又有病,快饿死了……"

帕弗卢沙拿来一大罐家酿啤酒,看样子啤酒是冰凉的,木罐的表面蒙着一层水汽。这位长官把浓浊的饮料倒入杯子,阴郁地唠叨着:

"驯服不开窍的娘儿们,根本不是我职权范围内的事儿。神甫不过是白操心……我的上司也对我说,'你的那些流放犯又到外边溜达去了?你可要加小心呀,亚科夫!'我有什么办法呢!我能把他们都捆起来吗?我能把他们的两只脚砍掉吗?"

他一口气喝了三大杯凉得冰牙的啤酒,吸了好半天胡子里沾上的酒浆,木呆呆地望着地板,一下子就醉了,嘟哝着:

"好像是,好像是,啊?"

看样子,我的形象在他面前渐渐模糊起来,他使劲眯缝起眼睛,盯着我仔细打量,像是要把一件无形的、已经毁坏了的东西重新收集起来、组合起来似的,他用那不听使唤的手掌拍着刀鞘,得意地微笑着说:

"我有刀把子,啊?这是官府给我的武器,这东西可不是吃素的!亚历山大,我现在就去说……"

他费力地抬了抬腿,想站起来,可是,怎么也站不起来。他把一只手举到太阳穴上,向我报告说:

"大人,亚历山大·西兰季耶夫,那个教师,我发现他行为不轨——没错儿,啊?"

举起来的那只手落在膝头上,他像号啕大哭似的哈哈大笑起来。

"我能够毫无理由地……我干得出来吗?"

他仿佛突然清醒过来,严厉地抖动着眉毛,自己说服自己:

"我干得出来!无论是谁我都能把他抓起来,无论是谁我都能把他杀掉……我可是不讲情面:这是官府给我的权力……我什么都敢干,是的!"

这番话并没有给他带来快乐,只是使他大吃一惊:他把眉毛高高地挑了起来,挑得几乎够到他头上那开始变白、像鬃一样竖着的红头发。他喃喃地说:

"我是个醉鬼,我的腿坏了,心脏也不行了,啊……"

他俯身对着我,眨巴着一双大得可怕的眼睛,低声说:

"前两天那个流放犯,就是你认识的那个小炉匠贝科夫,迎面走过来,可他好像没有看见我一样。一个小炉匠,却戴着礼帽,戴着眼镜,哼,好小子,走着瞧吧!我得叫你知道知道我的厉害!你的命还在我手心里攥着呢!懂吗?我简直火冒三丈,当时就想打个报告说:小炉匠贝科夫被我发现了,就这些!可是,我一回到家里,喝足了酒,怒气也就消了。见他的鬼去吧!还有那个尼科尔卡·利祖诺夫,他自从发配到流放地来以后,整天唱歌,像只山羊似的,蹦蹦跳跳,高兴得很呢!他还念诗给我听。在教堂旁边他叫住我,对我说:'亚科夫·斯皮里多内奇,我找到一首关于你的诗,你听着!'于是,他大声念起来:

  警察站在蓝色大海边,
  蓝色大海翻腾咆哮掀巨澜……
  涛声滚滚锁不住,
  气得警察怒冲冠![1]

"我说:'你等着瞧吧,你把这首诗给我写下来!'他真的写下来了。就在这儿!"

---

[1] 这首即兴诗是俄国作家弗·阿吉利亚罗夫斯基(1853—1935)的名诗。他年轻时曾在伏尔加河流域过了十年流浪生活,做过纤夫、装卸工、驯马员、铅粉厂工人等,主要作品有《贫民窟里的人们》(1887)、《我的流浪生话》(1928)等。他的作品真实地反映了沙皇统治下俄国底层人民的悲惨生活。

他从窗台上拿起帽子,从帽子的衬里下面取出一个折叠得整整齐齐的小纸片,递给我,说:

"那家伙什么也不在乎,他像一只苍蝇,你从脑门儿上把它赶开,它就落在你鼻子尖上。他说,'你知道你是个什么人吗?'他就是这么跟我说的。'你,'他说,'好比一个地窖,一个又湿又黑的地窖,窖里没有冰,菜都烂了,连老鼠都不在里头做窝。'有时候,他看见我就朝我大叫,'奥菲尼娅,你干脆进修道院吧!'①"

"应该是奥菲莉娅呀!"

"对我反正都一样!我收集了一些真凭实据,当时就编了一个小报告,上面写着:利祖诺夫·尼古拉被我查到了。这就妥了!这下子我要把他赶到千里之外去了!……"

他又喝起酒来,又抱怨起来,越发赤裸裸地暴露出他灵魂深处那些可悲的乱七八糟的东西。

"亚历山大,你不信上帝,你不懂得,一个人有了权就糟了!干吗要给人权力呢?亚历山大,人家要是问他:'你能违背福音书的教义去杀人吗?'他会说:'不,我不能!'可是,一下命令,人头落地!是他杀死的!这时候,如果再对他说:'给你——给你权力,再多给你点权力!'我要这个干什么?为了人们不要互相残杀,不要抢劫。我要怎么惩治他们就怎么惩治他们!你不相信上帝,我要告你一状,我就说:'教师不信上帝,神甫也不信,神甫只不过假装相信。'我就这么说,人家会相信的,你们说话人家就不相信!"

他伸出一只手,猛地把拳头往手掌上一捶,得意扬扬地叫道:

"这就是权力!"

他马上又像发过了头的面团,瘪了下来,摇晃着方脑袋,瞪大一双眼睛,四处张望。

---

① "奥菲莉娅,你干脆进修道院吧!"出自莎士比亚的悲剧《哈姆莱特》,是剧中主人公哈姆莱特对他的情人奥菲莉娅讲的话。警察官误把奥菲莉娅读成奥菲尼娅。

345

"老弟,这可是个难担的担子啊①……我们亲爱的神甫巴维尔说得对:'为官对人要和蔼,要亲热……'"

他的头发竖了起来,挥舞着右手,粗野地号叫着:

"就这样,很简单,没什么亲切、温存可言!你们这群魔鬼,都得怕我,离我老远你们就得摘下帽子来!一看见我就得赶快让路!我是肩挑重担的!我跟自己是不要威风的……

"赫鲁晓娃没什么过错,这个我知道。斯图卡林也没错,他那个红脸蛋儿的老婆是个破鞋。米什卡·尤金为这事儿苦恼得整天胡闹:一把火把家当全烧光了,一下子就成了个穷光蛋。大家都一样,每个人总是有点什么毛病的,所有的人在上帝面前都能替自己辩解几句,懂吗?可是,他们在我面前却一句辩解的话也说不出来……"

看样子,克罗哈廖夫很想把自己那笨重的身体缩成一个团团:他先把两条腿蜷起来,再把脖子缩起来,把头藏到肩膀里,两只手插到衣袋里,小胡子轻轻颤抖着,他用呆板的目光默默地望着我,望了很久,后来,又唠叨起来:

"你想想看,在上帝面前有话辩解,可在我面前却无话可说!这么说,我比上帝还高,是不是?"

他鼓起发青的腮帮子,呼哧呼哧喘着气,用黯淡无光的眼睛死死盯住我,然后,接着说:

"我这就抽出马刀,我要砍死你,你怎么敢不信上帝呢!问我为什么砍了这个小伙子?我解释解释,也就没事了!我知道,亚历山大,我知道,你的人缘比我强,噢,这个我知道!"

克罗哈廖夫每次发酒疯总是达到一定温度就停住了,不再升温,也不再降温,就停在这个温度上。他总是醉得昏昏沉沉,糊里糊涂,像是发疯了一样;有一次他喝醉了,在街上一刀砍死了皮萨列夫的猪;另

---

① 《新约·路加福音》第十一章第四十六节:"你们把难担的担子放在人身上,自己一个指头却不肯动。"

一次,把草垛点着了;还有一次,穿着制服走进湍急的乌萨河,差一点淹死,是泽梁人①把他拖出来的。就是在这种不能自持的情况下,大约一年以前,出乎整个村子的意料,自然也出乎他本人的意料,他突然跟一个乡下女人波柳多娃结了婚,这个女人专门在村子里拉皮条,操办舞会,她好酒贪杯,狡猾,放荡。还算他的运气好,结婚刚刚两个月,这个女人就喝得酩酊大醉,中风死了。克罗哈廖夫郑重其事地给她办了丧事,他没有喝酒,满脸愁容地走在棺木后头,随后,他又在这个女人的坟上竖了一个橡木十字架,还亲手蘸着油拌烟黑在十字架上面题了两行字:

"这里埋着玛特廖娜·波柳。"——姓氏波柳多娃的后两个字"多娃"被一团墨迹盖住了——后面写着:"警察亚科夫·斯皮里多诺夫之妻的遗骸主啊收下她这个虔诚的信徒吧。"

他清醒的时候,总是郁郁寡欢,不爱讲话,很少在人前露面,出门时老像野猪一样低着头,见人只是默默地把手伸到帽檐上算是打招呼,胡子扇动着,不时地呼呼吸着气。庄稼汉们都怕他,躲着他,遇上他的时候就恭恭敬敬地给他鞠九十度的躬,可背后却叫他"亚什卡小畜生"、"蠢货"。他喝醉了常常回忆起这些事情:

"亚历山大,大家都尊敬你,因为你品德高尚。我呢?老弟,我知道,谁也不尊敬我!那一回,泽梁人把我从水里拖出来,放到岸上,那么奇怪地互相看了看,好像是做了一件值得称赞的事,互相看了看,就钻进林子里去了!我至今也不知道他们是谁,从哪儿来的。当然啰,他们是野蛮民族,噢,我要是写个报告,他们准能得到赏钱……"

他又沉默了,髭须散开了,露出了嘴唇,红脸膛竭力装出笑容,眯缝着眼睛,仿佛望着亮光似的。

"还有:救上来落水鬼给赏钱,抓到逃犯也给赏钱,杀了人——要是当差的杀的,也给赏钱。可要是你杀了人,就要罚苦役,是的,虽然

---

① 泽梁人是俄国的少数民族,现为俄罗斯科米共和国的民族之一。

你也算个当差的……别看神甫是给上帝当差,他杀了人也得罚苦役,他真是白给上帝当差了……"

他用两只大手抓起木制的酒罐,咕嘟咕嘟喝了起来,突出的喉头一上一下地滑动着,两股红水顺着下巴一直流到坎肩上。他喝了很久,喝完之后,打着响鼻,大声喘着气,接着又继续清理他那含糊不清的思绪。

"我说什么来着?亚历山大?"

我提醒了他。

"噢,你像老师讲课那样好好给我讲一讲,大着胆子给我讲一讲:神甫替上帝和老百姓做事,你也替老百姓做事,我替谁做事?我比你们高出一头,对不对?"

这已经是多次了,我尽可能和气地劝他说:

"你别干这个差事了,亚科夫,满脑子这些想法你会做出害人的事的,要不,你就得进疯人院……"

这些话惹恼了他,他坐在椅子上费力地扭动着身子,骂起人来:

"啊—啊,鬼东西,草包,你们以为我不知道你们要干什么吗?你们是盼我不在了,来个头脑简单的傻瓜蛋,你们就可以骗他了,让他相信你们那一套,对吧?哼,办不到……"

之后,他常常哭哭啼啼地说:

"唉,公理何在啊!你们不该老琢磨着把我赶走,应该打心眼儿里同情我,因为我挑着难担的担子呀,鬼东西!去问问神甫,他比你了解我,你这个狠心肠的家伙!"

他抱怨了很久,虽然说的是真情话,但却让人讨厌。然后,突然又回到他那个老问题上来了:

"谁给我的权力呢?"

他知道是谁,说到授权给他的人时,他总是尊敬地把手掌放到太阳穴上,但马上压低声音,神秘地凑到你的耳边,小声说:

"他不认识我,没见过我,啊?上司不了解这个,连我自个儿也不了解,懂吗?我是什么人?谁也不知道。我自个儿也不知道,可是,我有权力,瞧这支手枪,看见了?"

我怕这支手枪;他的这个家伙有一种放荡不羁、自行其是的性格:有一次,克罗哈廖夫把这支手枪掉在地板上了,它旋转起来,一蹦一跳地自动向四方开火,直到把一梭子子弹全都打完才算了事。这场战斗一打响,我就跳到桌子上去了,我的客人呢,他吓得脸色发青,像一只小松鼠,一下子蹦到窗台上,把盆花全都撞到外面去了,他坐在窗台上,无可奈何地朝自己那个横扫一切的手枪挥舞着手。等到这场虚惊过去之后,他拾起手枪,仔细瞧了瞧,郑重地说:

"这是铁匠马卡尔卡搞的鬼!他准是给手枪的撞针施了妖术,山猫眼!"

现在他又把这支破枪亮了出来,面带轻蔑地摆弄着,眨巴着眼睛,皱着眉头。

"当心点,"我边说边后退,"它还会发疯的!"

"没上子弹。我现在用它砸核桃,你瞧瞧枪柄就知道了。"

他还在端详这个黑乎乎的笨家伙,他自己也变得越发迟钝,好像褪了颜色一样,脸色更加阴沉。

"这支枪很像你!"我说。

"很像狗。"克罗哈廖夫叹息着说;他把手枪藏好,一小口一小口慢慢呷着啤酒……

声音嘶哑、有气无力、沉重痛苦的话语又从他那坚硬的髭须下面爬了出来:

"你以为我喝醉了才说这番话的吗?老弟,我常常自言自语……也跟神甫说说。唉,神甫是个小心谨慎的人,从他嘴里掏不出一句真话来,他总是照福音书上写的话回答我,他说,'我什么也不懂,看看基督怎么说,基督是这么说的……是的!'我跟你聊天,那是因为你没有顾忌,你敢说自己的心里话……虽然你的话也不多!

"我骑着马边走边想:大家是你怕我我怕你,都是由于这个……不信任,造反,抢劫,不和睦。当大家都默不作声谁也不知道别人想些什么的时候,又怎么会和睦呢?所有的人都是敌人。我心想,我骑着马跑呀,跑呀,给每个人一个耳光,我要教训教训你们这些狗崽子,你们应该和和气气地过日子!"

一连串厉害的骂人话从他的口里喷吐出来,每一句话都隐含着绝望,枉然的、疯狂的怒火,厌倦和忧愁。

"你们干吗像蟑螂似的在大火面前爬来爬去乱作一团呀,他妈的……各就各位!立正!肃静!"

他怒火万丈,可这怒火又是这样的色厉内荏、呆板无力,一点也不吓人;他用军刀的刀尖敲着地板,摇动着耳环,吐着粗气,打着响鼻,唾沫四溅,可是,那双铅丸一样的眼睛却死气沉沉,像瞎了一样茫然失神。后来,他累了,喘了半天,打蔫了,沉默了,不时地抽哒着坑凹不平的软塌塌的鼻子。

他思前想后十分苦恼,看起来,他已经把我给忘了。他望着地板,把弯卷到嘴里的小胡子吹出来,喃喃自语着:

"我是肩负着重任的,你瞧瞧!到处是离心离德。给了你权力。不过神甫可不这么认为,他说,一切权力都是上帝赐给的①。那个……我要是向上司告密,说神甫巴维尔·波利耶夫克托夫纵容流放犯,上司就会惩办他的,我要是不告密,就得惩办我……"

他又抱怨起来:

"亚历山大,这事儿要刨根问到底儿,为什么妖魔鬼怪都有权惩治人,神甫却说一切权力都是上帝赐给的呢?为什么上司有权惩治我,我也有权惩治别人呢?你说呢,老弟?这个问题得弄个水落石出才是……"

天色渐渐暗下来,黑暗中,他仿佛越长越大,变得十分臃肿。下巴颏儿上的硬胡子蹭着他的坎肩,青筋暴露的粗脖子似乎已经支撑不住

---

① 《新约·约翰福音》第十九章第十一节:"耶稣说,若不是从上头赐给你的,你就毫无权柄办我。"

他那沉甸甸的脑袋了。

"噢,亚科夫·斯皮里多诺夫,我该做事了。"我说。

"又是摆弄小草呀,小虫呀,"他责怪地说,"你什么时候摆弄摆弄人呢,啊?你什么时候摆弄摆弄人呢?"

这样的唠叨又持续了一刻钟。

我没有反驳他,装出整理植物标本的样子,他哑着嗓子抱怨着,声音越来越低,然后,沉默了片刻,终于费力地站起身来,说:

"啊,我走了,我走了……好吧。"

他握着我的手,一个音节一个音节地说。

"难—担—的—担—子,啊?我想起来了,有个合适的词儿,就像狐狸尾巴那么重……再见,亚历山大!谢谢你的款待……你大概也烦闷吧?啊?你该结婚了,不然也得找上个美人儿……明天我到图兰①去,那边在森林里抓到了一个鲁滨孙,说是他住在草垛里……抓他的时候伤了他点皮肉……你说说,你要这些小甲虫、小草儿干什么?"

临走时,他总是开开玩笑或讲点公事;这种时候他讲话的语调让人听起来既假装正经又矫揉造作。我常常等着他骂我,推我,打我,或是从桌子上操起什么东西扔到地板上。

他终于沉重地拖着两条病腿跌跌撞撞地走出门去。剩下我一个人,我望着这个真正的恶魔的背影,很想顿着脚大哭一场,向着那副呆板、没有眼睛、石雕一般同样可憎的面孔大喊:

"你们这些该死的家伙,你们把人糟蹋成什么样子了?!你们该清醒清醒了!"

孙静云　译

---

① 图兰,现为俄罗斯图瓦共和国的一个城市。

# 马卡尔生平一事*

……马卡尔决定自杀。

事情发生前不久,他还觉得生活是有意思的,是使他有希望获得许多有趣而重大的发现的;所有的生活现象也在诱使他去发掘它内在的隐秘。

生活现象日复一日,从早到晚,一个接着一个,宛如一条由无数形形色色的铁环连成的绵亘不断的锁链:残酷接连着愚昧,狡诈紧随着天真,有许多牲畜般的、充满兽性的东西,可突然又有一种富于人性的事物像明朗愉快的微笑一样闪烁起来。正如马卡尔把这些善和美的火花称作"我们的东西"那样,它们以伟大的希望抚慰着他的心灵,在他身上燃起炽烈的愿望:使未来早日降临,看一看未来的未知的欢乐。

生活如同春寒料峭的夜晚,当片片被风吹散的乌云以千奇百怪的形状在空中疾驰而过时,突然,在它们的缝隙中间的一块柔和而深邃的碧空上闪现出明亮的星星,预示着明天将是一个阳光灿烂的晴朗日子。

马卡尔很健康,像任何健康的青年一样,喜欢幻想美好的事物。

---

\* 本篇写于一九一二年初,最初发表于同年出版的《"知识"社一九二二年文集》第三十九辑。译自《高尔基三十卷集》第十卷。这是一篇自传性的作品。它反映了当时的社会矛盾和作者个人的坎坷命运。高尔基自杀未遂的事件发生于一八八七年十二月。后来他提及此事时总是严厉谴责自己这一"愚蠢行动"。作品意在反对当时颓废派鼓吹的"脱离人世"的悲观主义。

他总是怀着同人们休戚与共、亲如一家的强烈感情。

他想唤起每个人的愉快的微笑和奋昂的情绪,他往往能够做到这一点,而他的成功反过来又增强了他的力量,加深了他同周围人们休戚与共的感情。

他做了很多工作,读了不少书,事事都倾注着极大的热情。他生就一副适合于体力劳动的体格,他热爱这种劳动。当劳动得很齐心、很顺利时,马卡尔似乎常常为劳动的乐趣所陶醉,满心欢喜地意识到自己对生活是个有用的人,骄傲地欣赏着劳动的成果。

他善于用这样的工作态度激励旁人,因此,当疲乏的人们对他说:"喂,干吗要这样拼命?即使一个人分成两半,也干不完呀!"这时他便热烈地反驳道:

"咱们一定能干完,至于别人,让他们去逛吧!"

他还相信,只要能说服人们齐心协力从事自我解放的事业,那么他们便能立刻把一切压迫他们、毁伤他们的桎梏加以摧毁,把它们抛开,去建立一个新世界,从中获得新生,使血管里注满新鲜血液,到了那时,纯洁、和睦的新生活定将到来!

他的书读得越多,对充斥于周围的一切呆滞和龌龊的事物观察得越仔细,他那种对纯洁生活的渴望便越发突出和强烈,从而对服务于伟大的革新事业的必要性也就看得越发清楚。

他把现时的每一天都看作通向崇高的明天的一级阶梯,越爬越高,因而这明天就越加诱人,可是马卡尔却没有察觉,这种对未来的幻想正使他脱离今天的现实,而且正不知不觉地把他同人们隔离开来。

书籍在这方面对他起了很大的促进作用:翻动书页时轻微的簌簌声,诵读词句的喃喃声,宛如夜色笼罩下的森林所发出的低语,或是田野里春天的喧嚣,它叙述着令人陶醉的关于自由王国可能到来的神话,描绘着新生活的美妙图景、理智的凯旋、意志的伟大胜利。

马卡尔幻想得如此深远,以至久久都未感觉到,他已逐渐处于一片冷酷的虚幻之中。书本上的东西不知不觉地掩盖了现实生活,渐渐成为他的处世准则,并且似乎吞噬了他同他所处的生活环境休戚相关的感情,而在马卡尔失去这种感情的同时,他那充沛的韧性和朝气也随之消失了。

起初,他觉察到他的演说似乎已使人们感到厌倦,他们不想理解他的话了。与此同时,在他身上出现了一种不可抗拒的向往孤独的倾向。后来每逢他的见解遭到驳斥或者有谁嘲笑这些见解的幼稚时,他便感觉到有了一种近乎对人们怨恨的情绪。他的思想见解来之不易:它们是他在困难条件下通过多少个不眠之夜,利用每日劳动后的休息时间收集和积累起来的。他是一个自学者,他读起书来,比那种从小就在智力上经过学校的严格训练的人要花费更多的力气。

由于失掉了同那些和他一起生活、工作的人们的平等感,由于生性过于活泼,爱好交际,不甘长期忍受孤独,马卡尔便去寻找另一个圈子的人们了,但是在那种同他更加格格不入的环境里,他并没有找到他要找的东西;其实,连他自己也不十分清楚他要寻找的究竟是什么。

他只觉得在他的胸膛里有一个昏暗、冰冷的大裂口,从中流出一种陌生的、令人惶惶不安的疲倦感和厌烦情绪,以及对自己和旁人的强烈不满,这些情绪仿佛从一个深坑里流出,顺着血管流遍全身,使血液都变稠了。

新圈子里的人比他更书呆子气,他们比他离生活更远,他身上的许多东西他们都不理解,他也不太理解他们那种干巴的文绉绉的语言,他对自己的懵懂无知感到很不好意思,他不信任他们,并且害怕他们发觉这一点。

这些人有一个坏习惯:当他们向别人介绍马卡尔时,总要低声或是耳语似的,有时甚至大声加一句:

"他是自学的……来自民间……"

这样一来马卡尔似乎便被放到一个特殊的位置上,因而使他非常苦恼。有一次,他问一个他熟悉的大学生:

"为什么你们总要说我是一个自学的人,来自民间,以及诸如此类的话呢?"

"老天啊,这是事实嘛!"

总之,在这个环境里,马卡尔不能治愈自己心灵的创伤。他曾试图向他们诉说心里的苦衷,可是并未得到人们的理解,于是他毫无怨言地离开了他们,他明显感到自己对这些人无用。当他有生以来初次意识到自己的无用时,既觉得新鲜又感到痛苦。

后来,大概是由于过度疲劳、夜间失眠,以及激动人心的书籍和热烈交谈的缘故,马卡尔感到体力衰萎,而胸中却总觉得有个什么东西在怦怦地跳着,神经像针一样穿透皮肤露在外面,稍微碰一下就痛得恼人。

马卡尔才十九岁,他曾经认为自己是身强力壮、不知疲倦的人,他从未病过,还常常喜欢夸夸自己的耐力,可现在他却厌恶起自己来,对自己身体的不适感到羞愧,并努力掩饰这一点,还辛辣地斥责自己,但是这一切都无济于事,使他心灵虚弱的不安反而更为严重了……

与此同时,他觉得自己已经产生了爱情,但又弄不清楚,究竟爱的是谁,是塔尼娅还是娜斯佳①,两个人他都喜欢。胸部丰满、身材修长、体态匀称的女店员娜斯佳,刚刚中学毕业,她喜爱自由,总是睁着那双颜色深得像樱桃似的大眼睛,带着快乐而爽朗的微笑对待世上的一切;她经常露着又白又密的牙齿,似乎表示要尝遍各式各样的珍馐美味。塔尼娅是个小巧的姑娘,有一双天蓝色的眼睛,雪白的皮肤,宛如一朵雏菊,她同所有人讲话都是那样温柔,嗓音细弱,单调而清脆,字字句句都像棉花一样柔软,笑起来也是那样轻柔。

在她们面前,马卡尔并不掩饰自己的感情,这使得两位彼此相好的姑娘都同样感到好笑,她们都是天性快乐的人。他来到她们身边就像一个无家可归、饥寒交迫的人,为了取暖而在隆冬寒夜走近十字路口燃烧着的篝火旁一样,他想,这两位聪明的姑娘,不管哪个,都会对

---

① 塔尼娅的原型是高尔基年轻时工作过的面包铺老板杰连科夫的妹妹玛莎;娜斯佳的原型是玛莎的中学同学娜佳·谢尔芭托娃。她们两人都在杰连科夫的面包铺工作。

他说些女性所特有的温存体贴的话,而这些话马上就会驱散他胸中那些忧郁、孤独、被遗弃的感觉。

但是她们却一味地取笑他,经常提醒他,说他才十九岁,因此劝他读些正经书,可是马卡尔疲倦的头脑里已塞满越来越阴郁的念头,已经接受不了书本上那些高深的道理了。

阴郁的念头多得无穷无尽,它们似乎在他身上以及他周围的各个地方深藏已久,一到夜间,它们便像蜘蛛一样从心灵深处和四面八方爬出来,使他越来越脱离生活,只考虑自己本身。这甚至已不是什么念头,而是一串无穷无尽的对于生活所曾给予他的种种屈辱和创伤的回忆,而他原以为这些屈辱和创伤像已故的人一样早已被他忘得干干净净。现在它们又死灰复燃,活跃起来了,它们翩翩起舞,静静地、得意扬扬地盘旋在他的脑际;这些屈辱和创伤虽然细小,微不足道,但是数量很多,因而把那些夹杂在它们中间,以及和它们同时被感受到的美好感情也统统掩盖住了。

马卡尔在这些阴郁回忆的包围中观察着自己,在它们的影响下思忖着:

"我是一个无用的人,谁也不需要我。"

想到不久以前,在他向类似他的那些人大声疾呼,要求他们振作起来并对未来寄以美好期望,以及那些话所引起的良好反应时,他觉得自己是个骗子,于是马上决定用枪自杀。

这使他立即平静下来,觉得自己已开始认真努力地准备去死。

他到旧货市场,花三个卢布买了一支笨重的图拉产的左轮手枪;在生了锈的鼓轮里露出五颗大得像坚果似的灰色子弹,子弹上满是油腻和污垢,而第六个轮孔里积满了灰尘。夜间,他把武器细心认真地擦拭干净,涂上一层煤油,第二天早晨从一位熟悉的大学生那里借来一幅吉尔特利①的人体解剖图,仔细察看并记住了心脏

---

① 约·吉尔特利(1811—1894),奥地利解剖学家。

在胸腔中的部位,晚上到澡堂好好洗了个澡,一切做得都很平静而又尽力。

从澡堂回来以后,他坐到自己那个角落的桌子旁边想写张字条说明一下他的死因,但顿时产生一种不快的惶惶然的感觉:他没能找到足够的有分量的词句来简单明了而又令人信服地说明,他为什么要自杀。

"我所以要死是因为我不再尊重自己。"他这样写道,但是这句话显得过分夸大,很不真实,而且使他感到委屈。

"谁也不爱我,谁也不需要我。"这话使人羞于出口,于是他便把这些可怜巴巴的话仔细抹掉,改用了另一些词句:

"生活变得艰难了……"

"现在人们的生活越发艰难了,你自己过去的生活更糟。"写到这里他住了笔,把纸紧紧地揉成一个小团。

他沉思片刻,感到自己头脑空虚而愚蠢,随后又写了起来:

"我所以去死是由于谁都不需要我,而我也不需要任何人。"

"若再加上我还有病在身,就成了诗句。真是荒唐得很,这些都不是我要说的,都不确切。"马卡尔冷冷地、气恼地想着。一面向周围张望,觉得有必要对某种事物表示一下惋惜。

但是没有什么东西可看,也没有什么值得惋惜的:他的房间是商店货橱和无窗的墙壁之间的一条狭窄的空当,这个长洞的入口挂着一条棕黄色的毡子,毡子外面紧接着便是货橱侧壁上的一扇通向店堂的门。马卡尔坐在靠着货橱的一张床铺上,面前放着一只当桌子用的木箱、几本厚书、一盏用暗蓝色玻璃做的小油灯,黄色的灯光落在罗伯特·欧文[1]的肖像上,那是从一本价值五戈比的书上剪下来的版画。墙上挂着一张石印画,这是朱丽·勒卡米耶[2],还有满脸胡子、面孔像

---

[1] 罗伯特·欧文(1771—1858),英国空想社会主义者。
[2] 朱丽·勒卡米耶(1777—1849),法国督政府时期、拿破仑帝国时期和波旁王朝复辟时期的巴黎一家著名沙龙的女主人。

鸟一样的别林斯基①的画像。每当商店临街的门一开,便有一股风透过货橱侧壁上的缝隙吹进屋来,拂动着糊在箱子上的纸头,向马卡尔飘来阵阵嘶哑的叹息般的声音。桌子上放着一面镶在铁框里的暗淡无光的小镜子。

马卡尔重新拿起笔,思忖着:

"写一点滑稽可笑的吧……"

但是他突然自问:

"你写给谁呢?要知道没有人会看你写的东西呀!"

这是真的,可是不知怎的总觉得有些委屈。

同店堂相通的那扇门轧轧作响地打开了,棕黄色的毡子摆动了一下,女店员娜斯佳从毡子后面探进她那快乐的粉红脸蛋儿问道:

"您在干什么?"

"我在写东西。"

"写诗吗?"

"不是。"

"那么是什么呀?"

马卡尔摇了摇头,不禁脱口而出地说:

"写一张关于我要死的字条。可是我写不出来……"

"嘿,说得多俏皮啊!"娜斯佳皱了皱也是粉红色的小鼻子,嚷道。她站在那里,一只手握住门把,另一只手撩开毡子,身向前倾,伸着白皙的、戴着一条小丝绒带的脖颈,摇晃着梳得平平整整的深色头发的脑袋。在她那伸出的手臂和匀称的腰肢之间摆动着一条又长又粗的长辫子。

马卡尔望着她,感到心里仿佛亮起一盏明灯似的燃起了一线羞怯的希望,可是姑娘沉默片刻后笑盈盈地说:

---

① 别林斯基(1811—1848),俄国革命民主主义者,文学评论家,哲学家。

"您最好给我擦一擦高腰皮鞋,明天斯特列利斯基①扮演哈姆莱特,我要去看戏。您给擦吗?"

"不。"马卡尔说着叹了口气,希望已经破灭。

她那细细的眉毛惊异地动了动。

"为什么?"

于是他就像表示歉意一样小声恳切地说道:

"说实在的,我今天要用枪自杀,现在就去!因此在死前擦您的皮鞋似乎有点不好意思,不合适……"

她往后一仰便消失了,只听她临走时不满地喊了一声:

"呸,您真无聊!"

马卡尔非常吃惊,以前没有人对他说过这样的话,但是他立即安慰自己说:

"既然差不多要死了,当然是无聊……"

他毅然决然地提笔写道:

"要是这件事会给你们添麻烦,那就请原谅我吧。马卡尔。"

但是他读了一遍,苦笑一下又加上一句:

"我再也不这样做了。"

"似乎很愚蠢?嗯,事情到此地步,也就随它去吧……"

于是他把字条塞在货橱的缝隙里一眼就能看到的地方。马卡尔的面影在镜子里掠过,微微拨动他的心弦,引起一丝悲凉之感。

"还有什么呢?"他又不禁用一只眼睛小心翼翼地往镜子里瞧了瞧,向自己问道。镜子里映出一张颧骨凸出、目光斜视、神色疑惑的脸。这张脸上的表情使马卡尔感到陌生:灰蓝色的眼睛不知所措地眨着,似乎在询问什么,而那颤动着的长长的睫毛和紧锁的双眉,以及一动不动紧闭着的嘴唇又是那样的不协调。

这副面孔虽不漂亮,而且粗鲁,可终究是自己的,马卡尔是熟悉它

---

① M·K·斯特列利斯基(1844—1902),俄国话剧演员。一八八七年九月至十一月在喀山演出,但并没有演过哈姆莱特这个角色。

的。总的说来,他认为自己的相貌不错,对它还是满意的。可是现在它却是那样黯然无光,气鼓鼓、若有所失似的,总之,使人感到陌生。

"我有一双很好的眼睛。"马卡尔这样想。

在他的前额和面颊上披着浓密而柔软的头发,它们不时地飘动着,因为店门几乎每分钟都在咿咿呀呀、乒乒乓乓地响着,一股股充满烤面包味的强劲气流不断从橱柜缝里吹进来。

小伙子瞧着自己,不禁为自己的眼睛、肌肉发达的脖子、强壮的肩膀,为这健壮的躯体里所蕴藏的力量感到惋惜。一小时后这力量就将白白地、永远地化为乌有,而他这个不久前还善于使人们关注重大和高尚事物的人,将不再是他们中间的一员了。这种惋惜心情似乎是从外界渗入他的体内,并穿过筋肉流进心房,使它充满冷峻而沉痛的自责。

"好啦,够了!"他自言自语道,"既然制服不了命运,就不要固执了……要不要去作坊告别呢?"

他决定还是不去为好:他们会仔细盘问他,而他又不能对他们撒谎,说了真话,他们若不相信,就会嘲笑他,要是相信呢,就要阻拦他。他扣上外套,把手枪揣到怀里,拿起帽子走进了店堂,娜斯佳正坐在柜台后的吊灯下读书,书的后面摆着一排黑色的从十磅开始的砝码,这些砝码活像冬天里跟在宗教行列后面的一群老太婆。铜秤盘好像挂在链子上的两个月亮,闪耀着令人不快的黄光,从而使得姑娘的略带粉色的黑脸蛋看上去有点发红而且扬扬自得。

"你这是上哪儿去呀?"她没有抬头,瞥了他一眼,露出一丝他所熟悉的微笑问道,一笑之后,她往往会开一句玩笑。

"办点私事儿。"马卡尔说。

"去会女朋友?"

"去会死神。"马卡尔差一点没说出来,但是及时忍住了。

他的全部心神都紧张起来,突然燃起一种想大声倾吐心曲的炽烈愿望,但是他很怕在这位姑娘面前露丑,他一面想应该赶快离去,一面却站在她面前,讪讪地笑着。此刻他深信,他爱的正是她,这是一种不可估量的、无限的爱,他一向爱的正是她,这一点现在异常清楚,这使他悲喜交集,不禁想说些响亮有力的话,这些话多得像天上的繁星,他勉强克制住了这些马上要脱口而出的话。应该加以克制,因为他面前若是老板的那位皮肤白净的女儿,高等女校的学生塔尼娅,那么他大概也会产生同样的感情和愿望。这一点他也是知道的。

这位姑娘把臂肘放在柜台上,喜笑颜开地瞧着他,两条细眉挑得高高的,几乎把她那紧紧绷在两鬓之间的低低的额头占去一半。她的耳朵很小,嘴却大而丰润,她调皮地说:

"这么说您硬是不给我擦皮鞋啰……"

马卡尔强忍着心头的千言万语,说:

"你反正是在楼座上看戏,那儿是瞧不见脚的……"

"怎么瞧不见?"她惊奇而讥讽地喊道。

临街的店门很响地叫了一声,一个身材魁梧,穿着灰军服的红胡子宪兵,把脚跟上的马刺踩得哐啷啷直响,客气地招呼道:

"您好!请给三个法国面包、两个黑麦精粉面包、三十块面包干、二十块甜糕……"

娜斯佳站起身来问道:

"二十块甜糕?"

"不错,二十块……"

"别了。"马卡尔戴上帽子说。

姑娘背对马卡尔,一面把货橱的玻璃门弄得直响,一面开玩笑地回答道:

"再见,祝您成功!……"

马卡尔来到了街上,他的两腿仿佛突然重得懒于举步了。

正是十二月天气,繁星点点的月黑之夜宛如一块洒满亮晶晶金粉的蓝色绒幕遮盖着城市。在商店对门,剧场的小花园里白色的树木挺立着,像是开满了寒光熠熠的、没有香味的小花。一座酷似黑魆魆的

361

山峰的建筑耸立在树木后面的广场上,屋顶上铺着一层淡蓝色的积雪,像棉被似的向下垂着它那厚厚的边缘。一片静寂,路灯发出平静柔和的光亮,在灯光照耀下从屋顶上飞下的细碎而干燥的小雪花五彩缤纷,一闪一闪地缓缓落在被踩实了的人行道上。

马卡尔不慌不忙地走向城郊,不时回头望望;他事先已在高高的河岸上、修道院的围墙外为自己选中了一个地方:人们常把积雪堆在那里的山脚下,他盘算着,要是背向陡岸站在那里,当胸一枪,人就会滚下去,滚得满身是雪,埋在雪里,人不知鬼不觉地一直躺到春天,到那时河一解冻,便会把尸体冲到伏尔加河里。他喜欢这个方案,因为不知怎的他非常希望人们尽可能晚一些发现和触动他的尸体。

他沿着空荡荡的街道向城外走去,在他眼前展现出了对岸草地的蓝色的远方,以及草地上斑斑点点的黑色树丛和平展展地覆盖着一层白雪的一个个湖泊。

看着天地一色的远方,令人心旷神怡,那远方仿佛完全领会马卡尔的心情似的,同样亲切而温顺地注视着他的眼睛,并且略带爱怜之意,在静静地召唤他。

马卡尔左手插在兜里,右手揣在怀里,握着那被暖热了的沉甸甸的手枪;他一无所思地走着,并对胸间、脑际的平静和空虚感到满意。他的心紧缩得变小了,完全听不到心跳的声音。

值夜更夫的黑乎乎的身影停在院门旁,他正同一只趴在便门门洞里的板凳上的小猫讲话。他那伤了风的嗓音和半通不通的话语在寂静中显得十分清晰:

"咳呀,你这个猫崽子……"

马卡尔站住脚,看了看,问道:

"是人家扔掉的吗?"

更夫把毛茸茸的、挂着一层白霜、长着一双斜眼的脸转向他。

"这是那边,军官老爷的,猫是他的,我的知道……小猫会冻死吗?"

"恐怕会冻死的。"马卡尔同意地说。

鞑靼人更夫把胡楂上的冰块揪下来,可笑地皱皱眉,温和地闪烁着小眼睛,断断续续地说道:

"我把它扔进围墙去,会摔死吗?"

"院子里有雪吗?"

"不知道……"

马卡尔想了想,打量一眼那座紧闭着窗户的小房子,问道:

"不是这座房子的花园吗?"

"不是!"鞑靼人惋惜地说,"我想把它扔进花园,可那儿的围墙很高,它爬不过去,它还小……"

于是马卡尔说道:

"那你把它揣在皮袄里不就得了:既救了它的命,你也能更暖和、更快乐些……"

"对!"更夫同意他的意见,向冻得发抖的小动物弯下腰去。

"再见,老哥……"

"再见……"

马卡尔又朝前走去,仍然是那样不慌不忙,望着山下荒凉的田野。田野越来越开阔,似乎在夸耀自己的博大,它在雾霭的笼罩下像宁静的睡眠一样寂然无声。

遇见鞑靼人和小猫这件事立即成为遥远的过去了,它也像是一场梦,或像是忆起很久以前读过的一页通俗易懂、令人喜爱的书一样。

他现在已经来到他选定的地方——陡岸斜坡的边缘。坡上堆满了从街道和庭院里清除出来的脏雪。左边是修道院的白石围墙,围墙后面的圣殿昂首仰望着星空,在前面不远的雪堆后面横着一排郊区街道上的高低不一的房屋;有些地方还有一道道黄色的灯光从百叶窗的缝隙里透出来,穿过蓝色的夜幕投射在雪地上。在白色的屋顶之间像白云一样银色的树木参差错落,而那些霜雪脱落的枝丫却是黑乎乎的,恰似残留在月色朦胧的天空上的被抹去一半的字迹。寂静得很……

他小心翼翼地用脚试探着积雪的深浅，走到斜坡的最边缘，生怕还没有动手就失足跌到山下去。他找到一块坚实的地方，牢牢靠靠地站稳之后，摘下帽子，把它扔到脚边，抽出手枪，不慌不忙地解开上衣，然后站得挺直，扳起紧紧的扳机，摸到心口，把枪口紧顶着身躯，用大拇指勾着扳机，——咔嚓一声，他战栗一下，闭上了眼睛……

马卡尔觉得从头到脚都像火烧一样，他把手枪举到面前，惊骇地瞧着圆形的弹槽，瞧着装在槽里稍稍露出些头来的暗无光泽的子弹。

"难道打不响吗？"

他不觉又扳了一下，砰的发出一声枪响，子弹很疼地扯着头发，从一只耳朵边呼啸飞过，马卡尔立即把手放下，对准胸膛开了一枪。

这一枪更响，使一切都颤抖了一下——郊区的房屋在马卡尔的眼前跳了跳，向他涌了过来，这迟钝的一击使他晃了晃，背上也觉得被推了一下，于是他便脸朝下栽倒在雪地里，又是一阵异乎寻常的寂静……

马卡尔觉得，他躺了好久，什么也看不到，什么也听不见，他仿佛本来就不存在，而后只听胸膛里在咝咝作响，衬衫渐渐打湿了，而且闻到一股扑鼻的、甜得讨厌的、油腻腻的味道。他的神志马上清醒过来——他明白，他没能滚下去，也没把自己打死。

"需要再打一枪。"拿定主意之后，他翻过身来，仰面躺着，这时他的胸部和背部感到一阵火辣辣的剧痛，好像赤身露体受到残酷的鞭笞一样。他呻吟了一声，勉强忍着痛，摸到雪地上那支冰冷的手枪，望着天空和那忽上忽下、摇摇晃晃的繁星，又把枪口对准了胸膛。

冻僵的手指哆嗦着，黏着扳机，但已经没有力气扳它了，马卡尔把手挪开，松开手指，恍恍惚惚地在梦中想道：

"或许，就这样也能死去……"

他挺直了身子，一面听着血的咝咝声，一面清楚地嗅到一股非常熟悉的烧着的破布气味。群星在天空跳跃和滑动着，好像有人把一只碗翻转过来,想把盛在碗里的闪闪发光的金色亮片抖搂出来一样。有时一切都消逝了,仿佛突然间被一朵无形的云遮蔽了似的。一阵难熬的寒气侵入内脏、四肢的骨骼和头颅里,仿佛把身体紧紧地捆作了一团似的。

这阵寒气迫使马卡尔爬起来,双手撑在雪地里坐着,这时他才看到顺着他的衬衫爬着一条条红色和金色的小蛇,那股难闻的焦臭味正是它们发出来的,遍及全身的剧烈灼痛也来自它们。他不明白这是怎么回事,举起一只手想把这些蛇赶走,但他马上侧着身倒了下去,他疼得发狂,把牙齿咬得咯吱咯吱响,突然产生一种要战胜剧痛以及头颅和骨骼里这种难忍的寒冷的愿望。

他先跪起来,然后站起身,上气不接下气地喘着,咳着,发出嘶哑的声音,向前面的一条黑色地带走去,他感到用麻袋做的厚衬衫像火绒一样在身上燃烧着,于是收住脚步,一面跌跌撞撞,一面用不听使唤的双手恶狠狠地往下扯着衬衫,每一个动作都使他周身疼痛。他咬紧牙关疼得哼哼叫,但是在四周和上空的一片深沉的静寂里他听到一阵戚戚哀哀的修道院守望塔上的钟鸣和尖锐刺耳、惊慌不安的呼啸。

一个毛发蓬松、圆滚滚的人困难地跑过来,发出一声惊呼,把一堆雪抛到马卡尔的胸上,这样一来,年轻人顿时感到似乎轻松和清醒了些。接着又跑过来一个人,他们扶起马卡尔搀着他走,可是沉重的双腿好像是别人的,行动起来极其不便,它们长得令人难以相信地拖在身后。那个人说:

"把腿抬起来……"

"我们抬你!"有个人直接对着他的耳朵喊道。

他们把他翻转过来抬着走,但是每走一步,他的胸脯都被扯得如同撕裂了似的疼痛,头脑也感到发空,这种沉重、寒冷的空虚使他的头往下坠,不由得想睡一大觉。

一些黑乎乎的方形和长方形的物体从他身边掠过;一些黄色的斑点在他眼前闪耀;人们跑来跑去,他们也是黑乎乎、圆滚滚、吵吵嚷嚷的。

马卡尔在空中摇晃,咯吱吱地咬着牙,面对这种空虚,他感到一阵难以克制的恐惧,这恐惧战胜疼痛,促使他产生了一些像蓝光一样突然亮了起来的想法:

"我的头在死亡……我要疯了……"

他振作起残存的意志,努力去克服这空虚,自言自语地列举着从他眼前流过和晃动着的一切:

"黑乎乎的东西是房屋、围墙,黄色的斑点是窗户……抬我的是更夫,是那个骆靼人,在他怀里有只小猫……另一个是警察……"

他倾听着那群像钟楼周围的乌鸦一样跑来跑去的人们的急促话语。

"这是谁?谁啊?"

骆靼人劝说大家:

"不要问了,不要问了!……"

"我们知——知道……"

"是醉鬼,是魔鬼……"

"我们刚才还看见他的,他完全是清醒的……"

"这是谁啊?"

"你们滚开吧!"

"你放心,我们会认出来的……"

所有的声音都含混得出奇,同时又难以置信地响亮,它们像沉淀物一样附着在耳朵里,弄得头脑里嗡嗡地响得令人难受,但是马卡尔全神贯注地听着并且努力地记住这些声音,用它们来填补那使他难受的空虚。

"你们认不出来。"他嘟哝着,时而仿佛掉进深坑,时而又从那里疼痛地爬出来。

"站住!放上去!赶大车的,赶快送到区里,喂,快一点!"

马卡尔一头栽到席子上,席子下面的干草发出簌簌的响声,他的身体被摇晃一下,向上一颠,摆动起来。有个人用两只大手把他的脑袋稍稍托起,使他的面颊紧贴在一个又暖又软的东西上,忧郁地拉着长声说:

"对猫、对动物倒挺可怜的,可对自己一点也不爱惜……咳,真傻气……"

"我认识你!"马卡尔怀着突然清醒的喜悦说道,"你是打更的,是鞑靼人……"

"别说话……已经成了这模样了!"

马卡尔想深深地呼吸一下,可是没能做到,他喊了一声又淹没在黑暗之中。

后来,他仿佛从又高又长的梯子上摔了下来,落在一幢房子的台阶前,灯光把他的眼睛刺得生疼,一个脸色红中透青的高个子站在台阶上斩钉截铁地说:

"喂,你们这群傻瓜,魔鬼,怎么,要把他送到哪儿去?"

他喝斥一声,咆哮起来:

"送波克罗夫医院……"

雪橇的宽大滑木在雪地上发出了沙沙声,又开始颠簸起来,剧痛传遍了整个胸腔,胸中好像搠进了一枚沉重的钉子,但是钉得不牢,所以在那里直晃动。

星星在蓝天上迅速地飞驰而去,发黄的残月在白色屋顶后面躲躲闪闪地滚过。由围墙连接起来的高大房屋轻轻地跳跃着向远方飘浮——一切都从眼帘中逝去,仿佛陷进地里似的。

"这样对待自己可不行啊。"鞑靼人哆嗦着说,好像要从雪橇里跳出来,警察却气呼呼地埋怨道:

"可你为了他就冻着吧……"

"这是为了我。"马卡尔明白了,感到自己对不起鞑靼人,他用手推了他一下说:

"请原谅,老兄……"

"不要作声……打得疼吗?"

"疼……"

"为了什么?是真主让你这样做的吗?"

……马卡尔觉得,他恍惚在逆水行舟,划得双肩疼痛,而一种红色的稠得像油一样的波浪拍打着小船,不时越过船舷,阻止它前进;后来,他骑着一匹哥萨克烈马在莫兹多克草原上奔驰,把跑散的马群赶在一起;在草原的边缘悬着一轮巨大的红日,这些小小的、顽皮的马匹时隐时现地从它旁边跑过来,对准马卡尔,仿佛要咬他的脚似的龇着巨牙,竖着尾巴。

突然,一扇玻璃门在他面前无声地打开了,后来又开了一扇,鞑靼人说:

"再见……"

他说得那样感伤而委婉,马卡尔的眼睛里不由得涌出了泪水,他轻轻地笑了。

在一片暖洋洋的静谧之中,他沿着宽阔的楼梯大步向上迈去。走动起来伤口很痛,他觉得好像是在向下走似的。一个穿白大褂的人搀扶着他,这个人生就一张红色的大脸盘,蓄着一撮红胡髭,脸像车轮似的转动着,胡髭翘到耳朵边,鼻子一耸一耸的,马卡尔立刻明白,这是个讨厌的家伙。

"去把主治医师普留什科夫[①]请来……"

"这个姓怪滑稽的[②]。"马卡尔说,觉得应该和这个红胡髭说几句话。

"不关你的事。"红胡髭回答说,一面把他领进一间有许多发亮的玻璃器皿的小屋子,帮他坐到椅子上,脱下他的上衣,抽动一下大鼻子问道:

---

[①] И·П·普留什科夫(1860—1899),一八八四年至一八九一年任喀山大学医学院主治医师,后为医学博士。
[②] 普留什科夫(плюшков)的字根 плюш 是长毛绒的意思,故云。

"你喝醉了酒?"

"什么?"

"自杀,是因为喝醉了吧?"

"没喝醉。"

"那么,你就是个傻瓜。"

他说得如此简单而且深信不疑,马卡尔不仅没有生气,反而笑了起来,可是不能笑,一笑,血便从喉咙里呛出来,溅了红胡髭一身。

"噢,魔鬼。"他喊了一声,闪到一旁,抖动着白大褂的下摆。

一个面容快活、讨人喜欢的人,揪着自己的胡须走进房间。

"怎么样啊?"

"心脏部位的枪伤。"

"是自杀的吗?"

"是的。"

"清楚了。上手术台!"

当红胡髭帮助马卡尔躺在长长的手术台上时,快乐的人一面穿白大褂,一面问道:

"年轻人,您为什么轻生呢?"

"不为什么。"

"真的不为什么?"

光着身子躺在台子上,又冷又痛,但是马卡尔不愿意让这些人看出他有疼痛的感觉,便闭上被头顶上面的灯光照得发花的眼睛,说:

"活不下去了。"

"胡说八道!这是懒汉和游手好闲的人的胡扯。"

马卡尔伸腿要下手术台,红胡髭厉声说:

"你要到哪儿去?"

说着用滚烫的、铁一般有力的双手抓住他的腿,以至马卡尔没能把他不需要麻烦他们以及宁愿到鞑靼人那儿去的这番意思说出口。

主治医师向他俯下身,仔细察看了他的胸脯。

"灼伤！身体很好……"

"衬衫烧了……"

"我看到了。真蠢！"

马卡尔望了望他那只发红的大耳朵，想道：

"真想咬他一口……"

可是主治医师把一只探针插进他的伤口，然后又把他按在手术台上，顿时把他的所有念头都压了下去。

"打得好厉害！是不是穿透了呢？来，咱们把他翻个身！"

他们把他翻了过来，马卡尔真想狠狠地踢他们一脚，但是他的双腿重得抬不起来。可主治医师却快活地咕哝着：

"子弹就在这儿，皮肤下面……马上，稍等一会儿，一小会儿……得了，取出来啦！"

脊背上的刺疼使马卡尔哆嗦了一下。

"没什么！"

主治医师把一颗带有凹痕的铅弹往他眼皮底下一塞，问道：

"要不要留下来作个纪念？"

"不要。"

子弹当啷一声落进一个金属器皿里。

"这样身高体壮的小伙子做出这样的蠢事！不害臊，怎么样啊？"

"别说笑话了。"马卡尔埋怨了一句。

他本人早已领悟到做了一件蠢事，这使他很恼火、很难受。在红胡髭和快乐的主治医师面前，他羞得无地自容，他非常可怜那个驮鞍人。他想请求他们不要对他说或者说些别的，但是他的话像一串散开的珠子似的滚得七零八落，已经难以把它们收集起来穿成串，而且整个身子也像在火中熔化了一样，顺着手术台向四处流去。出现了一些捉摸不定的思绪，但是立即又像肥皂泡一样飞到空中消失了……

这种灰蒙蒙的空虚，在马卡尔体内扩展，通过他的眼睛流出来，像雾一样充塞了周围的一切,但是他又产生了另一种幻觉:只见一些零零星星的、熟悉的往事正在一条无边无际的云河中杂乱无章、支离破碎地奔驰;那云河缓缓地流着,在他的上下左右弥漫着巨浪般的柔软、闷热的蒸气。这些早已被忘却的东西现在又在热流中重现,使人惊惧交加。马卡尔贪婪地望着这一切,极力想留下些什么,但是它们溜走了,使得马卡尔如醉似狂,大声喊叫起来。

一个长长的口袋没完没了地往外撒着乌黑的煤屑,沙沙作响:

"现在是行动的时候了,即将审判①……"

一个身穿白衣的小姑娘听着这干涩的簌簌声,讥讽地微笑着,在她的脚边有几只红色的鸟儿古板地迈着伸得直直的爪子,把头一点一点地走动着。从远处传来响亮的、抑扬婉转的歌声:

> 上帝啊,请你收容我凶恶的灵魂,
> 凶恶的、天地不容的、囚犯的灵魂……

"我的灵魂可不是凶恶的。"马卡尔争辩着,但在白得发亮的天花板上出现了一只像鸽子一样大的青蓝色的苍蝇,它那透明的翅膀扑扇着,好似一座海市蜃楼。上千只眼睛闪烁变幻,彩虹缤纷。在它那黑色的双头上有许多许多眼睛,它整个头都是由这些眼睛构成的。苍蝇嗡嗡地叫着,膨胀着,终于变成了一个矮小的白发神甫,他穿着鲜艳的节日穿的法衣,站在讲经台上,深受感动地微笑着说道:

"上帝创造的这一天,真是个伟大的日子!可是它何以是伟大的呢?……"

有一个彪形大汉从他后面悄悄地站起来,狡猾地挤了挤一只没有眼珠的黄色大眼,唰的一声拉上了圣幛上的帘子,于是一切都消失了,突然燃起一团黑乎乎的烈火。

---

① 引自教会赞美诗《斋戒三重颂》,大斋期第二周的星期日和星期六做晚祷时唱的颂歌。

可是一条河流顷刻间冲散了黑暗，冷风掀起阵阵波涛，耸立起的尖形波浪汹涌澎湃，白色的浪花和眩目的飞沫蓄满了河面，许多孩子迅急地游过河去，他们挥动着纤细的双臂，互相推搡着，搏击着波浪；他们的脑袋在水面上像皮球一样跳动着，受惊的蓝眼睛闪闪发光，一张张面孔惊慌失色，像死人一样灰白，嘴张得圆圆的尖声喊叫着。所有的孩子都长得一模一样，马卡尔觉得这些孩子就是他自己。他惊恐万分地在波浪中挣扎，波涛上方有一群懒洋洋的红色大鸟嗯哨盘旋，它们汇成一片熊熊大火，把天空都遮得看不见了……

从满目秋色的森林边缘悄然走出三个年轻修女，她们像在空中飘浮似的向长着稀疏的杂草和最后一批鲜花的绿色草地走去；她们个个身着黑衣，面色白净，并肩走着，微张着红得像伤口似的嘴唇轻轻地唱着：

　　噢，伟大的救世主，
　　噢，圣女的儿子，
　　众人的声音呼唤你，
　　噢，伟大的救世主！……

"你们受骗了，"马卡尔和修女们一起坐在山谷里茂密的灌木丛中，他对她们说，"你们受骗了一辈子……"

"亲爱的小兄弟，"其中一个眼睛碧蓝、脸上泛着一块块红晕的修女回答说，"上帝决定让人永远沉湎于悲哀之中……"

另一个修女把苍白、凶狠、长着两片薄嘴唇的脸俯向马卡尔，对着他的眼睛呼着凉气，命令说：

"喂，别叫嚷，张开你的嘴……"

说罢，她把整整一湖又咸又苦的水倾注在他的嘴里和胸膛上，后来她便分成两半隐没在墙上那个圆圆的铜斑里了。这个铜斑好像一轮月亮，假如久久地望着它，那黄色的光辉就会把眼睛吸进它的无底深渊,于是便可以看到:在烈日当空的旷野上,横着一条灰色的道路,路上蔽天盖日地坐着一个高大的女人;她的面孔高得望不见,她像一座山似的,浑身漆黑,布满了褶皱,她双手托着一对大得像山岗似的乳房,给一个人喂奶,亲切地说:

"为了繁衍后代,为了神圣的、至高无上的圣母的儿子,为了让魔鬼蒙受耻辱……"

大雨倾盆而下,一个醉醺醺的、穿着貂绒皮袄、蓄着山羊胡子的人喊叫起来:

"谁认识我呀?没有一个人认识我!可我的诗胜过纳德松①……"

在围墙下的荨麻丛里,一只被人打伤的猫正在抽搐着,可怜地咪咪叫着慢慢死去,在它旁边有半块红砖;一只乌鸦在树枝上摇摇摆摆,不以为然地斜视着马卡尔的眼睛,无聊地责怪他:

"可是你还没有读完《我们的分歧》②和齐特尔③的作品,齐特尔的作品……"

后来,乌鸦飞到湖上,它的影子像一朵小云一样在水面上滑动,可是白发苍苍的年迈的基督却还是像以前一样和蔼可亲,正坐在小船里钓鱼,他微笑着讲道:

"在炎热的国家里,人的皮肤是黑色的,然而所有人的灵魂都是一样的,我的和他们的一样,你的和他们的也一样……"

马卡尔不相信他的话:

"你是上帝,你哪儿有灵魂啊?上帝是没有灵魂的……"

基督笑了,挥动着钓竿。

"哎,怪人!瞧你说的……"

他用手擦着那双明亮异常、十分哀伤的泪眼。

马卡尔却生气了:

---

① 谢·亚·纳德松(1862—1887),俄国诗人。
② 普列汉诺夫的著作(1885)。
③ 卡·阿·齐特尔(1839—1904),德国古生物学家。

"你为什么不怜悯人?"

"我怜悯他们,可是他们自己不怜悯自己……"他抬起干瘪的小手,向遥远的蓝色湖泊挥动了一下。

河岸上,潮湿的沙滩上躺着一具溺死者的尸体,这是个长着大胡子的人,穿着一件红衬衫,脸部肿大,噘着嘴,直瞪着双眼,尸体前站着一个警察,一面啐着唾沫,说道:

"玛丽娜·尼古拉耶芙娜,呸,向您问候……灵魂就是这样的!呸!……"

红胡子神甫用草帽不住地扇着,表示同意:

"灵魂是死的……玛丽娜是个下贱的傻瓜……"

这个没有翅膀的亡魂就在这里;它像气泡一样圆,它的两只眼睛不一样,这看得很明显,虽然都没有眼珠,像两个混浊的斑点似的望着马卡尔,可是一只是绿的,另一只是灰中带黄的,它们久久地望着他,简直让人摸不清头脑……

这些画面接连不断、毫无意义地在马卡尔眼前掠过,它们纠缠不休,使他既羞且恼;他生气地驱赶着它们,叫喊着,想要跑掉,但是每当他企图跳下床去时,胸中和背上的疼痛便使他苏醒过来。

有一次,同样是在这样的时刻,他听到床边响起一阵不祥的耳语声:

"斯图坚茨基[①]教授来了,嘘——嘘……"

一个脸部虚胖的人站到病床旁,命令说:

"把绷带解开!"

马卡尔不喜欢他。几个穿白大褂的人把马卡尔的胸脯敞开来,教授用一个冷冷的手指重重地戳着它,大声说道:

"这儿我们所看到的是一种完全正常的情况……"

马卡尔听着就有气,教授说的不是那么回事,说得不对……

---

[①] Н·И·斯图坚茨基(1844—1891),外科医生、医学博士,喀山大学教授。

"大约再过两三天他就会死的……"

"我——不会死。"马卡尔说。

"什么？"

"你胡扯……"

"助理护士，给他盖好……"

他们都走开了，这时马卡尔便从小桌上拿起一打兰①一瓶的氯醛水化物猛喝起来，人们向他扑了过来，夺去瓶子，泼了他一脸，他一面挣扎一面叫喊：

"干吗？干吗？啊哈——哈……"

接着他又在那些奇怪的画面中飘浮起来。

后来，他清醒过来，立即感到自己处在一个令人厌恶的环境里，处在一些素不相识的人们中间，这些人对他来说异常生疏而又可怕。

同马卡尔并排躺着一个得了布赖特症②的垂死病人，他脸色发青，蓄着黑胡髭，鼻子长长的，一双深色的眼睛没有一点生气，一直在唉声叹气：

"上帝啊，别让……"

另一边躺着一个准备做手术的宽脸的教师；他用粗大的手指不停地摸着面颊上的肿瘤，一天要问马卡尔好几次：

"您为什么要开枪自杀呢？"

但是他很快就忘掉对他的回答，用那双混浊的眼睛望着天花板，又问一遍：

"您为什么……"

为了逃避没完没了的询问，解脱烦闷，或是由于受到良心的谴责，马卡尔的回答是各式各样的，教师却安静地倾听着他的所有回答，然后不快不慢、枯燥无味地说道。

"您还在说胡话。"

---

① 打兰，药衡，一打兰约合3.88克。
② 布赖特症，即肾脏病，它是英国医生理查·布赖特（1789—1859）发现的。

"见鬼去吧。"马卡尔骂道。

教师叹着气画了个十字,说道:

"上帝啊,发发善心吧!您是个多么粗暴、没有教养的人啊。我可能在手术时死在刀下,可您……嗯,为什么不直截了当地说真话呢?噢,天啊!"

病房里除了这两个人,还住着四个没有鼻子的人,等待医生给他们装假鼻子;其中三个人的面部横绑着绷带,而第四个人的鼻腔上已经翘着一个用金丝做的鼻梁。他们都是健壮的小伙子,马卡尔觉得他们彼此都很相像,仿佛是亲兄弟;他们玩牌,喝伏特加酒,用干茶叶就酒;夜里,他们安安稳稳躺在床上,像几头猪一样,他们谈女人,彼此说些荒唐的笑话,嘿嘿地笑着,吃吃地打着响鼻,像猪一样地哼哼。

第二天夜里马卡尔恢复知觉后,不客气地对他们说:

"喂,你们这些先生,不要再说下流话了……"

他等着这些没鼻子的人起来争论,骂人,然而他们却老老实实地不作声了,这使马卡尔非常纳闷。可是到了早晨,这四个人一个跟着一个走到他的床边,笨拙无聊地嘲弄他,说话时一味地嘻嘻笑着,带着难听的鼻音:

"你怎么,先生?你为什么要养伤?为什么?"

"原来打算死,现在又后悔了吗?"

"要溜了,年轻人,哎?"

"有始就要有终嘛……"

马卡尔先是勃然大怒,骂骂咧咧,这可乐坏了他们,乐得其中一个双手撑住膝盖,弯腰折背,兴奋若狂,像逗狗似的挑逗着马卡尔;他咬紧牙,涨红了脸,咂着嘴唇,发出啧啧的声音:

"啧——啧——啧……"

而他的那几个伙伴一个劲地帮着腔。

这使得马卡尔惊讶莫名:他望着他们,越来越确信,所有这四个人,虽然面貌不同,但彼此异常相像。

"你们在干什么?"他问道。

其中秃得最厉害的一个眯缝着泪汪汪的红眼睛向他看了一阵,对伙伴们说:

"去他的,咱们走吧……不用说他是个疯子……"

说完,几个人都到走廊里去了,其中一个走到门口时,回过头来冲着马卡尔伸了伸发青的大舌头。

后来马卡尔得知,在他们中间,两个是公务员,一个是军官,第四个是位诵经士,他不知为什么对这些人感到又嫌恶又可怜。

除了这几个人以外,还有三个做过手术的人,但是他们起不了床,只能躺在那儿呻吟。

助理护士里有一个已经被工作折磨得到了发狠的地步;她无精打采,身体长得像条蜥蜴,在病床之间穿梭似的跑来跑去,给病人插体温表,灌药,呼吸十分急促,发出咝咝、汩汩的声音,病人不愿从她手里接受任何东西;另一个护士两腿有病,面部浮肿,整天唉声叹气,埋怨她的工作累,她的牢骚不仅感动不了任何人,反而妨碍大家,给大家添烦。

马卡尔看到自己处在这些变态的和无用的人们中间感到十分羞愧,他觉得对他们有一种难以克制的嫌恶情绪,四周的一切在他看来好像都是些纠缠不休、充满传染病菌、给人以威胁的丑恶现象。

用油漆漆过的闪闪发亮的黄色墙壁上高高地开着几扇窗子,窗外是一片没有任何色彩的空旷地带,它使马卡尔十分讨厌,他宁愿瞎掉两眼,也不愿再让它那触目的空虚来刺激他的眼睛了。关在这四堵墙壁中的一切生物都蒙着一层冬日短暂的暗淡光线,他们呻吟着,是那样无耻的苛求和胆怯,他们令人讨厌地诉说着自己的痛苦,而彼此之间又是那样冷酷无情,——所有这些都使马卡尔闷闷不已,不顾一切地想要离开这里。

他第一次看见这种人,他们讲到自己的疾病时,仿佛颇为骄傲,他们对于死亡怀着迷信的恐惧,对待生活似乎也很特别:采取一种不信任、怀疑和虚假的态度；他们好像故意要把目光移向一边，竭力回避对他们不利、为他们所不喜欢和不理解的事物。

……他怀着青年人特有的天真的热情试着同他们谈谈重要的事情，发现他们对于这类谈话比工人、农民更加感到诧异。这些人回避现实中的重要问题，就像躲避蜜蜂一样，生怕被蜂蜇着，因而把蜂蜜也忘了。

然而比所有的人和所有的事都让人更难以忍受的却是那位教师：这个人就像在接受检阅一样，似乎有人整天都在用严厉的目光盯住他不放，而他知道这一点，所以总是毕恭毕敬、全神贯注地，像钟摆一样准确地行动着。

他准时在七点半醒来，每天都以同样的动作起床，穿衣，整理床铺，跨四步走到门口，用一定时间洗脸，回来后，坐到凳子上，从小桌上拿起表，对马卡尔说：

"昨天送茶晚了十一分钟，看看今天怎样吧……"

喝完茶以后，他隔这么一会儿就要用手碰碰红肿的面颊，眯起一只发炎的眼睛，用喑哑的声音慢吞吞地说：

"是啊，年轻人，我就要这么说：应该善于只做那些办得到和力所能及的事情，应该善于节制自己，避免无谓地消耗我们本来就不多的精力……"

就这样，在一个小时之内他竟能把"善于"、"节制"、"要"、"缩减"……这些动词排在一起，用上无数次。

有一次，他坐在马卡尔的床上，用暗示的口吻对他低声说：

"我有一个朋友，意志很坚强，爱上了一个不值得他爱的姑娘，虽然她出身于名门贵胄。我要补充一句，他爱得非常热烈，甚至害了失眠症和其他神经性的毛病。我可以毫不夸张地说，他已濒于灭亡。但是！"

接着他凑近马卡尔的脸，冲着他的眼睛喷着难闻的热气，说出了一句话：

"他断然对自己说,'我不想要了!'于是一切都结束了。听明白了吗?"

"走开吧。"马卡尔闭上眼睛说,为了不去看那张得意的赤红的脸。

他想象不出这些人在家里、在社交场合以及工作中是个什么样儿;也不明白,他们能和自己的妻子、儿女谈些什么;他认为他们是愚蠢的、笨拙的,就像大路上的乞丐一样,当人们捧着十字架和圣像在行列里边走边喊:

"快走,快走……"

并且走过乞丐身旁扬起一团团灰尘时,这些坐在道路两旁的树底下的乞丐便呻吟着,丑态百出地互相恶狠狠地对骂着。

马卡尔很不愉快地想着,这种不愉快越来越强烈:

"哼,都是些什么人啊……"

马卡尔不再去想死的事了,因为他已经平静地、毫不动摇地下了决心:时机一成熟,他就自杀。现在这样做比以前更加必要和不可避免了:做一个像这些人一样的病人、残废人,是太没有意思了。

他觉得这好像是他内心的决定,但同时感到有另一种东西在默默地、越来越坚定地反对这个决定;他不能理解这是怎么回事。于是他不安起来,竭力想不声不响地弄清这种正在成熟的矛盾的真相。

可是从这痛苦的内心深处却悄悄地产生一种愿望,希望有个人来,像朋友一样握握他的手,对他笑着说上几句简单的、富于人情味的话。

这是一个微弱的、羞怯的愿望;羞怯得宛如在融雪时节开放的第一朵春花一样。

……这个人终于来了:一天,马卡尔听见床边有谁轻轻地问了一句:

"还在睡吗?"

他刚一睁开眼睛就看到了娜斯佳。她穿着黑色裙衣,戴着黑手套,微微俯下匀称的身躯,用那双马卡尔非常熟悉的眼睛审视着他的脸庞,不过在这双亮晶晶的深色眼睛里好奇的神色比以前更加明显了。他刚一看到这个健康、纯朴的脸庞便十分高兴,不禁想对姑娘由衷地说一声:

"您好!"

但是他透过睫毛端详了一会儿之后,发现娜斯佳的上唇略微翘起并在颤抖,鼻子也在病态地皱着,——他睁开眼时,姑娘哆嗦了一下,不好意思地把目光移开,说道:

"请盖好吧!……"

他先没有明白,后来赶忙把毯子拉到下巴底下将胳膊也藏了起来,因为他躺在那里没有穿衬衫,肩膀和手臂都裸露在外面。

姑娘用鼻子急促地、使劲地连出了几口气,仿佛要把自己身上的医院气味驱散似的,然后坐到凳子上问道:

"喂,现在您觉得怎样?"

"谢谢。"

"我们店里和过去一样:一切都好……"

"我很高兴……"

"是的……"

她稍稍移近了些,瞧了瞧她的衣服是否碰到床上灰色的毯子,然后略带微笑,轻轻地说:

"我本来还以为,您当时是说笑话呢……"

马卡尔不知怎样回答她,也笑了笑。他看到病人们都在注意他的女客:没有鼻子的那些人正贪婪而又全神贯注地从四处望着她,他知道这些人心里正在暗中侮辱她,这使他非常痛苦。已经做完手术的教师,头上缠满了绷带,整个脑袋都成了白的,他用一只眼睛打量和琢磨着她。姑娘意识到她所招惹起的这种兴趣,不禁有些发窘,她用戴着黑手套的双手抚摩着膝盖上的衣服,涨红了脸,皱起那平滑的额头,羞赧地微笑着。

窗外是明朗的蓝天。

"外面冷吗?"马卡尔问道。

"今天？不冷,有十三度……"

接着突然活跃起来,很快地说道:

"您听我说,星期日,我、瑟罗延科和塔尼娅——哦,对啦,塔尼娅问候您,她咳嗽,得了感冒,来不了——星期日我们兜风兜得可痛快啦,到郊外,疯人院后面那个地方,大家大笑大乐了一阵……"

她一口气说了五分钟左右,当她的词儿不够用的时候,她就弹一下舌头,用手指在空中画着圈圈比画着。后来说到半截就打住了,并且站了起来。

"好,我该走了！别动,不必要……再见……"

马卡尔仿佛僵硬了似的,他觉得这次探望侮辱了他,而且想,生活使人感到屈辱,活着毫无价值,这是明摆的事。

教师坐在自己的床上,小心翼翼地用迟钝而肥大的舌头舐着厚厚的嘴唇,用一种不同以往的嗓音说得又慢又不清楚:

"我这一下可知道了,您这是为了谁……"

"祝贺您。"马卡尔说。

"姑娘不错,但是您开枪自杀可没必要。"

"为什么?"

"姑娘多得很。而自杀嘛,一般说来也毫无意义……"

"为什么?"

他垂下一只眼睛,叹了口气。

"这个我已经对你解释了好多次。今天我说话就感到疼。"

"这使我高兴。"马卡尔说道,他再也无法控制他那冷冷的愤怒,"我高兴您不能说话,我受不了您那些枯燥无味的蠢话……"

教师耸了耸肩,长长地呻吟起来:

"您是多么没有教养啊,嗨——嗨……"

在下一个探望病人的日子,马卡尔认识的一位医科大学生来看他,这人留着一撮小胡子,嗓音低沉,说起话来又快又结巴。他问马卡

尔身上什么地方疼和怎么个疼法,一面细心地听着回答,赞许地摇晃着长发,一面说道:

"对!嗯,嗯。正是这样。"

他很满意,告别时紧紧握了握马卡尔的手说:

"好,祝你早日恢复健康!"

"有什么必要呢?"马卡尔想问,但是没有来得及,因为他意外地发现,一个衣着整洁、上了些年纪的鞑靼人正站在门口笑嘻嘻地给大学生让着路,同时滑稽地向马卡尔点着圆圆的脑袋。

后来他坐在床上,笑着对马卡尔说,当时人们怎样把他从城市的这头送到那头,而小猫被揣在他的皮袄下的怀里也乘着车子。马卡尔听着他半通不通,又不流畅的俄语,瞧着那张仿佛糊着长毛绒的脸,那双柔和的灰色眼睛,觉得自己好像在做梦,也笑了起来并且询问道:

"我喊叫了吗?"

"干吗喊叫?不厉害,舌头稍微来回动了动……"

然后,鞑靼人说,他打听到了马卡尔是什么人,他结识了马卡尔作坊里的伙伴们,他们也准备到医院来。他的名字叫穆斯塔法·阿里·尤努索夫,住在修道院附近。

"是一所旧房子,屋顶是朝一边斜的,走进院子有个污水坑,坑后面有扇门,我就住在那儿。你来吗?"

"我来,"马卡尔说,"我一定来,老兄!"

"对,一定来!我们一起喝茶……"

"他为什么到这儿来呢?"鞑靼人走后,马卡尔思忖着,"为什么呢?"

寻找这个问题的答案是令人愉快的。

他觉得自己的健康一天比一天好起来,可是心灵上却越来越昏暗和纷乱,寻死的念头不知不觉地从他心里移到了头脑里,在那儿深深地扎了根,所有其他念头都在死的念头的黑暗角落里碰得粉碎,死的念头的沉重阴影简单而轻易地盖过了一切问题和愿望。

每当马卡尔考虑"为什么活着"时,这个阴影便立即简单地回答:"没必要活着。"

"做点什么吧?"

"没有什么好做的,你什么也做不出来。"

然而正是这一简单的答案使马卡尔十分反感,并逐渐产生一种憎恶之情,几乎像对待那位教师和他那句迟钝的、俗不可耐的话:"我不想要了"一样。在他的心头悄悄地但是顽强地滋生着一个念头:要对一切不愉快的使他气恼的东西,包括这些简单化的回答进行反抗。特别是当对马卡尔的痛苦和愤懑用"还不都一样?"这种平淡无味,更加惹人生气的话来作回答时,这种简单化所包含的敌意便更加明显了。

教师在不在病房,说话不说话,并不都一样,默默地听他讲,还是反驳他、惹他发火也不一样。

病人和医护人员对马卡尔惯有的态度越来越使他恼火,在鼻腔上装着金鼻梁的人问道:

"你好些吗?"

"关你什么事?"

"对,不关我什么事!不过,要活着,就得忍耐,没必要捣乱……"

但马卡尔迫切要做的却正是捣乱、不买账、争辩,以及在各式各样的"我要"和"我不要"的狭窄范围内进行抉择。

有个声音在轻轻地问他:"不都一样吗?"

不,并不都一样,他的全部身心都觉得并不都一样。当大家都睡了,他彻夜不眠地思索着,周围的一切是那样令人屈辱、憎恨、可怜,主要的是使人感到屈辱和有失尊严。生活中若能出现些顽强而富有韧性的人并且对这一切宣布:

"我们再也不愿要这一类玩意儿了。我们希望一切都能换个样子……"

他想象不出,怎样才算是另一个样子,但是他清楚地看到:那些安于现状,屈从于习惯,按照陈规去生活、去解决一切问题的人们正在发怒和惶惶不安；他们曾将自己的陈规当作斧头把万紫千红的生命之树的活生生的枝丫砍伐一光，只留下一株瘢痕累累、丑陋不堪、被剥光了皮的树干，这树干留在世上确实是毫无意义的了！

　　想到这些，马卡尔是愉快的，然而当他想起自己的孤独时，那一幅幅动人的、暴风骤雨般的战斗生活图景便暗淡下来，对这种生活的向往也变得毫无生气了，于是心里又充满了无能为力和被人遗弃的感觉。

　　他时而置身于生活之上，时而疲倦地跌落到生活的龌龊不堪的、极度的混乱之中，他就是这样一天又一天地过着，同没有鼻子的人、同那位教师争论、对骂，斥责、嘲笑他们那些僵死的思想，执意要使他们具有他的忧愁，动摇他们那些坚决的主张，破坏他们那种根深蒂固的、浓厚的自鸣得意的心情。

　　后来，受尽他们的叫嚷和嘲笑的折磨，被他们言语中明显的虚假和伪善所凌辱的他，闭着眼躺在那里，深感自己知识不足，没有很好武装起来，没有能力去斗争，因而是个对生活无用的人。

　　于是他鄙视自己，寻死的念头重新燃烧起来。而现在这个念头已经不是发自他的内心，而是来自外部，它仿佛是来自上述的那些人，他们的全部话语都向他胜利地表明：

　　"你是个不实际的、一事无成、毫不中用的人，你还是愚蠢的，可我们却是聪明而且讲求实际的，我们是多数，因此全部生活是靠我们来维持的。"

　　他们所有的人都流露出这种思想，并且带着它来傲慢地嘲笑马卡尔；这思想是从他们的眼睛里流露出来的，正像他们的面孔那样腐朽，简直要把人毒死。

　　马卡尔闷闷不乐地沉默下来……

　　……可是，突然发生了一件意外然而简单的事，立即使他振作起来。一天，病房里进来了三个熟人：一个是快乐的、像吉卜赛人一样一头黑发的面包师；还有两个人，一个是肋骨不正的少年，脸长得像黄鼠狼一样；另一个是肩膀宽阔、身强力壮、气鼓鼓地皱着眉头的小伙子。

他们站在门口，环视着病床，被医院的整洁窘住了，抱歉地微笑着，亲热地眨着眼。

"他就在那儿。"面包师用手指指马卡尔，露出洁白的牙齿悄悄地喊了一声。

他们好像害怕把地板踏破，跐着脚，一个跟着一个走近他的身边，把拿着一些小包包的黑手藏在背后，其中两个人亲热地笑着，第三个笑得仿佛有些阴郁和怀着敌意似的。

"那——那就是他，"面包师又说了一遍，像女人那样瘪着嘴唇，用烧伤的、布满红色伤痕的手扯着自己那撮黑胡须，而那个少年已经把一个纸包塞给了马卡尔，前言不搭后语，急急忙忙轻声说道：

"挺好的柠檬……你可以在喝茶的时候吃……"

"你好！"阔肩膀的小伙子说，像生气似的握着马卡尔的手摇了摇。"喂，怎么样？你瘦了……"

"不疼吧！"面包师随着说。"当然，生病是不好受的，可是没什么！会复原的，你看——还有！纳科夏送给你的：这是小面包圈干，八分之一磅茶叶，嗯，当然还有糖……"

"让你抽烟吗？"样子气呼呼的小伙子把一只手插进兜里问道。

"伙计们，我真高兴。"马卡尔喃喃地说，激动得几乎落泪。

"不让抽烟吗？"小伙子瞧着一边，阴沉沉地追问道，一面用手在蓝色的粗花布裤兜里翻动着，"咳，见他们的鬼去吧！我攒了些烟丝、冰糖：想抽烟的时候，含块冰糖，会舒服一些……虽然不像抽烟那样舒服！你这儿真干净，嗯—嗯！……"

马卡尔看得出，两个人拼命装成高高兴兴和随随便便的样子，而第三个紧张得出汗，想显得很平静，可是他们装得都不自然：三双眼睛悲戚地一眨一眨，转来转去，竭力避开彼此的目光，也不看马卡尔的眼睛。

"好，谢谢你们！"他喘吁吁的说话声音又低又不清楚。

他们坐了下来,两个坐在床上,一个坐在凳上,少年显得非常高兴地问:

"什么时候出院?"

面包师说:

"有什么好问的?你自己都看到了,马上出去都行!"

第三个人认真地提议说:

"伙计,养好伤,到我们那儿去吧!"

于是三个人都争先恐后地说开了:

"当然啰……"

"我们给你找个轻松点的活儿……"

"现在都在过节,圣诞节……"

"躺腻了吧?"

"当然是,还用问?……"

"你看,这真是……"

马卡尔颤抖的双手握住他们粗糙的手,一边笑,一边抽搭……

"咳,伙计们……活见鬼……"

他们突然沉默下来,马卡尔透过泪水看到他们故意装出来的高兴劲儿一下子全没了,三双眼睛变红了,轻轻的低语突然攫住了他的心:

"唉,你啊!你这是怎么搞的,为什么?"

"你打击的是我们……"

第三个人的声音也很轻,但很有力地补充了一句:

"可是他还说过,伙计们,他说过,真的,说过……"

"难道能这样干吗?"

"伙计们,他说过,可是他自己呢?……"

马卡尔悲喜交集,高兴得喘不过气来,紧握着两只不同的手,什么也看不见,整个身心都感到他已经痊愈,并且能坚强而长久地活下去,他没有作声。

可是那个样子气呼呼的小伙子郑重其事地把毯子给马卡尔裸露

的胸膛盖好,埋怨说:

"是啊,老兄,你只顾说呀说的,可是自己却这样子……可不要把你冻着了,我们从外面来,把冷气都带进来了……"

窗外大雪纷飞,埋葬着过去的一切……

陆桂荣　译

# 末　日[*]

## 一个故事

　　安东·马特维耶维奇·帕莫尔霍夫彻夜未眠,因为他感到特别的、异乎寻常的不舒服:心脏憋得像要停止跳动了,他那庞大、松弛的身躯因此渐渐变凉;他像散了架似的瘫在宽大的床上,虽然腿痛的宿疾此刻感觉不出了,但是那种惯常感觉的消失反而引起了不适。

　　卧室里一片昏暗,像沼泽上的雾霭,飘飘浮浮,现出一些影影绰绰的、毛蓬蓬的可怕人影。帕莫尔霍夫全神贯注地听着蛀虫蛀蚀玻璃镜衣柜的声音,他一直在等待着,有人悄悄地叫他:

　　"安东……"

　　拂晓时分,昏暗特别惶恐不安地活动起来,在它躲进屋角的时候,衣柜门上的镜子便隐约可见了。镜子里显出一个庞然大物的影子,这影子越来越大。它不断转动,时胀时消,带着啸声在呼吸,发出低沉的呻吟。

　　帕莫尔霍夫并没有马上明白,这就是他自己,他的躯体;等他明白过来,他感到自己破天荒被分成了两半,似乎他——是一个人,而他的躯体——是怀着敌意和他分离的另一个人,这个人在黑暗中感受到许多烦恼和不安,并为这些感受所侵扰。而帕莫尔霍夫身上的

---

[*] 本篇前一部分(至"晚上好,大夫!")最初发表于一九一二年三月九日《基辅思想报》及一九一二年四月八日《梁赞生活报》,全文第一次发表于一九一八年三月第三期、第四期合刊《自由杂志》。译自《高尔基三十卷集》第十卷。

一切真情实感——他那些愉快的思想、戏谑的愿望,统统从他身上排挤掉了。

卡皮托琳娜在他身旁酣睡,她跟往常一样,用被子紧紧地蒙住脑袋,像一个停止呼吸的死人一样俯卧着。

黎明时分,帕莫尔霍夫恍惚看到,衣柜旁的圈椅里有一条火红色的蟒蛇,蛇身像个问号似的弯曲着,它那只古铜色的混浊的大眼睛死死盯着帕莫尔霍夫的脸庞。

帕莫尔霍夫在这种难受的分裂状态中几乎一直躺到中午,他紧闭双眼,一动不动,以免自己被彻底撕成两半。

早上过了很久,他才蒙眬入睡,所以没有听见他的女人是怎么起身的。雨点不住地扣击着卧室的百叶窗,把他吵醒了。

他起床时仍然有那种全身散架、分成两半的感觉。他洗完脸,穿上一件领子和袖口镶着深红丝绒的灰色睡衣,用他突出眼球的奇异目光久久地端详着镜子里他那张没有刮过的毛茸茸的青灰色的脸,他瞧着,脑子里什么也不想,只是不住地用一只手把头上浓密的灰白鬈发弄松。

"打起精神来,安东!"他不由自主地说,又苦笑了一下。

随后,他在餐室里勉强喝了一杯咖啡,接着,他把肥大的两手插入腰带,沉重地挪动着不听使唤的、穿着毛便鞋的双腿,走进空荡荡的、寒冷的大厅。他边走边唱,声音嘶哑,音调不准:

当夜—夜幕……

他唱着,思忖着:
"什么也不给她看……给妹妹写封信……"
他气喘吁吁,停住脚步:仿佛肺里灌满了水。他咳着,沉重的脑袋随着咳嗽晃动着,脸色发青,脖颈红得和睡衣的领子一样,眼睛像玻璃球似的从眼眶中突出,肥厚的下嘴唇耷拉着,露出几颗松动的野猪般

的牙齿。他咳了一阵,歇了歇,又唱道:

悄悄地笼一笼罩……

他站住了,向昏暗的客厅里张望,说道:
"还剩下三个音符,你听见了吗?"
卡皮托琳娜睡眼惺忪地低声答道:
"听见了。"
一片宁静。帕莫尔霍夫站在大厅中间,皱着眉头,环顾四周。靠墙整整齐齐地放着一排椅子,椅腿弯成弓形,椅背做成七弦琴的形状;窗户之间有两面像是布满麻点的镜子,镶在暗淡无光的金色镜框里。一个镜台上摆着一座粗笨的、上面有玻璃罩的铜钟,青色的钟摆纹丝不动;另一个镜台上有一尊女人的瓷像,她哀怨地伸出一只丑陋的小脚。靠左的墙边放着一架打开了琴盖的钢琴,在一个屋角里,有一棵巨大的、高达屋顶的喜林芋①,它的深色的枝叶和灰色的气根②长得杂乱无章。
"嗯,是啊,"帕莫尔霍夫转过身,背对着镜子,看着黑洞洞的壁炉,说道,"东西都……"

当夜幕……

壁炉上摆着基什特姆产的铁铸像,有如涂了一层油似的闪闪发光;那是几个骑在细腿马上的贝都英人③,手中挥着长枪。墙上挂着几幅照片和版画,这些照片和版画黑魆魆的,酷似朝黑暗开着的窗户。

---

① 喜林芋(филодендрон),是一种热带爬蔓灌木或树,栽培可供观赏。
② 气根(воздушные корни),或气生根,指由茎部发生,暴露在空气中的不定根,如常春藤、吊兰等均有气生根。
③ 游牧的阿拉伯人。

壁炉两旁是橡皮树①,叶子稀稀落落,少得可怜。

"框—框,"帕莫尔霍夫吼道,又移动双腿,向窗前走去,"该—该装上过冬的窗框子了……"

天空布满阴沉严实的一色灰云,大地像褪了颜色那样暗淡,只有被绵绵秋雨冲刷得干干净净的松树鲜洁碧绿,还有那和周围的一切极不协调的一串串红色的花楸果在秃枝上摇晃。松树的树梢和花楸果树的枝丫从地方自治会办的儿童传染病院的屋顶后面伸向天空,褐色的屋顶酷似棺材的板盖一样。

帕莫尔霍夫的房子坐落在山麓,凭窗眺望,几乎整个德廖莫夫城尽收眼底。黑压压的一片房屋往下伸展到皮扬纳亚河畔,两座教堂好像被挤到了山下,过去曾经粉刷得洁白的围墙,如今已层层脱落,如同遭到了劫难一样。由于屋顶的遮挡,看不见河面,只看见河对岸的草地和田野;块块耕地黑红相间,显得单调,树木像是儿童的拙笔画上去的一样杵在那儿。灰鸦和乌鸦有如一个个黑球挂在黑色的树枝上。

有几头牛在湿润的耕地上磨磨蹭蹭,几匹小得像玩具似的马在走动,却不见人影。只在一条宛如黑带似的路上可以看见一个孤单的行人。他迈着急促的步子,不断挥动棍子,将棍子向前伸去,仿佛是在丈量土地。

"嗨,这算得了什么?"帕莫尔霍夫眨着眼,蹙眉皱额,满腹辛酸地喃喃低语道,"人都是要死的……"

整个大地似乎饱经沧桑,呈现一派悲伤的样儿,像一个女人一样,随时都会哀号、呻吟和痛哭。路上那个孤单的行人为了免遭欺凌,似乎在对某人说:

"好,上帝保佑你,既然我不好,那我走……"

帕莫尔霍夫眨着眼,注视着那个行人,心里在琢磨:照这种速度,再过一个半小时左右他可以走到特奇基,大约八点钟可以到赫拉波

---

① 一种常绿的桑科植物,这里指这种植物的盆景。

沃,半夜就可以到达利西贡火车站。要是凌晨四点坐上左行的客货车,明天就能到阿尔札马斯,由此路经尼日尼,可抵达莫斯科……不过,要是乘火车向右走,也可通往莫斯科。

"傻瓜!"帕莫尔霍夫冲着那个行人的背影嚷道。他咳出了一口痰,问道:

"卡波奇卡①,几点了?"

"两点差……七分。您是不是往地上吐痰了?"

"吐到花盆里了。你吩咐一下,把壁炉生上火。你在读什么?"

"图夏尔—拉福斯的《圆窗史》②。"

"没听说过……"

他站在客厅门口,手扶着门框,在察看:矮而宽的、软座高高隆起的家具把四壁钉着蓝灰色呢子的房间挤得满满的。卡皮托琳娜·维肯季耶芙娜躺在窗下的一张弧形卧榻上,她的体态和那些鼓鼓囊囊的家具很是相似。在天蓝色的长睡衣下露出一双圆胖的短腿,脚上穿着红丝绒的金丝绣花便鞋;胸前摆着一本厚书,她别扭地弯着脖颈,淡蓝色的眼睛在印着两排小铅字的书页上飞快地读着。两只又胖又短的胳膊裸露着。尽管波浪形的淡黄色头发浓密而蓬松,脑袋却还是显得很小。她那结实的红扑扑的脸蛋就像茴香苹果一样。身上散发出一股醺人的香水气味和女人的气息。帕莫尔霍夫转动着酒糟鼻子,发出呼哧呼哧的喘息声,他走到女人跟前,在她的脚旁坐下,叹着气说道:

"最能引人入胜的作家还是亚历山大·仲马……"

"别弄得我怪痒痒的。有两个仲马。"

"我当然指的是亚历山大……"

"他们两个都叫亚历山大。哎,别碰我……"

---

① 卡皮托琳娜的昵称。
② 若尔热·图夏尔—拉福斯(1780—1847),法国文学家,新闻记者;《圆窗史》写的是路易十三、十四、十五、十六的宫廷秘史。圆窗指路易十四在凡尔赛寝宫中的牛眼窗。

"嗯，去他们的吧！今天你怎么那么大的脾气……"

女人收拢两腿，用衣服把它们盖住，可这样一来，衣服的前襟散开了。帕莫尔霍夫阴沉地说：

"大夫就要来了，你却只穿一件内衣……"

"我来得及穿外衣的……"

"他也许马上就到。"

女人把书往弓腿小桌上一放，抱着一肚子委屈，带着鼻音，用像黑管发出的声音说：

"您一会儿说我裹得严严实实，一会儿又问我为什么不穿衣服。这么说，您喜欢庞帕图尔①啰？"

"我喜欢的是你。"帕莫尔霍夫俯身向她耳语道，嗓子里发出嘶嘶的声音，而她却一本正经地嗔怪他说：

"您瞧，那您还说：为什么不穿衣服？又不是为了大夫……"

帕莫尔霍夫声音嘶哑地说：

"大夫是个聪明人，但也是个下流胚！有人这么说过他……"

他哈哈大笑，笑得连气都喘不过来，突然，他脸色青紫，挺直身子，闭上双眼，哼哼着：

"我……我——不好了……"

卡皮托琳娜慌忙用手指去按铃，跺着脚大声喊叫：

"奇尔科夫，叫大夫……"

这时，她穿着敞开的长睡衣站在那儿，和她身旁的旧写字台一搭一档，非常相似：写字台也是又矮又宽，几个抽屉也和卡皮托琳娜的胸、腹一样突起。

"不要紧，过去了，"帕莫尔霍夫唔唔地吼道，揉着胸脯，"你别担心……"

过了片刻，他搂着女人和她并排坐在卧榻上，笑着说：

---

① 庞帕图尔侯爵夫人（让娜·安东尼塔·普瓦松，1721—1764），法王路易十五的宠妾。从一七五四年起，法国一切国家事务实际上由庞帕图尔操纵。

"这都是因为生活太安逸了,平时不活动引起的……我把自己惯坏了……"

"您酒喝得太多了。"

"嘿,别人喝得还多呢!"

"可是,别人不像您那么大年纪呀……"

帕莫尔霍夫让她躺在自己的双膝上,然后舔着嘴唇,用嘶哑的声音求她:

"嗯,告诉我,你为什么爱上了我呀?"

"哎呀,天啊,又来了!"女人任性地扬声喊道。可是,他却像孩子似的拖长声音央求她:

"你—说—嘛……"

于是,女人微微眯起眼睛,仿佛在回答背熟的功课,不慌不忙、不紧不慢地说:

"当城里传说,在大教堂里隆重宣读《宣言》①,只有帕莫尔霍夫中校一个人不参加祈祷的时候,我就第一次对您产生了钦佩的感情。我想,'多么勇敢的人啊!这才是个真正的人呢,我认为,要是一个人敢反对大伙儿,他就是个英雄……'"

她那张像布娃娃一样的脸上并没有流露出兴奋的神情,但眼睛的颜色变深了。她看着天花板,仿佛那上面写着字,她在慢慢吞吞地,还是用那像是从黑管发出的枯燥的声音在念。雨点拍打着窗户,外面风在呼啸。

"后来,你们把革命者从广场上驱散时,我看见了您。您身先士卒,带领咱们的骑兵,向他们冲去,他们叫喊着向四处逃窜。真是害怕极了。"

"他们像污泥浊水滚滚流去。"帕莫尔霍夫自豪地插了一句。

"是啊,你们驱赶着他们。这是我一生中看到的最动人的场面,

---

① 一九〇五年沙皇政府出于害怕当时的十月总罢工,颁布了《十月十七日宣言》,保证实行"公民自由的坚定不移的原则",以欺骗群众,缓和矛盾。

最……"

由于找不到词儿,她沉默了。她伸着懒腰,攥着胖乎乎的小拳头,向上举起双手。帕莫尔霍夫吻着她手臂的肘弯。

"真痒痒!当时我跟婶婶都说:'瞧,是谁救了我们。'婶婶说:'让我们为他祈祷吧,随后你再写封信给他……'"

"难道不是你自己想到要写信给我的吗?"帕莫尔霍夫咳着问道。

"天啊,这您已问过十遍了!我总不能无中生有地瞎编呀!"

"嗯,是的……好!往下说。"

"后来在报上有人骂您。当婶婶告诉我,有人骂您的时候,我就哭了。我大学的女同学们也骂您,只有几个人,就不过两个:亚洪托娃和西科尔斯卡娅。我呢,火冒三丈:这多不公平呀。一个人反对大伙儿,可大伙儿还要骂他。于是我就亲自写信告诉您,说我理解您,说您拯救了俄罗斯……"

她关怀地仔细看着他食指上的肉刺,用舌头舔了舔这个指头,像淅淅沥沥下着的雨那样枯燥乏味地还在说个不停。帕莫尔霍夫像抱小孩儿那样把她抱在怀里,摇晃着,眼睛越过她,盯着地板,口里念念有词:

"啊,你呀,我的小宝贝儿……"

"您听,门铃响了!这是大夫来了……"

她一跃而起,迈着碎步走了。身体庞大、老态龙钟的帕莫尔霍夫看着她的背影,紧蹙双眉,眨着眼睛,嘴里在叨叨:

"她爱的不是我……这毫无疑问!鬼知道她爱谁……有什么办法?什么也瞒不过我,我只不过睁一眼闭一眼罢了……"

他站起来,严厉地皱起眉头,向大厅张望,像吼叫一般唱道:

> 当夜幕降临……
> 悄悄笼罩着田野的时候……

"Бон суар, доктёр!①"

鲁什尼科夫大夫身材又高又瘦,蓄着修剪过的唇髭和一把深色的山羊胡须;双鬓斑白,嘴唇下的胡须也有一绺银丝。他的额头高高突起,虽然他昂首挺胸,仿佛傲气十足,但由于下颌短小,令人感到他似乎总是低垂着脑袋。他那双歪斜的细眼睛深埋在眼窝里,以一种怀疑的眼神暗中窥视着一切。

"怎么回事?"他用干巴巴的低音问道,在壁炉旁烤着手,炉子里的木柴发出噼噼啪啪的响声,火星四溅。

"憋得喘不过气来,老弟……"

"气喘病就是这样。肝怎样?"

"肝没什么,就是心脏……"

大夫用手掌把胡须托到鼻子前,仔细地看着。帕莫尔霍夫坐在圈椅里,讲述自己的病情,一边用自己那双充满悲哀的睁大的眼睛瞧着大夫,脸上露出微笑;这微笑使他浮肿的脸庞显得更加宽阔。

"嗯。"大夫应道。

他在屋子里踱着方步,鞋跟发出清晰的笃笃声。常礼服的下襟摆动着,露出一双又长又细的腿。

窗户上的玻璃显得模模糊糊,泛着蓝光,火光的影子在镶木地板上跳动,从壁炉里不断迸出金色的火星,大夫用眼睛看着这些火星,示意说:

"用松木烧壁炉不合适!"

主人觉得心里不是滋味,沉默了片刻。窗外的风不时发出几声呼号。

"就是你吩咐把呢子窗幔取下来的,这间屋子简直叫人待不下去……"

---

① 法语的俄式发音:"晚上好,大夫!"

"这样尘土少一些。"

"我把我的感觉跟你说了,可你不搭理……"

"我在考虑呢。"

卡皮托琳娜进来了,身上穿了一件有点像啤酒颜色的厚丝绒连衣裙。

"您好。"她向大夫点了点头,她的小脑袋梳得蓬松柔美,她皱着眉头,那双天真无邪的眼睛含着羞涩。

大夫握了握她的手,眼睛看着一旁,问道:

"生活过得怎样?"

"好极了。我吩咐过了,在这儿开饭……"

随即她就走了,帕莫尔霍夫瞧着大夫的脸。

"哎,怎么样?"

"嗯,越来越漂亮了……"

"老弟,她爱我……"

"你是在问我?"

"不,我知道。"

大夫又踱起步来,冷淡地说:

"她把你当成是理想的人。"

"什么?"帕莫尔霍夫气冲冲地嚷道,"她怎么把我当成是理想的人呢?"

"像这样的事并不少见;我们把她们当成理想的人,她们也把我们当成理想的人……"

"嗯,老弟,这一点也不新奇!你是在胡诌……"

一个满脸麻子的肥胖侍女端着托盘进来了,上面放着餐具和几瓶酒。

"轻点!"帕莫尔霍夫生气地喊道,但立刻又露出笑脸,喃喃地说:

"我什么都知道,不过我睁一眼闭一眼罢了……"

"怎么?"大夫问道,竖起耳朵注意地听着。

"城里有些什么新闻?"卡皮托琳娜又进来了,她边走边问。

"教堂执事快死了。"

"哎呀,我的天啊!你说这个是为了故意气我吗?"

"当大夫的还能有什么新闻呢?嗯,戈洛维哈快要分娩了。"

"请坐……"

"又下小雨了。"帕莫尔霍夫嘟囔着,给自己倒了一杯葡萄酒。

"先生们,让我们尽情痛饮吧,顾不得我的外貌了。"

大夫一面喝着烧酒,一面说:

"嗯,这你可说得不对,酒对你有害!"

"我知道,是毒药!"

"随你怎么说……"

卡皮托琳娜不停地吃着,由于吃得津津有味,美滋滋地吁着长气。大夫吃得并不香,似乎很挑剔,帕莫尔霍夫却像只乌鸦,一小块一小块地掰着面包,然后吞下去,不时咳几声,给自己斟些酒。

"不管怎么说,总该有些新闻!"卡皮托琳娜说着懒洋洋地往圈椅背上一靠,"您看报,上俱乐部①。"

"您还很年轻,所以您就觉得应该有新闻。"大夫透过牙缝懈怠地说,斜眼盯着那女人前胸大开襟的地方。帕莫尔霍夫脸上神情舒展而又怡然自得,但他那双反射着壁炉火光的眼睛发出可怕、疯狂的闪光。他用手指痉挛地摸着硬茬似的灰白唇髭,每喝一口酒,就舒坦地眯一下眼睛。

桌上放着咖啡壶,酒精的蓝色火苗在红色的铜壶下摇曳。

"要是我抽支雪茄烟,会怎样呢?啊?"

"这对你来说可非常有害。"大夫点着烟,冷漠地说。

帕莫尔霍夫那毛茸茸的脸上泛起一丝苦笑。他微微摇着头,长吁短叹,用手把雪茄的浓烟向自己面前拂过来。

---

① 指贵族俱乐部。

"老弟,你太瘦了!你的日子是怎么过的?我简直不理解……"

"跟所有的人一样,生活得糟透了。"

"怎么是所有的人呢?这可不对……我生活得就不错……不对!老弟,当我还是个少年的时候,就已经感到自己……怎么说呢?"

"哎,说就说,别老问。"女人要求说,并给自己往一只高脚小酒杯里斟白兰地。

"卡波奇卡,这不可能!给我也倒一丁点白兰地,可以吗?"

大夫默默地耸起肩膀,扬起眉毛。

"在我一生中,总有各种各样的问题在我面前不断出现,就像圣像前永远有烛火在燃烧一样。大夫,这比喻很贴切吧?"

"这是亵渎。"

"这与你有什么相干?"

"活人的事情是非常有趣的,并且比书本更容易理解,但这些问题谁也弄不清楚。"卡皮托琳娜说。

"你等一会儿!"帕莫尔霍夫大声嚷道,"大夫,你说是别人把我臆造成理想的人,我自己也把自己想象成理想的人……这是无稽之谈!我了解我自己。实际上我就是个出类拔萃的人……"

"这个……可没料到!"大夫说,并用好奇的目光瞧了主人一眼,"不过,你继续说下去吧……"

"我是要往下说的。非常遗憾,谁也没有及时想到,我是一个多么有趣的人,一个不同凡响的人。"帕莫尔霍夫急匆匆地、上气不接下气地说道。

窗外天已经黑了。在室内昏暗的一隅显出喜林芋难看的、奇形怪状的轮廓,垂挂着的气根酷似一条条长长的软体虫,黑色的叶子像被砸扁了手指的畸形手掌。

"还在少年时代,"主人困难地说着,嗓子里发出呼噜呼噜的声音,"可以说,我日日夜夜都在思考这样一个问题:为什么'不许可'。我一生都在试图找到最后一个'不许可',以便在这个'不许可'之后再也没有另外的……"

大夫透过缭绕的烟雾,以一个侦查员的眼光,仔细而又怀疑地斜眼瞧着主人的脸,卡皮托琳娜却看着火光,昏昏欲睡地露出一丝微笑。

"我的所谓丑事,只不过是当时我想弄明白,为什么'不许可'。"

"你在读什么?"大夫问。

"问我在读什么吗?"帕莫尔霍夫感到惊讶,他晃了一下脑袋,声音嘶哑地笑着说,"啊,你以为我是从书里看来的?老弟,我不比那些著书立说的人愚蠢。"

"你往下说,"大夫要求说,悠闲地把两脚伸向火旁,"不过,不要空谈哲理。事实胜于哲理。"

"我这就讲事实……老弟,今天我想谈谈自己,这是我的权利!"

他威胁地瞪着眼,通红的脸上油光光的,显得激奋,他的眼睛越过大夫的肩膀看着大厅昏暗的地方,微微摆动着身子,说道:

"年轻的时候我天不怕地不怕,也许还很凶。在各种各样'不许可'的限制中你是不会温柔善良的,是吧?就是嘛!上中学的时候,有个姑娘,大概十五岁,比我小两岁,住在督察员那儿,是他的一个远亲;虽然她也是个中学生,在上学,但督察员把她当侍女对待。有一次,在课间大休息时,我看见有个七年级学生在一间棚屋里抱住她,你要知道,那是个革命派的首领,是……车尔尼雪夫斯基那样的人吧。唔,是个虚无主义者,我根本就不喜欢他。他叫布拉金,巴维尔·布拉金……"

大夫扬起眉毛,从嘴里拿出雪茄,像是要询问什么,但是没有开口。

"我当时十九岁,对青春、姑娘、爱情方面的事还是颇有了解的,再说,还有那么个讨厌的家伙。为什么他可以,我却不可以?由于谈到的种种原因,结果我出了丑,真见鬼!我知道这个姑娘被管得很严。一次,我抓住她,向她提出了严肃的要求,我说,要是不答应,没你好的!我是个仪表出众的小伙子,不过使我非常奇怪的是,她执意不肯,我们就争吵了起来,我无意中撕破了她上衣的前胸。不言而喻,她叫喊起来,人也来了,接着校务委员会召开会议,最后把我开除了……就这样。可那个蠢驴却安然无恙。"

"布拉金吗?"大夫问。

"是呀。"

"那个姑娘呢?"

"她很可能倒霉了……我那时候已经转到军官学校去了……"

他紧锁双眉,陷入了沉思,气呼呼地噘起嘴。过了一会儿,他斟了些白兰地,一饮而尽,然后向门口走去,鞋子发出沙沙的声音。

女人朝他映在镜子里的身影看了一眼,然后垂下眼睛,脸上泛着红晕。大夫抓住她的手,把她拉到自己身边,她顺从地弯着身子,悄声说:

"噢,别这样……"

大夫从容不迫地把嘴唇紧贴在她的嘴唇上,使她无法抗拒。随后,他站起身,踱起步来,鞋后跟发出橐橐的响声。

"你为什么允许他喝酒?"女人轻声问道。

"对你来说不是反正无所谓吗?"

"夜里他的病要发作,我可不喜欢伺候……"

"他活不了多长时间了。"

"呸,你怎么这样说!"

"怎么说?"

"你们男人真是古怪……"

"是吗?"

"都很可怕……"

"原来如此……"

卡皮托琳娜把两手放到脑后,低声说:

"你,你简直是个十足的罪犯。"

大夫瞟了她一眼,说:

"你那些乱七八糟的思想把自己的脑子都弄糊涂了。怎么样,他会写一份对你有利的遗嘱,是吗?"

"不知道……"

"要是你不让他写一份遗嘱,那就太傻了。他一死,你怎么办?"

"我跟你一起过。"

"那你的意思是让我把老婆毒死?"

卡皮托琳娜低声笑了。

"你怪得出奇!你连说起话来也像个罪犯……"

"你听我说,"大夫生气地说,眼睛瞧着镜子,从镜子里可以看到厅门,"要是你不能使自己的生活有保障……"

"啊,住嘴!好,我要成个娼妓了,这真有意思,你读一读……"

"那都是胡扯!"

"你认为,迪巴里伯爵夫人①也是胡扯?还有迪亚纳·德·波蒂埃②也是?"女人问道。

大夫把胡须托到鼻子底下,默不作声。卡皮托琳娜感到惊讶,继续说:

"简直可怕,你那么无知,对历史和女人了解得太少……将来我们生活在一起的时候,我来教给你。要读书,不然连话都没得可说的了,你同意吧……"

雨点扑打着窗玻璃。镶木地板在大夫的脚下发出单调的嘎吱嘎吱的声音。火光在桌子腿上闪动,看上去很奇怪,好像桌子腿动弹起来,桌子摇晃着,马上就会在屋子里走动,使酒盅茶杯发出叮当的响声。

"我试试去跟他谈谈遗嘱的事,"大夫说,"不过,他对我总是满腹狐疑。他病得很重。应该把他撂倒……"

卡皮托琳娜冷笑一声,说:

---

① 迪巴里伯爵夫人(1746—1793),法王路易十五的情妇。
② 迪亚纳·德·波蒂埃(1499—1566),法王亨利二世的情妇。

"摆倒——这是罪犯说的话:我把他摆倒了,我要摆倒他……"

帕莫尔霍夫哼哼唧唧、步履蹒跚地走进来了,他高高抬起眉毛,留神细听了一会儿,问道:

"你们在谈什么?"

"要是卡皮托琳娜·维肯季耶芙娜不想发胖的话,她必须进行按摩治疗。"

"对,我不想发胖。可是,我已经像个坛子似的又矮又胖了……"

"唉,"帕莫尔霍夫说着坐到圈椅里,"按摩治疗,是啊……到客厅去好吗?"

"这儿空气好些,"大夫说,"所有的著名小说都描写人们在壁炉前谈话,是吧?"他问卡皮托琳娜。

她点了点头。

"你讲那个姑娘的事儿,想说明什么?"大夫在主人的对面坐下,问道。

帕莫尔霍夫笑了一下,向四周望了望,沉默了片刻,然后说:

"是啊,我知道我刚才讲得不成功。我本想说的是崇高而英雄的行为,但结果呢,听来倒像是一场胡闹……原因就在于有些细节省略了……细节有时是最主要的……"

他低下头,陷入了沉思。

"你是不是躺下休息一会儿?"大夫问道。

"是……等以后再休息。"帕莫尔霍夫答道,随即又沉默不语了。

风刮在墙上沙沙作响,百叶窗上的合页发出咯吱咯吱的声音,烟筒里的风也发出呼呼的响声。在一间空荡荡的大房间里,昏暗中一个有点喑哑而又抑郁的声音在急促地、滔滔不绝地说话。

"我是个革命家,比起那些普通的工人要高明得多!他们只是移动表面的东西,使它们在空间上有所变动;他们想转移权力中心……使权力扩大,或分散……这是一种机械的、平淡无奇的玩意儿!而我却要竭力开拓生活中最根本的、道德的……还有其他方面的……禁区。我对每一个'不许可'都要提一个'为什么?'我可以说是个非暴力战士……生活是一种怪现象。这好像出自陀斯妥耶夫斯基还是果戈里之口?'你用冷眼把周围看一看——生活是一种怪现象。'①你可以设想一下,我从学校调到一个团里,布拉金这家伙居然也在那儿!鬼知道怎么搞的……原来,他在军医大学毕业后当了初级军医……深孚众望,备受尊重,还有……"

"那又怎么样了呢?"大夫问。

"没怎么。为什么我们冤家路窄又见面了呢,为什么?都说世界其大无比。"

"你好像给他使了什么坏吧?"

帕莫尔霍夫面露愠色,看了大夫一眼,问道:

"你怎么会知道的呢?"

"我见到过他。过去曾经一起住在沃洛格达。"

"是吗?他被流放过?"

"是的!"

"嗯……他怎么样?"

"是位高明的大夫。酒喝得真凶……"

"喝酒?唉……奇怪,大家都会相遇……他谈起过我吗?"

"没有。不过,我记不清了……"

"这么说,谈起过……"

卡皮托琳娜坐着,一动不动地望着前面,好像睁着眼睛在睡觉。她满脸通红,嘴巴微微张开,呼吸急促;大夫斜眼盯着她的胸脯,仿佛把她钉在了椅子背上。

"对!"帕莫尔霍夫嘟哝着,斟了点白兰地,"说实在的,我把自己

---

① 出自莱蒙托夫《又苦闷又烦忧》一诗,但引文与原诗不尽一致。原诗为:"而人生,只要用冷眼把周围看它一看——又是这样空虚的愚蠢的儿戏……"(见余振译:《莱蒙托夫诗选》)

的精力都耗费在一些微不足道的小事上面了。还以为自己在生活,甚至生活得还很不错,可是回首往事,一切都毫无价值,不值一提……似乎没有,也从未做过实实在在的事情,有的只是空谈。……倒霉就倒在我的外貌上!"

"说真的,你还是躺下吧……"

"我不。"帕莫尔霍夫粗鲁地说,看了房间一眼,"卡波奇卡,叫人点灯,简直像个地窖! 还有这株古怪的花,过去挂呢子窗帘的时候看上去还不那么……讨厌!"

卡皮托琳娜伸手去按桌上的叫人铃,但是没有够着,随即有气无力地把手垂到膝盖上,睡意蒙眬地莞尔一笑。

"不想点灯……这样更舒适些!"

帕莫尔霍夫哼了一声又说开了:

"都说这样不好,但是我还是不喜欢正直的人,即所谓进步和正直的人。在悼文中人们常写道,'这是个进步而正直的人。'这种人使我气愤……鬼知道是因为什么,反正是受不了! 曾经有个犹太人,办了一所实验室,研究一些什么……总之是个化学家! 是个痨病鬼,眼睛大极了,你知道吗,那么大……流露出像诗中所描写的那种内心的痛苦。他咒骂整个世界和我,尤其是骂我! 大家交口称赞他:最正直的人,圣洁的心灵……简直受不了! 我和他住在一条街上,常见面……他和孩子们一起散步,他的女孩子是个极好的姑娘,十七岁——老弟,真是个小美人儿……还有两个男孩……有时,我遇见他,全身都打战——我想,嘿,你呀,是个微不足道的小人! 并不因为他是个犹太人,总之,他就是使我生气……"

"那结果又怎样了呢?"大夫低声问道。

"化学把他给毁了……你知道吗,一九〇七年[①],那时候可不客气……"

---

[①] 一九〇七年指斯托雷平反动时期的到来。沙皇大臣斯托雷平加紧采用血腥手段镇压工农群众及革命者,并蹂躏犹太人。

帕莫尔霍夫稍停了一下,叹了口气,声音喑哑地问:

"你看我是不是个凶狠的人?"

"也许,不是。"大夫透过牙缝说。

"不是吗?"

"不过,有时你不是凶狠,可比凶狠还坏。"

"还坏,是吗?"

"你太激动了,去歇一会儿吧,我劝你……"

"我就不要嘛!是啊……就这样,我的一切都耗费在一些鸡毛蒜皮的小事上了。当然是娘儿们……老弟,娘儿们——可是个大问题,是不是?卡波奇卡,我不是指你……命运把你赐给我,不是作为惩罚,而是一种奖赏。"

"是啊,"大夫慢慢吞吞,不乐意地说,"就是罪过也应受到报偿。要想真正犯罪,也不那么容易。"

"嗨,"帕莫尔霍夫提高嗓门嚷道,声音嘶哑地笑了起来,"我真的犯过大罪!发生过一些顶有趣的事情。我有一个朋友,检察官菲利波夫,他是个机灵得出奇的畜生……我跟他打赌,看谁先把一个女中学生搞到手。这个女学生长得很标致,是法国女教师的女儿……像块甜糕!结果被我搞上了。我赢了三百卢布。她当然哭着央求,她说:结婚吧!我说:'Mademoiselle①,你早先应该慎重一些!……'菲利波夫有过一个情人,是个法院工作人员的妻子,一个沉着、有主见的女人……"

帕莫尔霍夫喘不上气来,紧紧抓住圈椅的扶手,突然大声说:

"现在……"

"什么?"大夫看着壁炉问道,可是帕莫尔霍夫急不可待地继续说着,像是要摆脱对往事的回忆似的:

"是个保—保皇派,她进行宣传,甚至写过些东西,也发表过……

---

① 法语:小姐。

菲利波夫对她感到厌烦,就问我,'想不想开开玩笑?'于是,我们就开了个玩笑……他把她和我都请去了……我……把她灌醉了。嘿,你可知道,把我们笑得……我差点在城里都待不下去了……"

"别说这些了。"大夫说,弯下腰,把壁炉里烧焦的木柴弄碎。

帕莫尔霍夫向他转过脸来,青紫肿胀的脸在颤抖,毛发都竖起来了。肥胖的手指紧抓住椅子的扶手,他有点摇摇晃晃,不住地叹息,酷似一匹精疲力尽的马。在他那双瞪得大大的眼睛里,瞳孔扩大,失去了光泽,眼白充满血丝,他像在倾听什么,显出惊慌和可怕的神态。

卡皮托琳娜振作了一下,用手指压着眼睛,问道:

"那后来怎么样了呢?"

帕莫尔霍夫鼻子里发出喘息声,两手松开,挥动了一下,朝前摔到地上。

"鬼东西!"大夫喊道,从座位上跃起,但没扶住倒下的帕莫尔霍夫。

女人张着嘴,两手撑在桌子上,像搬着什么沉重的东西似的,慢慢站起来,用耳语般的声音问:

"他,已经?真的吗?……"

"叫人来。"大夫低声说。

"天啊,真的……"

帕莫尔霍夫的腿抽搐了几下,碰到桌子,碰得桌上的瓶子叮当直响,接着便直挺挺地躺在地上,跳跃的炉火映照在他的身上。

"我跟你说过,要你让他写个遗嘱。"大夫气冲冲地叨唠着,从地板上托起帕莫尔霍夫沉重的头。

"不许你说这个!"女人跺了一下脚,嚷了一句就走了。

大夫把帕莫尔霍夫的头放在自己的膝盖上,然后向一旁转过头去,避开那青紫的脸。帕莫尔霍夫的舌头伸在外面,支棱着的两耳充满了血,一只眼睛闭着,另一只眼睛睁着朝镜子那面看,上唇微微颤动,唇髭泛着银光。

"中风。"大夫恼怒而又忧虑地说,但他没有听到回答,于是,他抬起头,环视了一下四周。在镜子里,他看见了自己和病人在镜台下边,两个身体紧紧黏在一起,成了模糊不清的一堆东西。大夫瑟缩了一下,赶忙把帕莫尔霍夫的头从膝盖放到地板上。

进来两个男人、一个侍女和卡皮托琳娜,他们五个人把肥胖的、沉甸甸的躯体抬起来,踏着沉重的脚步,把他抬了出去。卡皮托琳娜张开嘴,走在他们后面,在门口停了一会儿,打量了房间一眼,突然间,就像有人打了她一样,尖叫一声,跑出去了。

炉火发出噼啪和沙沙的声音,一大片火光映在地板上像沸腾的油在翻滚。窗外的雨声单调而凄凉,深宅里人们在忙碌,尖声叫喊,有一个浑厚低沉的声音嚷道:

"快到地窖去……拿些冰来……"

在一间空荡荡的、黑魆魆的房间里响起了叹息般的回音。

周 圣 译

# 童　话[*]

从前有一个五品文官奥内,是个鳏夫,他有三个儿子:大儿子是个"正经人",当奸细;二儿子不好也不坏;小三儿是个半大孩子,叫博里卡。

不用说,大儿子经常策划阴谋活动,暗地里往熟人家里安放炸弹,只要他的"事业"得手,他什么都干;二儿子是做新闻工作的,他同时为各种不同派别的报刊撰稿,一有空就热心地给大哥当帮手,但是从理论上讲,他并不赞成他哥哥的所作所为,他公开对老大说:

"鬼知道你干的是什么差事!"

老大却反驳说:

"韦帕芗皇帝[①]早就证明过,钱是没有气味的。"

"可那时候的钱是金属的呀!"

"这我哪能忘记呢!所以,我一向请求付给我金币。兄弟,我也是很爱清洁的……"

"那你最好还是到'煤炭公司'[②]去做事……"

---

[*] 本篇最初发表于一九一二年九月一日《敖德萨新闻报》(有删节),全文发表于一九一二年第九期《当代》杂志。译自《高尔基全集》第十二卷。这是一篇政治讽刺性童话,主要揭露二十世纪初沙皇政府的黑暗统治及其政界人物的丑恶面目。《童话》中的人物系影射当时的反动政客、黑帮、文痞之流。

① 韦帕芗(9—79),罗马皇帝(69—79)。
② 指顿涅茨煤炭公司(辛迪加),沙俄最大的资本主义垄断组织之一。

"我的信仰不允许我进辛迪加工作……"

他们这种言来语去,只不过是练练口才而已,随后也就和和气气地分手了,各自去干自己的事情,或是一块儿外出,不过心里都暗加小心,总怕对方无意中出卖了自己。

有时候,老大吸着香烟,像一个通晓古今的学究那样,大讲他梦寐以求的事情:

"要是生在三百年前就好了。你愿意的话,就效忠舒伊斯基[①],不愿意呢,就去找'图希诺贼'[②]入伙,要不然,去投靠西基兹蒙德[③]也行!可现在呢,什么是非都颠倒了,连良心也不值几文钱,哪里也没有便宜可占,哪里都不得安宁……"

老二同意他的看法,说:

"如今办事实在难哪!过去,所有的报纸都是一个腔调,'劳您驾咧,快改良改良吧,不然的话,我们全都会生疥疮的!'一切都那么简单明了,连上司也一目了然。可是今天呢,这家报纸需要把犹太人骂得狗血淋头,那家报纸却得对犹太人表示同情;这里命令你大肆攻击反对派,那里却命令你摆出另一副面孔;你去分辨分辨其中的奥妙吧!"

爸爸深表同情,叹息着说:

"实在是难哪!不过,也真奇怪,不知道那些编辑们是怎么应付这种局面的。"

见多识广的老大不无卖弄地说:

"唔,他们有时候也应付不了……"

博里卡年纪太轻,对这些让人焦虑的事情还一窍不通,他整天什么事也不做,只是把小指头伸到自己的鼻孔里,一声不响地在那儿抠,抠净了,才把小指头拿出来,把成果给爸爸看,深信不疑地说:

---

[①] 瓦西里·舒伊斯基,俄国沙皇,一六〇六至一六一〇年期间在位。
[②] "图希诺贼"指第二个伪德米特里(死于 1610)。波兰封建主支持第二个伪德米特里侵入俄国,一六〇八年到达莫斯科近郊的图希诺村,自立为"图希诺沙皇",后人称他为"图希诺贼"。
[③] 西基兹蒙德(1566—1632),波兰国王,他在位期间曾武装入侵俄国。

"脏东西!"

他身上有一种让人猜不透的东西。

"嗯。"奥内替自己的小儿子担心,他心想:"该不该叫他改掉这个习惯?也许,这种习惯正好说明这孩子的心里和脑袋瓜儿里有点与众不同的东西呢!"

他焦急不安,想不出怎样安排博里卡的前程才好。

"送他去当童子军吧。"老二提议。

"可是,听说童子军里实行希腊人那一套做法……"

"横竖一样,到处都实行强制。"老二发愁地说。

老大却一本正经地望着小弟弟,神秘地说:

"等一等吧!"

大家就这么等着。日子一天天过去了。有一天,父亲看了看博里卡,提醒他说:

"把上嘴唇擦干净。"

博里卡却自豪地说:

"这是胡子!"

"岂有此理!"奥内高声叫起来,心里想:"怎么办呀?打他?已经晚了……"

作为一个真正的俄罗斯人,在必须认真地做一件事情之前,他总爱想来想去,三思而后行。

"唉,是我的过错呀!这是怎么回事呢?"

他这样想过之后,依然故我。他知道,这个民族的特性就是这样,所以,也就心安理得了。

天长日久,博里卡就成了现在这个样子:他学了点文化,勉勉强强能看书,再想深造可惜为时太晚了——他已经粗野地哈哈大笑着向女用人扑过去,虽说鼻子得到了安宁,他却完全沉醉在更加低级的营生里。

当父亲一发愁的时候,老二这个无所不能的人物就马上想出办法来劝慰爸爸：

"别担心,爸爸！这只不过是青年人对一切新奇的玩意儿都感兴趣的缘故；青年人嘛,个个都是这样,再说,从伦理学、经济学和卫生学的观点来看……"

他从各种观点上替博里卡辩解；大儿子却另有一套,他一本正经地说：

"石头都能在地上找块落脚的地方,更何况人呢！等着吧！"

博里卡真的对生活渐渐有了兴趣：他看见报上登了一则《寻找汇票启事》,就愤愤地说：

"寻找汇票,可连个钱数都没写出来！也不说是邮汇还是电汇……"

他问二哥：

"是你用诗体写的启事吗？"

老二有些不好意思：

"说老实话,"他说,"这不是我写的！"

有一天奥内对大儿子说："我担心,他太幼稚了。"大儿子却若无其事地说：

"罗耀拉·依纳爵①年轻的时候也很傻……"

他仔细地观察着小弟弟,观察着,最后,坐在小三儿身旁问道：

"你知道什么叫反对派吗？"

"怎么啦？"

"应该给他们捣捣乱。"

"捣什么乱呢？"

"你说,你干得了吗？"

---

① 罗耀拉·依纳爵(1491—1556),天主教耶稣会的创始人。出身西班牙贵族军人。在罗马教皇的支持下创立耶稣会,任首任会长,十六世纪反宗教改革运动的重要头目之一。他认为,为了贵族和宗教的利益,任何犯罪行为都是容许的,所以,他的名字成了伪善和犯罪、残暴和狡诈的同义词。

童　话

"捣乱？我干得了！"

"那好，跟我走！"

他们一起走了。老大把弟弟博里卡带到一幢房子的窗户前面，给他出主意说：

"砸玻璃！"

"人家要是打我嘴巴子怎么办？"

"你就说你这是爱国主义行动，他们就不会打你了。"

博里卡捡起一块石头朝玻璃窗扔过去，窗玻璃当啷一声被打碎了，他站在那里，看着。真好玩！房子里的人们四处躲藏，街上的行人也纷纷逃窜。一个威风凛凛的警士先生走到他身旁，叫道：

"你为什么砸玻璃？"

"这是爱国主义行动。"

警士给他行了个举手礼，吓得直哆嗦，说：

"请原谅，误会、误会……"

说完马上规规矩矩地走开了。

博里卡又砸了两块玻璃，砸完以后还站在那儿等了一会儿想看个究竟，然后，就回家了。这第一次闹事他觉得也没有什么意思。

第二天，大哥又带他去砸玻璃，一边走一边开导他：

"咱们这个时代用这种办法在政界里是最容易升官了。"老大说，"所有的伟人都是破坏家，像亨利希·海涅①、塔梅尔兰②等等……"

差不多有一个星期的时间，老大天天带小三儿去砸玻璃，终于使博里卡得到了一个很满意的结果：礼拜天他把反对派报纸编辑部的玻璃全部打碎了。突然跑来一群面目狰狞的人物，向他吼道：

"拉③！"

并邀请他说：

---

① 亨利希·海涅（1797—1856），德国诗人，政论家，思想家。
② 塔梅尔兰，即铁木儿（1336—1405），中亚的统帅和征服者。
③ 拉，古埃及宗教中的太阳神，一切人、神及宇宙的创造主。

413

"请吧!"

"到哪儿去?"

"我们请您。"

"你们是反对派吗?"

"绝对不是!我们坚决反对……"

他们把他带到一个他们一伙聚会的地方,那儿所有的生物都向他喊着:

"拉—拉!"

有一个人走到他跟前,对他说:

"您跟叛逆进行了英勇的、不知疲倦的斗争……"他说,"您是栋梁之材,我们,"他说,"向您致敬!请允许一个真正的俄罗斯人哈姆·冯·茹热利察、一个墨西哥的罗马尼亚人①握一握您勇敢的手!"

简直是一点也听不懂!

可是,博里卡没有惊慌失措:他本能地高举起椅子对他们挥舞着,大叫:

"我干得了!"

大家非常满意,狂呼乱叫,不停地吻他,同时,悄悄地耳语着:

"别相信这个茹热利察,三天前他偷走了车夫的一匹马,在这之前,他还偷听了省长说梦话时暴露的机密大事,他根本不是罗马尼亚人,而是唐波夫②的黑人,可是,他却总爱扮演主角……"

从这一天起,博里卡就干上了这种"正经"差事:他提着一根结实的大棒在街上走来走去,不住手地砸玻璃。如果有人指着一个人对他说:

"给他一下子!"

---

① "一个真正的俄罗斯人、一个墨西哥的罗马尼亚人"的形象是嘲讽黑帮弗·米·普利什克维奇之流的。弗·米·普利什克维奇(1870—1920),曾在沙皇政府内务部和宪兵团里供职,一九〇五至一九〇七年是黑帮暗杀组织的创始人,第二、第三、第四届国家杜马的代表。

② 唐波夫,地名,为前苏联的一个城市,省中心。(坦波夫,地名,现为俄罗斯的一个城市,坦波夫州首府。)

他同样也会朝那人砸去。

居民们一见他来了,就远远地躲开,并互相关照说:

"小伙子们,快躲远点,博里卡又出来闯官运来了。"

有些人羡慕他,但是胆小怕事,只能从门缝里一面往外瞧,一面叹着气说:

"是呀!这家伙真的要走红运了……"

有些胆子大一点的,就照博里卡的样子干起来:博里卡砸一块玻璃,他们就把剩下的全都砸光,他们成群结队地跟着他转,嘴里还不停地唱歌;这首砸玻璃颂是博里卡的二哥编的,不过用的是假名:

> 为了让那些叛逆全都死光,
> 兄弟们,造一阵穿堂风叫他们尝尝!
> 把玻璃全都给他们砸烂,
> 他们就会伤风感冒把鼻涕淌!
> 这些恶棍全都打起喷嚏,
> 伤风不起快下地狱!
> 到那时再看看我们这里,
> 安宁无比,快乐无比!

懂行的人向作者指出,这样的歌词简直是文理不通,有伤大雅,作者却反驳说:

"这是风格上的需要!"他说道。

温顺的居民们打算用百叶窗把窗户挡起来,可是警察局不允许,说这有碍当局全面观察市民的内部生活。

"有什么办法呢?等等吧,忍着吧。"居民们就这样委屈求全地忍受着,这真是个温顺得连古代罗马人都感到震惊的民族。

博里卡已经习惯于胡作非为,他开始觉得自己是一位民族英雄,甚至在梦里也大喊:

"救救俄国!"

他一帆风顺地干了起来,周围是一片关切和喝彩。最后,当爱好和平的居民们为了自身的安宁搬到那早就在吸引他们的遥远的亚洲之后,当俄国完全寂静下来的时候,一位区警察局局长来见博里卡,郑重其事地说:

"为表彰您的丰功伟绩,为勉励您今后继续努力,特任命您为国民教育大臣①……"

听到这意外的消息连博里卡也惊得目瞪口呆,他望着警察局局长,一言不发,后来,回答说:

"我干得了!"

大哥这当儿得意地对博里卡说:

"怎么样,小傻瓜,我把你带出息了吧?不过,你得任命我担任历史教研室的教授。这一行我可是熟透啦!……"

"那我呢?"二哥上气不接下气地请求说,"那我呢……"

随即大哭起来:

"唉,为什么我不是个女人?"

他这种愿望谁也不能理解。

奥内自然也落下泪来。

"说实在的,"他说,"我去做礼拜、去祈祷都没有白费呀!我的亡妻卡波奇卡要是能看到……"

后来,老二为三个不同派别出版了一种报纸,至此,这家人总算各得其所,一切如意了。

孙静云 译

---

① 一九〇五年俄国革命被镇压之后,反动政客 А·Н·什瓦尔茨被任命为国家教育大臣,一九一〇年 Л·А·卡索接替他任国民教育大臣,卡索是个亲黑帮分子,《童话》中的博里卡即影射此人。

# 小 麻 雀*

麻雀跟人一模一样：老麻雀不管公的母的都挺没趣，说起话来句句像书上写的；小麻雀却自作聪明，不听大麻雀的话。

话说从前有只黄嘴小麻雀，叫普季克，住在澡堂窗上花框后面那个温暖的窝里，这窝是用柔软的麻屑、苔藓之类的东西搭的。小麻雀还没飞过，可已经拍着翅膀，一个劲儿往麻雀窝外面东张西望，想快点知道世界是什么样子，合不合他的心意。

"怎么怎么？"麻雀妈妈问他。

小麻雀拍着翅膀，望着下面的泥地说：

"极极极黑，极极极黑！"

麻雀爸爸飞回家，给小麻雀带来小虫子，夸口说：

"极极极多吧？"

麻雀妈妈称赞他：

"极极极多！"

小麻雀大口大口吞下了小虫子，心里说：

"啥了不起起起，一条长着许多脚的小虫子，就稀稀稀奇了！"

他一个劲儿把身子往麻雀窝外面探，拼命地东张西望。

"孩子，孩子，"麻雀妈妈不放心，"小心点，会摔下去的！"

---

\* 本篇最初刊载于一九一二年在彼得堡出版的童话集《蓝色的书》上。译自《高尔基三十卷集》第十卷。

"摔什么摔什么?"小麻雀问她。

"可不是摔什么,你一摔下去,猫就——叽!——把你给吃了!"麻雀爸爸给他解释,说罢就飞去找食了。

日子就这么过去,可翅膀长得很慢。

有一回刮风,小麻雀又问:

"怎么怎么?"

"风把你一刮——喊!——就刮到地上,让猫给吃了!"麻雀妈妈给他解释。

小麻雀不爱听这个,他说:

"树干吗摇来晃去?让它们站稳,风就没了……"

妈妈给他解释,说不是这回事,可小麻雀不相信,样样他都爱由着自己的意思解释。

一个庄稼汉在澡堂前面走过,两条胳膊摆来摆去。

"他翅膀上的毛都让猫给咬掉了,"小麻雀说,"光剩两根骨头!"

"这是人,人都没翅膀!"麻雀妈妈说。

"为啥?"

"人是高一等的,人就是不用翅膀,他们净用脚跳,瞧见没有?"

"为什么?"

"他们有了翅膀就来抓我们,跟我和你爸爸抓虫子似的。"

"瞎讲!"小麻雀说,"瞎讲,瞎讲一气!什么东西都该有翅膀。在地上准没在空中好!……我长大了要让什么东西都能飞。"

小麻雀不相信妈妈的话;他不知道,不相信妈妈的话没有好结果。他蹲在麻雀窝的边边上,扯开嗓子,唱他自己编的歌:

哈哈,
人不长翅膀,
光长两条腿。
尽管高又大,

>　　只把虫子喂！
>　　别看我很小，
>　　虫子吃进嘴。

　　他唱啊,唱啊,掉到窝下面去了。麻雀妈妈紧跟着他飞下来。可一只猫——一只眼睛绿莹莹的大红猫——正好等在那里。

　　小麻雀吓坏了,张开翅膀,用两条小灰腿站着直摇晃,叽叽地叫:

　　"极极极荣幸,极极极荣幸……"

　　麻雀妈妈把他推到一边,浑身的毛竖起来,又凶猛,又勇敢,张大了嘴,直瞪着那只猫。

　　"去,去！飞吧,孩子,飞到窗上去,飞吧……"

　　小麻雀一害怕,竟从地上飞起来了。他就那么向上一蹦,翅膀一下,两下,就已经飞到了窗子上！

　　麻雀妈妈也马上飞起来,可尾巴没有了。不过她欢天喜地,蹲在小麻雀身边,啄啄他的后脑勺说:

　　"怎样？怎样？"

　　"嗯,没关系！"小麻雀说,"事情总得一样一样学起来嘛！"

　　大红猫蹲在地上,舔掉爪子上麻雀妈妈的毛,绿莹莹的眼睛盯住他们看,懊恼地喵喵叫:

　　"妙极了的一只肥嫩小麻雀,像小耗子一样妙……喵喵,没没没啦……"

　　一切圆满结束,要是咱们不提麻雀妈妈的尾巴没有了……

任溶溶　译

## 小叶夫塞的奇遇*

小叶夫塞是个很好很好的孩子。有一回他坐在海边钓鱼。

等鱼上钩是桩挺乏味的事。天气又热。小叶夫塞无聊得打起盹来,扑通,落到水里去了。

他掉到水里,可没什么,他一点不怕,游着游着,往水里一钻,转眼就到了海底。

他坐在一块石头上,那上面软绵绵地铺着一层红褐色海藻。往四下里一看:美极了!

一只鲜红的海星不急不忙地在爬。一些长胡子龙虾在石头上威风十足地爬。一只螃蟹横着爬。所有石头上满是大樱桃似的海葵。到处是各种各样有趣的东西:这里是海百合花在晃动开放,动作灵活的小虾像苍蝇似的闪来闪去;那里是一只海龟在慢吞吞地游着,在它的硬壳上面,两条绿色的小鱼像空中的蝴蝶那样飘舞;再往那边,一只寄居虾在白石上挪动着它的甲壳。小叶夫塞瞧着这只寄居虾,甚至背出了一句诗:

这是房子,不是亚科夫爷爷的大车[①]……

---

\* 本篇最初发表于一九一二年十二月二十五日《日报》副刊上。译自《高尔基三十卷集》第十卷。

[①] 出自涅克拉索夫的《亚科夫大叔》一诗,但引文与原诗不尽一致。

他忽然听见头顶上有吱吱吱说话的声音,听着就像吹黑管:

"您是谁?"

抬头一看,是条奇大无比的鱼,青银色的鱼鳞闪闪发亮。它鼓起眼睛,龇着牙,和颜悦色地微笑着,就像已经烧熟,躺在桌子上的盘子里了。

"是您说话吗?"小叶夫塞问它。

"是—我—啊……"

小叶夫塞很奇怪,生气地问它:

"您这是怎么啦? 鱼可是不会说话的!"

他暗地里想:

"真没想到! 德国话我一点不懂,鱼说话我一下子就懂了! 嗐,多棒!"

他神气起来,回过头看:一条五颜六色的顽皮小鱼围着他打转,笑着说:

"你们瞧! 来了个大怪物,长两条尾巴的!"

"身上鳞也没有,呸!"

"鱼鳍也只有两个!"

有几条小鱼胆子更大,一直游到他鼻子跟前,逗他说:

"妙啊,妙啊!"

小叶夫塞给气坏了,心里说:

"这些混蛋! 连面前是个地地道道的人也不知道似的……"

他想抓住它们,可它们溜开了,欢蹦活跳的,用嘴你碰碰我,我顶顶你,合唱起来,又去逗弄大虾:

　　石头底下有只虾,
　　大啃特啃鱼尾巴。
　　鱼尾巴,干巴巴,
　　虾不知道苍蝇味道顶呱呱。

421

大虾狠狠地晃动胡子,伸出钳子,吼叫着说:

"你们落到我手里呀,哼哼,我把你们的舌头也剪掉!"

"多么厉害。"小叶夫塞心里说。

还是那条大鱼缠着他:

"您说所有的鱼都是哑巴,这话您打哪儿听来的?"

"爸爸说的。"

"爸爸是什么玩意儿?"

"没什么特别的……跟我一样,不过大些,还有胡子。只要不发脾气,倒是挺和气的……"

"他吃鱼吗?"

小叶夫塞一听吓了一大跳:说吃就糟啦!他抬起眼睛,透过海水看见了暗绿色的天空、天空上铜盘似的黄色太阳。小家伙想了一下,扯了个谎说:

"不,他不吃鱼,刺太多了……"

"可真是,多没知识!"大鱼气得叫起来,"我们不都是多刺的!就说我这种鱼吧……"

"得换个话题讲讲。"小叶夫塞想到这一点,于是很有礼貌地问道:

"您到我们上面去过吗?"

"谁要去!"大鱼气虎虎地哼了一声,"到那里气也透不过来……"

"可那儿有苍蝇……"

大鱼绕着他转了个圈,就在他面前停下来,忽然问他:

"苍—蝇?您到这儿可是干吗?"

"哎呀,要动口了!"小叶夫塞心里想,"它要吃我啦,这傻瓜!"

他装作没事儿似的回答说:

"没什么,溜达溜达……"

"嗯?"大鱼又哼了一声,"说不定您已经是个淹死鬼了吧?"

"胡说!"小家伙气得叫起来,"根本没的事!我这就站起来……"

他想站起身子,可站不起来:像给厚被子裹住了,身也没法转,动也不能动!

"我这就要哭了。"他想,可是马上就想到,哭也没用,反正在水里看不见眼泪,于是决定犯不着哭,也许有什么办法能够摆脱这个困境。

天啊! 他身边聚拢了各种各样海里的居民,多得数不清!

一条海参爬到他脚上,样子活像一只画坏了的小猪,它嘶嘶地说:

"我想靠近些更好地看看您……"

海胆在他鼻子前面抖动,呼噜呼噜吐气,骂小叶夫塞说:

"真妙,真妙! 不是鱼,不是虾,也不是软体动物,哎呀呀!"

"等着吧,我大起来说不定还是个飞行员呢。"小叶夫塞对它说。这时一只龙虾爬上他的膝盖,转动它眼睛缝里的眼珠,很客气地问道:

"请问几点啦?"

一条乌贼鱼游过,跟一块湿手帕似的。到处是管水母,一闪一闪,像些小玻璃球。他一只耳朵让小虾弄得痒痒的,另一只耳朵也让什么好奇的东西搔弄着。甚至还有一些小虾在他头上爬,钻到他的头发里去拉头发。

小叶夫塞心里"哎哟哟"地叫,可拼命装得若无其事,温柔地看着大家,就像爸爸做错了事,妈妈对他发脾气时的样子。

水里四面八方都是鱼,无数的鱼! 它们轻轻地扇动着鳍,对小家伙鼓起像代数一样无味的圆眼睛,咕噜咕噜说:

"他没胡子也没鳞,怎么能活呢? 我们鱼可不能把尾巴一分作俩!他不像虾又不像我们——一丁点也不像! 这怪物跟难看透顶的章鱼不会是亲戚吧?"

"傻瓜!"小叶夫塞生气地想,"去年俄语我还得了两个四分呢……"

他装作什么也没听见,甚至想若无其事地吹口哨,可是吹不成:水要冲进嘴巴,把嘴巴封住,像个塞子似的。

多嘴多舌的大鱼还是不住地问他:

"您喜欢我们这儿吗?"

"不……哦,是的,喜欢喜欢……在我家嘛……也很好。"小叶夫塞回答它说,可又害怕起来,心里说:

"天哪,我说什么啦?!万一它生气,就要吃掉我了……"

他于是说:

"咱们来玩玩吧,要不,我乏味透了……"

那条多嘴多舌的大鱼听了很高兴,笑起来,张大圆圆的嘴巴,连粉红色的鱼鳃也看到了。它甩着尾巴,尖牙闪闪发亮,用老太婆的嗓音大叫:

"玩玩,这好啊!玩玩,这好极了!"

"咱们游上去吧!"小叶夫塞出了个主意。

"干吗?"大鱼问他。

"已经在海底,可没法子游下去了!再说上面有苍蝇。"

"苍—蝇!您爱苍蝇吗?……"

小叶夫塞只爱妈妈、爸爸和冰淇淋,可他回答说:

"不错……"

"那有什么?就游上去吧!"大鱼说着,把头冲着上面,小叶夫塞马上一把抓住鱼鳃,叫道:

"我好了!"

"等一等!怪物,您的爪子都伸到我的鱼鳃里头来了……"

"没关系!"

"怎么没关系?一条正正经经的鱼,不呼吸可就活不了啦。"

"天哪!"小家伙嚷嚷起来,"唉,您怎么净抬杠?要玩好好玩……"

他心里说:

"只要它把我带上去一点,我就能钻出水面了。"

大鱼像跳舞似的游起来,高声大唱:

　　把鱼鳍拍拍,

把尖牙磨快,
狗鱼找好菜,
向着鳊鱼追过来!

小鱼在周围打转转,一起合唱:

结果怎么样?
狗鱼白白忙一场,
鳊鱼没吃上!
结果就是这个样!

他们游啊,游啊,越到上面游得越快越轻,小叶夫塞一下子觉得,他的脑袋蹦到水面上了。

"噢!"

他一看——是个大晴天,阳光在水上闪烁,绿油油的海水拍打着海岸,泼啦啦,在唱歌。小叶夫塞的钓竿远远离开了海岸,在海上漂啊漂的,他自己还坐在那块石头上,刚才就是打那上面落到水里去的。可全身都已经干了。

"嗨!"他对太阳微笑着说,"瞧我从水里钻出来啦。"

**任溶溶　译**